STURMVERLIEBT

AUSGERECHNET ISLAND

KARIN LINDBERG

KARIN LINDBERG

IMPRESSUM

Lektorat: Dorothea Kenneweg
Korrektorat Ruth Pöß - www.das-kleine-korrektorat.de
2. Korrektorat Sybille Weingrill
Covergestaltung: Casandra Krammer - www.casandrakrammer.de
Covermotiv: © Orfeev, ptichkati, sababa66, fresher, Eisfrei –
Shutterstock.com

K. Baldvinsson
Am Petersberg 6a
21407 Deutsch Evern

Herstellung und Druck über tolino media GmbH & Co. KG,
Albrechtstr. 14, 80636 München. Printed in Germany.
Fragen zu Produktsicherheit an: gpsr@tolino.media.

KLAPPENTEXT

Tiefblaue Fjorde, die einzigartige Magie Islands und romantische Frühlingsgefühle.

Die Architektin Luna kann ihr Glück kaum fassen, als sie zu einem Auswahlwettbewerb für ein nachhaltiges Bauprojekt nach Reykjavík eingeladen wird. Das Unfassbare geschieht, sie bekommt den Job, und das Abenteuer Island kann beginnen. Kaum in Island angekommen, schwärmt Luna nicht nur für die atemberaubende Landschaft, auch der attraktive Isländer Magni hat es ihr angetan. Und das, obwohl Luna sich striktes Männerverbot verordnet hat. Der isländische Frühling zeigt sich von seiner stürmischen Seite und wirbelt nicht nur die Gefühle der beiden kräftig durcheinander. Das Landleben im Norden der Vulkaninsel hat zudem seine Tücken, und Magni scheint auch nicht mit offenen Karten zu spielen. Als dann noch Lunas schrille Mutter mit vollen Koffern auf der Matte steht, ist das Chaos perfekt.

1

Die Sache mit der Wahrheit war in der Realität nicht immer so einfach, wie Luna es gerne hätte. Leider. Sie verspannte sich und hoffte, dass die anderen im Raum es nicht bemerkten. Ein Wunder, dass sie überhaupt noch hier saß, nachdem schon so viele vor ihr bereits ausgeschieden und wieder nach Hause geschickt worden waren. Nun, womöglich hatte ihr Stündlein auch bald geschlagen.

Es war unwirklich, überhaupt Teil dieses Auswahlverfahrens zu sein. Sie fühlte sich den anderen Teilnehmern unterlegen, ihr fehlte es an Erfahrung. Und doch war sie hier, weil sie sich diese Möglichkeit einfach nicht hatte entgehen lassen wollen, auch wenn sie nicht die geringste Chance hatte, als Siegerin daraus hervorzugehen. Luna fühlte sich daher auch am zweiten Tag des Assessment-Centers noch immer wie im falschen Film.

»Luna, würdest du bitte die Frage beantworten?«, riss die Stimme der Psychologin Kata sie aus ihren Gedanken. In Island wurde in den Terminen englisch gesprochen, man ging nicht so förmlich miteinander um, wie sie es aus Deutschland kannte. Gleich zu Anfang des Auswahlverfahrens war Luna erklärt worden, wie es auf der Vulkaninsel mit der Kommunikation lief. Nicht nur das, in Vorbereitung auf dieses zweitägige Auswahlverfahren hatte sie bereits drei Wochen Onlineunterricht der isländischen Sprache erhalten, die Fortschritte waren gestern in einer kurzen Prüfung abgefragt worden. Der erste Test, ob sie in der Lage sein würde, in Island klarzukommen.

Da sie noch immer im Wettbewerb war, ging Luna davon aus, dass sie den Test bestanden hatte. Dass sie lernfähig war. Das allein war auch noch nie ihr Problem gewesen.

Luna räusperte sich und entschied sich für die halbe Wahrheit. »Der Zusammenhalt in einer Familie ist sehr wichtig«, gab sie die Antwort auf die letzte Frage in der Runde. Was das mit einem etwaigen Auftrag zu tun haben sollte, erklärte sich ihr daraus allerdings nicht. Andererseits, in den letzten Stunden hatte sie alles Mögliche tun müssen, nur sehr wenig hatte eine Verbindung zu einem möglichen Bauprojekt im Norden Islands erahnen lassen.

Es war Lunas erstes Assessment-Center dieser Art und womöglich das letzte. Sie kam sich wie eine Idiotin vor, während die drei Isländer im Raum sie erneut schweigend musterten und anschließend Notizen auf ihre Blöcke kritzelten.

Es war albern, aber Luna fühlte sich ertappt. Sie hatte eben nur so lange mit einer Antwort gezögert, weil sie keine Ahnung hatte, was eine richtige Familie überhaupt war. Die heile Welt war ihr fremd, ihre Kindheit war nicht so bilderbuchhaft verlaufen, wie man es sich vielleicht wünschte. Wie sollte sie also wissen, was eine Familie ausmachte?

»Gut, danke«, schaltete sich schließlich Ólafur Darri, ein Mann mittleren Alters mit einer runden Brille und schütterem

Haar, ein. »Du kannst jetzt gehen, wir geben dir nachher Bescheid, wie es weitergeht.«

Luna schluckte. Das war nicht gut. Sie saß doch gerade mal ein paar Minuten in diesem kühlen Besprechungsraum. Die Vorhänge waren zugezogen, nur die leicht gedimmten Deckenleuchter verbreiteten ein beinahe unwirkliches Licht. Nichts wies darauf hin, dass sie hier in Reykjavík war, jedenfalls nicht innerhalb dieser vier Wände.

Luna erhob sich und nickte den dreien zu. »Vielen Dank«, murmelte sie und ging so langsam es ihr möglich war aus dem Besprechungszimmer, obwohl sie am liebsten davonrennen wollte. Sie schloss die Tür leise hinter sich, ihre Finger zitterten, ihre Knie waren wackelig. Vielleicht waren diese Psychologen so was wie menschliche Lügendetektoren und hatten erkannt, dass sie hier nicht hingehörte?

Sie wollte denken: Was solls, ist doch egal.

Aber das gelang ihr nicht. Obwohl sie vom Kopf her wusste, dass sie keine Chance hatte, wollte ihr Herz doch, dass sie an diesem Bau-Projekt teilhaben durfte. Als vor vier Wochen die Anfrage eines Headhunters bei ihr eingetrudelt war, hatte sie es erst nicht glauben können, dass man wirklich sie ansprach. Die Person hatte sie jedoch schnell davon überzeugt, dass dieses Vorhaben, ein Hotel auf der Vulkaninsel im Nordatlantik, das Fantastischste war, was Luna jemals beruflich erreichen könnte. Und das, obwohl sie – professionell gesehen – noch grün hinter den Ohren war, das Studium erst kürzlich abgeschlossen und erst ein eigenes umgesetztes Konzept vorzuweisen hatte. Dennoch, genau deshalb war man offenbar aufmerksam auf sie geworden.

Luna hatte schnell mitbekommen, dass die Isländer praktisch veranlagt waren und dass Digitalisierung hier kein Fremdwort war. Durch ihren Instagram-Account, auf dem sie die Fortschritte ihres Herzensprojektes über Monate dokumentiert hatte, hatte sie eine beachtliche Anzahl an Followern vorzuweisen. So hatte auch der Headhunter sie entdeckt und zu diesem Auswahlverfahren eingeladen. Ohne Kosten für sie, kein Risiko. Selbst wenn man sie nicht auswählte – wovon sie sehr stark ausging, die Konkurrenz war nicht nur bombenstark, sondern auch viel erfahrener als sie –, hatte sie immerhin eine Reise auf diese zauberhafte Insel finanziert bekommen.

Und doch. Sie wollte nicht gehen. Sie wollte bleiben.

Luna atmete leise aus und merkte, dass sie noch immer regungslos hinter der Tür des Besprechungszimmers stand. Ihre Erscheinung spiegelte sich in den Scheiben der gegenüberliegenden Fensterfront im Flur. Ihre Wangen waren gerötet. Die Augen weit aufgerissen. Vielleicht war das knielange Kleid doch nicht das richtige Stück gewesen. Sie hatte es ausgewählt, weil sie sich darin wohlfühlte, aber die anderen Teilnehmer hatten fast alle ein ganz besonders aussagekräftiges Outfit gewählt. Es wimmelte geradezu von perfekt gestylten Hipstern in diesem Hotel. Schon allein diese Tatsache hatte Luna von Anfang an das Gefühl vermittelt, dass sie fehl am Platz war.

Sie schluckte. Dass man sie schon nach so wenigen Fragen rausgeschickt hatte, konnte nur bedeuten, dass sie nicht die richtigen Antworten geliefert hatte, dass sie raus war. Ein Beben durchlief ihren Körper, sie spürte Tränen in sich aufsteigen. Sie war wütend darüber, dass sie enttäuscht war, wütend, dass sie sich entgegen allen Vorsätzen doch Hoffnungen gemacht hatte.

Mit einem leisen Schnauben hastete Luna über den Flur, sie brauchte frische Luft. Dringend. Sie eilte die Treppen nach unten und zügelte den Drang zu rennen. Luna spürte die Blicke der anderen Wartenden auf sich. Es waren so viele. So viele, die besser, erfahrener und selbstbewusster waren als sie. Luna schob sich durch die Drehtür nach draußen und trat in die schwache isländische Märzsonne hinaus. In der Hauptstadt lag nur noch wenig Schnee, die Straßen schimmerten nass, der Himmel strahlte in einem reinen klaren Blau. Nur wenige Hundert Meter entfernt funkelte die gekräuselte Meeresoberfläche unter den Sonnenstrahlen.

Luna ballte ihre Hände zu Fäusten und stieß einen unterdrückten Schrei aus, die Spannung in ihr war einfach zu groß, während sie ein paar Schritte ging, um nicht vor den Fenstern des Hotels von den anderen gesehen zu werden. »Scheiße, Scheiße, Scheiße!«, schimpfte sie. »Was stimmt eigentlich nicht mit mir?!«

Sie schloss die Augen und atmete ein und wieder aus. Ihr rasender Herzschlag beruhigte sich nur langsam. Eiskalter Sauerstoff füllte ihre Lungen, und die brennenden Wangen wurden von einem kühlen Luftzug erfrischt. Ein Abenteuer, das war es, was sie erwartet hatte. Nicht das Gefühl, unzulänglich zu sein. Vielleicht war ihre Enttäuschung auch deswegen so groß, weil sie es bis Tag zwei geschafft hatte. Dass sie keine Chance hatte, war ihr vorher klar gewesen, aber ihre Sehnsüchte wollten etwas anderes, und es war schwer zu akzeptieren, dass die Reise jetzt schon vorbei sein sollte. Letztlich hatte sie in einem wichtigen Punkt versagt: Sie hatte sich vor dem Assessment-Center vorgenommen, bei sich zu bleiben. Das war ihr nicht gelungen. Sie war wie versteinert gewesen, eingeschüchtert und einfach nicht sie selbst.

Luna holte noch einmal tief Luft.

»Na, ist es nicht gut gelaufen?«, hörte sie eine tiefe, raue Männerstimme auf Englisch fragen.

Da Luna nicht damit gerechnet hatte, dass überhaupt jemand hier draußen war, schrie sie entsetzt auf. Es schwang kein Mitleid in der Frage, aber Neugierde. Kein Hohn, wie sie es von manchen anderen Teilnehmern erwartet hätte. Sie hatte schon einige Seitenhiebe einstecken müssen in diesen zwei Tagen, daher war sie überrascht, dass jemand einfach nur nett zu ihr war.

Ein Mann saß auf einem Betonpoller, der vermutlich dazu da war, freche Autofahrer davon abzuhalten, auf dem Rasen zu parken. Luna blinzelte und rang nach Atem. Ihr Herz raste, nicht nur, weil sie sich erschreckt hatte. Dieser Fremde war attraktiv. Sehr attraktiv. Sogar im Sitzen war zu erahnen, dass er groß war. Er hatte breite Schultern, die unter einem Wollpullover mit dem speziellen isländischen Muster zu erkennen waren, und einen klaren, sehr durchdringenden Blick aus den eindrucksvollsten blauen Augen, die sie je gesehen hatte. Seine blonden Haare waren vom Wind zerzaust. Er besaß eine ausgeprägte Kinn- und Wangenpartie, an ihm war nichts Zartes. Im Gegenteil, er wirkte wild und unzähmbar. Lunas Puls raste noch immer. Ihr Mund war staubtrocken und ihre Knie fühlten sich wie Schokoladenpudding an. »Entschuldigung?«, wiederholte sie.

»Du siehst ein bisschen mitgenommen aus, ist etwas nicht in Ordnung?«

Luna legte ihren Kopf schief und überlegte. Mitgenommen, ja, das war das richtige Wort. Genau so fühlte sie sich auch. »Nein, ich glaube nicht.«

»Warum?«

Obwohl sie seine Fragerei ein wenig aufdringlich fand, musste sie zugeben, dass sie sich gleichzeitig darüber freute. Zum ersten Mal seit zwei Tagen hatte sie das Gefühl, nicht mutterseelenallein inmitten vieler anderer zu sein. Aus seinem offenen Blick sprach kein hinterlistiges Lauern, obwohl er vermutlich selbst bei diesem Auswahlverfahren mitmachte –

oder mitgemacht hatte. Warum sollte er sonst hier sitzen? Anscheinend wusste er ziemlich gut Bescheid, was da drin vor sich ging. Im ganzen Hotel wimmelte es von Bauingenieuren, Statikern und Architekten. Was wohl seine Profession war?

»Weil ich es vermasselt habe«, stieß sie mit einem lautlosen Seufzen hervor. Sie hob ihre Schultern und ließ sie sogleich wieder sinken, während sie sich im Blau seiner Augen verlor.

Der Unbekannte musterte sie weiter seelenruhig. Ihr wurde heiß – vor allem an Stellen, von denen sie es nicht erwartet hatte: Sengende Hitze sammelte sich in ihrem Unterleib.

Ach du Schande.

Das konnte ja wohl nicht wahr sein!

Unfassbar, dass ihre Hormone beim bloßen Anblick eines attraktiven Fremden überkochten. Das sah ihr gar nicht ähnlich, von Männergeschichten hielt sie sich grundsätzlich fern. Luna verzog ihre Lippen und verschränkte die Arme vor ihrer Brust. Sie reckte ihr Kinn ein wenig nach vorn, während der kühle Nordwind immer wieder Strähnen ihres langen dunkelbraunen Haars in ihr Gesicht wehte. Eine willkommene Abkühlung.

»Das tut mir leid. Was ist passiert?«, wollte er wissen, nachdem seine Musterung abgeschlossen war. Eigentlich hatte Luna etwas gegen Kerle, die Frauen als Objekte betrachteten, merkwürdigerweise empfand sie seine Begutachtung anders. Sie freute sich darüber. Luna nagte an der Innenseite ihrer Wange, ehe sie antwortete. »Ach, weißt du, mir war klar, dass ich hier keine reelle Chance habe, aber ich habe nicht mein Bestes gegeben, vor allem habe ich nicht meinen Grundsatz befolgt: die echte Luna zu zeigen. Das ist mir gründlich misslungen, und darüber ärgere ich mich gerade schwarz.«

Eine Augenbraue wanderte langsam in die Höhe, dann sagte er: »Das musst du mir erklären.«

Normalerweise war Luna zu skeptisch, um einem Fremden auf Anhieb zu vertrauen, aber in diesem Fall war es anders. Vielleicht auch, weil sie glaubte, dass er es nachvollziehen konnte, denn er hatte ja offenbar selbst an diesem Klamauk teilgenommen. »Du hast sicher keine Lust, dir stundenlang mein Gejammere anzuhören, es ist jetzt ohnehin egal. Ich gehe mal lieber Koffer packen, denn ich werde nach meiner schlechten Vorstellung vermutlich in die nächste Maschine nach Hause gesetzt.«

»Und das möchtest du nicht?«

Luna lachte auf. »Bist du verrückt? Natürlich nicht! Allein hier zu sein, ist ein riesiger Traum, der für mich in Erfüllung gegangen ist. Dieses Land ist einfach der Wahnsinn. Viel habe ich natürlich noch nicht gesehen, aber ich habe mich auf die Reise vorbereitet. Ich habe ja sogar etwas Isländisch gelernt.«

Ein Lächeln zupfte an seinen Mundwinkeln.

Halleluja.

Das machte ihn noch attraktiver. In ihrem Bauch kribbelte es, Luna versuchte es zu ignorieren, während sie sich auf Isländisch vorstellte. »Góðan daginn, ég heiti Luna.« *Guten Tag, ich heiße Luna.*

Er nickte anerkennend. »Gaman að hitta þig«, gab er zurück. *Schön, dich kennenzulernen.*

Luna war ein wenig enttäuscht, dass er sich selbst nicht vorstellte, erinnerte sich aber daran, dass sie ihn nach diesem Tag ohnehin nie wiedersehen würde.

Der Gedanke ernüchterte sie ausreichend, um das unerwünschte Kribbeln in ihrer Magengrube in den Griff zu bekommen. »Ja, äh, ich geh lieber wieder rein. Die werden sicher gleich verkünden, wer in die nächste Runde kommt und wer nach Hause *darf*.«

Sie wollte sich gerade abwenden, um zu verschwinden, als er eine Hand hob. »Warte«, rief er.

»Was ist?« Sie hielt inne.

»Wie ... Wer hat dich hierher eingeladen?«

»Ein Headhunter hat mich über meinen Instagram-Account kontaktiert.«

»Du siehst sehr jung aus.«

Von jedem anderen hätte sie diesen Satz als Beleidigung aufgefasst, aus seinem Mund hörte es sich eher nach einem Kompliment an. Sie zuckte die Schultern. »Ja, ich bin erst siebenundzwanzig, habe kaum Erfahrung, aber ich habe mir ein Traumhaus gebaut, mit meinen eigenen Händen, meiner eigenen Vision, auf einem Stückchen Land, das mir meine Großeltern vermacht haben. Anscheinend hat es den Leuten gefallen, nur deshalb bin ich hier. Ich habe meinen Instagram-Account *Lunabuildsherownhome* genannt. Nicht gerade einfach zu merken, aber offenbar, na ja.« Sie lachte. »Es hat mich bis nach Island gebracht.«

»Was hast du studiert?«

»Bauingenieurwesen und Architektur.« Sie lächelte zögerlich, dann wurde es breiter. Sie merkte, dass eine Last von ihren Schultern abfiel, die sie bis eben heruntergedrückt hatte. »Ich war schon immer eine Streberin.« Sie zwinkerte ihm zu. »Wir sehen uns.«

Dann ging sie davon, ohne sich noch einmal nach ihm umzublicken.

2

Luna saß in der Lobby des Grand Hotels und nippte an ihrem Wasser. Niemand hatte sie noch einmal in eine Besprechung gebeten, gleichzeitig war sie aber auch nicht nach Hause geschickt worden. Vielleicht hatte man sie schlichtweg unter den vielen Talenten vergessen. Möglich wäre es, dachte sie mit einem sarkastischen Grinsen.

Der Leiter des Assessment-Centers, Ólafur Darri, trat gerade in die Lobby, er verschaffte sich mit einer Geste Aufmerksamkeit. Luna richtete sich im Sitz auf. Vermutlich wurde nun der oder die Gewinnerin verkündet.

»Ihr Lieben, danke, dass ihr mitgemacht habt. Wir sind nun beinahe am Ende angelangt. Für diese letzte Runde haben wir die fünf Damen und Herren ausgewählt, die in einer direkten Fragerunde gegeneinander antreten. Dafür möchte ich die Personen gleich zu mir nach vorn bitten. Die Fragerunde werden wir hier abhalten, sodass alle, die möchten, zuhören können.«

Luna machte große Augen. Na, das würde sicher spannend

werden. Sie hatte sich natürlich längst gefragt, welcher Teilnehmer am Ende das Rennen machte. Sie würde auf jeden Fall bleiben, um sich das anzusehen, auch wenn es wehtat.

Ólafur Darri schob sich seine Brille ein wenig höher auf die Nase und las von einem Zettel ab. »Als Erstes möchte ich Graham O'Connell zu mir bitten.«

Sie hatte keine Ahnung, wer das war, aber ein dunkelhaariger Mann mit Bauchansatz erhob sich und nickte zufrieden in die Runde. Fünf Stühle wurden gleichzeitig von Hotelmitarbeitern in einem Halbkreis auf einem kleinen Podest, das als eine Art Bühne fungieren würde, arrangiert.

»Minnie Lemberg«, wurde die Nächste aufgerufen. Bei ihr handelte es sich um eine schlanke Schwedin, die bereits mehrere Architekturpreise für ihre Arbeit gewonnen hatte. Die im Einklang mit der Natur gebauten Objekte bildeten das Herzstück ihres Portfolios.

»Piotr Swindozs ...«

Ein Pole, wie Luna mitbekommen hatte, der nicht weniger erfolgreich als die Schwedin war. Und nicht minder selbstbewusst.

»Muhammed Naifeh ...« Ein Araber, der sich in Dubai mit Luxusprojekten einen Namen gemacht hatte. Sein schwarzes Haar war von ersten grauen Schlieren durchzogen, er trug ein lässiges Jackett zu einem strahlend weißen Hemd. Der Mann stand auf und nickte so selbstbewusst in die Runde, als hätte man ihn bereits zum Sieger gekürt.

»Luna Maria Skröder«, las jemand ihren Namen vor. Falsch wie immer im Ausland. Niemals kam das »Sch« als solches an. Sie runzelte die Stirn, erst jetzt kapierte sie, dass sie angesprochen worden war. Damit hatte sie beim besten Willen nicht gerechnet. Das bedeutete ja, dass sie noch im Rennen war! Luna stockte der Atem.

Unglaublich. Das konnte nicht sein.

Köpfe drehten sich in ihre Richtung, Luna erstarrte. Sie war tatsächlich die fünfte Kandidatin, die in der letzten Runde stand? Sie konnte es kaum glauben.

Das war geradezu absurd!

Luna war kurz davor, sich selbst zu kneifen, ließ es aber natürlich sein.

»Luna?«, wiederholte Ólafur Darri und blickte in ihre Richtung.

Sie stand auf, und für einen Moment wurde ihr schwarz vor Augen. Ihr Kreislauf spielte verrückt, kein Wunder bei all der Aufregung. Sie atmete einmal tief durch, dann straffte sie sich und strich ihr Kleid am Hintern glatt. Nicht, dass sie sich noch auf eine Weise lächerlich machte, die sie ihr Leben lang verfolgen würde. Schließlich setzte sie sich in Bewegung und stakste wie ein Storch im Salat zur Bühne, wo die anderen bereits ihre Plätze eingenommen hatten. Ein Stuhl am Rand war noch frei, der beschrieb ihre Position sehr treffend: Sie war die absolute Außenseiterin.

Warum war sie überhaupt noch im Rennen? Sie hatte es, bis ihr Name aufgerufen worden war, nicht für möglich gehalten.

Luna setzte sich und schlug ein Bein über das andere, als sie den neugierigen Fremden im Wollpullover im hinteren Teil der Lobby entdeckte. Er lehnte lässig an der Wand, in der Hand hielt er eine Tasse Kaffee. Als sich ihre Blicke trafen, zwinkerte er ihr aufmunternd zu. Er war also immer noch hier, und er schien nicht im Mindesten traurig darüber zu sein, dass er nicht an ihrer Stelle auf der Bühne saß. Das machte ihn sympathisch.

Luna blieb nicht viel Zeit, darüber nachzudenken, denn die ersten Fragen wurden bereits gestellt. Sie war leider nicht so auf Zack wie die anderen vier, und so war sie noch nicht dazu gekommen, sich zu Wort zu melden, um ihre Meinung auszusprechen. Sie fühlte sich unwohl, aber verbarg es hinter einem nichtssagenden Lächeln. Sie hoffte, dass man ihr nicht ansah, wie angestrengt sie nachdachte.

»… kann Tourismus überhaupt nachhaltig sein?«, lautete die nächste Frage.

Die Schwedin war an der Reihe. Luna hatte Schwierigkeiten, ihr zu folgen, sie sprach so schnell und verwendete komplizierte Fachbegriffe. Luna bekam aber mit, dass die Zuhörer anerkennend nickten. Offenbar wusste die Frau, worüber sie redete, vor allem konnte sie die Leute überzeugen. Sie hatte dieses gewisse Charisma, von dem Luna sicher war, es selbst nicht auszustrahlen.

Luna fand die Frage zudem sehr schwer zu beantworten, hob aber dennoch ihre Hand. Ólafur Darri bedeutete ihr zu sprechen. »Letztlich ist klar, am nachhaltigsten führen wir unser Leben, wenn wir zu Hause bleiben, Radfahren und unser Gemüse selbst anbauen. Tourismus und Nachhaltigkeit passen nicht unbedingt zusammen, aber man kann einiges dafür tun, dass man die Welt nicht schlechter macht, sondern trotz allem ein Stück weit besser. Auch die soziale und kulturelle Seite spielen meiner Meinung nach im Zusammenhang mit Nachhaltigkeit eine große Rolle. Sollte ein Projekt wie das hier angestrebte nicht auch einen Mehrwert für die Gesellschaft, die dort lebt, bieten? Wenn man das, natürlich mit einer ökologisch verträglichen Bauweise, in Einklang bringen kann, finde ich: Es birgt einen Mehrwert und ist damit nachhaltig in gewisser Weise. Es gibt vier Bausteine, die ich bei einem Bau wie diesem in Betracht ziehe: der ökologische Fußabdruck der Anlage, die kulturellen Aspekte des Ortes, die soziale Situation und die wirtschaftliche. Dann kann ich guten Gewissens von Nachhaltigkeit im Tourismus sprechen.«

Luna war heiß geworden, sie war versucht, sich Luft zuzufächeln. Es herrschte Schweigen in der Lobby. Die Leute schienen darüber nachzudenken, was sie gesagt hatte.

Der Kanadier riss das Wort an sich und plapperte in einer Geschwindigkeit drauflos, sodass Luna ihm nicht folgen konnte.

Vermutlich interessierte den Geldgeber die Nachhaltigkeit nicht wirklich, meistens wurden diese Punkte nur auf der Liste abgearbeitet, weil sie gerade angesagt waren, aber letztlich dann doch nicht beachtet.

Luna presste ihre Lippen zusammen. Für sie war es nicht nur Gerede, sie wollte, dass die Welt zu einem besseren Ort für alle wurde.

Sie hörte kaum noch zu, Tränen verwässerten ihr die Sicht. Sie fühlte sich auf der Bühne nicht wohl. Luna wusste nicht mal, warum ihr zum Heulen zumute war. Vielleicht war es einfach zu viel für ihre Nerven, die ganze Anspannung der letzten Tage. Sie wollte nur noch, dass es vorbei war, dass sie diese Lobby verlassen konnte.

»Vielen Dank, dass ihr diese letzte Runde mitgemacht habt«, erklärte Ólafur Darri endlich. »Wir ziehen uns jetzt noch einmal zur Beratung zurück und kommen in zwanzig Minuten mit unserer Entscheidung wieder hierher.«

Luna wartete nicht auf weitere Informationen, sie rannte auf ihr Zimmer, schloss die Tür hinter sich und raffte ihre Sachen zusammen. Sie stopfte alles wahllos in ihren Koffer, der ziemlich groß war – für den Fall der Fälle hatte sie gleich mehr eingepackt.

»Gott, ich bin so doof«, murmelte sie und rieb sich mit der

Hand über das Gesicht. Dass sie Klamotten eingepackt hatte, um länger zu bleiben, sagte genug über ihre Naivität aus.

Das Hotel-Telefon bimmelte, sie ging nicht ran. Sicher jemand von der Rezeption, der wissen wollte, warum sie noch nicht ausgecheckt hatte. »Bin ja gleich fertig«, brummte sie, und irgendwann hörte es auf.

Konsterniert ließ Luna sich auf das Bett fallen, auf fünf Minuten kam es jetzt auch nicht mehr an. Sie schloss die Augen und versuchte dieses ganze bescheuerte Assessment-Center zu vergessen. In ihrem Kopf drehte sich alles, sie war fix und fertig.

Ein Klopfen an der Tür ließ sie auffahren.

»Hallo, Luna? Bist du da drin?«, erklang eine weibliche Stimme von draußen.

Sie hatte keine Ahnung, wer das war. Freundschaften hatte sie bislang keine geschlossen.

»Ja, bin gleich fertig.« Sicher jemand vom Hotelpersonal. Das kannte man ja, dass die einen aus dem Zimmer schmissen, damit die Putzkolonne ihren Job machen konnte.

»Könntest du bitte nach unten kommen? Alle warten auf dich.«

Luna setzte sich ruckartig auf. »Äh, wieso?«

»Du hast gewonnen.«

Lunas Kiefer klappte nach unten. »Sehr witzig«, brummte sie.

Diese Art von Humor hatte sie noch nie leiden können.

»Ich bin es, Kata, erinnerst du dich? Geht es dir gut? Kannst du runterkommen? Sonst erkläre ich den Leuten, dass du gerade unpässlich bist.«

Luna sprang vom Bett. Das hörte sich nicht nach einem Witz an. Jetzt zwickte sie sich doch, sie musste träumen. Luna öffnete die Zimmertür und schaute in das freundliche Gesicht der Psychologin. »Entschuldigung, was hast du eben gesagt?«, stieß Luna atemlos hervor.

Kata lächelte. »Komm mit, ich weiß, das waren zwei anstrengende Tage, aber wir wollen dir doch alle so gern persönlich gratulieren. Du bist ausgewählt worden: Du bist der neue kreative Kopf im Team.«

»Das kann nicht sein«, stammelte sie kopfschüttelnd. Sie traute ihren Ohren nicht.

∼

MAGNI STAND bei geöffneter Fahrertür neben seinem Wagen und unterhielt sich mit seiner Schwester. Soffia trug neuerdings einen modischen Kurzhaarschnitt, sie war so blond wie er. Auf der Nase saß eine schwarze Kunststoffbrille. »Bist du zufrieden?«, fragte Soffia ihn.

Er zuckte die Schultern. »Bisschen früh, das jetzt schon zu beurteilen.«

»Du weißt, dass meine Wahl auf jemand anderen gefallen wäre«, wandte sie ein.

Er unterdrückte ein Seufzen. »Ja«, war alles, was er erwiderte.

Soffia wollte gerade noch etwas loswerden, als die Siegerin des Assessment-Centers mit ihrem Koffer aus dem Hotel trat. Sie wurde von Ólafur Darri begleitet. Magni hob seine Hand und winkte die beiden zu sich.

»Ich nehme sie mit in den Norden«, erklärte er Soffia, deren Augen sich weiteten.

»Bist du sicher?«

Er nickte. »Glaubst du, ich mache Witze?«

»Du hast sie doch wohl hoffentlich nicht aus *diesem* Grund ausgewählt, oder?« Zwischen ihren Augenbrauen bildete sich eine steile Falte.

Magni atmete kaum hörbar aus. »Wenn du sonst keine Probleme hast, Schwesterchen? Hast du nicht zugehört, was sie gesagt hat? Sie war die Einzige, die erkannt hat, worum es mir mit dem ganzen Projekt geht. Willst du mir gerade Sexismus vorwerfen?«

Soffia hob abwehrend die Hände. »Ja, okay, ist ja gut. Fragen wird ja wohl noch erlaubt sein.«

»Nein«, knurrte er, dann hielt er die Klappe, weil die beiden bei ihnen ankamen.

»So, hier haben wir Luna Maria«, erklärte Ólafur Darri überflüssigerweise.

Luna wirkte erschöpft. Sie blickte zwischen ihnen hin und her und verstand offenbar nicht, was hier los war. Magni erklärte auf Isländisch: »Danke, ich übernehme Luna ab hier, sie kommt mit mir.«

Ólafur Darri nickte, dann verabschiedete er sich von Luna mit Küsschen hier und da und tigerte davon. Magni hoffte, dass seine Schwester auch zügig einen Abflug machte, ehe sie etwas Unüberlegtes ausplauderte, das alles erschweren würde.

»Ich bin Magni«, stellte er sich Luna endlich vor. »Wir sind uns vorhin schon begegnet.«

»Ich bin Luna«, erwiderte sie wie er auf Englisch.

»Meine Schwester kennst du ja schon«, fügte er noch an.

»Oh, ihr seid Geschwister, das wusste ich nicht.« Sie schaute von einem zum anderen und suchte vermutlich nach Ähnlichkeiten. Sie beide waren blond und blauäugig, aber von dieser Sorte gab es viele in Island. Soffia war schlank und groß, vielleicht sahen sie sich ein bisschen ähnlich, ja. Er konnte nicht erkennen, zu welchem Schluss Luna kam.

Soffia lachte. »In Grenivík sind zwar nicht alle verwandt,

aber trotzdem kennt jeder jeden, das wirst du schnell herausfinden. Willkommen an Bord, Luna.« Sie reichte ihr die Hand.

Luna lächelte, ihre Augen strahlten. »Ich kann es noch immer nicht fassen, dass ich das Rennen gemacht habe. Das muss ich ehrlich zugeben, aber ich freue mich wie verrückt.«

Magni wandte sich an seine Schwester. Er wollte sie loswerden. »Fährst du gleich los?« Ein dezenter Hinweis an Soffia, dass sie gehen konnte.

»Ich habe einen Flug gebucht, er geht in einer halben Stunde.«

Luna riss ihre Augen auf. »Ui, das wird dann aber knapp.«

Soffia lachte. »Das schaffe ich, keine Sorge. Wir sehen uns dann im Norden, Luna. *Bless*, Magni. Euch eine gute Fahrt.«

Seine Schwester warf ihm noch einen warnenden Blick zu, den Magni ignorierte. Ein wenig ärgerte er sich, dass Soffia ihn für so wenig professionell hielt. Albern noch dazu. Als ob persönliche Präferenzen in einer so wichtigen Entscheidung die faktischen überwiegen würden. Er war versucht zu schnauben, ließ es aber sein.

»So, dann wollen wir mal. Gib doch deinen Koffer her«, meinte er mit einem freundlichen Lächeln zu Luna.

»Wie jetzt?« Sie schien nicht zu begreifen.

»Na, ich nehme dich mit nach Grenivík. Bist du überhaupt schon auf dem Laufenden, wie es jetzt weitergeht?« Er schnappte sich ihren Koffer und wuchtete ihn in den Laderaum seines Pick-ups, dann schloss er den Deckel.

Sie sah ihn mit einem Blick an, der ihm klarmachte, dass sie daran zweifelte, ob sie ihm davon erzählen müsste. Magni konnte das gut nachvollziehen, aber würde sie jetzt noch nicht über seine Rolle in diesem Projekt aufklären. »Ähm«, machte sie nur, er wollte ihr das Leben nicht schwer machen, daher grinste er und stieg ein. Vom Fahrersitz aus rief er ihr zu: »Nun komm schon, oder willst du Wurzeln schlagen?«

Luna zuckte die Schultern und glitt mit einem leisen Seufzen auf den Beifahrersitz. Sie wirkte zierlich in seinem riesigen Auto. In ihm regte sich sein Beschützerinstinkt. Albern, sagte er sich. Sie konnte sicher gut auf sich selbst aufpassen, und diese Machoanwandlungen kannte er überhaupt nicht von sich. Er schob den Gedanken beiseite und startete den Motor. »So, dann wollen wir mal.«

Er legte einen Gang ein und brauste los. Ehe sie in Richtung Norden aufbrachen, hatte er noch einige Punkte auf seiner Liste. Ganz oben stand der Besuch bei *Baerins Bestu* an, der Würstchentruck war nicht mehr das, was er noch vor einigen Jahren gewesen war, aber immer noch eine Adresse, die man besuchen musste, wenn man in Reykjavík war.

Magni fuhr die Krimglumýrarbraut, die Hauptverkehrsstraße am Wasser, entlang und ihm entging nicht, wie ehrfürchtig Luna aufs Meer hinausschaute. Die dunkle Oberfläche kräuselte sich, der Wind hatte aufgefrischt. Über den bedrohlich wirkenden Himmel wirbelten dichte, graue Wolken.

»Wieso halten wir hier?«, erkundigte sie sich, als er den Pick-up in der Innenstadt parkte.

»Wirst du gleich sehen, komm mit.«

Luna schaute ihn fragend an, aber folgte ihm. Vor dem bekanntesten Hotdog-Stand der Stadt hatte sich eine kleine Schlange gebildet – wie jeden Tag. Leider war es kein echter Geheimtipp mehr, seit irgendein Idiot in einem Reiseführer vom besten Würstchen-im-Brot berichtet hatte. »Gibt es etwas, was du nicht magst?«, wollte er von Luna wissen. »Auf deiner Wurst meine ich.«

Sie guckte ihn mit gerunzelter Stirn an. »Ich lasse mich überraschen, es sei denn, sie streuen Zuckerstreusel darauf.«

Magni lachte. Irgendwie fand er ihren trockenen Humor erfrischend. »Sehr gut.«

Er bestellte zwei Hotdogs mit allem – Wurst, Senf, Zwiebeln, Ketchup, saure Gurken und Remoulade – und Cola dazu. Dann gingen sie zurück zum Auto, denn es hatte angefangen zu regnen und war sehr ungemütlich geworden. »Gott, ist das ein Wetter«, keuchte Luna und schlug die Tür hinter sich zu.

Er hob eine Braue. Ihn amüsierte ihre Reaktion, er wollte zu gern sehen, wie sie auf einen Schneesturm reagierte – den könnte sie sogar schon sehr bald erleben, wenn die Meteorologen recht hatten. Das war das Tückische in Island. Man dachte zu häufig, dass man den Winter überstanden hatte, wenn die ersten Sonnenstrahlen einem das Gesicht wärmten. Aber genau dann brachte Frau Holle oft noch einmal meterhohen Schnee. Oder zweimal. Oder dreimal.

Magni grinste in sich hinein, während er Luna beim Essen aus dem Augenwinkel beobachtete. Er mochte Frauen, die sich nicht zierten. Luna wirkte mittlerweile recht gelassen auf ihn, und ehrlicherweise musste er zugeben, dass ihre Natürlichkeit, neben ihrem Statement zur Nachhaltigkeit, einer der Hauptgründe gewesen war, dass sie letztlich für das Projekt ausgewählt worden war. Er und alle anderen im Team hatten ihr geglaubt, was bei all den anderen hoch bezahlten Architekten und Bauingenieuren nicht der Fall gewesen war. Er wollte niemanden engagieren, dessen Ego größer war als die Interessen der örtlichen Gemeinde. Schließlich ging es darum, seinen Traum zu verwirklichen.

»Mann, war das gut«, seufzte Luna genüsslich und wischte sich einen Rest Remoulade vom Kinn.

»Das freut mich, das war der erste Punkt der *Must-Sees*.«

»Und was folgt als Nächstes?«

»Hast du schon mal vom Golden Circle gehört?«

»Ja, im Flugzeug, das sind mehrere Attraktionen im Süden von Island, richtig?«

Er nickte. »Da wäre zum einen der Gullfoss, ein beeindruckender Wasserfall, die Geysire natürlich und das Althing. Hättest du Interesse, das alles zu sehen?«

»Bringt das nicht unseren Zeitplan durcheinander?«

Er schmunzelte in sich hinein. Pflichtbewusstsein war etwas, was man den Deutschen ja gern nachsagte. »Entspann dich, der Zeitplan ist flexibel.«

Sie kramte in ihrer Handtasche und holte ihr Handy hervor. »Ólafur Darri hat gesagt, dass ich in einer Mail alle weiteren Instruktionen bekommen würde. Den Vorvertrag habe ich vorhin schon unterzeichnet.«

»Machst du dir Sorgen deswegen?«

Sie lachte, es klang in der Tat ein wenig nervös. Magni fuhr in Richtung Gullfoss los. »Ich, äh, na ja. Ich weiß nicht. Sollte ich? Ich kann ja nicht mal den Namen des Oberbosses aussprechen. Snilugur ... oder so ähnlich.«

Magni verstand gut, dass sie mit dem Namen Probleme hatte. Kaum jemand, der Isländisch nicht beherrschte, würde damit zurechtkommen. »Snælaugur Magnús Pálmarsson«, half er ihr aus.

Sie fuhr sich mit der Hand über die Stirn. »Gott, ich sollte den Namen besser lernen, ehe ich ihm begegne. Du kennst ihn? Bist ja offenbar auch bei ihm angestellt.«

Magni war klar, dass er sich hier auf einem sehr schmalen Grat bewegte, aber er fühlte, dass sie noch nicht für die volle Wahrheit bereit war. »Grenivík ist eine sehr kleine Gemeinde, irgendwie arbeiten wir alle ein bisschen für ihn, wenn wir uns am Projekt beteiligen.«

»Und was ist dein Job?«

»Ich bin sozusagen dein Kindermädchen. Fürs Erste.«

»O-kay«, gab sie lang gezogen zurück. »Dann hast du also nur deshalb die ganze Zeit da am Hotel herumgelungert?«

Er nickte. »So ungefähr, ja. Hat mich natürlich auch interessiert, wer das Rennen macht. Und letztlich bin ich dafür verantwortlich, dir ein bisschen die Gegend zu zeigen: Du sollst Island verstehen, ehe du mit der wirklichen Arbeit anfängst.«

»Warum hat dieser *Snä-snä-snilugur*, Hilfe, ich werde diesen Namen nie lernen, dann keinen Isländer eingestellt?«

»Soweit ich informiert bin …« Er hüstelte. Gott, er hasste es, sie anzuflunkern, aber wenn er ihr jetzt sagte, dass er besagter Boss war, würde sie vor Ehrfurcht erstarren. Er wollte sie erst ein wenig besser kennenlernen, die echte Luna, ehe sie erfuhr, dass er der Bauherr war. Das Wissen über sein Vermögen veränderte den Blick der Leute auf ihn, das mochte er nicht. In Grenivík war das zum Glück nicht der Fall, dort war er aufgewachsen, für die Leute war er einfach nur Magni, wie er seit Kindertagen gerufen wurde. »Also, soweit ich informiert bin, hat er mit sehr vielen Leuten Gespräche geführt, aber niemand hat ihm zugesagt, deshalb kam dann diese internationale Ausschreibung. Mein Auftrag lautet also: dir Land und Leute näher zu bringen. Ein bisschen was von der Natur zu zeigen und dabei zu erklären, wie die Menschen hier so ticken.«

»Das klingt logisch. Ich freu mich auf jeden Fall. Immer noch fühlt sich das alles wie ein Traum an.« Lunas Wangen waren gerötet, sie wirkte auf einmal jung, sehr jung.

»Wie alt bist du noch mal?«

»Dir ist schon klar, dass man Frauen ab dreißig diese Frage nicht mehr stellen darf, oder?«

Er hob eine Braue. »Du bist nie und nimmer dreißig.«

Sie lachte und schüttelte den Kopf. »Nein, bin ich nicht. Ich bin siebenundzwanzig. Ich wollte dich nur vorwarnen.«

Ihr Handy brummte. Er bekam mit, dass sie ihr Gesicht verzog.

»Schlechte Nachrichten?«, wollte er wissen, während sie Reykjavík hinter sich ließen.

»Nicht wirklich, nein. Nur Familienangelegenheiten, um die ich mich jetzt nicht kümmern möchte.«

»Verstehe«, erwiderte er, obwohl er natürlich keine Ahnung hatte. Soweit er wusste, hatte Luna nur eine Mutter, der Vater war nicht in ihrem Lebenslauf erwähnt. Sie war zudem ein Einzelkind. Gott, er fühlte sich schon fast wie ein Stalker, was er natürlich nicht war. Die Informationen über Luna hatte er nur noch im Kopf, weil es um das Projekt ging. Er hatte sie von jedem Kandidaten gelesen, aber nicht von allen die Details behalten.

Er fuhr ein bisschen schneller, weil er sich nicht mit gewissen Gedankengängen beschäftigen wollte. Der strenge Blick seiner Schwester fiel ihm wieder ein.

Nein, seine Entscheidung bezüglich Luna hatte rein gar nichts damit zu tun, dass er sie attraktiv und anziehend fand. Sie war nur ausgewählt worden, weil sie die perfekte Kandidatin dafür war, sein Traumprojekt zu realisieren. Er hatte es an ihrem Instagram-Account gesehen und an der Art, wie sie mit Menschen umging. Und an ihren Antworten. Luna würde mithilfe des Teams eine neue Perspektive für Grenivík erschaffen, und er freute sich wahnsinnig auf die Monate, die vor ihnen lagen.

3

Luna war hundemüde. Sie konnte kaum noch die Augen offen halten. Dunkel war es schon lange, sie hatte das Gefühl für Raum und Zeit verloren. Nach dem beeindruckenden Gullfoss-Wasserfall waren sie zu den Geysiren und anschließend noch zum Althing, dem alten Parlament, gefahren, wo schon vor tausend Jahren Gesetze beschlossen worden waren.

Obwohl sie aufgekratzt war, sehnte sich ihr Körper nach Ruhe. »Wo gehts jetzt noch hin?«, fragte sie mit letzter Kraft. Magni wirkte im Gegensatz zu ihr völlig frisch, so, als hätte ihn diese Tour zusätzlich belebt. Aber ihm steckte auch kein zweitägiges Assessment-Center in den Knochen.

Es wäre so einfach, die Lider zu schließen und zu schlafen. Sie waren sicher noch eine ganze Weile unterwegs, aber sie hatte Angst, dass sie sabberte oder peinliches Zeug im Schlaf redete. So gut kannte sie ihn schließlich nicht, dass sie sich völlig fallen lassen konnte – egal, wie verlockend der Gedanke jetzt war.

»Es tut mir leid, ich glaube, das war alles zu viel, oder?«, meinte er entschuldigend.

»Was, nein? Es war großartig, ich bin einfach nur erledigt.«

»Das ist verständlich, pass auf, ich habe eine Idee.« Er fuhr ein wenig schneller, obwohl er sowieso schon – für Lunas Geschmack – flott unterwegs war. Fünf Minuten später bogen sie auf den Parkplatz eines Hotels ab.

»Äh, was machen wir hier?«

»Na, übernachten. Was denkst du denn?«

Sie setzte sich auf. »War das geplant?«

Magni schaute sie kurz an, dann lachte er auf. »Nein, aber das ist die nächste Lektion über uns Isländer: Man kann nicht alles planen, manchmal muss man einfach aus dem Bauch heraus entscheiden. Du bist müde und sehnst dich nach einem Bett. Ich soll dir Island zeigen, das geht am besten, wenn es hell ist. Zwei Fliegen mit einer Klappe. Du schläfst dich aus, und wir fahren dann morgen früh weiter.«

»Aber ich habe doch Termine ...«, wandte sie ein.

»Nichts, was man nicht verschieben könnte.«

»Und das weißt du so genau, weil ...?«, wollte sie von ihm wissen. Ihr Tonfall klang skeptisch.

»Ich weiß es eben«, gab er gut gelaunt zurück. Magni stellte den Motor ab und stieg aus, holte das Gepäck aus dem Kofferraum und wandte sich in Richtung Eingang. »Guck mal hoch, siehst du die Nordlichter?«

Sie rieb sich die Augen und schaute hinauf zum Himmel. Ihr Mund klappte auf. Das Spektakel am Nachthimmel war atemberaubend. In schillernden Grün- und Violetttönen tanzten die Polarlichter über den schwarzen Horizont. Unfassbar, so etwas hatte sie noch nie gesehen. Es übertraf alles, was sie auf Bildern bisher erahnen konnte. Sie war hin und weg und konnte nicht glauben, dass sie das erleben durfte. Es war so schön, so besonders. Allein dieses Schauspiel war alle Strapazen auf dem Weg hierher wert gewesen.

Lunas schneller Atem hinterließ kleine weiße Wölkchen in der eisigen Luft. Es roch in Island so anders als zu Hause. Intensiver. Würziger und gleichzeitig klarer. Einzigartig, aber wundervoll. Die Kälte kroch durch die Nähte ihrer Kleidung, doch Luna ließ sich davon nicht stören. Sie betrachtete gedankenverloren dieses wundervolle Phänomen und wusste, dass sie sich immer daran erinnern würde.

»Faszinierend, oder?«, hörte sie eine dunkle Stimme neben sich. Sie zuckte zusammen und holte überrascht Luft. Sie hatte gedacht, dass Magni schon ins Hotel gegangen wäre.

»Gott, du hast mich erschreckt.« Eine Gänsehaut breitete sich auf ihrem Körper aus – die nicht von der Kälte herrührte. Magnis einzigartiger Duft stieg ihr in die Nase. Sie dachte, dass sie sich nach der langen Zeit im Auto daran gewöhnt hätte, aber so nah waren sie sich im geräumigen Pick-up natürlich nicht gekommen. Er roch fantastisch. Viel zu gut. Sie verspürte ein Kribbeln in ihrer Magengrube. Magni stieß einen Laut aus, der einem Glucksen glich. Ob er ahnte, welche Wirkung er auf sie hatte, oder fand er es einfach nur witzig, sie erschreckt zu haben?

Luna gefiel der Gedanke nicht, dass ihm bewusst sein könnte, wie attraktiv sie ihn fand. Natürlich musste ihm klar sein, dass er ein Hingucker war, und vermutlich übte er auf die meisten Frauen eine ähnliche Wirkung aus wie auf sie. Er sah nicht nur unglaublich gut aus, er war buchstäblich das Abziehbild eines nordischen Gottes. Markante Gesichtszüge, eine gerade Nase, breite Schultern und ein athletischer Körper. Dazu umgab ihn diese außergewöhnliche Aura, die Luna magisch anzog. Der Isländer war selbstsicher, ohne überheblich zu sein. Magni hatte eine klare und geradlinige Art an sich, die ehrlich und offen wirkte. Er hatte es nicht nötig, sich selbst darzustellen oder sich in irgendeiner Form zu präsentieren. Warum auch? Luna war nur eine Frau, die er von A nach B befördern sollte – mit kleinen Umwegen vielleicht. Wieso machte sie sich überhaupt Gedanken darüber? Sie spürte, dass ihr trotz der Eiseskälte heiß unter ihrem Anorak wurde. Es war windstill, es war kein Laut zu hören. Außer dem Rauschen ihres Blutes in ihren Ohren.

Es sagte einiges über sie aus, dass sie so auf die Nähe eines Mannes reagierte – egal wie gut aussehend er auch sein mochte. Luna war keine spießige Jungfrau, aber sie hatte in ihrem Leben zu viel erlebt und gesehen, als dass sie sich von ihren Hormonen leiten lassen würde. Luna wollte sich nicht kribbelig und atemlos in der Gegenwart eines beinahe Fremden fühlen. Sie tat es doch. Was sie jedoch keinesfalls werden wollte, war eine von vielen in der Reihe seiner Verehrerinnen. Der Gedanke half ihr, ihre Nerven wieder in den Griff zu bekommen.

»Ich bin wirklich müde«, murmelte sie und marschierte dann in Richtung Hoteleingang. Magni folgte ihr mit dem Gepäck. Der Satz *Ich kann das selbst* lag ihr auf der Zunge, aber sie presste die Lippen aufeinander und schwieg. Er konnte schließlich nichts dafür, dass sie ein verkorkstes Verhältnis zu Männern, vor allem zu den gut aussehenden, hatte. Danke, Mama, dachte sie sarkastisch. Letztlich war das ein Punkt, an dem sie dringend arbeiten musste. Aber so einfach war es leider nicht. Sie brauchte keinen Therapeuten, um zu erkennen, dass ihre Vorsicht daher rührte, wie und mit wem sie aufgewachsen war. Die ständig wechselnden Bekanntschaften ihrer Mutter – um nicht zu sagen, die drei Ehemänner – waren nie lange genug geblieben, als dass Luna echtes Vertrauen in Bindungen hätte aufbauen können.

Nicht jetzt, sagte sie sich. Während ihres Islandaufenthaltes ging es nicht um ihr privates Vergnügen, und Magni war auch kein Verehrer. Die standen sowieso nicht gerade Schlange.

Nach einer Mütze voll Schlaf würde sie sicher auch nicht mehr jede Reaktion und jedes Wort auf die Goldwaage legen. Was ihr fehlte, war Ruhe, sonst nichts.

Luna trat durch eine sich selbst öffnende Flügeltür in das Gebäude. Wärme und ein angenehmer Duft schlugen ihr entgegen. Die Lobby des Hotels war schlicht, aber modern eingerichtet. Klare Linien, helle Farben und viele Lampen dominierten das Ambiente – neben den riesigen Fenstern, durch die man wegen der Dunkelheit aber nichts erkennen konnte, standen hohe Vasen. Luna machte sich eine geistige Notiz, dass es bei ihrem Projekt auch darauf ankommen würde, Gemütlichkeit mit Eleganz zu kombinieren. Die einzigartige Natur musste sie natürlich ebenfalls in ihre Vision einbinden, nicht nur das, sie sollte die Basis für alles andere sein. Nachhaltigkeit war kein dahingeplappertes Modemantra, jedenfalls nicht für Luna. Das hatte sie bereits schon beim Assessment-Center versucht zu erklären – sie hoffte zumindest, dass das einer der Gründe war, warum sie schließlich ausgewählt worden war. Luna glaubte nicht, dass ein Bunker aus Stahl und Beton, wie man sie oft in Großstädten sah, in diese Landschaft passte. Das Gebäude, das nach ihren Ideen gebaut werden würde, musste sich nahtlos in die Umgebung einfügen – nicht nur das, ebenfalls sollte es mit der Natur harmonieren. Keine einfache Aufgabe für ein so großes Projekt. Ein Hotel sollte im Norden von Island gebaut werden, aber kein ganz normales, sondern ein sehr exklusives, das auch die Punkte Nachhaltigkeit in der Bauweise ausdrücken sollte. Luna freute sich auf die Herausforderung, hatte gleichzeitig jedoch Angst zu versagen.

»Luna?«, sprach Magni sie an. Er wedelte mit einer Zimmerkarte vor ihrer Nase.

»Entschuldigung, ich muss ein wenig geträumt haben.« Sie lächelte verlegen, aber wich ihm nicht aus.

Der Blick aus seinen blauen Augen ruhte forschend auf ihr, dann nickte er. Luna fühlte sich wohl in seiner Gegenwart.

Die Erkenntnis überraschte sie, üblicherweise dauerte es sehr lange, bis sie Menschen auch nur ansatzweise vertraute. »Komm, ich begleite dich nach oben, du siehst wirklich erschöpft aus«, hörte sie ihn jetzt sagen.

Sie wollte erklären, dass alles okay war, dass sie den Weg selbst finden würde, aber sie brachte kein Wort heraus. Letztlich war es schön, nicht allein zu sein. Jemanden in ihrer Nähe zu wissen, der einfach nur freundlich war. Dieser Konkurrenzdruck in den letzten zwei Tagen hatte ihr anscheinend doch mehr zugesetzt, als sie gedacht hatte.

Magni schob Lunas Köfferchen; den Rucksack mit Computer und ihren persönlichen Habseligkeiten schulterte sie selbst.

Im Hotel war nicht viel los, in der Bar saßen noch ein paar Leute und genehmigten sich einen Drink. Luna war zu erschöpft, um sich ausgiebiger mit ihrer Umgebung zu befassen. Sie war froh, als sie das Ende der Lobby erreichten, wo eine Treppe und die Aufzüge nach oben führten. Magni drückte den Knopf, die Türen des Lifts öffneten sich, und er ließ ihr mit einer angedeuteten Verbeugung den Vortritt. Sie hätte einem eher kernigen Mann wie ihm eine derartige Geste nicht unbedingt zugetraut. Es wirkte, obwohl überraschend, dennoch absolut authentisch. Es unterstrich noch einmal, wie heiß dieser Typ in Wollpullover und ausgewaschenen Jeans wirklich war. Sie mochte, dass Magni kein aalglatter Anzugträger mit gegelten Haaren und teurer Armbanduhr war. Im

Gegenteil, sie fand es wundervoll, dass sein blondes Haar vom Wind zerzaust war und sein Wollpullover aussah, als hätte ihn jemand für ihn gestrickt.

Magni hatte von der ersten Sekunde an mit sich und seiner Umwelt im Einklang gewirkt, vermutlich war das der Hauptgrund, warum Luna sich zu ihm hingezogen fühlte. Bodenständigen und aufrichtigen Menschen begegnete Luna nicht häufig. Sie trat in den Lift und er folgte ihr. Magni schob eine Zimmerkarte in einen Schlitz und drückte einen Knopf. »Wir sind im vierten Stock, ganz oben sozusagen. Man muss in Island nicht sehr hoch bauen, um eine gute Aussicht zu haben«, scherzte er.

Luna lehnte sich mit dem Rücken gegen die Fahrstuhlwand, den Rucksack hielt sie vor ihren Oberkörper. Es sollte nicht wie ein Schutzschild wirken, tat es aber irgendwie. Magni kommentierte nichts, obwohl sie seinem Ausdruck entnehmen konnte, dass er vermutlich das Gleiche dachte wie sie. Ein eigenartiges Schweigen breitete sich zwischen ihnen aus, während sich der Aufzug in Bewegung setzte. Ihr fehlten die passenden Worte, was nicht nur der Müdigkeit geschuldet war. Aber auch diese konnte sie nicht leugnen.

Luna atmete erleichtert aus, als sich die Türen nach einem Augenblick mit einem leisen Zischen öffneten. Sie traten aus dem engen Raum, dort erst schaute sie auf die Zimmernummer ihrer Karte und dann an die Wand vor ihr, wo die Richtungen erklärt wurden. »Ah, es ist gleich hier vorn«, murmelte sie und stapfte los. Sie schritten über einen flauschigen Teppich, der die Geräusche ihrer Schuhe nahezu vollständig dämpfte. Zur Rechten waren Fenster, zur Linken die Zimmer. In regelmäßigen Abständen hingen Lampen an den Wänden, die ein sanftes Licht nach oben und unten abstrahlten. Die Deckenfluter waren gedimmt. Es roch nach einem dezenten Raumparfum, würzig und frisch. Es passte zu Island. Sie empfand auch das Design dieses Hotels als sehr ansprechend und fragte sich, was eine Nacht hier wohl kosten mochte. Hoffentlich erwartete Magni nicht, dass sie es selbst zahlte. Sofern der Vorschuss noch nicht auf ihrem Konto war, wäre sie dazu wohl kaum in der Lage.

Sie konnte sich morgen Gedanken darüber machen. Spesen waren hoffentlich bei einem Projekt dieser Größenordnung drin.

O Gott.

Der Gedanke kam ihr jetzt erst. Was, wenn ihre Vorgesetzten – so ganz hatte sie noch nicht kapiert, wem und wann sie berichten sollte – nachher annahmen, dass sie sich mit Magni hier vergnügte?

Shit. Sie hätte nicht zustimmen dürfen zu übernachten. In Grenivík war für eine Unterkunft gesorgt, sie hätten weiterfahren müssen.

»Was ist?«, erkundigte er sich. »Du bist ja ganz blass. Gehts dir nicht gut?«

Sie erreichten ihr Zimmer, Luna schob die Karte mit bebenden Fingern in den Leseschlitz der Tür. »I-ich bin einfach nur müde, alles gut.«

Sie blickte nicht auf, aber spürte seinen Blick auf sich. Sie ahnte, dass er ihr die Ausrede nicht abnahm, aber er besaß genügend Taktgefühl, um sie nicht weiter danach zu fragen. Bestimmt machte sie sich viel zu viele Gedanken. Sie war einfach überspannt.

Magni ging an ihr vorbei, als die Tür aufschwang, und schob ihr Köfferchen ins Zimmer. Sie folgte ihm und prallte mit ihm zusammen, als er sich umdrehte.

»Sorry«, murmelte sie und wäre um ein Haar rückwärts gefallen, wenn er sie nicht geistesgegenwärtig an den Oberarmen festgehalten hätte.

Luna spürte die Hitze, die von seinem athletischen Körper ausging. Ein Prickeln wanderte von ihren Armen direkt in ihren Unterleib. Sie schnappte nach Luft und blickte zu ihm auf.

Magnis Augen waren dunkel, die Pupillen geweitet. Seine Kiefer mahlten, während sein Blick auf ihre Lippen geheftet war. Luna stand völlig neben sich, dennoch glaubte sie, dass auch Magni dieses Knistern zwischen ihnen spüren musste.

Sie konnte nicht sprechen, ihr Körper gehorchte ihr nicht. Ihre Knie waren schon lange weich geworden. Sie atmete schnell. Zu schnell.

Magni räusperte sich, dann trat er einen Schritt zurück. »Ist ja noch mal gut gegangen«, meinte er. Seine Stimme klang heiser.

Luna atmete ein und ganz langsam wieder aus.

»Gute Nacht, Luna«, flüsterte er und rührte sich nicht.

»Gute Nacht«, wisperte sie.

Er wandte sich ab und schritt durch die Tür, auf dem Flur drehte er sich noch einmal zu ihr um. Er lächelte, es war ein verschmitztes, zufriedenes Lächeln, als ob er eben etwas realisiert hätte, was ihm gefiel. Luna wollte lieber nicht so genau wissen, was das war.

»Ich hole dich um neun zum Frühstück ab, so kannst du erst einmal ausschlafen.« Er hob zwei Finger an die Stirn und salutierte spielerisch. Danach verschwand er mit seinem leichten Gepäck im Zimmer neben ihr.

Auch das noch.

Luna schloss die Tür leise und lehnte sie sich von innen gegen das Holz. Sie schloss die Augen und stieß die Luft aus. In ihrem Kopf drehte sich alles. Sie schüttelte sich leicht, dann machte sie sich bettfertig und schlüpfte unter die Decke. Passierte das hier alles gerade wirklich? Es fühlte sich so unwirklich an, gleichzeitig ermahnte sie sich, ehe sie die Augen schloss, dass sie vorsichtig sein musste. Sie durfte sich keinesfalls auf eine Liebelei einlassen, die ihren Job gefährdete. Und nach ihrem Wissen und Erfahrungsschatz führten Männergeschichten immer dazu, dass man den Fokus fürs Wesentliche verlor. Ihre Mutter konnte ein Lied davon singen.

∽

Frostiger Wind blies am nächsten Morgen aus dem Norden und trieb dunkle Wolken über den Himmel. Das Gras war nicht grün, es war trocken und braun vom langen isländischen Winter. Es war erst ein paar Tage her, dass der Schnee getaut war.

Magni verstaute das Gepäck im Pick-up, während Luna einige Schritte ging und die Umgebung auf sich wirken ließ. Sie hatten gemeinsam gefrühstückt, dann hatte er die Rechnung beglichen, während sie ihre Sachen vom Zimmer geholt hatte. Luna hatte am Morgen ausgeruht und selbstsicherer auf ihn gewirkt als am gestrigen Abend.

Er hingegen war müde, weil er kaum ein Auge zugemacht hatte. Immer wieder hatte er an die Frau im Zimmer neben ihm gedacht. Es war seltsam, aber er hatte eine Verbindung zu ihr gespürt, die er nicht einordnen konnte. Sie war hübsch, ja, aber das erklärte noch lange nicht, dass er sie gestern um ein Haar geküsst hätte.

Magni schüttelte über sich selbst den Kopf. Das sah ihm nicht ähnlich, ganz und gar nicht. Er war zwar kein Kostverächter – was für ein alberner Ausdruck, aber in dem Fall stimmte er –, er war kein Wüstling, der sich an erschöpfte Frauen heranmachte. Sein Verhalten hatte ihn selbst überrascht, und auch heute begriff er noch nicht, warum er beinahe die Kontrolle verloren hätte.

Vielleicht hatte seine Schwester ja doch schon geahnt, dass Luna genau sein Typ war. Aber er hatte sie nicht deshalb mitgenommen. Er hatte Luna gestern in seinen Pick-up gesetzt, damit er sie und ihre Art zu denken näher kennenlernte, nicht, um sie in sein Bett zu zerren. Leider, und das konnte er nicht leugnen, sah sein Körper das anders. Aber er war kein Schuljunge mehr, der seinen Hormonen ausgeliefert war. Sicher würde sich das Verlangen so schnell wieder legen, wie es gekommen war.

Magni verzog seine Lippen und klappte den Deckel des Laderaums zu, dann öffnete er die Fahrertür und schaute sich nach Luna um. Sie kam gerade zurückgetrottet, die Kapuze ihres Anoraks hatte sie sich über den Kopf gezogen. Ihre Wangen und Nasenspitze waren von der Kälte gerötet, ihre Augen funkelten neugierig. Sie hatte die Hände in den Jackentaschen vergraben, als sie bei ihm eintraf.

»Gehts los?«, erkundigte sie sich. »Ganz schön frisch heute Morgen.«

Er legte eine Hand auf den Rahmen der Fahrertür. »Hast du andere Ideen?«

O Gott. Wie dämlich das klang. Am liebsten würde er sich selbst eine Ohrfeige verpassen. Magni räusperte sich. »Ich meinte, möchtest du dir hier noch was ansehen, ehe wir weiterfahren?«

Sie zuckte die Schultern. »Nein, eigentlich nicht. Um ehrlich zu sein, ich bin ziemlich gespannt auf Grenivík und den Norden.«

Magni entspannte sich ein wenig. »Super, dann steig ein, wir können direkt losfahren.«

Kurz darauf gondelten sie über die isländische Landstraße.

Auf der viel befahrenen Straße gab es tiefe Bodenwellen, er fuhr so schnell, dass Luna hin und wieder überrascht aufschrie, als sie leicht aus dem Sitz angehoben wurde. Sie beschwerte sich jedoch nicht über seinen Fahrstil, was ihr einen Pluspunkt bei ihm einbrachte. Womöglich kannten sie sich auch noch nicht gut genug, als dass sie sich traute, etwas Derartiges zu äußern.

Seine Schwestern ließen meist keine Gelegenheit aus, um ihn wegen des vermeintlich überhöhten Tempos zu kritisieren. Langsam fahren lag ihm nun mal nicht.

»Hast du alles, was du brauchst?«, erkundigte er sich und hielt beide Hände am Lenkrad.

»Ja, doch. Sicher. Wie lange werden wir jetzt unterwegs sein?«, wollte sie wissen.

»Du wirst nicht etwa seekrank?«, scherzte er.

Luna lachte. »Denke nicht. Ich muss aber sagen, dass ich die Straßen hier irgendwie witzig finde.«

Es fing an zu nieseln, düstere Wolken wirbelten über den Himmel. Immer wieder wurde der Wagen von heftigen Windböen geschüttelt.

»Tut mir leid, dass ich dir für die lange Fahrt kein besseres Wetter bieten kann, Island ist nämlich bei Sonnenschein am schönsten. Ich hätte mir für dich gewünscht, dass du ein bisschen einladender empfangen wirst.«

Er spürte ihren Blick auf sich. »Das ist kein Problem. Ich denke, dass ich lange genug hier sein werde – falls ich die Probezeit überstehe –, um auch die sonnigen Tage zu erleben.« Sie klang freundlich, nicht spöttisch. Wieder merkte er, dass sie etwas von sich zurückhielt. Sie kam ihm ein wenig befangen vor. Er hatte vor, mehr aus Luna herauszukitzeln, er wollte hinter ihre Fassade blicken. Nur wegen des Projekts, sagte er sich.

»Ja, stimmt. Probezeit und so was. Ich habe dich noch gar nicht gefragt, wie gehts dir heute mit dem Gedanken, an so einem großen Ding mitzuwirken?«

Wenn sie überrascht über seine direkte Frage war, so ließ sie sich nichts anmerken. »Es fühlt sich auch heute noch unwirklich an.«

»Das kann ich gut nachvollziehen. Aber du hast beim Team anscheinend mächtig Eindruck hinterlassen.«

»Wenn ich ehrlich bin, dann habe ich mir einen Moment lang gedacht, dass mein Name aus Versehen genannt wurde. Ich meine, da waren so viele erfahrene Architekten und Bauingenieure mit eindrucksvollen Referenzen. Und ich? Ich stehe noch ganz am Anfang.«

»Du bist zu bescheiden, Luna. Ich habe mir deinen Instagram-Account angeschaut und das, was du realisiert hast, ist wirklich genial.«

»Ja, aber es ist nur ein Haus. Mein Haus.«

Er grinste. »Wie gesagt, du bist zu bescheiden. Glaub mir, niemand hat dich zufällig ausgewählt, da war ein ganzes Team, das dich am Ende als erfolgversprechendste Architektin zur Siegerin gekürt hat. Wenn man das so sagen kann.«

»Du hast ja recht. Trotzdem muss ich das alles erst einmal verarbeiten.«

»Deine Zurückhaltung spricht für dich, Luna.«

»O Gott, ich hoffe, du hast recht. Ich habe, um ehrlich zu sein, Angst vor diesem reichen Mann. Und so, wie ich das sehe, scheinen ja alle im Ort irgendwie für ihn zu arbeiten, ich versuch den Namen gar nicht erst noch einmal auszusprechen.«

»Angst?« Er zog die Brauen zusammen.

»Der ist doch stinkreich. So ein Mann ist garantiert skrupellos und macht keine Kompromisse. Was, wenn ihm meine

Ideen nicht zusagen? Ich meine, wie soll ich wissen, was ihm gefällt?«

Magni hatte Luna bisher also richtig eingeschätzt. Es war gut, dass er ihr nicht erklärt hatte, dass er selbst derjenige war, für den sie ab heute arbeitete. Er überlegte, wie er ihr ein wenig von der Sorge nehmen konnte. »Der Investor ist sehr nett«, meinte er. »Gar nicht skrupellos. Und es geht um deine Ideen, nicht um seine. Sieh es mal so, mit diesem Hotel möchte Snælagur für die Gesellschaft in Grenivík Gutes tun. Und er vertraut seinem Team, das dich als die beste Wahl auserkoren hat.«

Luna dachte einen Moment darüber nach. Dann nickte sie und atmete geräuschvoll aus. »Okay, du hast recht. Also entscheide ich jetzt für mich, dass es sinnlos ist, Angst zu haben. Entweder er mag meine Ideen – oder eben nicht. Letztlich wünsche ich mir nur, dass alles ein Erfolg wird.«

»Das klingt schon besser. Sehr gut, Luna.«

»Und du bist sicher, dass du nicht zum Psychologenteam gehörst?«, scherzte sie.

Magni lachte. »O ja, da bin ich ganz sicher. Ich arbeite als Computernerd, wenn ich nicht gerade beauftragt bin, mich um eine sehr nette Deutsche zu kümmern.«

»Oh, Computernerd?«

»Du klingst überrascht?«

»Ich weiß nicht.« Sie zuckte die Schultern, dann kicherte sie. »Wo ist deine Brille?«

»Sehr witzig. Ich habe keine.«

»Du bist also ein Programmierer oder so was?«

»So ungefähr, ja, es wäre zu kompliziert, das bis ins letzte Detail zu erklären. Ich habe Informatik studiert und BWL.« Er hatte ein Vermögen mit dem Handel von Bitcoins gemacht. Aber das würde er ihr ein andermal erzählen. Er war hier mit ihr im Auto, um mehr über sie zu erfahren, und nicht umgekehrt.

»Ich zeige dir das Land nachher, oder morgen, auf dem gebaut werden soll. Das Gute ist, dass du dich erst einmal einleben kannst und sollst, ehe es richtig losgeht. Momentan wird schon mit verschiedenen Bauunternehmen verhandelt, damit diese bereit sind, wenn die Entwürfe stehen und wenn die Baugenehmigung endgültig durch ist.«

Luna nahm ihr Handy zur Hand und scrollte sich durch Nachrichten oder E-Mails, er konnte es nicht ganz erkennen und wollte auch nicht zu neugierig sein. »Das ist alles so wahnsinnig aufregend. Wie reich muss ein Mann sein, dass man so ein Assessment-Center durchführt und mir dann noch wochenlang Zeit gibt, mich mit allem vertraut zu machen?«

Er atmete leise aus und nagte an der Innenseite seiner Wange. Sein Gewissen meldete sich, er ignorierte es. »Es ist wichtig, dass du Island verstehst, Land und Leute. Nur dann kann auch deine Vision großartig werden.«

»Weise Worte. Und welchen Job hast du als Computerexperte noch mal dabei?«

»Um ehrlich zu sein, habe ich gar keine direkte Funktion – außer dir ein wenig beim Einleben behilflich zu sein.«

Sie warf ihm einen skeptischen Blick zu. »Ich suche keine Männerbekanntschaft«, stellte sie direkt klar. »Ich bin zum Arbeiten hier.«

Magni lachte. »Okay. Verstanden. So habe ich das auch nicht gemeint.«

Lügner. Er war ein schlechter Lügner. Ohne dass er wollte, stand er auf sie. Es war ein merkwürdiges Gefühl, das er in dieser Form schon lange nicht mehr verspürt hatte. Vielleicht noch nie.

»Gut, dann haben wir das also geklärt.«

Er gackerte. »Ich liebe es, wie direkt ihr Deutschen seid. Bloß kein Blatt vor den Mund nehmen.«

Kurz fürchtete er, dass er sie verärgert oder beleidigt hätte, aber zu seiner Erleichterung sah er, dass sie grinste. »Besser, man spricht Klartext, sonst macht man sich das Leben unnötig schwer. Außerdem bin ich nicht gut darin, Spielchen zu spielen. Ich mag so was nicht.«

»Dann hast du einen Freund?«

Eine Idee, auf die er bis eben noch nicht gekommen war. Gleichzeitig merkte er, wie sehr ihm dieser Gedanke missfiel.

»Äh, was? Nein, habe ich nicht.« Sie verschränkte die Arme vor der Brust. »Nicht, dass dich das was angehen würde.«

»Gewöhn dich lieber schon mal dran, dass du ausgequetscht wirst«, scherzte er. »Ich weiß, dass alle im Dorf versessen darauf sind, dich kennenzulernen. Vor allem wirst du gefragt werden, wie dir Island gefällt. Wir sind ein stolzes Völkchen und lieben unser Land.«

Luna entspannte sich ein wenig. Magni kapierte, dass Luna niemand war, der gern über sich redete. Interessant. Denn er glaubte, dass sie viel zu sagen hatte.

»Aus gutem Grund, die Natur – soweit ich das bis hierhin beurteilen kann – ist einfach atemberaubend. Ich liebe es jetzt schon, hier zu sein.«

»Mal sehen, was du nach dem ersten Schneesturm sagst.« Er grinste.

»Es ist doch schon März!«

Magni schwieg. Er wollte ihr weder Angst machen noch zu viel versprechen. Man wusste nie, was einen erwartete. Es gab warme, sonnige Sommer oder auch Jahre, in denen man im Juli noch bibbern musste. Und für heute war die Wetteraussicht nicht unbedingt rosig vorausgesagt.

Die Fahrt verlief angenehm, hie und da machten sie ein

Päuschen und wanderten ein wenig umher. Er versuchte ihr alle Fragen über Land und Leute so gut wie möglich zu beantworten und wollte ein bisschen mehr über sie herausfinden. Aber wie er schon zu Anfang bemerkt hatte, war Luna jemand, der nur das Nötigste preisgab. Sobald das Gespräch persönlicher wurde, zog sie sich wie eine Auster zurück in ihre Schale.

In Blönduós, dem Ort, der ungefähr die Mitte der Strecke nach Norden markierte, fuhr er an der Raststätte auf den Parkplatz. »Hunger?«, wollte er wissen, als er den Motor an der Zapfsäule abstellte.

»Ja, wieso nicht. Was gibts denn so? Ich stehe ja total auf diese schwedischen Hackbällchen.«

Magni steckte sich den Schlüssel in die Hosentasche. »Schwedische Hackbällchen? Ich glaube, du hast dich im Land geirrt.«

»Na, du weißt schon, die Dinger, die man bei Ikea bekommt.«

Er verdrehte die Augen. »Nicht dein Ernst.«

Luna schob sich eine Strähne hinters Ohr, die sich aus ihrem Zopf gelöst hatte. »Die sind einfach lecker, da kannst du sagen, was du willst.«

»Na ja«, meinte er wenig überzeugt. Im Geiste macht er sich eine Notiz, dass seine Mutter unbedingt mal *richtige* Hackbällchen für sie zubereiten musste. Ikea! Allein der Gedanke an diesen Kantinenfraß verursachte ihm eine Gänsehaut. »Ich glaube, das gibts hier nicht. Die haben Burger mit Pommes, Hotdogs oder Eis. Komm mit.«

4

Luna war satt und zufrieden, als sie wieder auf den Beifahrersitz kletterte. Schnell zog sie die Tür hinter sich zu. Es war eiskalt und furchtbar windig draußen. Gefühlte minus zwanzig Grad, dachte sie amüsiert. Bis jetzt fühlte sich das alles noch ein wenig nach Urlaub an, mit einem persönlichen Reiseführer an ihrer Seite. Ihr gefiel, dass Magni nie müde wurde, über sein Land und die Leute zu erzählen. Sie hatte das Gefühl, dass sie schon eine Menge gelernt hatte. Sie mochte Island und seine Einwohner auf Anhieb.

»Was ist?«, wollte Magni wissen, als er sich neben sie setzte. Er hatte noch Wasser und Kaffee für die restliche Fahrt besorgt.

»Ach, ich finde es witzig, wie windig es ist«, gab sie zurück und schnallte sich an.

»Gut, bin gespannt, wie lustig du es noch findest, wenn es nachher schneit«, meinte er, ohne mit der Wimper zu zucken.

»Äh, Schnee?«, wiederholte sie ungläubig blinzelnd.

»Ja, habe eben kurz auf die Wettervorhersage für die restliche Strecke geschaut. Vielleicht schaffen wir es aber auch noch bis Grenivík.«

»Du, äh, du bist doch nicht etwa besorgt deswegen?« Sie richtete sich im Sitz auf.

»Besorgt? Nein. Aber das Fahren macht nicht so viel Spaß, wenn man die Straße nicht mehr erkennen kann. Es könnte ziemlich übel werden, also beeilen wir uns besser.«

Luna schluckte und hoffte sehr, dass er Witze machte.

»Was glaubst du, warum es hohe, gelbe Stangen neben der Fahrbahn gibt?«, fragte er und fuhr so rasant los, dass sie tief in den Sitz gedrückt wurde.

»Weiß nicht«, murmelte sie kleinlaut. Sie wollte kein Angsthase sein, aber irgendwie ... fürchtete sie sich jetzt doch. Sie kam aus Norddeutschland, sobald eine Schneeflocke auf dem Asphalt liegen blieb, stellte selbst die Bahn den Verkehr ein. Sie hatte keine Ahnung, was ein Isländer unter heftigem Schneefall verstand, aber sie war sich ziemlich sicher, dass es mehr als nur ein romantischer Flockentanz sein würde.

»Mach dir keine Sorgen, wir haben ein gutes, schweres Auto mit Allradantrieb. Damit kommen wir schon durch.«

Gott. Das klang nicht gerade ermutigend. Luna zwang sich zu einem Lächeln und stellte mit Entsetzen fest, dass die ersten weißen Vorboten vom Himmel segelten. Na großartig.

»Wie lange sind wir noch unterwegs?«, erkundigte sie sich vorsichtig.

Er zuckte lässig mit den Schultern und wirkte, glücklicherweise, nicht im Geringsten besorgt. »Ach, normalerweise zwei Stunden.«

Sie traute sich nicht zu fragen, was sich an der jetzigen Situation von normalerweise unterschied, und hoffte das Beste.

. . .

Die Wetterlage verschlechterte sich innerhalb von Minuten. Magni stieß einen Fluch aus. Luna glaubte zumindest, dass es ein Fluch war, denn er hatte etwas auf Isländisch geknurrt, was nicht nach einem Freudenschrei geklungen hatte.

»Alles okay?«, wagte sie sich zu fragen.

Er trank einen Schluck Kaffee. Ihre Handflächen wurden feucht, ihr wäre es lieber, wenn er seine großen Pranken am Steuer behielte.

»Ja, sicher. Hätte nur gut auf das Theater verzichtet.«

»A-aber wir werden doch heil ankommen? Oder sollen wir anhalten und warten, bis es aufhört?«

Magni lachte dunkel. »Anhalten? Würde ich nicht empfehlen. Das kann Tage dauern, man weiß es nicht.«

»Oh«, war alles, was sie hervorbrachte.

»Kann aber gut sein, dass nach dem nächsten Pass alles vorbei ist, der markiert eine Wettergrenze. Vielleicht haben wir Glück.«

Sie verstand zwar nur Bahnhof, aber hoffte einfach mit ihm. »Kann ich was tun?«, wollte sie wissen.

»Willst du fahren?«, bot er an.

»Was? Ich? Nein, nein! Ich meinte nur, dir vielleicht den Kaffee reichen oder so?«

Er hob seine Hand, als ob er ihr Knie tätscheln wollte, ließ sie dann aber wieder sinken, als er sich daran erinnerte, dass sie sich für vertrauliche Gesten nicht gut genug kannten. »Entspann dich einfach, Luna. Es ist nur ein bisschen Wind und Schnee.«

Beinahe hätte sie gelacht. Sie fühlte sich wie in einer Geisterbahn. Man sah buchstäblich nichts mehr. Weil sie so viel Zeit mit Sightseeing und Umherwandern verbracht hatten, war es mittlerweile dunkel geworden. Die Xenon-Scheinwerfer des Autos leuchteten kaum weiter als wenige Meter, denn der

Schneefall war so dicht, dass man nur noch weiß sah. Trotzdem – sie schielte kurz auf den Tacho – raste Magni für ihre Begriffe über die einsame Landstraße. Sie erinnerte sich nicht, wann ihnen das letzte Auto begegnet war. Und wo sie vorhin noch über die gelben Stangen, die in sehr kurzen Abständen am Straßenrand angebracht waren, gescherzt hatten, war die Sicht jetzt so schlecht, dass man nicht einmal von einer zur anderen sehen konnte. Sie wollte gerade etwas sagen, was nicht zu sehr nach ausgewachsener Panik klang, als ein Ping im Display des Autos ertönte und ein gelbes Licht aufleuchtete.

»Was ist das?«, wollte sie wissen. Sie konnte leider nicht verbergen, wie angespannt sie war, denn ihre Stimme klang nicht nur viel zu hoch, sondern auch atemlos.

»Was meinst du?« Magni schien das Warnsignal des Geländewagens nicht mal wahrgenommen zu haben.

»Na, das Licht, das Geräusch?«

»Ach das. Ist nur vom Tank.«

»Was?«, kreischte sie.

O Gott. Jetzt ging ihnen auch noch der Sprit aus? Das war nicht zu fassen. Sie waren doch vorhin an der Tankstelle gewesen? Und dann dämmerte es Luna. Magni hatte zwar an der Zapfsäule geparkt, aber offenbar nur die Scheiben gewaschen und vergessen, Benzin aufzufüllen. Sie hatte natürlich nicht nachgefragt, als sie aufs Klo gegangen war. Wer vergaß denn bitte schön zu tanken?

»Ist doch alles gut. Schau, hier steht, dass wir noch fünfundsiebzig Kilometer fahren können.«

»Und wie weit ist es?«

»Bisschen mehr als hundert.«

Sie hob eine Augenbraue, gleichzeitig fing sie an zu schwitzen. Es war nicht die angenehme Sorte, sondern die, die einen eiskalt erschaudern ließ, während man innerlich glühte. »Und du meinst, die letzten fünfundzwanzig Kilometer kann ich vielleicht schieben?« Sie wollte nicht sarkastisch sein, aber die Worte waren schneller herausgekommen, als sie nachgedacht hatte.

Er gluckste und nahm noch einen Schluck vom Kaffee, der mittlerweile kalt geworden sein musste. Ihn schien es nicht zu irritieren, nichts an alledem. »Äh, nein. Eher nicht. Aber das ist ja nur eine ungefähre Angabe, der Sprit reicht immer weiter.«

Luna verdrehte die Augen und sparte sich einen Kommentar. Das war anscheinend die erste Lektion über Isländer: Ein unerschütterlicher, an Wahnsinn grenzender Optimismus zeichnete dieses Inselvolk aus. Es blieb abzuwarten, ob er recht behielt.

Die Minuten verstrichen, und sie konnte es sich nicht verkneifen mitzuverfolgen, wie die Tanknadel stetig nach unten wanderte. Sie kamen nur langsam voran, der dichte Schneefall hatte nicht nachgelassen. Im Gegenteil, es kam ihr so vor, als würde es immer schlimmer. Luna überlegte, zu wem sie ein Stoßgebet schicken sollte. »Welcher nordische Gott wäre für so was wie eine gute Reise verantwortlich?«, wollte sie beiläufig von ihrem Chauffeur wissen.

Magni schien ihren Witz nicht zu verstehen. »Von einem Reisegott habe ich noch nie was gehört.«

»Aha«, war alles, was sie wenig begeistert hervorbrachte. Aus dem Fenster zu schauen lohnte sich gerade nicht, und wenn sie eins nicht wollte, dann wie eine hysterische Beifahrerin wirken – obwohl das auf ihren Status ziemlich genau zutraf.

Luna versuchte sich mit tiefen Atemzügen zu entspannen. Ändern konnte sie ohnehin nichts. Außerdem wirkte Magni alles andere als besorgt, das beruhigte sie ein bisschen. Sie wünschte, sie wäre so lässig wie er.

Dennoch konnte sie sich eine Frage nicht verkneifen. »Wieso hast du vorhin denn nicht getankt?«

»Da war doch noch genug drin.«

»Aha, wir kommen also an einer weiteren Tankstelle vorbei?«

»Ja, vor zehn Minuten, in Varmahlið.«

Luna riss die Augen auf. Er war an einer vorbeigefahren, ohne anzuhalten? »Nicht dein Ernst.«

Aber er sah nicht aus, als würde er scherzen, er hielt das Lenkrad umklammert und schaute konzentriert durch die Windschutzscheibe ins Schneegestöber. Luna schloss für einen Moment die Augen und überlegte, ob das vielleicht ein Test war. Eine Art Prüfung, wie stressresistent sie war. Ja, genau. Das musste es sein. Sicher hatte er einen Kanister oder so was unter seiner Ladeklappe des Pick-ups versteckt. Sie schmunzelte in sich hinein und merkte, wie ihre Schultern ein wenig herabsanken. Gut, dass sie das kapiert hatte. Sie konnte sich entspannen, sie waren also tatsächlich zu keiner Sekunde in Gefahr gewesen, mangels Sprit in einem grauenvollen Schneesturm stehen zu bleiben. Sie würden nicht erfrieren. Hoffentlich.

Nach dem nächsten Anstieg, dem Öxnadalsheiði-Pass, geschah das Wunder, von dem Magni vorhin gesprochen hatte. Der Schneefall hörte so abrupt auf, wie er angefangen hatte.

»Unglaublich«, murmelte sie und beugte sich ein wenig nach vorn. Hier lag nicht einmal mehr Schnee bis zur Fahrbahn herunter, nur auf den Bergspitzen leuchtete es im hellen Schein des Mondlichts und der Sterne weiß.

»Jetzt ist es nicht mehr weit«, erklärte er zufrieden. »In zwanzig Minuten kommen wir nach Akureyri.«

Von Akureyri hatte sie gehört, die Isländer bezeichneten den Ort als Hauptstadt des Nordens.

»Hier siehst du schon den Eyjafjord und die vielen Berge

natürlich, man kann wunderbar Hiken im Sommer.« Er lächelte und wirkte so, als ob er sich tatsächlich freute, bald zu Hause zu sein. Sie hatte längst gemerkt, wie sehr er seine Heimat liebte.

»Du magst Reykjavík nicht so?«, wollte sie wissen, nur ein Gefühl, aber er hatte im Süden nicht so verzückt gewirkt wie jetzt.

»So würde ich das nicht sagen, ich finde einfach, dass die Leute im Norden entspannter sind. Reykjavík ist stark gewachsen und teuer. Anonym ist das alles geworden. Ich mag es lieber familiär.«

Sie fragte sich, ob er Frau und Kinder hatte. Es klang beinahe so. Dabei hatte sie keinen Ring an seinem Finger entdecken können, aber das musste ja nichts heißen. Es wäre dumm von ihr, davon auszugehen, dass er Single war. Sehr dumm. Ein Mann wie er musste eine Partnerin haben. Sie war überrascht, wie sehr sie diese Erkenntnis enttäuschte.

Sie wollte gerade etwas sagen, als der Pick-up langsamer wurde. Luna schaute Magni an, der die Lippen aufeinanderpresste. »Was ist?«, fragte sie und drehte ihren Kopf langsam in seine Richtung.

»Tja. Sieht so aus, als müssten wir kurz warten.«

Sie konnte ihm nicht folgen. Es war doch alles gut, den Schneesturm hatten sie hinter sich gelassen, wieso jetzt noch mal anhalten?

»Kurz warten?«, wiederholte sie mit gerunzelter Stirn.

Der Wagen rollte rechts ran und Magni stellte den Warnblinker an, dann wählte er über die Freisprecheinrichtung eine Nummer. Es wurde nach dem dritten Klingeln geantwortet und Magni plauderte ganz entspannt mit einem Mann. Es klang so, als ob sie sich über die Fußballergebnisse austauschen würden, sie schnappte Liverpool und Chelsea aus der Unterhaltung auf.

Das war doch wohl wieder so ein Test, ob sie gute Nerven hatte. Oder?

Luna kniff die Augen zusammen und versuchte herauszufinden, ob er nur ein Päuschen machte, um in Ruhe telefonieren zu können, oder ob sie jetzt doch mangels Benzins stehen geblieben waren. Nach einigen Minuten war das Gespräch beendet. Magni öffnete eine Wasserflasche und trank die Hälfte davon in einem Zug aus.

»Was, äh, machen wir hier?«, wollte sie wissen.

»Wir warten, dass jemand mit ein bisschen Sprit für uns vorbeikommt.«

Also doch. Luna konnte nicht anders. Sie lachte los. Sie lachte, bis ihr die Tränen kamen. »Weißt du«, gab sie zwischen zwei Lachsalven von sich. »Ich hab echt gedacht, dass du mich irgendwie veräppelst, aber das hier«, sie prustete und klopfte sich auf die Schenkel, »das ist echt das Witzigste, was mir je passiert ist. Da fährst du an mehreren Tankstellen vorbei und tankst nicht. O Mann! Und dann bleiben wir hier stehen.«

Luna wollte damit aufhören, als sie sah, wie sich sein Gesichtsausdruck zunehmend verfinsterte, aber sie konnte sich einfach nicht bremsen. Dass er jetzt auch noch beleidigt war, setzte dem Ganzen die Krone auf. Ihr Bauch tat schon weh, immer wieder liefen Tränen über ihre Wangen. Es war einfach zu komisch.

Irgendwann, sie hatte keine Ahnung, wie viele Minuten verstrichen waren, kam nur noch ein heiseres Kichern aus ihrem Mund. Sie hatte sich endlich wieder im Griff.

»Das wirst du mir jetzt für den Rest deines Lebens aufs Brot schmieren, oder?«, meinte er wenig begeistert.

Luna fächelte sich mit den Händen Luft zu. Ihr war so heiß geworden, morgen bekäme sie dazu noch bestimmt einen ordentlichen Muskelkater im Bauch. »Findest du es nicht witzig? Nicht mal ein bisschen?«

Magni brummte etwas in seinen nicht vorhandenen Bart, was sehr nach »Ist überhaupt nicht lustig, und normalerweise reicht die Reserve immer bis nach Hause« klang.

Luna entschied sich, seine Aussage nicht weiter zu kommentieren, und hielt die Klappe. Einige Minuten herrschte Schweigen zwischen ihnen, dann bemerkte Luna, wie zwei Scheinwerfer immer größer wurden und auf sie zukamen – und schließlich vorbeifuhren. Der Wagen wendete und blieb nun hinter ihnen stehen. Magni stieg aus, und Luna würde einiges dafür geben, Mäuschen spielen zu können. Aber dafür war weder ihr Isländisch gut genug, noch wollte sie sich in die eisige Kälte hinauswagen. Denn obwohl es hier nicht schneite, wehte doch weiterhin ein schneidender Wind, der an der Karosserie des Wagens rüttelte.

Magni schien seine gute Laune wiedergefunden zu haben, während er mit seinem Helfer den Inhalt zweier Kanister in den Tank des Pick-ups kippte. Schließlich klopften die beiden sich männlich auf die Schultern, dann verschwand der andere wieder in seinem Truck und brauste davon. Magni kehrte zurück und fuhr weiter, als wäre nichts gewesen. »Brauchst du noch was?«, erkundigte er sich, als sie in Akureyri an einem Supermarkt vorbeikamen, der den Schildern nach rund um die Uhr geöffnet hatte.

»Äh, nein, glaube nicht.« Sie hatte keine Ahnung, wo und wie sie untergebracht war, ging aber davon aus, dass man in Grenivík bestimmt auch etwas einkaufen konnte. Und so, wie Luna Island bisher erlebt hatte, würde sie garantiert nicht verhungern.

»Jetzt ist es nicht mehr weit.« Magni fuhr erneut an einer Tankstelle vorbei.

»Willst du nicht vollmachen?«, wagte sie zu fragen.

Er schenkte ihr nur einen bösen Blick und gab Gummi. »Sieh mal, hier rechts, das ist *Hof*, das Opernhaus, ist sehr schön da. Solltest du mal hingehen.« Er überging ihren Kommentar, während sie gerade an einer grünen Ampel vorbeibrausten.

»Hast du das gesehen?«

»Was?«

»Die Lichter waren in Herzform. Spinne ich?«

»Nein, ist schon richtig.«

»Warum?«

»Ich habe keine Ahnung, aber anscheinend haben sie ihren Zweck erfüllt, du findest es schön.« Seine Stimme klang weicher, und sie spürte, wie sich eine Gänsehaut auf ihrem Körper ausbreitete. Sie ignorierte dieses Gefühl, merkte aber, wie sich ihre Mundwinkel nach oben bogen. »Stimmt. Vermutlich hat sich das jemand ausgedacht, der keine Lust mehr auf schlecht gelaunte Autofahrer hatte. Das hebt ja wohl bei allen die Stimmung. Super Idee!«

»Kann sein. So, schau mal. Geradeaus gehts zum Flughafen, aber wir biegen hier links ab, fahren auf der anderen Seite des Fjords nach Grenivík«, erklärte er weiter.

»Flughafen?«

»Ja, Akureyri hat natürlich einen.«

Luna schaute aus dem Fenster, sie konnte die Fahrbahnbeleuchtung in einiger Entfernung erkennen. »Der ist aber klein.«

»Sag das niemals zu einem Einwohner Akureyris«, warnte er sie mit einem verschmitzten Grinsen.

»Würde ich nie tun, hab schon gemerkt, dass hier viel Nationalstolz im Spiel ist. Dann gehe ich also davon aus, dass die meisten Unternehmen für den Bau des Hotelkomplexes auch von hier stammen werden?«

»Ja, im besten Falle sollte das so sein.« Magni wirkte zufrieden, ganz so, als ob er ein wenig erleichtert wäre, dass Luna so schnell kapiert hatte, worauf es bei diesem Projekt ankam.

Auf der anderen Seite des Fjords schaute sie zurück auf Akureyri. Die Stadt mit ihren vielen Lichtern wirkte sogar in der Dunkelheit malerisch. »Was sind die hellen Punkte da oben?«, wollte sie wissen.

»Das Skigebiet, man kann dort auch gut Langlaufen.«

»Wow, cool. Sogar zu dieser Uhrzeit?«

Magni lachte. »Ich plaudere noch mal ein bisschen aus dem Nähkästchen: Wir Isländer sind fast alle hyperaktiv, also ja, auch zu dieser Uhrzeit.«

»Ich bin noch nie nachts skigefahren.«

»Dann beherrschst du es also?«

»Ach, ich komm den Berg schon runter. Und Langlaufen war ich ein paarmal.« Sie behielt für sich, dass sie mit ihrer Mutter mal zwei Jahre in Bayern gelebt hatte. Als deren Beziehung mit einem gut situierten Anwalt schließlich zerbrochen war, hatten sie schnell wieder die Koffer gepackt und waren weitergereist. Luna hatte aufgehört zu zählen wie oft. Sie war mit ihrer Mutter gefühlt häufiger umgezogen als jeder Wanderzirkus. Lunas eigenes Hausprojekt war der Versuch gewesen, sich niederzulassen, leider hatte es nicht geklappt. Der Effekt von »endlich ankommen« hatte sich nach der Fertigstellung des Baus nie eingestellt, diese innere Rastlosigkeit war nach wie vor da, deshalb saß sie jetzt in Island und nicht in ihrem eigenen Heim.

»Gut, merke ich mir. In Grenivík haben wir *Kaldbakur*, so heißt der Berg dort. Er eignet sich hervorragend zum Skifahren und im Sommer zum Hiken, die Aussicht von oben ist absolut fantastisch. Das wirst du morgen alles selbst sehen, ich freue mich, dir dieses Fleckchen Erde zu zeigen. Es ist mehr als malerisch.«

»Ich weiß, das klingt abgedroschen, aber ich kann es kaum erwarten, endlich anzukommen und loszulegen.«

Es kam Luna so vor, als ob sie über die Straße flögen. Ganz offenkundig kannte Magni jeden Zentimeter dieser Gegend wie seine Westentasche. Das beruhigte sie jedoch kein bisschen, als sie mit einer höllischen Geschwindigkeit in eine scharfe Rechtskurve bogen. Zu ihrer Linken ging es steil hinab, unter ihnen gab es nur schwarze Felsen und den dunklen Fjord.

»Äh, tschuldigung«, meldete sie sich, während sie sich mit der rechten Hand am Griff festklammerte. »Gehts auch ein bisschen langsamer?« Sie hörte selbst, dass sie leicht panisch klang.

»Ha! Und ich habe mich schon gefragt, wie lange du brauchst, um meinen Fahrstil zu kritisieren.« Er klang im Gegensatz zu ihr amüsiert, ganz so, als ob er wirklich darauf gewartet hätte, dass sie etwas in der Richtung kommentierte.

»Dann ist dir dein Problem also nicht unbekannt?«, wagte Luna, ihn zu necken.

»Problem?«, wiederholte er und schnalzte mit der Zunge. »Wer hat hier eins?«

»Äh, wir beide, wenn wir in den Tod stürzen.«

»Meine Schwestern werden dich lieben, so viel ist jetzt schon sicher.« Er stieß ein leises Seufzen aus.

Luna verstand nur Bahnhof, sie fragte dennoch nicht weiter nach. Sie atmete jedoch erleichtert aus, als sie sah, dass es, nachdem sie wie durch ein Wunder nicht aus der Kurve geflogen waren, erst einmal nur geradeaus weiterging. Nach einigen Minuten rollten sie über eine schmale Brücke. Im Fluss darunter trieben Eisschollen hinaus in den breiten Fjord. »Schade, dass es schon dunkel ist«, meinte sie und verrenkte sich beinahe den Hals, weil sie noch mehr sehen wollte.

»Du wirst genügend Zeit haben, die Gegend zu erkunden. Du hast natürlich ein Auto, das du nach Belieben nutzen kannst, es steht schon am Haus. Einen Führerschein wirst du doch wohl haben?«

»Äh, ja, habe ich. Ich stamme ja nicht aus der Steinzeit. Ich bin übrigens eine sehr gute Fahrerin.«

Obwohl er nichts erwiderte, konnte sie seine Gedanken förmlich hören. Dass er das gern selbst mal erleben würde. O ja, das würde er. Man musste nicht rasen wie ein Berserker, um als gute Fahrerin durchzugehen. Nur zu überleben, war für ihren Geschmack nicht das alleinige Kriterium – das sollte eine Grundvoraussetzung sein.

»Nun sind es nur noch ein paar Minuten«, meinte er schließlich und pfiff leise vor sich hin. Erst jetzt bemerkte Luna, dass sie die ganze Fahrt über kein Radio gehört hatten, aktuell irritierte sie diese Stille. Ihre Nervosität kehrte schlagartig zurück. Luna rutschte unruhig auf ihrem Sitz hin und her und versuchte sich vorzustellen, wie und wo sie in den kommenden Monaten leben würde. Sie war mit allem zufrieden, solange es sauber und trocken war. Und warm natürlich.

An dieser Stelle im Fjord gab es nur wenige Häuser, am gegenüberliegenden Ufer entdeckte sie die Lichter eines anderen Dorfs. »Was ist das da drüben?«

»Das ist Hauganes. Von hier sind es nur noch ein paar Kilometer bis Grenivík. Dein Haus liegt ein wenig außerhalb, dafür hast du eine fantastische Aussicht. Ich nehme an, deshalb ist es für dich ausgewählt worden, damit du dich jederzeit von einem schönen Blick auf den Fjord inspirieren lassen kannst.«

Luna gefiel der Gedanke. Tatsächlich war die Gegend nicht gerade dicht besiedelt, aber das störte sie nicht, solange sie

mobil war. Sie kam gut mit sich selbst klar und brauchte nicht ständig Menschen um sich. Der Winter war vorbei, und sie würde wohl nicht wochenlang irgendwo eingeschneit werden.
»Das klingt super.«

»Du siehst ja, hier gibt es viele Bauernhöfe, es ist sehr ländlich«, erklärte Magni weiter, dann bog er rechts ab. Er raste – natürlich – über einen langen geschotterten Weg ein Stück den Berg hinauf. Das Haus, zu dem der Weg führte, war schon von Weitem zu sehen, da es von außen beleuchtet war, und in einigen Zimmern hatte jemand die Lampen eingeschaltet. Die Fassade war weiß gestrichen, es gab eine große Veranda aus Holz. »Wer lebt hier?«, wollte sie wissen.

»Na du!«, gab er kopfschüttelnd zurück, als fände er die Frage albern.

»Ich allein? Aber es ist ... riesengroß!«, wandte sie ein.

Endlich bremste er und parkte am Hintereingang neben einem anderen Geländewagen mit großen Reifen, sie konnte den Hersteller nicht erkennen. Sie müsste dafür genauer hinsehen. Für Autos hatte sie sich noch nie sonderlich interessiert, solange das Ding sie von A nach B brachte.

Magni stellte den Motor ab und stieg aus. Luna schlüpfte in ihre Jacke und folgte ihm. Er fischte einen Schlüssel aus einem Kästchen, das mit einem Nummernschloss gesichert war, und öffnete sogleich die schmale Haustür.

Mondlicht und Sterne erhellten die Umgebung. Es gab alte Stallungen – aus Stein errichtet, alles andere wurde hier vermutlich weggeweht – und noch einen großen gemauerten Schuppen. Hinter dem Haus führte ein Pfad den Berg hinauf. Die Luft war eiskalt, auch hier wehte der Wind böig und schneidend. Ihr Atem wurde sofort davongeblasen, sie konnte nicht mal kleine weiße Wölkchen erkennen. Postwendend fing sie an zu bibbern.

Ihr Herz klopfte wild, in ihrem Bauch kribbelte es. Hier war es also, ihr neues Leben, ihr Zuhause, wenn auch nur auf Zeit. Sie freute sich wahnsinnig und wollte am liebsten die ganze Welt umarmen. Sie hielt sich jedoch zurück, da nur Magni in ihrer Nähe war, und sich ihm an den Hals zu werfen, hielt sie für äußerst unangebracht. »Du kennst dich hier anscheinend gut aus«, merkte sie an, als die Tür aufging und er im Eingangsbereich das Licht anknipste.

»Ja, der Hof gehört einem Bekannten.«

»Ach so.« Sie konnte sich gar nicht so schnell umsehen, da hatte er schon ihr Gepäck geschnappt und vor ihr ins Haus bugsiert. Luna folgte ihm mit einem Lächeln auf den Lippen.

Es roch frisch und sauber, ein Hauch von Lavendel und Zitrone hing in der Luft. Und es war angenehm warm. Magni zog seine Stiefel aus, sie folgte seinem Beispiel und schloss die Tür hinter sich, um nicht die ganze Wärme in die kalte Nacht hinausströmen zu lassen. Tausend Fragen lagen ihr auf der Zunge, aber kein Wort kam über ihre Lippen. Sie war viel zu aufgeregt, um sprechen zu können. Luna hängte ihre Jacke mit bebenden Fingern an der Garderobe auf, auf einem Schuhregal darunter lagen diverse Pantoffeln. »Wer wohnt hier normalerweise?«, wollte sie wissen.

»Es ist ein Ferienhaus. Du kannst alles, was hier ist, benutzen. Fühl dich ganz frei.«

Sein rechter Socken hatte ein Loch, der große Zeh blitzte hervor. Sie schmunzelte. Auf Strümpfen folgte Luna Magni durch die Waschküche, wo es noch eine weitere Dusche gab, über einen Flur, durch den sie in die offene Küche kamen. »Es ist ein alter Bauernhof, der vor ein paar Jahren modernisiert wurde«, erklärte er.

Der Boden war mit hellem Holz ausgelegt, die Wände weiß gestrichen. Hier und da gab es eine indirekte Wandbeleuchtung, die eine heimelige Atmosphäre zauberte. Ausgewählte Ölgemälde, die allesamt die isländische Natur zeigten, hingen an den Wänden. Auf den Fensterbrettern standen Kunstpflanzen und Kerzen. »Hier findest du die Kaffeemaschine, es gibt auch verschiedene Teesorten, und hier ist der Kühlschrank.« Magni öffnete ihn. »Ich sehe, jemand war für dich einkaufen. Geschirr und das ganze Zeug sollte auch in den Schränken sein.«

Auf dem Tresen der u-förmig eingerichteten Küche lagen ein Ordner und ein Telefon samt Ladekabel. »Ah, schau, hier sind mehr Informationen für dich, lies dir ruhig alles durch, sicher ist auch was zum Handy erklärt.«

Magni schien wirklich gut informiert zu sein, mehr, als sie einem »persönlichen Kindermädchen« zugetraut hätte. Sie dachte nicht weiter darüber nach und schaute sich um. In der Küche gab es einen Esstisch mit vier Plätzen und zwei Schlafzimmer gingen rechts davon ab. Alles wirkte sauber und mit Bedacht ausgewählt.

»Krass, das hat jemand aber gut organisiert.«

Magni zuckte die Schultern und ging weiter. »Es war ja lange genug bekannt, dass nach dem Assessment-Center jemand herkommen würde. Schau, hier ist das Wohnzimmer.«

Sie folgte ihm und ging durch einen Bogen, vermutlich hatte man eine Wand durchgebrochen, um den Bereich zu öffnen.

Tatsächlich handelte es sich um ein kombiniertes Wohn- und Esszimmer mit einer riesigen Fensterfront, von dem eine Flügeltür in ein weiteres Wohnzimmer führte. Es gab außerdem eine weitere Tür in einen Anbau. Magni bildete mal wieder die Vorhut. »Hier befinden sich das große Bad, zwei Schlafzimmer und der Haupteingang, aber eigentlich gehen alle immer durch die Hintertür, deshalb habe ich dort geparkt. Aber du kannst das natürlich halten, wie du willst.«

»Vier Schlafzimmer?«, murmelte sie überwältigt. Das Haus war riesengroß, viel zu groß für sie allein.

»Vielleicht will dich ja mal jemand aus Deutschland besuchen? Du musst hier nicht wie eine Einsiedlerin leben.«

Luna sparte sich den Kommentar, dass sie lieber keinen Besuch bekam. Jedenfalls nicht von ihrer Mutter, die hatte nämlich ein unfassbares Talent, alles durcheinanderzubringen und sich selbst in wilde Affären zu stürzen. Nein, darauf konnte sie gut verzichten. »Äh, ja. Vielleicht«, gab sie ausweichend zurück.

»Ich sehe gerade, dass es gar keinen Schreibtisch gibt, soll ich dir einen bringen lassen?«

Huh. Das klang aber sehr bestimmt. An Selbstvertrauen mangelte es ihm offenbar wirklich nicht.

»Nein, nein, es gibt hier ja diesen wunderbaren großen Esstisch im Wohnzimmer mit der megaschönen Fensterfront.« Sie ging ein paar Schritte und guckte hinaus in die Nacht. Wegen des Lichts im Haus konnte sie nicht viel erkennen, also wandte sie sich zu Magni um. »Ich werde mich hier einrichten.« Sie bemerkte, dass ein Festnetztelefon auf einem kleinen Schränkchen stand und ein WLAN-Router. Sie lächelte. »Ich habe alles, was ich fürs Erste brauche, danke!«

»In Ordnung, aber wenn was fehlt, melde dich. Meine Nummer steht sicher mit auf der Liste.« Mit wenigen Schritten war er in der Küche und entsperrte das neue Handy. Luna verfolgte ihn mit ihrem Blick und sah, dass er eine Nummer wählte. Auf einmal ertönte ein Bimmeln. Er zückte sein eigenes iPhone aus der Hosentasche und hielt es mit einem siegessicheren Lächeln in die Luft. »Erledigt, jetzt hast du meine Nummer und ich deine. Zögere bitte nicht, dich zu melden, okay? Ich hoffe, du fühlst dich hier wohl.« Magni drehte sich zu ihr um, sie ging ein paar Schritte auf ihn zu und blieb etwa einen Meter vor ihm entfernt stehen.

Luna blickte zu ihm auf und verlor sich in seinen ausdrucksstarken Augen. »Daran habe ich keinen Zweifel.«

Sie hatte keine Ahnung wieso, aber ihr Herz begann zu rasen. Sie atmete schneller. Für eine sehr lange Sekunde sagte niemand ein Wort. Sie standen einfach da und rührten sich nicht. Die Anspannung im Raum war förmlich greifbar. Luna konnte nicht verhindern, dass Schmetterlinge in ihrem Bauch umherflatterten.

»Äh, na, dann gehe ich mal und gönne dir deinen Schönheitsschlaf«, unterbrach er als Erster das Schweigen und schlängelte sich um den Küchentresen herum an ihr vorbei. »Brauchst du noch was?«

Luna rieb sich das Kinn und schaute sich um. Sie war verwirrt über ihre Reaktion. Vor allem aber irritierte sie die Tatsache, dass sie nicht wollte, dass er schon ging. Trotzdem bot sie ihm nichts an. Es würde zu verzweifelt wirken, wenn sie ihn nach all den gemeinsamen Stunden noch zu einem Glas Wasser einlud. Er wollte sicher nach Hause. Zu seiner Familie.

Eine kalte Dusche hätte nicht effektiver sein können.

»Äh, nein, ich glaube, für den Moment habe ich alles.«

»Du hast gesehen, dass du auch einen heißen Pott auf der Veranda hast?«

»Echt?«

»Na logisch, das ist etwas, das musst du kennenlernen. Soll ich dir den Deckel abnehmen, damit du baden kannst, ehe du ins Bett gehst?«

»Ich, ähm, schaffe das sicher allein. Danke.«

Wortlos starrte er sie an, ein Muskel an seiner Wange zuckte. Sie glaubte, dass er etwas sagen wollte, aber er schwieg.

Plötzlich ging ein Ruck durch seinen Körper, dann nickte er geschäftsmäßig. »Gute Nacht, Luna.«

Ohne sie noch einmal anzusehen, verschwand er aus dem Haus und schlug die Hintertür mit einem Krachen zu. Sie lauschte, es dauerte einen ganzen Moment, bis der Motor des Pick-ups aufheulte und sie mitbekam, wie er mit – natürlich – rasanter Geschwindigkeit über den Zufahrtsweg davonbrauste. Erst jetzt fing sie erneut an zu atmen.

Luna rieb sich mit beiden Händen über das Gesicht und fasste sich langsam. Was war nur mit ihr los? Sie war sonst nicht so ein zitterndes Mäuschen. Egal, sagte sie sich. Nach einer guten Nacht mit viel Schlaf hatte sie sich garantiert wieder im Griff und war ganz die Alte.

Luna tapste in die Küche und schlug den Ordner auf. Sie fand eine Liste mit Telefonnummern darin, die meisten Namen sagten ihr nichts, einige kannte sie aus Reykjavík. Dann schnappte sie sich das Handy, ein verpasster Anruf mit einer unbekannten Nummer. Magni. Sie speicherte seine Kontaktdetails – einen Nachnamen kannte sie nicht. Aber soweit sie wusste, waren die bei Isländern ohnehin nicht so wichtig, da er aus dem Vornamen des Vaters mit dem Zusatz »son« oder »dóttir« für Tochter bestand.

Sie gähnte. Luna war zwar hundemüde, aber die Verlockung in Form eines heißen Bades war größer als die Erschöpfung. Sie schob ihren Koffer in das Schlafzimmer, das an die Küche angrenzte, und packte aus. Im Schrank fand sie sogar einen weißen, flauschigen Bademantel. Sie grinste und schlüpfte nackt hinein, dann ging sie nach draußen. »Scheiße, ist das kalt«, fluchte sie und machte sich mit hektischen Bewegungen an der Abdeckung des Potts zu schaffen. Er war mit Knöpfen und Schlaufen gesichert, um nicht wegzufliegen. Schließlich gelang es ihr, und heißer Wasserdampf schlug ihr entgegen. Luna stieg vorsichtig mit der rechten Fußspitze zuerst hinein. »Ah«, entfuhr es ihr. Es war geradezu kochend heiß. Bestimmt vierzig Grad. Der kalte Wind ließ sie nicht lange zögern, mit einem Ruck war sie im Wasser – bis zum Po zumindest, dann ließ sie sich mit angehaltenem Atem bis zum Kinn hineingleiten. Sie schloss die Augen und stieß ein tiefes Stöhnen aus. Gott, war das herrlich. Das war besser als jedes Spa, das sie sich in Hochglanzmagazinen angesehen hatte. Sie schlug die Augen auf und bewunderte den nächtlichen Himmel. Unfassbar, wie hell es durch die Sterne und den Mond war, sie konnte von hier aus über den Fjord bis ans Ufer der anderen Seite blicken. Unendliche Weite und das Peitschen des Windes vermittelten ein Gefühl der ultimativen Freiheit. Die Luft war so klar und rein, dass sie glaubte, ihre Lungen müssten gleich explodieren. Glück war das, was sie in sich spürte. Luna war zufrieden mit sich und der Welt, und ganz langsam setzte sich auch in ihr die Erkenntnis fest, dass das hier das bisher Großartigste sein würde, was ihr im Leben widerfahren war.

5

Magni kniete in seiner Garage und schraubte gerade an einem Schneescooter, als ein Wagen die Auffahrt hinaufrollte. Für einen Moment dachte er, dass es vielleicht Luna sein könnte, bis er sich erinnerte, dass sie ja noch gar nicht wusste, wo er wohnte. Er zog eine Schnute und schüttelte den Kopf über sich selbst. Irgendetwas war mit ihm passiert, und er konnte nicht sagen, was es war. Sein Benehmen war lachhaft, er fühlte sich albern, wie ein Idiot, um genau zu sein. Es war lange her, dass er sich so zu jemandem hingezogen gefühlt hatte. Was das genau bedeuten sollte, wusste er auch nicht. Er wusste nur, dass er keinesfalls dem Drang nachgeben durfte, Luna zu küssen. Egal wie sinnlich ihre Lippen waren. Egal wie groß und unschuldig ihre Augen auf ihn gerichtet sein mochten. Egal wie verlockend ihr Duft ihm die Sinne benebelte.

Wenn eins klar war, dann, dass sie tabu für ihn war. Er würde dieses Projekt nicht gefährden, indem er sich in eine Affäre mit der Architektin stürzte. Man musste kein Hellseher sein, um zu ahnen, dass so was in jedem Fall schiefgehen musste, wenn man Geschäft mit Vergnügen mischte. Trotzdem konnte er sich nicht erklären, warum er sich, verdammt noch mal, dermaßen intensiv zu ihr hingezogen fühlte. Selbst wenn sie nicht einmal in der Nähe war. Und das, obwohl er sie gerade erst kennengelernt hatte. Sogar das war übertrieben, er wusste im Grunde nichts über sie, außer dass sie liebenswert, klug und ehrlich war.

Meine Güte, er musste damit aufhören.

Magni fluchte leise auf Isländisch und vertagte seine innere Diskussion auf später. Er ließ den Schraubenschlüssel sinken und stand auf, um zu sehen, wer ihn besuchen wollte. Seine Laune sank unter den Nullpunkt, als er den schwarz glänzenden Range Rover seines *Frændi* Erlendur erkannte. In Island gab es keine genauen Verwandtschaftsbezeichnungen wie in anderen Sprachen für Cousins, Neffen, Nichten, Großcousins und all das. Es wurde im Isländischen allgemeiner zusammengefasst: Frændie für Männer und Frænka für Frauen. Magni konnte nicht mal genau sagen, wie er mit Erlendur verschwägert oder was auch immer war, er wusste nur, dass der Kerl in letzter Zeit zu einer lästigen Person geworden war, die sich ihm immer wieder aufdrängte. Genau genommen, seit bekannt geworden war, dass Magni ein Vermögen gemacht hatte und nicht mehr arm war wie eine Kirchenmaus. Nur weil seine Oma darauf bestand, dass man innerhalb der Familie nett und freundlich miteinander umging, sprach er überhaupt noch mit dem Kerl. Obwohl Magni nicht nachvollziehen konnte, warum seine Oma sich weiter mit dem Arschloch abgab, immerhin hatte er ihr die Hilfe verwehrt, als sie die Unterstützung dringend gebraucht hatte.

Erlendur stellte den Motor nicht ab, ehe er ausstieg. Er trug einen teuer wirkenden dunkelblauen Pullover zu einer grauen

Hose. Um den Hals hatte er einen gemusterten Seidenschal gewickelt, seine schütteren Haare hatte er mit Gel in Form gebracht. Schmierig war alles, was Magni dazu einfiel, dennoch lächelte er. »Erlendur, guten Tag«, grüßte er und trat einen Schritt aus dem Garagentor hervor. Es war ein klarer Morgen, die Sonne strahlte vom Himmel. Er freute sich, dass Luna die schönste Seite Islands gleich an ihrem ersten Tag in Grenivík kennenlernen durfte.

Schon wieder.

Er hatte schon wieder an sie gedacht. Das musste aufhören.

»Guten Tag, Frændi«, trällerte Erlendur und hob die Hand zum Gruß.

Klar, der schmierige Sack musste natürlich betonen, dass sie verwandt waren, als ob Magni das nicht selbst wüsste. Er ließ sich nichts anmerken. »Toller Tag heute, nicht?«

Sie plauderten kurz über das Wetter, ein Thema, dem man sich in Island gerne lange und sehr ausgiebig widmete. Magni hatte gehofft, dass der Sack nur zufällig hier vorbeigekommen war, aber seine Hoffnung sank, als Erlendur keine Anstalten machte, wieder zu gehen. Aus Höflichkeit – Magni blieb nichts anderes übrig – bot er ihm einen Kaffee an.

»Ja, gern«, gab sein Besucher zurück.

Magni nickte, dann ging er durch die Garage ins Haus, und sein Frændi folgte ihm. Der Kerl bequemte sich nicht mal, den Motor abzustellen, sondern ließ ihn laufen. Das musste nichts über die Dauer seines Besuchs heißen, Isländer mochten es, in ein warmes Auto zu steigen. Geklaut wurde hier sowieso nichts. Magni ging durch einen schmalen Flur in seine Küche und holte zwei Tassen aus dem Schrank. Er bemerkte, wie Erlendur sich umsah und sich, dem Gesichtsausdruck nach zu urteilen, fragte, warum Magni sein Haus nicht von vorn bis hinten umgestaltet hatte – leisten könnte er es sich. Aber Magni gefiel sein Zuhause, er brauchte keine Designervilla, um glücklich zu sein. Weil Erlendur das ohnehin nicht nachvollziehen konnte, sparte sich Magni jegliche Erklärung. Er mochte seine kleine, ein wenig altertümliche Küche sehr gern und auch den Rest des Hauses, sonst hätte er es schließlich nicht gekauft, egal wie hoch oder niedrig der Preis gewesen war. Der Kaffeeautomat war bereits eingeschaltet, Magni musste nur noch ein Knöpfchen drücken, dann erklang das Geräusch des Mahlwerks. Erlendur zögerte nicht und nahm am Küchentisch Platz, auf dem noch die Reste des Frühstücks standen. Magni legte ein paar Knäckebrote auf einen Teller, kramte Butter, Käse und Marmelade hervor und servierte dann alles seinem Besucher. Dazu folgte der Kaffee. »Milch?«, wollte er wissen. Er sah, dass eine Tasse einen Sprung hatte, aber er tauschte sie nicht aus.

Erlendur lächelte, es erreichte seine Augen nicht. »Nein, danke.«

Magni wünschte, der Kerl würde zum Punkt kommen, aber vielleicht gab es gar keinen bei diesem Besuch. Vielleicht hatte sein Gegenüber einfach Langeweile und wollte Informationen aus ihm herausbekommen und gar nichts Konkretes. »Wie geht es Dóra?«, erkundigte Erlendur sich schließlich und beschmierte ein Knäcke mit Butter.

Fast hätte Magni geantwortet, dass er seine Oma gern besuchen konnte, sie lebte nur ein paar Straßen weiter. »Gut, nehme ich an. Letzte Woche war sie mit mir auf dem Berg.«

»Schön, schön.« Erlendur kaute geräuschvoll und spülte mit einem Schluck Kaffee nach. Nach einer gefühlten Ewigkeit kam er endlich doch noch zum Punkt. Magni hatte seinen Kaffee längst ausgetrunken.

»Wann gehts los mit dem Bau? Wir sollten unbedingt was zusammen machen.«

Magnis Miene blieb nach jahrelanger Übung regungslos.

Den Teufel würde er tun. Er brauchte keinen Investor, und wenn, dann würde er garantiert niemals Erlendur ins Boot holen. Eher erklärte man Island zu einer tropischen Insel.

»Wir sind noch in der Konzeption«, gab er knapp zurück.

Stille erfüllte den Raum, er wusste, dass sein Gegenüber mehr von ihm hören wollte. Erlendur öffnete gerade den Mund, als Magnis Telefon bimmelte. Er schaute aufs Display und war überrascht, als er Lunas Nummer darauf entdeckte.

»Entschuldige, da muss ich rangehen«, erklärte Magni, stand auf und verließ die Küche, um ungestört reden zu können. »Hallo?«

»Hallo, äh, Magni. Guten Morgen.« Ihre Stimme klang merkwürdig.

»Ist alles in Ordnung?«

»Na ja … Also. Könntest du mir helfen? Ich, äh, habe ein Problem mit dem Auto.«

»Oh. Na klar. Ich bin unterwegs. Ist kein Sprit drin?«, erkundigte er sich amüsiert.

»Doch, das schon, aber … na ja, du solltest es dir selbst ansehen. »Ich wusste nicht, dass es ein Automatikgetriebe hat und … Komm lieber her.«

Magnis Mundwinkel zuckten. Oha, so viel also zum Thema, sie wäre eine gute Fahrerin. Er wusste, dass die Deutschen meist mit einem Schaltgetriebe vertraut waren, seltener mit Automatik. In Island war es genau umgekehrt, niemand kaufte sich einen Wagen mit Schaltung.

Interessant, sie hatte also Schwierigkeiten mit dem Wagen. Das würde sicher witzig werden. Er nahm sich dennoch vor, sie nicht allzu sehr damit aufzuziehen, dass sie um eine Lektion von ihm bat. Magni kehrte in die Küche zurück und ertappte Erlendur dabei, wie er sich über Magnis Post beugte, die auf dem Küchentisch lag. So ein elender Schnüffler.

Magnis Magen krampfte sich zusammen, er presste die Kiefer aufeinander. Als Erlendur ihn hörte, drehte er sich um. In seinen Augen blitzte etwas auf, was Magni an eine Ratte erinnerte.

»Ich muss leider los«, erklärte Magni kühl. Mehr sagte er nicht, aber räumte Teller und Tasse in die Spüle, obwohl sein Frændi noch nicht aufgegessen hatte. Damit verstand der Idiot hoffentlich, dass er sein Haus verlassen sollte, und zwar sofort.

Magni hob seine Hand zum Gruß, als Erlendur kurz darauf in seinen Wagen stieg und den Rückwärtsgang einlegte. Magni hoffte, dass der Kerl hier so bald nicht wieder auftauchte. Dann marschierte er zu seinem eigenen Pick-up und raste durch Grenivík zu Luna. Er mochte das Gefühl, ihr Retter in der Auto-Not zu sein. Ein bisschen zu sehr vielleicht.

Als er hinter dem Haus ankam, sah er das Dilemma schon. Sie war rückwärts gegen die Mülltonnen gefahren, eine davon war geschrottet. Er hatte keine Ahnung gehabt, dass Plastik in so viele Teile zerspringen konnte. Ein Grinsen konnte er sich nicht verkneifen. Luna saß im Wagen, die Hände ruhten auf dem Lenkrad, als stünde sie noch unter Schock. Sein Lächeln erstarb, er hatte nicht erwartet, dass sie so mitgenommen sein würde.

Magni sprang aus dem Pick-up und eilte zu ihr. »Bist du in Ordnung?«, fragte er, nachdem er die Fahrertür sanft geöffnet hatte, um sie nicht zu erschrecken.

Sie war kreidebleich, ihre Augen weit aufgerissen. »Ich … ich habs versaut«, murmelte sie niedergeschlagen.

»Steig erst mal aus, du bist ja fix und fertig.« Mechanisch kletterte sie vom Fahrersitz.

»Wie spät ist es?«, wollte sie wissen. »Ich habe um zehn einen Termin bei der Isländischlehrerin.«

»Komm erst mal ins Haus. Möchtest du ein Glas Wasser?«

Eigentlich hatte er den Moment genießen wollen, jetzt hatte er nur noch eines im Sinn: sie zu beruhigen.

Er warf einen Blick auf die Rückseite des Wagens, dem war nicht viel passiert, und selbst wenn, wofür gab es schließlich Werkstätten und Versicherungen?

Er ärgerte sich ein wenig über sich, dass er gestern nicht daran gedacht hatte, ihr das zu erklären. Viele Leute verwechselten Gas und Bremse bei einem Automatikgetriebe, weil sie nicht daran gewöhnt waren, nur den rechten Fuß zu benutzen. Wie sie es aber geschafft hatte, rückwärts in vollem Karacho gegen die Hauswand – die glücklicherweise von den Mülltonnen als Puffer geschützt gewesen war – zu fahren, verstand er auch nicht.

Er schob Luna ins Haus und bugsierte sie in die Küche, wo er ihr einen Stuhl unter den Hintern schob. Er setzte sich daneben und hielt ihre Hand. »Und jetzt erzähl mal.«

»Ich ... ich wollte losfahren, dann musste ich erst mal schauen, wie ich einen Gang einlege, außerdem war ich spät dran, und dann habe ich irgendwie was falsch gemacht und habe Gas gegeben, und irgendwie auch nicht, und dann war da die Bremse, und auf einmal hat das Auto einen Satz gemacht, und ich weiß auch nicht, wie es passiert ist, aber es gab einen lauten Knall, und ein Peng und Krach und Ruckeln, und dann war der Motor aus und das Auto an der Wand. Magni, ich weiß nicht, wie das passieren konnte, ich fühle mich wie die letzte Versagerin, und dann habe ich einen Schaden verursacht, und jetzt komme ich zu spät, und ich werde sicher den Job verlieren, wenn die rausfinden, dass ich zu blöd bin, um ein Auto aus der Auffahrt zu steuern, und dann geht mein ganzer Traum den Bach runter, und ich wollte doch zeigen, wie gut ich bin, allen beweisen, dass ich es draufhabe, auch wenn ich jung bin, und jetzt hab ich alles kaputtgemacht, weil ich zu stolz war, dich vorher zu fragen, und das ist alles meine Schuld.« Sie hatte nicht einmal Luft geholt, ihre Stimme war immer höher geworden, und Tränen sammelten sich in ihren ausdrucksstarken, großen Augen. Er wollte etwas erwidern, aber er war noch immer damit beschäftigt, ihre Worte zu sortieren. Magni wusste nur eins: Es war alles nicht so schlimm, wie sie vielleicht glaubte. Er zog sie in seine Arme, was gar nicht so leicht war, weil sie auf zwei Stühlen saßen. Also rückte er näher ran und strich ihr besänftigend über den Rücken. Sie stieß ein Schluchzen aus und ihre Schultern bebten. »Dabei bin ich sonst nicht so leicht aus der Ruhe zu bringen, aber meine Nerven sind einfach überstrapaziert«, jammerte sie kleinlaut.

Seine Hände beschrieben kleine Kreise auf ihrem Rücken, ihre Nähe fühlte sich gut an. Sehr gut sogar. Sie roch dezent nach Pfirsichblüten. Ein herrlicher Duft, der wunderbar zu ihr passte. Magni überlegte, womit er sie trösten konnte. »Immerhin hast du niemanden umgebracht«, meinte er schließlich.

Anscheinend war das der falsche Ansatz, denn jetzt heulte sie richtig los. »Ich bin so was von erledigt.«

Magni verdrehte die Augen und musste grinsen. Zum Glück sah sie das nicht. »Okay«, sagte er und schob sie von sich. »Warte kurz.«

Er stand auf und durchsuchte die Küchenschränke. Aus dem Augenwinkel bekam er mit, dass Luna sich über das Gesicht wischte und zittrig durchatmete. »Du musst dich erst mal beruhigen, Luna«, ermahnte er sie streng. Als er gefunden hatte, was er wollte, nahm er ein Glas aus dem Schrank und stellte es vor ihr auf den Tisch. Dann goss er einen Fingerbreit Brennivín ein. »Trink das, Luna.«

»Was ist das?« Sie roch daran. »Igitt. Schnaps?«

»Der schwarze Tod.«

Sie riss die Augen auf, dann runzelte sie die Stirn. »Sehr witzig, Magni.«

Er verzog seine Lippen zu einem schiefen Lächeln und setzte sich wieder. »Nun mach schon, sieh es als Medizin.«

»Es ist zehn Uhr morgens.«

Er warf einen Blick auf die Wanduhr. »Halb elf, um genau zu sein, und das ist ein Notfall. Oder etwa nicht?«

Luna murmelte. »Es ist sowieso egal, was ich mache, ob Saufen noch zu meinen Vergehen dazukommt, spielt keine Rolle mehr.« Dann kippte sie den Schnaps in einem Zug in ihren Mund, verzog das Gesicht und hustete angewidert. »Okay, jetzt verstehe ich, warum er so heißt.«

»Kann es sein, dass du zu Übertreibungen neigst?«, fragte er ganz ruhig, aber man hörte ihm seine Belustigung sicher an.

Sie zog ihre Brauen ein Stück weit zusammen. »Ich? Nein. Sicher nicht.«

Er konnte nicht anders als herzlich lachen. »Gut, schön, dass wir das geklärt hätten. Soll ich dir jetzt beibringen zu fahren?«

Sie versteckte ihr Gesicht zwischen ihren Händen. Hübsche Hände, wie ihm auffiel. Die Nägel waren mit klarem Lack überzogen und nicht zu lang oder gar krallenartig. Sie waren gepflegt, was er mochte, aber hatten einen natürlichen Look. Er war versucht, darüber zu streichen, aber er wusste auch so, wie weich sich ihre Haut anfühlte.

Reiß dich zusammen, tadelte er sich stumm.

»Das ist alles so peinlich!«, jammerte sie.

Er klopfte ihr väterlich auf den Rücken. »Ach was. Ruf bei der Isländischlehrerin an und sag ihr, dass du etwas später kommst.«

»Ich bringe den ganzen Zeitplan durcheinander, um eins ist auch ein Meeting in Grenivík angesagt. Aber ja, du hast recht. Es nützt nichts. Wo ist das blöde Ding?« Sie schaute sich um.

»Im Auto vielleicht?«

Luna stöhnte, dann schlug sie sich mit der flachen Hand gegen die Stirn und stand so energisch auf, dass der Stuhl umkippte. »Mit diesem Geheule ist jetzt Schluss. Mein Gott. Du kannst mir glauben, dass ich im normalen Leben nicht so eine Null bin, Magni.« Ihre Augen funkelten, anscheinend hatte sie sich von ihrem kleinen Zusammenbruch erholt. Er kannte diese Verhaltensweisen schon von seinen Schwestern. Eben noch Regenwetter, und eine Sekunde später herrschte wieder Sonnenschein. Was er als Mann, beziehungsweise Bruder, dabei auch gelernt hatte: Man durfte diese plötzlichen Stimmungswechsel auf Teufel-Komm-Raus niemals kommentieren. Sonst stand man in Gefahr, für alle Sünden der Menschheit – für die natürlich Männer verantwortlich waren – auf einmal büßen zu müssen. Mit einem leisen Seufzen folgte er Luna hinaus. Sie stand am Geländewagen und inspizierte die Mülltonnen und den vermeintlich entstandenen Schaden.

»Die sind auf jeden Fall hin«, stellte sie mit den Händen in die Hüfte gestemmt fest. »Kacke.«

Er nickte und hob eine Augenbraue. »Ja«, war alles, was er kommentierte.

»Bei wem soll ich meinen Gang zu Canossa antreten?«, wollte sie von ihm wissen.

»Hä?«

»Na, ich muss mich wohl um den Schaden kümmern.«

»Halb so wild. Ich ruf bei der Gemeinde an, die sollen zwei neue Tonnen bringen.«

»Echt?« Sie guckte ihn wieder mit diesen großen Augen an, als könnte sie nicht fassen, dass jemand ihr behilflich war.

»Ja, kein Ding.«

»Und das Auto?«

»Ist doch nix passiert. Wenn du damit leben kannst, dass es ein paar Kratzer und eine Delle abbekommen hat?«

»Ich? Ja, klar.«

»Gut. Dann hätten wir das geklärt.« Er stieg auf den Beifahrersitz, wo ihr Handy lag, und wedelte ihr damit zu. »Steig ein, Luna.«

STERBEN WÄRE EINE MÖGLICHE OPTION. Leben würde sie mit dieser Schmach wohl kaum können. Luna atmete tief durch und sah, wie Magni ihr Handy hochhielt. Ja, die Lehrerin musste sie anrufen, am besten sofort. Also würde sie später sterben oder sich in einem Loch verkriechen oder einfach hoffen, dass niemand, außer Magni, von ihrem Mülltonnendesaster erfuhr. Wie auch immer. Luna verzog ihre Lippen und kletterte zurück auf den Autositz. Wohl war ihr nicht dabei, aber aufgeben war auch keine Option. Da hatte sie gestern noch groß getönt, wie gut sie fahren könnte, und dann das! Peinlich hoch zehn. Mann, Mann, Mann.

Luna nahm sich vor, sich später weiter darüber aufzuregen und sich jetzt auf das Wesentliche zu konzentrieren: Magni gut zuzuhören, damit ihr das nicht noch mal passierte. Aber wer hätte überhaupt ahnen können, dass man ihr eine Karre mit Automatikgetriebe vor die Tür stellte? Wer fuhr freiwillig damit herum, das machten doch nur Rentner. Egal, sie schob die letzten dreißig Minuten beiseite – den jämmerlichen Zusammenbruch vor ihm in der Küche musste sie auch noch verarbeiten und am besten vergessen –, dann schlug sie die Tür zu.

»So, was muss ich wissen?« Sie wandte sich an Magni und versuchte dabei so kompetent wie möglich zu wirken.

Ob sie nach einem Schnaps überhaupt noch ein Auto steuern durfte? Normalerweise würde sie niemals zu dieser Tageszeit trinken, aber heute war anscheinend alles anders, und das würde sich auf keinen Fall wiederholen.

»Telefon«, erinnerte er sie.

Verdammt.

Luna riss es ihm aus den Fingern und suchte nach der Nummer, die sie vorhin glücklicherweise nach dem Frühstück schon gespeichert hatte. Das Telefonat war in drei Minuten erledigt, sie würden die Stunde später nachholen. Gut. Immerhin etwas, was heute nicht schiefgelaufen war.

Da Magni es mitbekommen haben musste, kommentierte sie das Gespräch nicht und legte die Hände ans Steuer und wartete auf Anweisungen.

Gott, sie kam sich so dämlich vor. Magni hingegen wirkte äußerst zufrieden mit sich und der Welt. Sie sah aus dem Augenwinkel, dass er arrogant grinste. Seine weißen, geraden Zähne blitzten auf. Luna riss sich zusammen. Es war ein schöner Tag, die Sonne schien, der Himmel leuchtete in einem reinen Blau. Es war kein Schneesturm in Sicht, sie musste nur lernen, wie man diese Karre bewegte. Das konnte nicht so schwer sein. Luna wünschte sich eine Sonnenbrille, um cooler zu wirken, die lag aber irgendwo im Haus.

»So, Luna. Als Erstes stellst du deinen linken Fuß mal ganz weit weg von allen Pedalen. Ab jetzt musst du zuerst daran denken, dass du nur mit dem rechten Gas gibst oder bremst«, fing er an zu erklären, als wäre sie eine Dreijährige.

Sie war versucht, ihm eine Faust gegen den Oberarm zu boxen. »Könntest du bitte etwas weniger Spaß dran haben, mir zu vermitteln, wie doof ich bin?«, knurrte sie. Gleich darauf tat es ihr leid, er konnte ja nichts für ihren schlechten Start in den Tag.

Zum Glück ließ er sich nicht aus der Ruhe bringen. »Und jetzt kannst du die Bremse mit dem rechten Fuß betätigen. Rechts«, wiederholte er ruhig.

Sie presste die Lippen zusammen und tat, was er sagte. »Bremse betätigen«, bestätigte sie in einem Tonfall, als ginge es darum, eine Rakete zu starten, die die Menschheit retten sollte.

»Sehr gut, und dann machst du den Motor an. Hier mit diesem Knopf.«

Den hatte sie vorhin schon gefunden. Sie tat, wie ihr geheißen.

»Und jetzt den Hebel von P auf D, dabei immer schön auf der Bremse bleiben.«

»Jawohl, Sir.« Sie schmunzelte und rüttelte am Hebel, bis er auf D sprang.

»Gut. Und jetzt vorsichtig von der Bremse steigen und langsam Gas geben.«

Luna wurde heiß, ihre Finger waren klamm. Sie atmete erst wieder, als der Geländewagen langsam nach vorn rollte.

»Du kannst hier gern ein paarmal im Kreis fahren, oder sollen wir eine Spritztour machen?«

»Ich finde, langsam genießt du das ein bisschen zu sehr, mein Lieber.«

Er gluckste und lehnte sich zurück. »Oh, oh.«

»Was? Was!?« Sie trat ruckartig auf die Bremse, sodass sie beide nach vorn geschleudert wurden.

»Äh, nichts, war nur Spaß.«

»Mein Gott, hat dir jemand schon mal gesagt, dass du ein Arsch sein kannst?«

»Noch nie.« Er grinste.

»Ich glaube dir kein Wort.« Sie drehte tatsächlich eine Runde über das Grundstück, dann fuhr sie vorwärts neben seinen Pick-up. »Wunderbar, vielen Dank, Magni. Und jetzt raus aus dem Wagen«, forderte sie ihn mit einem Augenzwinkern auf. »Ich habe zu tun.«

»So wird es einem gedankt!«, gab er belustigt zurück.

Sie hielt inne und schaute zu ihm hinüber. »Ich bin wirklich dankbar, dass du so schnell hergekommen bist.«

»Weiß ich doch. Ich lass dich auch in Ruhe, aber ich würde sagen, dass du dich nachher noch meldest, wenn das Meeting durch ist, damit ich dir das Grundstück zeige, wo gebaut werden soll. Es ist so schönes Wetter, du *musst* diese Aussicht sehen.«

Ihr gefiel, wie er auf einmal übers ganze Gesicht strahlte. Sie guckte auf die Uhr. »Wie lange würde es dauern?«

»Nicht lange.«

»Okay, dann los. Wo soll es hingehen?«

»Du willst selbst fahren?«

»Denkst du, ich kann das nicht?«

Er warf ihr einen zweifelnden Blick zu, dann brach er in Gelächter aus.

Sie zog eine Schnute. »Na, vielen Dank auch. Wird das jetzt immer so gehen?«

»Nein, nur heute. Oder bis die Mülltonnen ersetzt wurden.«

Sie schnaubte, dann schnallte sie sich an.

»O ja, das mach ich lieber auch.« Magni zog am Gurt, und Luna schüttelte den Kopf.

»Hilfe«, brummte sie nur, musste aber doch grinsen.

Sie mochte ihn. Und nach dem heutigen Morgen wusste sie auch, dass man sich auf ihn verlassen konnte. »Du musst mir nur sagen, wo es hingehen soll.«

»Erst mal zur Hauptstraße, dann rechts.«

Luna fuhr langsam, sie wollte verhindern, dass noch irgendwas passierte. Es war nicht viel Verkehr, die Bergspitzen leuchteten weiß, das Gras war überall noch braun. Bäume gab es so gut wie keine, dafür viele Steine und Felsen. »Da vorn rechts ist *Kaldbakur*«, erklärte Magni und zeigte mit dem Finger auf den höchsten Berg.

»Aber da fahren wir jetzt nicht hoch?«

»Nein, dafür brauchst du eine Pistenraupe oder einen Schneescooter.«

»Okay.«

»Und hier links oben ist das Grundstück fürs Hotel.« Dort lag kein Schnee mehr. »Fahr ruhig weiter, erst mal durch den Ort, von da aus gibt es einen Zufahrtsweg hinauf.

Ein bisschen mulmig wurde ihr jetzt doch zumute, weil sie sich nicht auskannte und es nicht gewohnt war, auf unwegsamem Gelände zu fahren. Sie hoffte, dass sie sich nicht ein zweites Mal an diesem Tag bis auf die Knochen blamierte.

Sie war überrascht, wie klein Grenivík war. »Hier rechts ist die Grundschule und da drüben das Schwimmbad. Ist sehr schön, solltest du mal hingehen.«

»Gehört das zusammen? Und wieso ist das nicht überdacht?«

»Alle Kinder lernen bei uns sehr früh schwimmen, fast jeder Ort hat sein eigenes Schwimmbad. Wie überdacht? So was gibts hier nicht.«

»Oh, und es ist also auch im Winter geöffnet?«

»Das Wasser ist natürlich beheizt. Es ist schön angenehm warm.«

Luna dachte mit einem Frösteln an die Freibäder in Deutschland, wo das Wasser gefühlt auch im Sommer kaum über null Grad lag. »Das klingt super, das mache ich bestimmt mal.«

»Da drüben ist das Rathaus, zwei Häuser weiter ist das Büro meiner Schwester, dort wird das Meeting später stattfinden.«

»Oh, gut, dass ich das schon mal weiß. Ich hab ja gedacht, dass ich ein Navi hab ...«

»Du brauchst hier kein Navi«, fiel er ihr ins Wort. »Das kannst du dir merken. Schau, da ist das Restaurant und dort der Supermarkt, da findest du alles, was du so brauchst.«

Das Geschäft sah recht klein aus, aber sie kannte es aus Dörfern zu Hause, dass die Läden meist gut organisiert waren.

»Du fährst hier entlang weiter«, erklärte er und sie steuerten direkt auf das Ufer und einen Parkplatz zu. »Am Ende links.«

»Gut, ich dachte schon, das wäre ein Amphibienmobil.«

»Du hast einen merkwürdigen Humor.«

»Das sagt der Richtige.«

Sie setzte den Blinker und bog links ab. Neben dem Parkplatz befanden sich ein Café und ein Holzhäuschen, an dem ein Schild mit der Aufschrift *Tourist-Information* hing. Alles wirkte sauber, ordentlich und neu oder renoviert. So wie alles im Ort. Hier flog kein Fitzelchen Dreck durch die Gegend, die Straßen waren allerdings recht holprig. Die Sonne glitzerte über dem dunklen Meer, einige Wolken zogen über den hellblauen Himmel, der sie an Magnis Augen erinnerte.

Sie kamen zum Ende der Straße, wo der Weg in Schotter überging – und ziemlich steil nach oben. »Äh, hier rauf?«, fragte sie auf einmal kleinlaut.

»Ja, genau. Den Weg entlang.«

Was er als Weg bezeichnete, war mehr eine Aneinanderreihung überdimensionierter Pfützen und Dreckhaufen. Sie fuhr so langsam, dass sie beinahe stehen blieben.

»Du musst schon Gas geben, sonst rollen wir rückwärts runter.«

Sie merkte, dass sich Schweiß unter ihren Achseln bildete. »O Mann«, stöhnte sie, und Dreck spritzte aus einem Schlagloch bis auf die Scheiben. Die Wischer schabten die Sicht wieder frei. Der ehemals weiße Wagen war jetzt überall mit Schlamm bespritzt. Magni zuckte nicht mit der Wimper, wippte jedoch nervös mit dem Fuß. Er musste nicht noch einmal betonen, dass ihm das alles viel zu langsam ging. Sie rechnete es ihm hoch an, dass er ihr nicht anbot, das Steuer zu übernehmen, das wäre eine Demütigung gewesen. Geduldig wartete er ab, bis sie oben angekommen waren. Hier standen einige rote Container und Bagger. »Als Erstes wird der Zufahrtsweg fertiggestellt, sodass die Baumaschinen dann, wenn es losgeht, auch raufgebracht werden können.

Luna begrüßte es, kommentierte die Information jedoch nicht. »Hier?«, fragte sie und steuerte den verdreckten Wagen hinter einen der Container.

»Ja, wo du möchtest.«

Kurz darauf standen sie an der Kante und überblickten die Umgebung. »Das ist der reinste Wahnsinn«, entfuhr es Luna. Eiskalter Wind peitschte ihr die Haare ums Gesicht, sie zog den Reißverschluss ihrer Jacke nach oben. Die Sonne strahlte, sie konnte endlos über das dunkle, sanft wogende Meer und die Berge am Rande des Fjords blicken. Häuser konnte sie keine entdecken. Die Natur schien unberührt und vollkommen.

Magni stand neben ihr, sein Oberarm berührte ihre Schulter. »Dann findest du es in Ordnung? Das Land, meine ich?« Seine Stimme klang ein wenig rau, so, als würde ihn die Aussicht hier selbst noch immer berühren und glücklich machen, obwohl er tagtäglich davon umgeben war.

»Es ist absolut großartig und einzigartig. Wenn man hier steht, fragt man sich doch, ob Leute in New York jemals verstehen können, was man verpasst, wenn man in einer Großstadt lebt.«

Luna sog noch einen tiefen Atemzug in ihre Lungen. Es

roch nach Meersalz und Erde. Der Boden war steinig und matschig, auf dem sie stand. Sie drehte sich um und überblickte das Land hinter ihr. Die Sicht war heute so gut, dass sie bis tief in den Fjord schauen konnte, wo es Berge über Berge, die mit Schnee bedeckt waren, zu sehen gab. Die Kuppen wirkten wie abgeschnitten. »Wieso sind sie nicht spitz?«

Er schien direkt zu wissen, was sie meinte. »Das kommt von den Eiszeiten, die Gletscher haben die Natur hier geformt.«

»Verstehe. Ich weiß, dass ich mich wiederhole, aber ich kann einfach nicht glauben, wie fantastisch es hier ist.«

»Dann hast du schon eine Idee? Für den Entwurf meine ich?«

Luna schaute ihn blinzelnd an. Das hatte sie tatsächlich, aber sie glaubte, es wäre zu früh, darüber zu sprechen. Sie wollte ihn jedoch nicht vor den Kopf stoßen, wenn sie sagte, dass sie ihm noch nichts darüber erzählen wollte. Nicht, weil er nicht der richtige Ansprechpartner war, sondern weil sie nie zu früh über Ideen, die noch nicht formuliert waren, redete. Sie hatte Angst, dass sie ihr auf diese Weise entglitten. Ein alberner Aberglaube. Aber doch ... »Ich glaube, dass ich mich noch ein bisschen mehr mit der Umgebung befassen muss, ehe ich da was Konkretes vorschlagen kann.«

»Ja, natürlich«, beeilte er sich zu sagen. »Schau mal, wir fahren dann auch noch mal mit dem Schneescooter auf *Kaldbakur*, von dort aus kannst du dir ein gutes Bild von der Umgebung machen.«

»Heute?«

Er lächelte entschuldigend und zuckte die Schultern. »So gern ich das tun würde, aber ich fürchte, dass wir zu spät dran sind, wenn du mit den Meetings fertig bist. Tageslicht wäre gut, im Dunkeln ist es doch zu gefährlich.«

»Ja, klar. Ich habe gar nicht so weit gedacht.«

»Obwohl die Tage jetzt schnell länger werden, aber besser, wir warten bis morgen. Hoffentlich ist es dann auch so klar wie heute.«

Luna würde es nicht zugeben, aber sie freute sich, dass Magni an ihrer Seite war, um ihr bei der Entdeckung Islands zu helfen. Ihr deutsches Handy bimmelte und brummte in ihrer Jackentasche. Sie konnte es nicht ignorieren, da sie ahnte, wer es war. Sie hatte ihre Mutter noch nicht zurückgerufen. »Hey, Mama«, beantwortete sie.

»Liebes, wie gehts dir? Ich habe mir Sorgen gemacht.«

»Mir gehts wunderbar, danke. Und dir?« Luna wurde trotz des kalten Windes warm unter ihrem dicken Anorak.

»Sehr gut, sehr gut. Hör mal, ich wollte nach deiner Adresse fragen, Luna.«

Sie horchte auf. »Äh, wieso?«

Ihre Mutter schnaubte leise. »Na, bitte, ich möchte dir was schicken. Was denn sonst?«

Luna atmete erleichtert aus, für einen Augenblick hatte sie gedacht, dass ihre Mutter den ersten Besuch plante. Und sosehr sie ihre Mama auch liebte, so wenig wollte sie, dass sie zu so einem frühen Zeitpunkt nach Island kam. Gerda Schröder war bekannt dafür, alles durcheinanderzubringen, nicht immer auf eine gute Weise.

»Na klar, entschuldige. Ich bin ein bisschen abgelenkt, weil ich gerade auf einer Besichtigungsrunde unterwegs bin. Du weißt schon, das Grundstück, auf dem gebaut werden soll.«

»Oh, wie aufregend. Wie ist es denn so in Island? Hast du dich gut eingelebt? Jemanden kennengelernt?«

Sie verdrehte die Augen. »Kann ich dich nachher noch mal anrufen? Es ist jetzt gerade wirklich ungünstig.«

Eine kurze Pause entstand, dann hörte sie ihre Mutter leise ausatmen. »Luna, Schatz, du rufst doch nie zurück.«

»Doch, mache ich. Aber ich habe eben gerade auch viel um die Ohren, dieser Job ist wahnsinnig wichtig für mich, meine große Chance.«

»Das weiß ich doch, und ich bin so unfassbar stolz auf dich, mein Schatz.«

Luna lächelte. »Pass auf, ich schicke dir die Adresse, wenn ich zurück im Haus bin. Dort habe ich einen Ordner mit den Unterlagen, ich kenne sie noch nicht auswendig. Und, Mama, wenn du was schicken willst, dann denk dran, dass du so eine pro forma Rechnung dem Paket beilegen musst, sonst schnappt sich alles der Zoll.«

»Ah, guter Hinweis, danke! Und du hast gesagt Haus? Du hast ein ganzes Haus für dich? Das ist verrückt. Fühlst du dich nicht einsam?«

»Nein!« Luna merkte, dass die Antwort ein bisschen zu schnell gekommen war. »Äh, nein, Mama. Ich habe so viel um die Ohren, dass ich noch nicht mal Zeit hatte, richtig auszupacken. Die Aussicht hier ist bombastisch, aber es ist halt ländlich. Sehr ländlich.«

Luna wusste, dass ihre Mutter Action und Menschen um sich herum liebte, sie wollte ihr einen möglichen Besuch nicht madig machen, aber sie sollte auch nicht sofort ein Ticket bestellen.

»Gut, Liebes. Dann denk dran, mir nachher die Adresse zu schicken, ja?«

»Aber klar, Mama. Mache ich.«

»Bis dann, Schatz. Küsschen!« Ihre Mutter legte auf und Luna atmete leise aus. Sie ließ das Handy zurück in ihre Jackentasche gleiten. »Das war meine Mutter«, erklärte sie Magni, der ein paar Schritte gegangen war.

Er drehte sich um, und seine Augen leuchteten auf. »Schön, ihr habt also ein gutes Verhältnis?«

»Äh, ja. Wieso?«

»Ich weiß nicht. Das ist nicht selbstverständlich.«

Luna furchte die Stirn. Wusste er etwas über ihre Familienverhältnisse? Es war kein Geheimnis, dass sie ein Einzelkind war, das ohne seinen Vater groß geworden war, aber erzählt hatte sie ihm nichts davon. Sicher bildete sie sich gerade irgendwas ein, was das war, wusste sie selbst nicht so recht. »Sie wollte meine Adresse, weil sie mir was schicken möchte.«

»Das ist ja lieb von ihr. Fehlt dir etwas?«

»Nein.« Luna grinste. »Und meine Mama ist anders als andere Mütter. Ich rechne also nicht damit, einen selbst gestrickten Schal zu bekommen.«

Er kam auf sie zu, der Wind zerzauste sein Haar. Er sah aus wie das Sinnbild eines nordischen Gottes. Luna schluckte und trat von einem Fuß auf den anderen. Sie hoffte, dass er nicht mitbekam, wie merkwürdig sie auf ihn reagierte.

»Wie meinst du das? Anders?«

Luna nagte an der Innenseite ihrer Wange und suchte nach den richtigen Worten. »Okay«, fing sie an und hob eine Augenbraue. »Ich gebe dir mal ein Beispiel. Ich heiße Luna Maria, weil ich in einer Vollmondnacht gezeugt wurde.«

Magni guckte irritiert, dann prustete er los. »Nicht dein Ernst!«

»O doch. Hast du so was Verrücktes schon mal gehört?«

»Was wäre, wenn du ein Junge geworden wärst?«

Sie kicherte. »Das möchte ich lieber nicht wissen.«

6

Luna war spät dran. Sie hasste es, dass heute alles schiefging. Na ja, vielleicht war das ein wenig übertrieben. Womöglich hatte Magni in diesem Punkt sogar recht – sie hatte einen Hang, die Dinge zu überdramatisieren.

Luna parkte den Wagen vor dem Haus, in dem das Meeting stattfinden sollte, und sprang aus dem Auto. Sie schlug die Tür zu, verriegelte mit der Fernbedienung und rannte los. Auf halber Strecke fiel ihr ein, dass sie ihre Unterlagen vergessen hatte. Sie fluchte und kehrte um. Als sie in den Flur des Erdgeschosses trat, war sie außer Atem. Der Boden war mit dunklen Fliesen ausgelegt. Feinsteinzeug auf jeden Fall oder Naturstein. Ja, vermutlich. Die Wände waren in einem zarten Cremeton gestrichen, hier und da hingen geschmackvolle Gemälde. Die Beleuchtung war indirekt und warm, an einem Tag wie heute hätte man eigentlich gar kein künstliches Licht benötigt. In manchen Ecken standen ein paar Grünpflanzen. Es wirkte wie das perfekte Beispiel aus einem Hygge-Magazin für skandinavische Einrichtung. Luna kam nicht umhin, sich zu fragen, wofür sie hier eine Architektin und Bauingenieurin aus Deutschland brauchten. Sie hatte keine Gelegenheit, sich selbst eine Antwort zu geben, weil Soffia aus einem Büro trat. Die Isländerin trug ein ockerfarbenes Kleid, schwarze blickdichte Strumpfhosen und weiße Turnschuhe. In ihrem Haar saß eine schwarze Brille, die Lippen hatte sie rot geschminkt. Luna mochte ihren Style, der lässig, aber trotzdem cool und elegant war. »Hallo, liebe Luna, wie schön, dich zu sehen«, begrüßte Soffia sie. »Komm mit, ich zeige dir alles.«

»Hi«, antwortete Luna und straffte sich. »Ich freue mich. Sehr gern.« Sie zwang sich zu einem Lächeln. Leider war sie schrecklich nervös, nicht, weil sie glaubte, unfähig zu sein, sondern weil alles noch so neu war. Sie hoffte, dass sich die Nervosität nach den ersten Tagen legen würde, sobald sie eine Arbeitsroutine entwickelt hatte.

»Magst du vielleicht erst einmal einen Kaffee?«, wollte Soffia wissen. »Komm mit. Hier entlang bitte.«

Sie gingen gemeinsam über den Flur und kamen in eine helle, offene Küche. Weiße Fronten und grauer Stein bildeten eine Einheit. Auf der Arbeitsfläche stand eine chromglänzende Kaffeemaschine. Soffia nahm eine Tasse aus dem Schrank – oder eher gesagt einen Becher ohne Henkel. Vor dem bodentiefen Fenster stand ein Gummibaum, außerdem befanden sich noch ein kleiner Eichentisch und weiße Stühle im Raum. Eine gemütliche Küche, in der man sich gerne aufhielt. »Schön habt ihr es hier«, meinte Luna anerkennend, während das Mahlwerk erklang und sich langsam der belebende Duft von Kaffee ausbreitete. »Wie viele arbeiten hier?«

»Danke, das freut mich. Ich habe eine Assistentin, und hin und wieder ist auch Valur hier, den lernst du nachher kennen.

Über dem Büro befindet sich übrigens unsere Wohnung. Wir haben es so eingerichtet wegen der Kinder.«

»Oh, das ist ja gut.«

Soffia grinste schief. »Na ja, nicht immer.« Dann lachte sie und reichte ihr eine dampfende Tasse.

Luna verstand nicht ganz, was sie meinte. »Wie viele Kinder hast du?«

»Zwei Mädchen, Kata und Salka.«

»Das sind aber hübsche Namen. Endlich mal welche, die ich aussprechen kann.« Luna kicherte. »Den Boss, Snilugur, oder wie man es sagt, möchte ich so bald nicht treffen. Erst mal muss ich mit der Isländischlehrerin üben. Es wäre ja peinlich, wenn ich es nicht schaffe, seinen Namen vernünftig anzusprechen, nicht?«

Soffia schaute für einen Augenblick irritiert, dann blinzelte sie und lächelte wieder. »Äh, ja, das wird schon, Luna. Mach dir keine Sorgen. Komm, ich zeige dir mein Büro, und dann gehen wir in den Besprechungsraum.«

Soffias Büro war klein, aber genauso gemütlich eingerichtet. Sie hatte einen höhenverstellbaren Schreibtisch, die Regale waren ordentlich eingeräumt. An der Wand hingen Bilder der Kinder mit Soffias Ehemann. Luna fühlte sich wohl, die Atmosphäre war sehr angenehm. »Ich wette, hier kann man super arbeiten.«

»Ja, doch, das muss ich sagen. Ich habe es mir schön gemacht. Wobei ich anfangs schon dachte, oje, was mache ich da nur. Braucht überhaupt jemals jemand in Grenivík eine Innendesignerin, aber es gibt tatsächlich genügend Leute, die hie und da mal einen Rat benötigen und meine Expertise. Ich habe mittlerweile auch Kunden aus Akureyri und anderen Städten im Norden.«

»Du bist sicher froh, dass du jetzt auch an diesem Großprojekt mitwirken kannst, oder?«

Wieder schaute Soffia ein wenig irritiert, dann nickte sie. »Ja, das bin ich.«

Luna hakte nicht weiter nach, und Soffia führte sie ins nächste Zimmer. Hier gab es einen runden Besprechungstisch mit den gleichen Stühlen wie in der Küche. In der Mitte stand eine Vase mit gelben Tulpen, an der Wand hing ein großer Bildschirm. Außerdem gab es Farbkarten, Stoff- und einige Steinmuster, die in einem modernen Regal arrangiert waren. Sehr geschmackvoll.

»Setz dich, unsere beiden Gesprächspartner sind noch nicht da, wie du siehst.«

Luna verkniff sich einen Blick auf die Uhr. »Danke.«

Soffia ließ sich ebenfalls auf einen Stuhl sinken. Sie umklammerte ihre Tasse mit zwei Händen. »Wir Isländer haben es nicht so mit der Pünktlichkeit. Nicht alle zumindest.«

Luna lächelte und legte ihre Mappe vor sich ab und trank einen Schluck. Sie wollte gerade etwas sagen, als sie Stimmen aus dem Eingangsbereich hörte.

»Ah, das werden sie sein.«

Kurz darauf wurde Luna mit Valur und Gunnar bekannt gemacht. Valur war mittelgroß und hatte dunkelbraunes Haar, Luna schätzte ihn auf Ende dreißig. Er war für Konzeption und Kommunikation zuständig und würde als Bauleiter fungieren. Gunnar war ein schlanker Mittdreißiger mit hellem Haar und grünen Augen. Ein Bauingenieur, der sich auf die Konzeption großer Projekte spezialisiert hatte. Vor allem lagen seine Schwerpunkte, wie Luna erfuhr, auf dem Bau von Außenanlagen wie Schwimmbädern und Spas. Etwas, was man hier in Island anscheinend immer und überall benötigte. Und für das

Hotel sollte eine großzügige Badelandschaft geschaffen werden, so dass sich alles als Gesamtbild harmonisch in die Natur einfügte. Gunnar stand nicht in Konkurrenz zu Luna, da sie ein anderes Fachgebiet hatte. Das war betont worden, und sie freute sich auf die Zusammenarbeit. Luna trug nicht die Hauptlast, aber ihr oblag es, ihre Vision eines nachhaltigen Luxushotels zu präsentieren. Obwohl die Verantwortung riesig war, freute sie sich wie verrückt darauf. Das Hotel sollte maximal fünfzig Gäste auf einmal beherbergen können, also eher klein, aber damit umso exklusiver sein. »Einen Helikopter-Landeplatz benötigen wir auch, oder zwei. Schon alleine wegen des Heliskiings«, erklärte Soffia, und Luna machte sich eine Notiz. »Ich habe übrigens noch einen Bruder«, erzählte sie Luna. »Der ist aber gerade für ein anderes Unternehmen, die sich auf Heliskiing spezialisiert haben, in Kanada unterwegs. In Island wird das immer populärer, gerade im Norden natürlich. Sobald wir hier startklar sind, wird Arnar auch wieder in Grenivík arbeiten.«

Ob es noch mehr Geschwister gab, fragte Luna sich, sagte jedoch nichts, da es sich um ein Business-Meeting handelte und sie für private Plaudereien in den kommenden Monaten sicher noch genügend Gelegenheiten haben würden.

»Wir stehen dir natürlich jederzeit zur Verfügung, und ich würde sagen, dass wir uns zweimal wöchentlich austauschen sollten«, schloss sie und schob ihre Unterlagen zusammen, damit war die Besprechung beendet. Man merkte, dass sie es gewohnt war, die Chefin zu sein. Obwohl Lunas Ideen gewünscht wurden, war klar, dass Soffia jederzeit ein Veto einlegen konnte. Sie hatte offenbar einen guten Draht zum Chef, vielleicht hatte Soffia vorhin ja deshalb so komisch geschaut, als sie über dessen Namen gescherzt hatte. Das würde Luna in Zukunft also sein lassen.

Gunnar nickte. »Ja, das halte ich für vernünftig. Einiges

können Luna und ich sicher auch ohne euch klären.« Er schenkte ihr ein offenes Lächeln.

»Sehr gut, ja. Ich hoffe auch, dass wir die Sitzungen nicht ewig auf Englisch abhalten müssen, ich werde täglichen Unterricht bekommen. Aber einige Wochen werde ich wohl noch brauchen.«

»Mach dir keine Sorgen, Luna, das wird schon.« Valur machte ihr mit einem Augenzwinkern Mut.

Nach der Sitzung, sie hatten erst einmal die groben Abläufe eines derartigen Projekts besprochen, trat Gunnar zu ihr. »Und, hast du dich schon eingelebt?«

»Ja, doch. Na ja, nicht so richtig«, gab sie mit einem Lächeln zu.

»Ich hoffe, du magst Island. Das Haus ist doch wunderbar, nicht? Die Aussicht ist jedenfalls fantastisch.«

Sie fragte sich nicht, woher er wusste, wo sie wohnte. Offenbar gab es im Dorf nur wenig Geheimnisse. »Ja, ich liebe es, hier zu sein, ich schaue immerzu aus dem Fenster«, schwärmte sie gut gelaunt. Ihr Handywecker erinnerte sie gerade mit einem schrillen Bimmeln, dass sie weiter musste. »Tut mir leid, Gunnar. Aber ich muss zur Isländischstunde.« Sie machte eine entschuldigende Geste.

Er nickte verständnisvoll, mit einem offenen Lächeln. »Kein Ding, wir sehen uns sicher bald. Ich freu mich auf die Zusammenarbeit.«

Da schwang mehr in seinem letzten Satz mit als bloße Höflichkeit. Luna mochte ihn, gleichzeitig hatte sie das Gefühl, dass sie es hier mit einem Womanizer zu tun hatte. Warum sie es so empfand, wusste sie nicht so genau. Vielleicht täuschte sie sich auch. Sie hatte den Hang, Männern gegenüber eher zu skeptisch zu sein als zu blauäugig. Nach den Erfahrungen mit dem Liebesleben ihrer Mutter, aus gutem Grund. »Machts gut, ihr Lieben«, verabschiedete Luna sich. »Bis zum nächsten Mal. Hat mir Spaß gemacht.«

Luna war glücklich, als sie das Büro verließ, und freute sich mindestens genauso sehr auf ihren Unterricht.

A<small>LS</small> L<small>UNA</small> kurz nach sieben nach Hause kam, wartete jemand vor ihrer Haustür. Sie war überrascht. Die Mülltonnen waren zum Glück ersetzt worden, dorthin war ihr zweiter Blick gegangen. »Hallo«, grüßte Luna, nachdem sie ausgestiegen war.

»Guten Tag, ich bin Dísa, wir wohnen dahinten, zwei Höfe weiter. Ich wollte dir was vorbeibringen.« Sie hielt Luna eine Auflaufform unter die Nase, es duftete verführerisch nach Butter und Käse aus der Alufolie. »Ist noch heiß, wenn du dich beeilst, kannst du gleich eine warme Mahlzeit genießen.«

»Oh, das ist ja nett.« Luna fragte sich, wie sie zu der Ehre kam. Dagegen hatte sie allerdings nichts, sie war selbst eine miserable Köchin. Erst jetzt merkte sie, wie hungrig sie war. Seit dem Frühstück hatte sie keine Zeit mehr gehabt, etwas zu sich zu nehmen. Ihr Magen knurrte lautstark, aber Dísa schien das nicht mitzubekommen. Der Wind hatte abgeflaut, gleichzeitig war es kalt geworden. Ihr Atem hinterließ kleine weiße Wölkchen in der Abendluft.

»Du magst doch Fisch, oder?«, wollte ihre Besucherin wissen.

Luna nickte. »Ja, sehr gern.«

»Das ist *Plokkfiskur*, eine Art Auflauf mit Kartoffeln und Kabeljau.«

»Klingt super, ich freue mich total.« Luna strahlte sie an.

»Hier, bitte.« Dísa reichte ihr das Mitbringsel.

Luna nahm die Auflaufform samt Topflappen von ihrer Besucherin entgegen und schloss erst dann umständlich die

Tür auf. »Das ist aber auch so was von nett, Dísa, es freut mich sehr, dich kennenzulernen, und das sage ich nicht nur wegen des Essens.« Sie schenkte Dísa ein strahlendes Lächeln.

Dísa trug einen grauen Wollpulli und eine dunkle Hose zu modernen Turnschuhen. Sie hatte ihre blonden Haare zu einem Pferdeschwanz zusammengebunden, und Luna schätzte, dass sie an die fünfzig sein musste. Sie hatte ein paar Fältchen um die Augen und auf der Stirn. »Mein Mann ist im Gemeinderat«, erklärte die Besucherin noch. »Ich arbeite im Kindergarten.«

Luna überlegte, ob sie sie hereinbitten sollte, aber sie war total erledigt nach diesem aufregenden Tag und wusste nicht so recht, was erwartet wurde. »Grenivík ist ein sehr schöner Ort«, sagte sie daher nur.

Dísa wirkte erfreut. »O ja, man kann hier so gut leben. Dann, äh, lass ich dich mal essen. Schönen Abend, Luna, und, äh, willkommen in Island.«

Sie fragte sich nicht, woher sie überhaupt ihren Namen kannte. Luna nickte ihr nur noch einmal dankbar zu, da sie gerade die Auflaufform balancierte. »Danke, gleichfalls. Einen schönen Abend für dich und deinen Mann natürlich, den lerne ich dann ein andermal kennen. Tschüss, Dísa.«

Die Nachbarin marschierte zu ihrem Quad, das hinter der Scheune stand. Sie war nicht kräftig, aber auch nicht allzu schlank. Sie wirkte wie ein Kraftpaket. Luna hatte das Höllengefährt vorhin gar nicht gesehen. Die Frau sprang behände auf und raste dann davon. Anscheinend fuhren nicht nur junge Männer in Island einen steilen Zahn. Der Gedanke erheiterte sie, sie schmunzelte noch, als sie in der Küche ankam und sich einen Teller aus dem Schrank schnappte.

Luna hatte nicht mit dem Essen angefangen, als ihr Handy

brummte. Es war das neue, und ihr Interesse an der Nachricht wuchs sofort.

Sie guckte nach und freute sich über eine Nachricht von Magni. *Hallo Luna, ich hole dich morgen um acht ab, dann fahren wir auf den Berg Kaldbakur. Wir müssen das gute Wetter ausnutzen. Zieh dir was Warmes an. Bless, Magni.* Darauf folgte ein Smiley.

Sie schob sich eine Gabel mit Essen in den Mund und schrieb zurück. *Klasse, ich freu mich.*

Sie wartete, ob er noch einmal zurückschrieb, aber das Display blieb schwarz. Schließlich erinnerte sie sich, dass sie ihrer Mutter noch die Adresse schicken musste. Luna knipste sie von einem Schriftstück aus dem Ordner ab und verschickte im Anschluss das Foto. Der Auflauf schmeckte köstlich, sie nahm sich noch eine zweite Portion. Danach überlegte sie, was sie mit dem angebrochenen Abend anfangen sollte. Luna war zwar müde, aber auch aufgedreht. Sie gönnte sich zuerst eine Runde in ihrem heißen Pott und lernte dann die Vokabeln der heutigen Unterrichtsstunde, ehe sie ins Bett ging. Sie konnte nicht sofort schlafen und wälzte sich von einer Seite auf die andere. Immer wieder schreckte sie hoch, weil sie Geräusche hörte. *Das ist ein altes Haus,* versuchte sie sich zu beruhigen*, ist sicher alles normal.* Luna war nicht ängstlich, normalerweise jedenfalls nicht, aber heute schien es ihr nicht zu gelingen, sich zu entspannen. Dabei hatte sie nicht mal einen Krimi gelesen. Sie stand noch einmal auf und überprüfte alle Türen, dann schimpfte sie sich eine Idiotin und ging wieder ins Bett.

7

Auch am nächsten Morgen war sie noch ungewohnt hibbelig. Luna tigerte durch das Haus. Es war kurz nach neun und keine Spur von Magni. Immer wieder guckte sie auf ihr Handy, ob er geschrieben oder angerufen hatte, um abzusagen. Aber es herrschte Schweigen im Walde. »Komisch«, murmelte sie und las seine gestrige Nachricht zum millionsten Mal. Da stand acht Uhr.

Sie fuhr sich mit der Hand durch die Haare und nagte an der Innenseite ihrer Wange. Ja, sie war vielleicht ein bisschen nervös. Was absolut nichts damit zu tun hatte, dass sie Zeit mit Magni verbringen würde. Das redete sie sich zumindest ein. Tja, und wo war er? Offenbar war ihm was dazwischengekommen, und er hielt es nicht für nötig, abzusagen.

Luna setzte sich an den Küchentisch und starrte aus dem Fenster. Sie war noch nie gut darin gewesen, zu warten. Ihre Fingerkuppen trommelten auf der Tischplatte. Die Sonne schien, über den Himmel zogen einige Wolken. An den Büschen, die rund um das Haus wuchsen, konnte sie erkennen, dass es ziemlich windig war. Davon würde er sich hoffentlich nicht abhalten lassen. Sie lachte sarkastisch. Wohl kaum.

Luna wollte sich gerade einen Tee zubereiten, damit sie irgendwas zu tun hatte, als ein Pick-up die Auffahrt hinaufschoss. *Aha*, dachte sie. *Jetzt bin ich aber gespannt.*

Luna stellte den Wasserkocher ab und tapste zum Hintereingang. Magni kam gut gelaunt auf sie zu, als sie die Tür gerade öffnete. »Hey, guten Morgen. Bist du startklar?«, begrüßte er sie mit einem Grinsen, das Eisblöcke zum Schmelzen bringen könnte. Er schien in der Tat kein Wässerchen trüben zu können, offenbar waren Zeitangaben nur vage Ideen für geplante Treffen. Luna erinnerte sich an den gestrigen Tag, da hatte Soffia etwas Ähnliches erwähnt. Das war definitiv etwas, woran sie sich gewöhnen musste. Luna war schon immer eine Streberin gewesen, dazu gehörte ihrer Meinung nach auch, zu vereinbarten Zeiten an den entsprechenden Orten aufzutauchen. Schließlich hatte er selbst acht Uhr vorgeschlagen, nicht sie. Ihre Mutter würde das sicher nicht so eng sehen, zum Glück war sie nicht da. Wahrscheinlich würden sich Magni und Gerda prächtig verstehen. Luna hoffte, dass es so bald nicht zu einem Treffen kann – aus Gründen. Luna hatte keine Lust, von ihrer Mutter blamiert zu werden. So lieb sie sie hatte, so chaotisch war sie.

»Hey, Morgen, ja, ich bin bereit. Schon seit einer Weile«, konnte sie sich nicht verkneifen.

Er ging nicht darauf ein oder bemerkte den Hinweis gar nicht. Männer waren ja nicht gerade dafür bekannt, feinfühlig zwischen den Zeilen lesen zu können. Anscheinend gehörte Magni dazu. Luna wollte ihn auch nicht sinnlos stressen, denn im Grunde hatte er recht: Jetzt war er da, und eine Stunde hin oder her änderte nichts. Sie schlüpfte in ihre Schuhe und schnappte sich den Anorak samt Mütze und Schal.

»Äh, das ist alles?«, wollte er wissen und beäugte sie skeptisch.

»Was noch? Helm habe ich keinen mit.«

»Hast du auch keine Skiklamotten?«

»Um ehrlich zu sein – nein.«

»Oha, da müssen wir dir wohl was besorgen. Na egal, wir treiben schon was auf. Komm mit.« Magni winkte sie gut gelaunt heraus, und Luna folgte ihm. Sie schloss die Tür hinter sich ab und nahm den Schlüssel mit.

»Hier klaut keiner was«, meinte er und stieg ein. Das hatte sie verstanden, er meinte, sie könnte das Haus ruhig offen stehen lassen. Lieber nicht. Nicht nach letzter Nacht, in der sie Gespenster gesehen hatte, wo keine waren. Magni fuhr im gewohnt rasanten Fahrstil, und sie erreichten Grenivík um einiges schneller, als wenn sie gefahren wäre. Sie kommentierte das nicht.

Er steuerte eines der Häuser am Ufer an. Ein Einfamilienhaus, das mit grauem Muschelsand verputzt war. Vor der offenen Doppelgarage stand ein Schneescooter auf einem Anhänger. Luna ahnte, dass das ihr Gefährt für heute sein würde. Magni fuhr rückwärts ran und kümmerte sich um das Koppeln, den Motor ließ er laufen. Er verschwand schließlich kurz in der Garage. Nach einigen Minuten kehrte er in einem dicken Anzug zurück, der ihn wie ein Michelinmännchen aussehen ließ. Auf dem Kopf saß jetzt eine dunkle Wollmütze. Erst danach bemerkte sie, dass er noch etwas dabeihatte. Er kam zu ihr und hielt ihr das Ding hin. »Schlüpf mal rein, ist vielleicht ein bisschen groß, aber sollte eigentlich gehen. Du musst nicht viel damit herumlaufen.«

»Äh«, war alles, was sie hervorbrachte. Das sollte sie anziehen? Ihr stand ein »nur über meine Leiche« auf den Lippen, aber sie hielt die Klappe. Vermutlich brachte er das Teil aus gutem Grund an und gefallen musste sie ihm auch nicht. Der Gedanke überzeugte sie schließlich. Luna stieg aus und nahm den Winteranzug entgegen.

Magni schaute sie direkt an. »Wenn du noch mal musst, wäre jetzt ein guter Zeitpunkt, wir sind dann eine Weile unterwegs.«

Luna war dankbar für den Hinweis, tatsächlich merkte sie, dass ihre Blase drückte. Ob vor Aufregung oder von was anderem, war nicht ganz klar. »Wo gehts lang?«

»Durch die Garage, dann ins Haus und gleich rechts.«

Sie nahm den Anzug mit hinein und erntete dafür ein spöttisches Grinsen, als ob er sagen wollte, dass er ihr bestimmt nichts abguckte, während sie den über ihre Klamotten zog. Aber er schwieg und machte sich wieder am Anhänger zu schaffen.

Die Garage war aufgeräumt und sauber, aber vollgestopft mit allem Möglichen. Sie entdeckte mehrere Skier – Alpin und Langlauf. Diverse Snowboards und ein weiteres Auto, das mit einer hellen Plane abgedeckt war. In der Ecke befanden sich eine kleine Werkstatt und ein Motorrad. Anscheinend war Magni ein Mann mit vielen Interessen und Talenten. Spannend, fand sie und ging durch die Verbindungstür von der Garage ins Haus. Es roch nach Waschmittel, und sie hörte den Trockner. Etwas rumpelte darin herum. Auf dem Boden lag Parkett, es musste schon ein wenig älter sein, diese Art mit Stäbchen und versiegelt war schon eine Weile nicht mehr modern. Auf einer Kommode lag ein Schüsselchen mit diversen Schlüsseln. Die Wände waren nackt. Aha, kein Hygge-Moment. Trotzdem fand sie es gemütlich. Lebendig auf jeden Fall. Diverse Schuhe lagen auf dem Boden verstreut, an der Garderobe hingen mehrere Jacken. Nichts Weibliches, bemerkte sie und entdeckte jetzt erst das Bad. Sie wollte nicht herumschnüffeln, obwohl es sie brennend interessierte, wie Magni lebte. Sie zwang sich weiterzugehen und schloss die Tür hinter sich. Boden und Wände waren in einem hellen Grau gefliest, es wirkte, im Gegensatz zum Flurbereich, modernisiert. Hier gab es keine Grünpflanzen oder farblich abgestimmte Handtücher. Auf einem kleinen Regal waren fünf uralte Frotteelappen zusammengerollt. Sie grinste. Es roch nach einem männlichen Aftershave, würzig und frisch. Im Waschbecken waren diverse Zahnpastaflecken verteilt. Im Becher stand nur eine Zahnbürste. Über der Badewanne hingen ein paar Shirts, an den Glaswänden der Dusche perlten Wassertropfen. Sie hob den Toilettendeckel an und war froh, dass es sauber war. Magni war kein ordentlicher Mensch, aber auch kein Messi. Ein bisschen intim fühlte es sich an, hier bei ihm zu sein, auch wenn sie nur aufs Klo musste. Luna verdrehte die Augen und beeilte sich.

Als sie kurz darauf zu Magni zurückkehrte, musste sie lachen. »Ich kann in dem Ding kaum laufen«, scherzte sie.

»Musst du auch nicht, steig ein, ich fahre dich.« Seine Augen funkelten amüsiert.

Es kam ihr so vor, als ob er sich wirklich darauf freuen würde, den Tag oder die nächsten Stunden mit ihr zu verbringen. Luna erwiderte das Lächeln, dann stieg sie ein.

Mit dem Anhänger fuhr Magni ein wenig langsamer, aber immer noch schneller, als Luna es je mit so einem Ding tun würde. Allmählich gewöhnte sie sich an seinen Fahrstil – nicht nur daran. Sie mochte ihn, und schlimmer, sie fühlte sich sehr wohl in seiner Gegenwart. Der Gedanke löste Panik in ihr aus, denn wenn sie sich eines vorgenommen hatte, dann, sich durch nichts von ihrem Job ablenken zu lassen. Sie hatte weiß Gott genug zu tun.

»Kann ich dich was fragen?«, riss er sie aus ihren Gedanken.

»Natürlich, schieß los!«

»Ich, ähm, habe mitbekommen, dass du gestern Besuch hattest.«

»Was meinst du?« Sie kniff die Augen zusammen, dann begriff er, was sie meinte. »Dísa?«

»Ja, genau. Wenn ich dir einen Rat geben darf, Luna. Dann bitte Leute kurz herein, wenn sie mit kleinen Willkommensgeschenken bei dir auftauchen.«

Luna schluckte, sie spürte, wie die Hitze über ihren Hals in ihre Wangen kroch. Sie atmete leise aus. Luna fragte sich nicht, woher er davon wusste, so was machte im Dorf wohl schnell die Runde. Jetzt war sie die verschlossene Deutsche. »Dachte ich mirs doch«, brummte sie.

»Was?«

»Na, dass sie was von mir erwartet hat. Ich war nur einfach so müde und so hungrig und ...« Hilflos hob sie die Hände.

»Hey«, fiel er ihr sanft ins Wort. »Es ist kein Weltuntergang, ehrlich nicht. Dísa ist auch nicht sauer oder so was, aber die Leute sind halt neugierig und wollen dich kennenlernen. Ich wüsste gar nichts davon, wäre ich ihr vorhin nicht zufällig beim Supermarkt begegnet.«

»Soll ich mich bei ihr entschuldigen?«

»Nein, gar nicht. Bring ihr einfach die Form wieder zurück und lass dich von ihr zum Kaffee einladen, dann ist sie zufrieden. In Island freut man sich immer und jederzeit über Besuch.«

»Ha, ha, das glaube ich kaum. Was denn, wenn ich um zehn Uhr abends vor der Tür stehe, wenn du gerade ins Bett gehen willst?«

Magni wackelte anzüglich mit den Augenbrauen, in der Sekunde begriff sie, dass der Vorschlag ein wenig misszuverstehen war – so hatte sie das natürlich nicht gemeint. »Dann lass ich dich rein und freue mich, dass du da bist. Ich schaue in meinen Kühlschrank und brühe dir gern auch einen Kaffee auf. Nächste Lektion: Man trinkt hier Kaffee immer und überall und zu jeder Tageszeit.«

Luna kicherte. »Kein Wunder, dass du Isländer letztens als hyperaktiv bezeichnet hast. Das kommt vom vielen Koffein, da werde ich auch hibbelig.«

Magni ging nicht weiter darauf ein, er bog auf einen Feldweg ab. Die Straße war hier nur noch geschottert und war eher ein schmaler Weg als alles andere. Es ging steil bergauf, was natürlich kein Grund für ihren Chauffeur war, ein wenig langsamer zu fahren. Mit Gegenverkehr rechnete er anscheinend auch nicht. Luna mahnte sich zur Ruhe, er wusste sicher, was er tat. »Du machst das öfter?«, wollte sie wissen.

»Was, auf Kaldbakur fahren?«

»Ja.«

»Natürlich. Ab jetzt beginnt die beste Zeit des Jahres dafür. Im Winter ist das Wetter oft zu schlecht. Wenn es dir gefällt, gehen wir das nächste Mal Skifahren.«

Sie guckte sich um. »Hier? Ich sehe gar keinen Lift.«

»Ein Freund hat ein kleines Business mit zwei Pistenraupen, da setzt man sich bequem hinten rein und wird nach oben gefahren.«

»Und wer präpariert die Piste?«

»Äh, Luna?« Er schaute sie schräg von der Seite an.

»Was?«

»Im Puderschnee fahren, ist doch der Traum aller Skifahrer, niemand will hier zwischen zwei Schildern auf einer Autobahn wedeln. Hier ist nichts präpariert, alles reine Natur. Unversehrt. Wenn du Skilifte suchst, fährst du nach Akureyri.«

Nun, Luna sah das ein wenig anders. Sie hatte spät mit dem Skifahren angefangen und fuhr sicherer, je besser der Schnee platt gedrückt war. Das behielt sie erst mal für sich. Letztlich verstand sie ja, was er meinte, und darum ging es nur. Sicher wurde nicht von ihr erwartet, wie ein Profi den Berg hinunterzurasen. Heute zum Glück sowieso nicht, da musste sie nur gucken.

Nach einigen weiteren halsbrecherischen Kurven erreichten sie ein Plateau. Ein Parkplatz, auf dem sich sonst keine Autos befanden. Hier war die Schneegrenze, nur wenige Meter weiter oben war bereits alles weiß. Lunas Aufregung wuchs, ihre Vorfreude auch.

Die Aussicht war großartig. Von hier aus konnte sie das ganze Dorf überblicken und das Meer natürlich. Die Morgensonne glitzerte auf der glatten Oberfläche. Es war kühl, aber nicht eisig. Zum Glück wehte kein Wind, sie hatte schon gelernt, dass das nicht so oft der Fall war. Sie spürte, wie ihre Lungen sich weiteten, als sie einen tiefen Atemzug nahm.

»Kann ich dir helfen?«, wollte sie schließlich wissen.

»Ist okay, Luna. Ich bin geübt darin, es dauert nur einen kleinen Augenblick.«

Sie beobachtete ihn verstohlen. Er hatte nicht untertrieben, jeder Handgriff saß. Ihr gefiel, wie selbstbewusst und sicher er agierte. Ein echter Kerl, ohne dabei ein schmieriger Macho sein zu müssen. Er fuhr das riesige Gerät rückwärts den Anhänger herunter, wendete den Schneescooter und winkte ihr dann zu. Luna schlüpfte in ihre Handschuhe und watschelte zu ihm hinüber. »Steig auf«, rief er ihr zu.

»Hinter dir, ja?«

»Du kannst auch fahren. Das macht Spaß.«

O Gott.

»Äh, später. Ich guck erst mal, wie du das machst. So kann ich auch besser die Gegend bewundern.«

»In Ordnung. Und jetzt schwing deinen hübschen Hintern rauf.«

Luna hob eine Augenbraue, aber sagte nichts. Sie bezweifelte stark, dass ihr Allerwertester in dem übergroßen Anzug überhaupt zu erkennen war. Mit weichen Knien setzte sie sich hinter ihn, er ließ den Motor an. Der Geruch von Abgasen stieg ihr in die Nase. Und dann ging es auch schon los.

Luna stieß einen überraschten Schrei aus, als sich das Gefährt in Bewegung setzte. Sogar durch die gepolsterte Kluft spürte sie, wie athletisch Magnis Körper war. Für sündige Gedanken blieb jedoch keine Zeit, denn es ging schnell nach oben. Er kannte den Weg, zögerte keine Sekunde. Immer höher, immer mehr Schnee. Sie schaute sich um und entdeckte links von ihnen das Meer, dessen Oberfläche sich stetig entfernte. Sie hatte keine Ahnung, wie lange sie unterwegs waren, schätzte aber ungefähr zwanzig Minuten, als er das erste Mal die Geschwindigkeit drosselte und stehen blieb. Sie waren jetzt auf einem flacheren Plateau angekommen. »Wie gefällt es dir?«, fragte er über das Geräusch des knatternden Motors.

»Es ist der Wahnsinn«, gab sie ehrlich zurück. Die Mischung aus Adrenalin und Panorama ließ sie wie auf Wolken schweben. »So, und das letzte Stück fährst du, schau, da ist der Gipfel, da machen wir eine kleine Rast.«

Luna wagte nicht zu widersprechen, denn sie hatte tatsächlich Lust darauf, es einmal selbst zu versuchen. Was sollte schon schiefgehen, er passte auf sie auf und konnte im Notfall einschreiten. Sie vertraute ihm. »Okay«, gab sie zurück.

Magni wirkte zufrieden, stieg ab und schob sie auf dem Sitz nach vorn. Dann platzierte er sich hinter ihr. Dicht hinter ihr. Kalt konnte einem so nicht werden, dachte sie mit klopfendem Herzen. »Und jetzt?«, fragte sie atemlos.

»Ist wie beim Motorrad, rechts gibst du Gas, die Bremse ist

vorn. Versuch es einfach mal. Das Getriebe schaltet automatisch.«

»Wohin soll ich steuern?«

»Einfach geradeaus, hier nach oben. Siehst du? Du kannst dich ein bisschen an den Spuren orientieren, schau in den Schnee.«

Tatsächlich, das war ihr vorher nicht aufgefallen. Magnis Duft stieg ihr in die Nase, sein heißer Atem streifte ihre Wange. Luna straffte sich und legte die Hände auf den Lenker.

»Vergiss nicht, Luft zu holen«, raunte er.

Ihr Magen schlug einen Purzelbaum. Sie konnte so tun, als wäre es die Aufregung wegen des Fahrens, aber das stimmte nicht. Sie genoss seine Nähe, es war ein verrückter Augenblick, der ihre Emotionen durcheinanderwirbelte. Aber Luna wusste, dass das Glück flüchtig war, und diese Momente dauerten selten lange an. Jedenfalls in ihrem Leben. Sie mochte den Gedanken nicht, deshalb gab sie Gas.

Erst vorsichtig, aber mit Magnis aufmunternden Neckereien wagte sie bald mehr. Luna jauchzte. »Gott, ist das geil«, schrie sie über den Motorenlärm hinweg.

Magni drückte ihre Taille zur Bestätigung, an der er sich festhielt. Seine Schenkel ruhten dicht hinter ihren, sie fühlte sich sicher mit ihm. So als könnte sie mit Magni an ihrer Seite alles meistern.

Es dauerte noch einige Minuten, bis sie den Gipfel erreichten. Sie erkannte an den tiefen Spuren im Schnee, dass es eine Art Wendeplatz für die Pistenraupe sein musste.

»Du kannst den Motor abstellen«, schlug er vor.

Kurz darauf kletterte sie vom Sitz, ihre Beine fühlten sich ein bisschen wackelig an. Magni legte ihr einen Arm um die Schulter. Freundschaftlich. »Komm ein Stück mit, nicht zu weit.« Sie gingen gemeinsam ein paar Schritte. »Nicht weiter, hier gehts nach unten.«

Luna folgte seinem Blick und schluckte. Himmel, warum gab es hier keine Absperrung. »Puh!«, stieß sie hervor.

Magni lachte, er schien zu ahnen, was in ihr vorging. »Keine Sorge, Luna. Ich pass auf dich auf.«

Obwohl es nur so dahingesagt war, zweifelte sie keine Sekunde daran. Schlimmer war, dass sie sich darüber freute. Und dass sie von ihm beschützt werden wollte, konnte sie auch nicht leugnen.

Ein völlig neuer Gedanke. Luna war es gewohnt, auf sich selbst aufzupassen. Bisher hatte das stets gut geklappt. Sehr gut sogar.

»Man muss sich dran gewöhnen, dass nicht alles abgesichert ist, keine Schilder, kein gar nichts.«

»Eben!« Er nickte eifrig. »Das ist der Punkt. Hier ist die Natur. Natur pur sozusagen. Das ist es, was wir lieben. Was ich liebe. Alle hier. Und darum gehts auch in dem Projekt. Island zu genießen, ohne der Natur zu schaden, aber dennoch ein einzigartiges Erlebnis zu schaffen. Schau dir die Berge an, du kannst dich einmal um deine Achse drehen, und du siehst nichts als Schnee, Berge, Himmel und unendliche Weite. Ist das nicht fantastisch?«

Luna konnte nur zustimmen, gleichzeitig fragte sie sich, warum er so ein flammendes Plädoyer hielt. Bloß, weil er ihr alles zeigen wollte? »Du klingst ein bisschen so, als hättest du mehr Ahnung von dem Projekt, als du mir erzählt hast.«

Magni kniff die Augen kurz zusammen, dann lächelte er. »Alle in Grenivík wissen, worum es geht, Luna. Nicht nur das, es ist unser Lebensstil, der das alles hier ausmacht. Wir kraxeln auf unsere Berge, weil wir dort Energie tanken können.

Nirgends bist du so erdverbunden wie hier oben. Das klingt vielleicht komisch, aber so ist es. Fühl mal in dich rein.«

Er legte ihr eine Hand auf die Stelle, an der sich die beiden Schlüsselbeine trafen. »Schließ die Augen und horch auf dein Inneres.«

Sie folgte seinen Anweisungen und atmete tief ein und aus. Sie hoffte, dass er ihren donnernden Herzschlag nicht durch die vielen Lagen Stoff spüren konnte. Es war aber nicht nur seine Nähe. Sie fühlte tatsächlich eine aufsteigende Energie, die sich in ihr ausbreitete. Vielleicht war es das Adrenalin, vielleicht kam es von der frischen Luft, oder es war, wie er sagte. Nicht umsonst warb man mit dem Spruch, dass Island magisch war.

Diesen Moment zu erleben, war jedenfalls zauberhaft. Ein Traum. Ihr ganz persönliches Märchen.

Luna öffnete die Lider und suchte seinen Blick. Sie schluckte, als sich ihre Sehnsucht in seinen herrlich blauen Augen spiegelte. Er blinzelte, und der Ausdruck war verschwunden. Vielleicht hatte sie sich getäuscht. Ganz sicher hatte sie das. Lunas Kopf fühlte sich leicht an, als hätte sie einen Schwips. Sie musste dringend wieder in die Realität zurückkehren, die frische Luft stellte Dinge mit ihr an, die gefährlich waren. Oder war es ihr Begleiter?

Magni erklärte ihr gerade mehr über die Umgebung und zeigte auf das Grundstück für das Hotel. Luna knipste Bilder mit ihrem Handy, sehr viele Bilder. »Willst du was davon auf deinen Kanal stellen?«, erkundigte er sich.

»Hast du ihn dir wirklich angesehen?« Sie freute sich aber darüber. Sie hatte schon eine Weile nichts mehr gepostet. Nicht vom Assessment-Center – weil sie davon ausgegangen war, dass sie nicht gewinnen würde. Und danach auch nicht, weil sie keine Ahnung hatte, ob es erlaubt war oder nicht. Im Vertrag hatte sie nichts dazu gefunden, und eine Gelegenheit zu fragen hatte sich bisher nicht ergeben.

»Ja, habe ich. Sehr tolle Bilder, tolles Haus. Wer wohnt jetzt dort?«

»Niemand, aber ich könnte es vermieten. Habe mir noch keinen Plan gemacht.« Luna hatte sich bisher wenig Gedanken darüber gemacht, ob es okay wäre, nicht mehr dorthin zurückzukehren, aber gerade fand sie die Idee spannend, es einfach längerfristig zu vermieten. Sie verband nicht so viele Emotionen mit dem Haus, wie sie sich erhofft hatte. Sie war stolz, es realisiert zu haben, aber sie spürte nicht den unbedingten Drang, dort selbst leben zu wollen. Jedenfalls nicht für immer.

»Und wirst du den Kanal weiter füllen? Instagram mein ich?«

»Ich weiß nicht. Eigentlich bin ich gerade froh, dass ich das nicht tun muss. Ich erzähle dir mal ein Geheimnis.«

»Oh, da bin ich ganz Ohr.«

»Ich habe damals damit angefangen, meine Fortschritte und Ideen zu posten, damit ich nicht aufgebe. Ich dachte, wenn ich der Welt davon erzähle, muss ich es durchziehen und nicht kneifen. Ich habe nie damit gerechnet, dass mein Traumhaus so ein großer offizieller Erfolg werden würde.«

Luna hatte von ihrer Großmutter ein Stück Land in Mecklenburg-Vorpommern an einem See geerbt. Sie hatte dort ihrer Vision Leben eingehaucht und ein Haus gebaut, das sich nahtlos in die Umgebung einfügte, gleichzeitig aber gemütlich und heimelig sein sollte. Bevor sie abgereist war, hatte sie es an Urlauber vermietet. Das war ein gutes Geschäft für sie gewesen, da auf ihrem Konto stets Ebbe herrschte. Obwohl die Gäste noch da waren, hatte sie aufgrund der Empfehlungen bereits neue Kunden auf der Warteliste. Das bewies Luna nur einmal mehr, wie recht sie mit ihrer Idee gehabt hatte. Über das zusätzliche Einkommen war sie natürlich auch froh.

»Du bist nicht so eine, die Werbung für alles Mögliche macht, dabei könntest du bestimmt als Influencerin leben.«

Luna winkte mit einem Lacher ab. »Das ist überhaupt nicht mein Ding. Ich glaube diesen Influencern kein Wort. Oh, sieh mal her, ich habe diese Wimperntusche hier benutzt, sie ist die beste, ich nehme nur die. Nutze diesen Rabattcode und kauf sie dir.« Luna verdrehte die Augen. »Nicht meine Welt. Echt nicht. Das ist auch das, was mich gerade von Insta abhält. Dieser Druck, dass Leute oft nicht mehr echt sind. Tut mir leid, ich schweife ab.« Sie schenkte ihm ein entschuldigendes Lächeln.

Sie genoss es, die Sonne auf ihrem Gesicht zu spüren. Hier oben wehte ein leichter Wind, der erfrischend war. »Es ist so schön hier«, murmelte sie abwesend und nahm noch einmal alle Sinneseindrücke in sich auf. Es roch nach Meersalz und Schnee. Die kalte Polarluft war so rein und klar, dass man unendlich weit schauen konnte. Kein Wunder, dass die Isländer so naturverbunden, ja geradezu naturbesessen waren. Luna verstand langsam, aber sicher, worauf sie würde achten müssen. Dieses Hotel musste mehr zu bieten haben als ein paar hübsche Panoramafenster.

»Danke, dass du mich hier raufgebracht hast«, wandte sie sich an ihn.

Magni neigte den Kopf zur Seite und betrachtete sie eindringlich. Ihr wurde heiß und kalt zugleich. Dann schaute er kurz zu Boden und wieder zu ihr auf, sein Ausdruck wurde unverbindlich. Sie fragte sich, was sie falsch gemacht hatte. Oder auch nicht.

Luna war verwirrt.

»Das gehört zu meinen Aufgaben. Wenn du dich genug umgeschaut hast, müssen wir auch los. Ich habe meiner

Schwester versprochen, dass ich heute meinen Pflichten als Onkel nachkomme.«

»Oh, ja, natürlich.« Sie konnte sich ihn nicht als Babysitter vorstellen. Oder doch, das konnte sie. Garantiert war er im Umgang mit Kindern genauso wunderbar wie mit allem anderen. Gab es eigentlich etwas, was dieser Mann nicht konnte?

Magni stapfte zurück zum Schneescooter und startete den Motor. »Willst du fahren?«, bot er an.

»Nein, danke, ich genieße lieber die Aussicht.« Luna kletterte hinter ihm auf den Sitz, und in der nächsten halben Stunde herrschte Schweigen. Es war nicht unangenehm, aber doch ein wenig seltsam. Sie nahm sich vor, seinen Sinneswandel nicht auf sich zu beziehen. Vielleicht hatte er die Zeit vergessen oder was auch immer. Mit ihr hatte es garantiert nichts zu tun.

8

Unfassbar. Das war einfach unfassbar. Luna beguckte ihr Gesicht im Spiegel. Sie glühte rot wie eine Tomate. Wenn sie das jemandem in Deutschland erzählte, würden sich alle totlachen. Sie hatte auf Island im März einen Sonnenbrand bekommen.

Deshalb begrüßte sie es beinahe schon, dass für die nächsten Tage schlechtes Wetter vorausgesagt war. Tatsächlich hatte sich der Himmel zugezogen, die Sonne war verschwunden. Zu spät für sie, dachte Luna kopfschüttelnd und tigerte in die Küche. Sie öffnete den Kühlschrank, aber sie wusste auch so schon, dass nicht mehr viel drin war. Besser, sie ging einkaufen, sonst dachten die Leute im Ort noch, sie wäre ein Vampir, der keine Lebensmittel benötigte.

Sie schnappte sich ihre Jacke und die Schwimmtasche, das stand auch noch auf ihrem Plan, und tuckerte gemächlich nach Grenivík. Sie könnte schneller fahren, aber sie wollte nicht. Sie liebte es, sich die Umgebung anzuschauen und alles in sich aufzusaugen. Die Pferde standen, mit dem Hintern in den

Wind gereckt, alle auf einem Haufen. Soweit sie wusste, bedeutete das, dass das schlechte Wetter nicht mehr allzu lange auf sich warten ließ. Man würde sehen. Vor dem kleinen Geschäft parkte sie. Im Wagen neben ihr lief der Motor, aber es befand sich kein Fahrer darin. Dafür war das hintere Fenster geöffnet, und ein Baby nuckelte an seinem Schnuller und schaute sie mit großen Augen an.

Luna guckte sich um. Wo waren die Eltern? O Gott. Sie würde ihr Kind nie einfach im Auto sitzen lassen, während der Motor lief. Da konnte alles Mögliche passieren.

Mit energischen Schritten machte sie sich auf den Weg in den Laden. Sie schnappte sich einen Einkaufswagen und schob ihn hinein. Ein Mann kassierte gerade eine Frau ab. »Äh, Entschuldigung, da draußen ist ein Kind alleine im Auto«, erklärte sie auf Englisch.

Die beiden schauten sie wortlos an, dann sagte der Mann achselzuckend. »Ja, und?«

Die Frau grinste in sich hinein, schob ihre Kreditkarte in die Jackentasche, schnappte sich die Tüten und verließ den Laden mit einem. »Bless, bless.« Was so viel hieß wie Tschüssi, so viel hatte Luna schon gelernt. Dann sah sie, dass es sich dabei um die Mutter handelte. Sie stieg in den Wagen.

»Du bist die Deutsche von *Grytubakki*?«, erkundigte sich der Kassierer oder Eigentümer, sicher war sich Luna dabei nicht. Es war jedoch klar, dass alle wussten, wer sie war.

»Ja, die bin ich.«

»Schön, schön«, meinte er und schob sich die Brille von der Nase ins Haar. »Und jetzt willst du einkaufen.«

»Ja, genau.« Sie sparte sich einen blöden Kommentar, dass das ja wohl offensichtlich wäre. Eigentlich ärgerte sie sich nur über sich selbst, sie war mal wieder in ein Fettnäpfchen getreten. Anscheinend war es hier völlig normal, dass die Leute ihre

Kinder allein im Auto sitzen ließen. Angst vor einer Entführung schien auch zu weit hergeholt, aber man wusste ja nie. Luna atmete leise ein und wieder aus.

»Wenn du Hilfe brauchst, sag Bescheid. Ich bin Hjörtur, mir gehört der Laden.«

Wieder so ein Name, den kein Mensch aussprechen konnte. »Super, danke. Mache ich.« Sie schenkte ihm ein, hoffentlich, strahlendes Lächeln, um ihren ersten Eindruck der zeternden Deutschen wettzumachen, und schob den Wagen um die Ecke. Obwohl das Geschäft genau genommen winzig war, gab es tatsächlich alles, was man zum täglichen Leben brauchte. Sie fand sogar Aloe-Vera-Gel, das stand direkt neben dem Sonnenschutz. Aha, es ging also nicht nur ihr so mit der Sonneneinstrahlung, die man unterschätzte. Wenigstens das war beruhigend. Nur Toast konnte sie nirgends finden. Nicht so schlimm, sie hatte stattdessen Knäcke und Aufbackbrötchen eingepackt. An der Kasse lud sie alles aufs Band. Hjörtur pfiff leise vor sich hin und schob die Waren über den Scanner. »Hast du alles gefunden, was du gesucht hast?«

»Der Laden ist großartig.« Sie machte eine kurze Pause. »Das Toastbrot habe ich aber nicht entdeckt, vielleicht kannst du mir da weiterhelfen?«

Er lugte über den Rand seiner Brille. »Toast sagst du, warte, ich hol dir eines aus dem Kühlhaus.«

Schon war der mittelgroße Mann verschwunden und Luna schaute ihm ungläubig hinterher. Es dauerte ein paar Minuten, sie dachte schon, dass er überhaupt nicht mehr zurückkehrte, als er mit einer gefrorenen Packung Toast wieder auftauchte. »Hier, da hast du es. Gut so?«

Sie hoffte, ihre Überraschung zu verbergen. Das war doch schon sehr merkwürdig, aber egal. »Ja, super«, gab sie lächelnd zurück.

Nachdem sie ihre Einkäufe zurückgebracht hatte, fuhr sie samt Badezeug zum Schwimmbad. Sie wollte sich kurz umsehen, sagte sie sich. Der Wind hatte aufgefrischt, aber es regnete noch nicht. Luna entschied, dass sie eine Runde planschen gut vertragen könnte. Das hatte natürlich nichts damit zu tun, dass Magni ihr auf dem kurzen Rückweg vorhin erzählt hatte, dass seine Nichten schwimmen liebten.

Okay. Wem wollte sie hier eigentlich was vormachen? Natürlich war sie hier, um ihm womöglich zufällig zu begegnen. Sie dachte nicht darüber nach, was das über sie aussagte, und kaufte sich ein Ticket. Wenig später stieg sie ins dampfende Wasser und schwamm ein paar Züge. Gott, war das herrlich! Sie sah das Meer und die Berge, was für ein Panorama. Wieso machte man das in Deutschland nicht so, dass man das Wasser beheizte – oder nur in Thermen, die sich kein Mensch öfter als einmal im Jahrhundert leisten konnte? Man könnte die Freibäder so das ganze Jahr lang betreiben, Hallenbäder gab es auch nirgends in Island. Sie drehte sich auf den Rücken und ließ sich treiben. Feiner Nieselregen hatte eingesetzt und benetzte ihr brennendes Gesicht. Wundervoll. Sie seufzte genüsslich. Irgendwann hatte sie genug vom Schwimmen und sah sich nach den berühmten heißen Töpfen um. Sie entdeckte drei und fragte sich, worin der Unterschied bestand. Ah, okay. Der erste war gemütliche fünfunddreißig bis siebenunddreißig Grad warm, der zweite bis einundvierzig und dann kam der Kochtopf mit mehr als zweiundvierzig. Sie entschied sich für die goldene Mitte. Außer ihr waren noch zwei ältere Damen im runden Becken, Luna grüßte mit einem »Góðan daginn« und ließ sich schnell ins Wasser sinken. Die Damen erwiderten den Gruß mit einem freundlichen Lächeln.

Scheiße, war das heiß. Luna hoffte, dass sie ihr Gesicht nicht vor Schmerz verzerrte.

Jetzt bloß nicht hyperventilieren, Coolness heucheln war angesagt. Luna war sicher, dass die Damen wussten, wer sie war. Wie alle vermutlich. Da wollte sie möglichst nicht damit auffallen, dass sie es nicht im heißen Wasser aushielt.

Seltsamerweise störte es sie dabei nicht, dass sie im Ort schon bekannt war wie ein bunter Hund, da die Blicke allesamt freundlich neugierig gewesen waren, nicht boshaft oder fremdenfeindlich. Während Luna ihre Augen schloss und den Kopf an den Beckenrand lehnte, überlegte sie, dass es auch Vorteile hatte, bekannt zu sein. Sollte ihr mal was zustoßen, konnte sie sicher sein, dass es nicht Wochen dauerte, bis man sie fand. Jetzt wurde sie schon wieder paranoid. Sie unterdrückte einen sarkastischen Seufzer. Sie hätte neulich nicht diese bekannte isländische Krimiserie ansehen dürfen. Wie hieß sie noch mal? Ach ja, *Trapped – Gefangen in Island*. Luna öffnete die Augen und guckte sich um. Das Schwimmbad war gut besucht, aber nicht übervoll. Es gab eine quietschgelbe Rutsche, das Kindergeschrei war aber sehr gut erträglich, da es hier nicht von etwaigen Wänden widerhallen konnte. Noch ein Vorteil in einem Freibad. Sie konnte Magni jedoch nirgends entdecken. Vielleicht hatten sie sich heute für was anderes entschieden, oder sie waren schon weg. Es war bereits kurz nach sechs, sie war am Nachmittag mit dem Isländischunterricht beschäftigt gewesen. Vermutlich hatte sie ihn verpasst, und er war mit seinen Nichten schon lange wieder verschwunden. Vielleicht war es gut so, vor allem, da er vorhin auf einmal so komisch gewesen war.

Luna planschte noch ein wenig, bis ihr zu heiß wurde, dann stieg sie aus dem warmen Wasser. Ihr Körper dampfte in der kalten Luft. Das sah schon ein bisschen gruselig aus, aber auch cool. Luna wollte gerade loslaufen, als ihr ein Kind gegen den Oberschenkel prallte. Sie erschrak.

»Kata, passaðu þig. Komdu!«, hörte sie eine männliche Stimme rufen, die ihr bekannt vorkam. *Kata, pass auf. Komm her.*

Luna hob ihren Blick und schaute geradewegs in Magnis Gesicht. Sie holte ganz langsam Luft. Jetzt bloß nicht in Schnappatmung verfallen.

Was gar nicht so einfach war – bei diesem Anblick.

Obwohl ein böiger Wind über sie hinwegfegte, spürte sie die Kälte kaum. Magni stand in Badehose vor ihr, sein Oberkörper glänzte nass. Da sollte jemand noch mal sagen, dass es nur auf die inneren Werte ankam! Ha! Alles Lüge. Sein Körper war eine glatte Elf von zehn. Hammer. Er hatte breite Schultern und muskulöse Oberarme und – sie würde einiges geben, mal ihre Finger über diese Bauchmuskeln gleiten lassen zu dürfen – einen Eightpack! Unter dem Bauchnabel verlief eine dünne Linie goldblonden Haares und verlor sich unter dem Saum seiner modischen Badeshorts. Luna schluckte, ihr Mund war ganz trocken geworden. »Oh! Hi!«, stieß sie hervor. Ihre Stimme war kaum mehr als ein zu hohes Quieken.

Magni war sich vermutlich im Klaren darüber, wie gut er ausschaute, sie rechnete ihm hoch an, dass er nicht selbstverliebt grinste. Er wirkte überrascht, sie zu treffen. Lunas Badeanzug hatte schon bessere Zeiten gesehen – das Ding war uralt und fadenscheinig. Ihre Haut war – bis auf die im Gesicht – so weiß wie eine Wand, nur jetzt hatte sie vom heißen Wasser rote Flecken. Aber gut, sie war nicht hier, um ihn zu beeindrucken.

Beinahe hätte sie gelacht.

Natürlich wollte sie gut aussehen! Wer wollte das nicht.

Himmel, sie musste hier weg. Schnell. Es war eine ganz doofe Idee gewesen, herzukommen, um ihm »zufällig« über den Weg zu laufen.

»Hallo, Luna«, grüßte er jetzt und guckte seiner Nichte

hinterher, die schon dabei war, zum Beckenrand zu rennen. »Kata, biddu!« *Kata, warte.*

Er strich sich die nassen Haare aus dem Gesicht. »Sorry, muss meiner Nichte hinterher. Wir sehen uns.«

»Äh, ja, klar. Bis dann«, murmelte sie und wusste nicht, ob er das noch gehört hatte. Es war auch egal. Würde ihr Gesicht nicht schon wegen des Sonnenbrands glühen wie eine Leuchtbirne, wäre es spätestens jetzt so weit. Sie ging zu den Duschen und beeilte sich, wegzukommen.

Sie hatte noch nicht damit aufgehört, sich über sich selbst zu ärgern, als sie zu Hause hinter dem Haus parkte. Der Himmel wirkte dunkel und bedrohlich, dichte Wolken wirbelten umher. Das passte zu ihrer Stimmung. Luna stieg aus und packte die Tüten aus dem Kofferraum, als jemand um die Ecke bog. Es handelte sich um eine Frau mittleren Alters, sie trug die Haare sehr kurz. Sie war in einen Anorak und eine dunkle Hose gekleidet.

»Hallo, guten Tag«, grüßte die Frau.

»Oh, hallo«, erwiderte Luna und überlegte, ob sie die Tüten fallen lassen sollte, um sie ordentlich begrüßen zu können. Nicht, dass sie schon wieder ins Fettnäpfchen platschte.

»Ich wollte mich dir vorstellen«, erklärte sie. »Ich bin Nína, ich bin die Pfarrerin im Ort. Ich habe dir ein paar *Kleinur* mitgebracht, kennst du das Gebäck schon?«

Erst jetzt sah Luna, dass die Frau eine Schüssel dabeihatte, die mit einem Geschirrtuch abgedeckt war. »Äh, nein, das ist ja lieb. Vielen Dank, möchtest du nicht mit reinkommen? Dann brühe ich uns einen Kaffee auf.« Gut, dass sie diese Lektion schon gelernt hatte.

Das Gesicht der Frau hellte sich auf. »Aber nur, wenn es keine Umstände macht.«

»Ich freue mich über Besuch und über Essen, ich bin keine

gute Köchin«, meinte Luna im Scherz, zog ihren Schlüssel umständlich aus der Jackentasche, weil sie die Tüten noch schleppte, und schloss auf. »Komm doch bitte rein.«

Die Tasche mit dem Schwimmzeug würde sie nachher aus dem Auto holen.

Nína folgte Luna, zog Jacke und Schuhe an der Garderobe aus und kam dann in die Küche. »Möchtest du Kaffee?«, erkundigte sich Luna. Vielleicht trank sie lieber etwas anderes.

»Ja, gern. Danke.« Sie stellte die Schüssel mit ihrem Begrüßungsgeschenk auf den Küchentresen.

Luna überlegte, ob es unverschämt wäre, dem Gast das eigene Mitbringsel zu servieren. Sie hob das Handtuch und schaute hinein. Ein verführerischer Duft von frisch frittiertem Teig stieg ihr in die Nase. »Du musst mir unbedingt erklären, wie man die isst. Wie heißen die Dinger noch mal? Entschuldige, dass mein Isländisch noch nicht so gut ist. Ich lerne es zwar, aber ich bin noch ganz am Anfang.«

»Oh, du lernst Isländisch? Das ist ja toll. Sie heißen *Kleinur* und man isst sie zu jeder Tages- und Nachtzeit, du kannst sie noch mit Butter beschmieren oder einfach so verputzen. Meine Partnerin legt sich gern ein bisschen Hángikjöt darauf.«

Luna furchte die Stirn, während sie Wasser in die Kaffeekanne füllte. »Was ist das nun schon wieder?«

»Das kennst du nicht? Das muss nachgeholt werden. Es ist geräuchertes Lammfleisch, das kann man warm oder kalt essen. Sehr lecker. Du bist doch nicht etwa Vegetarierin?«

Luna hätte beinahe gelacht. Das klang in etwa so, als hätte sie gefragt, ob sie Satan anbete. Witzig. »Äh, nein. Ich esse eigentlich alles, nur kein Gehirn oder Hühnerfüße oder so was.«

Nína grinste. »Verstehe.«

»Setz dich doch«, bot Luna ihr an. Sie plauderten eine

Weile, tranken Kaffee und aßen das Gebäck, das wirklich hervorragend schmeckte. Irgendwann verabschiedete Nína sich. »Komm doch gern mal in der Gemeinde vorbei, wir bieten da alle möglichen Aktivitäten an.«

Luna hielt nicht viel vom Beten, sie war nicht besonders gläubig. »Äh, ja, klar. Gern. Ich habe natürlich sehr viel zu tun ...«

»Sicher, das verstehe ich. Ich wollte dir nur sagen, dass du herzlich eingeladen bist. Unser Programm findest du auch auf Facebook, bei uns gibt es Yoga-Stunden im Gemeindezentrum, einen Buchclub, einen Backclub und noch so einiges mehr.«

»Yoga?«

»Ja, meine Frau ist Yoga-Lehrerin.«

»Das ist ja toll.« Luna meinte das ernst. Wieder merkte sie, dass die Isländer anscheinend sehr fortschrittlich waren, sie fand es super, dass man hier offenbar keine Schwierigkeiten mit Homosexualität in der Kirche hatte. In anderen Ländern war das ja leider noch häufig ein Problem und führte zu Ausgrenzung.

Nína stand auf. »Dann bis bald, Luna. Wenn du was brauchst, melde dich jederzeit. Wir sind für dich da.«

Es klang offen und herzlich, nicht nur einfach dahingesagt. »Das werde ich machen«, erwiderte Luna und strahlte sie an. Sie begleitete Nína noch zur Tür. Vielleicht würde sie ja mal bei einer dieser Yoga-Stunden vorbeischauen. Sie musste auf jeden Fall die Schüssel zurückbringen, wenn sie die *Kleinur* verputzt hatte.

Endlich verstaute Luna ihre Einkäufe, dann erinnerte sie sich an die Tasche mit dem Schwimmzeug. Draußen war es mittlerweile dunkel geworden, der Wind rüttelte am Haus. Bei dem schlechten Wetter konnte man nicht viel sehen, um genau zu sein, es war stockfinster. Plötzlich kam sie sich sehr allein vor. Hastig stellte sie das Radio an, aber irgendwie half das auch nicht. Es wurde nur gequatscht, und sie verstand kein Wort davon. Luna stellte es wieder ab und tigerte zur Hintertür.

»Mensch, jetzt reiß dich zusammen«, murmelte sie, weil sie Angst hatte, allein rauszugehen. »Da wartet schon kein Meuchelmörder mit einer Axt.«

Sie verdrehte die Augen. Das war nicht hilfreich, wirklich nicht. Luna verzog ihren Mund, dann fasste sie sich ein Herz. Trotzdem beeilte sie sich und schloss, als sie wieder drin war, eilig ab und versicherte sich, dass die Tür auch wirklich zu war.

Sie wusste, dass rational kein Grund bestand, sich zu fürchten, aber das war einfacher gesagt als ihrem Körper vermittelt. Während sie das nasse Badezeug ausräumte, durchschnitt ein heller Ton die Stille in der Küche. Sie hatte eine Nachricht auf dem neuen Telefon bekommen. Sofort schaute sie, von wem sie war. Luna konnte nicht verhindern, dass ihr Herz einen freudigen Satz machte.

Hey Luna, alles klar? Tut mir leid, dass ich vorhin keine Zeit hatte. Liebe Grüße Magni

Sie überlegte, was sie schreiben könnte. Es dauerte einen Augenblick, bis sie formulierte.

Hi Magni, es ist toll, dass du so ein aufmerksamer Onkel bist, alles gut. Liebe Grüße Luna

Sie selbst hatte keinerlei Erfahrung mit netter Verwandtschaft, da sie immer mit ihrer Mutter allein gewesen war. Eine weitere Nachricht traf ein.

Super. Es sind heftige Schneefälle für die kommenden Tage angesagt, hast du alles, was du brauchst?

Sie überlegte, ob sie lügen sollte. Immerhin war sie gerade vom Supermarkt gekommen. Nein, so erbärmlich war sie nicht, dass sie sich dadurch Gesellschaft erbetteln würde. Allerdings fragte sie sich, was er meinte, wenn er sagte, dass es heftig werden würde.

Sie guckte aus dem Fenster in die Dunkelheit, und tatsächlich hatte sich der Regen gerade in weiße Flocken gewandelt. Noch sah es nicht so dramatisch aus, aber sie erinnerte sich an die Fahrt. Das war schon grausig gewesen. Luna wollte aber nicht wie das hilflose Reh wirken. Also tippte sie: *Bin bestens versorgt, war vorhin einkaufen. Türen sind dreimal verriegelt, kein Axtmörder kommt rein.*

Sie schickte ab und überlegte, ob er ihren Humor vielleicht fehlinterpretierte. Wobei, so ganz gelogen war es nicht.

Hast du Angst allein?, schrieb er zurück.

Luna schloss die Augen, in ihrem Magen kribbelte es. Das war geradezu eine Einladung. Sie musste nur Ja sagen, und sie war sicher, dass er in wenigen Minuten vor der Tür stünde. Ein Teil von ihr wollte das, aber Luna war bewusst, dass hier die weiblichen Hormone das Sagen übernommen hatten. So eine Frau hatte sie nie sein wollen. Sie war stets zurechtgekommen, ohne um Hilfe zu bitten, und auch jetzt widerstrebte es ihr – zumal es gar nichts gab, wobei man ihr helfen musste. Sexueller Notstand, das konnte sie ja wohl kaum als Grund angeben. Sogar dafür könnte es eine Lösung geben, sie brauchte keinen Mann ...

Aber zusammen war es halt schöner. Luna seufzte.

Gott, wohin sich ihre Gedanken schon wieder bewegten. Ihr war heiß geworden. Mit seinem Körper konnte man sicher viel anfangen, und sie glaubte auch, dass er genau wusste, wie man ihn einsetzen musste, um einer Frau Erfüllung zu schenken.

Nein.

Noch war ihr Verstand nicht komplett ausgehebelt, schnell schrieb sie. *Ich mache doch nur Spaß. Mir geht es gut.*

Sie atmete leise aus und merkte, dass ihr Herz seltsam flatterte.

Das musste am Kaffee liegen. Sie trank sonst nie so spät noch welchen.

Luna goss sich ein großes Glas Wasser ein und trank es in einem Zug aus.

~

MAGNI SAẞ in Soffias und Stefáns Küche, sie hatten gemeinsam gegessen, die Kinder waren schon im Bett. Soffia stand auf und holte eine Saftpackung aus dem Kühlschrank. Irgendwie war das Thema auf Luna gekommen. Ob seine Schwester ahnte, dass er ihr gerade ein paar Nachrichten geschrieben hatte?

»Sie weiß nicht, wer du bist. Denkst du, das ist klug?«, hörte er Soffia jetzt einwenden und versuchte, sich die Überraschung und Verärgerung nicht anmerken zu lassen. Es war seine Sache und ging Soffia nichts an. Aber er wusste auch, dass sie recht hatte.

Magni würde es Luna sagen. Bald. Aber dann änderte sich möglicherweise die Art, wie sie ihn ansah, und dafür war er noch nicht bereit.

»Ich wollte ihr die Gelegenheit geben, mich kennenzulernen und nicht den verschrobenen Millionär«, rechtfertigte er sich.

Soffia hob eine Braue. »Hast du das gehört, Ehemann? Ich glaube, es ist eine Ausrede, Magni. Oder bist du seit Neustem schizophren?«

Gott, diese Frauen in seiner Familie konnten einem echt auf den Keks gehen.

»Sehr witzig, Soffia. Sehr witzig. Nein!« Magni stieß einen leisen Seufzer aus.

Stefán winkte ab. »Lass ihn doch, oder seit wann mischst du dich in das Liebesleben deiner Geschwister ein?«

»Liebesleben?«, grunzte Magni. »Ihr seht das völlig falsch.«

Sein Herz schlug schneller – nur weil er sich über seine Schwester ärgerte natürlich.

Soffia und ihr Mann tauschten einen eindeutigen Blick aus. Sie glaubten ihm kein Wort, so viel war klar. Dabei war er schon länger Single und hatte auch keine wechselnden Frauengeschichten. Er hatte keine Ahnung, warum seine Schwester ihn auf einmal für einen Aufschneider hielt. Das war er nämlich nicht. Soffia guckte ihn eindringlich an, dann nickte sie resigniert. »Du bist alt genug, Magni. Ich sag nichts mehr.«

Er verdrehte die Augen. »Ich weiß nicht, ob ich dir dafür danken soll. Denn du hast das so oder so völlig missverstanden. Ich habe Luna die Gegend ein wenig gezeigt, und ich denke, dass sie dankbar dafür ist. So kann sie besser arbeiten, weiß mehr und hat schon viele verschiedene Eindrücke von der Landschaft, und das zahlt sich dann für die Entwürfe aus. Sie muss Land und Leute verstehen.«

»Solange du sie nicht kennenlernen lässt, was du in der Hose hast ...«, scherzte Stefán.

Magni wollte sie erwürgen. Alle beide.

»Gott, ihr könnt echt nerven«, knurrte er. »Als ob ich ein notgeiler Sack wäre. Also bitte. Spinnt ihr?«

»Bring sie doch mal zum Essen her«, meinte Soffia. »Mama und Papa wollen Luna auch kennenlernen, allerdings rate ich dir, bis dahin aufzuklären, wer du wirklich bist. Das endet sonst im Desaster.«

Magni wusste, dass sie recht hatte. »Sie mag schwedische Hackbällchen.« Er überging die Warnung.

»Schwedische Hackbällchen, was soll das sein?«, fragte Soffia und schüttelte den Kopf.

»Anscheinend denken Deutsche, dass die Schweden das Gericht erfunden haben.«

Soffia grinste. »Verstehe. Na gut, dann machen wir mal Hackbällchen, wenn sie zum Essen kommt.«

»Wunderbar.« Magni war zufrieden, dass sie nicht länger über sein angebliches Interesse an Luna sprechen mussten. Er hatte ihr auf die letzte Nachricht noch nicht geantwortet, und das würde er auch nicht tun. Denn er war nicht hinter ihr her, es lag ihm nur an ihrem Wohlergehen. Nachdem sie versichert hatte, dass alles gut war, konnte er beruhigt nach Hause gehen. Allein.

»Sag mal, gibt es was Neues vom Bauamt?«, wechselte Soffia das Thema.

»Leider nicht, ich werde noch mal nachhaken. Ich kapiere sowieso nicht, warum das so lange dauert.«

Soffia legte den Kopf schief. »Meinst du, es gibt Probleme?«

Er zuckte die Schultern und stand auf. »Ich hoffe nicht.« Sein Bauchgefühl sagte was anderes. »Ich mache mich mal vom Acker. Danke für das Essen, es war wie immer köstlich, liebe Schwester.« Er gab ihr ein Küsschen, dann klopfte er seinem Schwager auf die Schulter und trollte sich. Der angekündigte Schneefall hatte eingesetzt, bisher waren es nur ein paar Flocken. Aber das würde sich womöglich bald ändern.

9

Der Schneesturm hatte sich verzogen, ohne wirklich angekommen zu sein. Sie war froh darüber. Trotzdem sah die Natur noch immer wie gepudert aus, da die Temperaturen gefallen waren und nichts geschmolzen war. Die Tage flogen nur so dahin. Luna hatte das Gefühl, große Fortschritte mit der Sprache zu machen, was auch daran lag, dass sie sich von morgens bis abends damit übers Radio oder Fernsehen beschallen ließ und damit mehr lernte als allein im Unterricht. Sie hatte außerdem damit begonnen, erste Ideen zu skizzieren, die sie jedoch noch niemandem gezeigt hatte. Ihr Bauingenieurkollege Gunnar meldete sich regelmäßig, ein bisschen zu oft vielleicht. Gestern hatte er plötzlich vor der Tür gestanden. Er hatte ihr eine große Tüte Schokolakritz gebracht, das Beste, wie er versichert hatte. Luna mochte ihn, aber sie hatte den Eindruck, dass Gunnar mehr sein wollte als nur ein Kollege. Sie konnte sich auch täuschen, aber normalerweise war ihr Männer-Radar äußerst präzise.

Luna schaute gerade den Acht-Uhr-Wetterbericht im isländischen Fernsehen an. Sie verstand natürlich nach wie vor nur Bahnhof, aber die Zeichen auf der Karte sagten mehr als Worte. Blitze, Schneeflocken und ein Ausrufezeichen in einem dreieckigen Schild. Vielleicht zog der Sturm jetzt bald auf.

»Die Welt geht unter«, murmelte sie amüsiert und schaute aus dem Fenster. Es war noch hell, Magni hatte recht gehabt, die Tage wurden schnell länger. Sie hatte seit der letzten Nachricht kein Lebenszeichen mehr von ihm erhalten und fragte sich, was aus seinem »Job« geworden war, ihr Land und Leute näherzubringen.

Vielleicht war er einfach anderweitig beschäftigt. Oder er wollte sie nicht sehen. Luna konnte sich eigentlich nicht denken, woran das liegen könnte. Es war nichts vorgefallen. Merkwürdig war es in jedem Fall. Sie las die Nachrichten zum wiederholten Mal. Da war nichts Zweideutiges dabei, was er hätte falsch verstehen können. Er wirkte auch nicht wie ein Mann, der bei einem falschen Wort wie eine beleidigte Leberwurst reagiert. Der Gedanke ließ sie schmunzeln.

Luna tigerte wenig später zum Briefkasten, der an der Straße vorn auf einem Pfahl angebracht war – so ähnlich, wie sie es aus Amerika kannte. Sie wartete noch immer auf Post von ihrer Mutter. Wie lange konnte das wohl dauern? Gedankenverloren schlenderte sie zurück. Weil sie nichts mit sich anzufangen wusste, legte sie sich schließlich in ihren heißen Pott und betrachtete die Umgebung. Es roch heute irgendwie anders, und die Pferde vom Hof nebenan hatten sich auf einem Hügel dicht zusammengestellt. Der Wind hatte aufgefrischt, und Luna war froh, dass sie sich vorsorglich eine Mütze auf den Kopf gesetzt hatte. Den Tipp hatte sie letztens bekommen, dass man bei sehr kaltem Wetter im Pott aufpassen musste. Zwar fing sie irgendwann an, darunter zu schwitzen, aber es war besser, als eine Ohrenentzündung vom Wind zu bekommen.

Sie ließ sich so lange weichkochen, bis es vollständig dunkel war. Die ersten Schneeflocken rieselten vom Himmel, als sie sich aus dem Wasser erhob. Sie waren dicker als zuletzt. Luna hatte den Deckel des heißen Potts noch nicht wieder mit Gurten festgezurrt – eine Sicherheitsmaßnahme, die man hier anscheinend sehr ernst nahm –, als das Schneetreiben schon so heftig wurde, dass sie dauernd Flocken in Augen und Mund bekam. »Halleluja«, stieß sie hervor und rannte schnell ins Haus, um sich noch mal kurz abzuduschen. Als sie die Lichter löschte, um ins Bett zu gehen, konnte sie draußen nichts mehr erkennen als nur Weiß.

Überraschenderweise schlief sie sehr gut, was auch daran lag, dass vermutlich kein Mörder in diesem schlimmen Wetter unterwegs sein würde. Oder sie hatte es endlich geschafft, sich nicht mehr als Protagonistin in einem Psychothriller zu sehen. Ein Stück vielleicht von beidem, was ihr letztlich eine großartige Nacht mit neun Stunden Schlaf beschert hatte. Sie hatte sich angewöhnt, mit offenem Fenster zu schlafen, da die Heizung durchweg auf einundzwanzig Grad eingestellt war und sie noch nicht kapiert hatte, wie man das änderte. Die Fenster in Island waren anders als zu Hause, man konnte sie nur leicht kippen für ein paar Zentimeter – was mit dem Wind zu tun hatte. Die Isländer waren schon schlau, auch die Dächer waren anders gedeckt. Auf dieser Insel trug man Sorge, dass sich Ziegel lösten und Leute damit erschlugen. Stürme gab es so dicht am Polarkreis viel häufiger als anderswo.

Luna war ein bisschen aufgeregt, was sie gleich zu sehen bekommen würde, wenn sie das innen angebrachte Verdunkelungsrollo nach oben zog. Sie schwang sich aus dem Bett. Ihre Füße hinterließen ein platschendes Geräusch auf dem Holzboden. »Ach du liebe Zeit«, stieß sie hervor, als sie den Schnee auf dem inneren Fensterbrett entdeckte, der teilweise geschmolzen war und jetzt eine hässliche Pfütze gebildet hatte. Eilig rannte sie ins Bad und zog ein Handtuch vom Haken, um das Malheur zu beseitigen. Sie wischte und versuchte gleichzeitig draußen etwas zu erkennen, aber das war schlicht unmöglich. Alles war weiß. Sogar an den Scheiben klebte Schnee. So was hatte sie noch nicht gesehen.

AM ERSTEN TAG hatte Luna es noch witzig gefunden, ihren Unterricht hatte sie mit der Lehrerin über Zoom abgehalten, weil sie sich nicht zugetraut hatte, bei dem Wetter zu fahren. Aber am dritten Tag, an dem es weiter unaufhörlich schneite, wurde ihr mulmig zumute. Luna saß am Küchentisch und knabberte lustlos an einer Scheibe Toast, die sie mit Marmelade bestrichen hatte. Das Radio dudelte im Hintergrund. Sie mochte, dass hier fast ausschließlich isländische Musik gespielt wurde. Zwar verstand sie so gut wie nichts, aber ihr gefiel der Klang dieser außergewöhnlichen Sprache. Trotzdem war sie heute nicht gut drauf, daran konnte auch das Radioprogramm nichts ändern. Seit der Schnee wirbelte und wirbelte, gab es kaum andere Geräusche als die des Sturms. Sie fragte sich, wie lange das wohl noch so weitergehen sollte. Die Straße war nur manchmal zu sehen, selten fuhr ein Auto vorbei. Sie selbst wagte sich nicht hinaus, sie hing am Leben und war es nicht gewohnt, bei diesen Verhältnissen zu fahren.

Luna spielte gelangweilt mit einer Haarlocke und lehnte sich im Stuhl zurück. Sie lugte auf die Wanduhr. Kaum drei Minuten waren vergangen, seit sie zum letzten Mal drauf geschaut hatte. Vielleicht sollte sie einfach ins Bett gehen, es war zwar erst kurz nach neun, aber sie hatte nichts zu tun und wusste nichts mit sich anzufangen. Sie wollte weder fernsehen noch lesen. Das hatte sie in den letzten drei Tagen zur Genüge getan.

Luna räumte ihr Geschirr ab und guckte in den Kühlschrank, obwohl sie wusste, was sie da erwartete. Viel war nicht mehr drin, aber sie würde überleben.

Luna schnitt sich selbst eine Grimasse und schlug die Tür wieder zu. Sie war auf dem Weg zum Badezimmer, als sie ein komisches Geräusch hörte, das sie nicht ganz einordnen konnte.

Sie horchte auf, aber es war verschwunden. Vielleicht hatte sie sich getäuscht.

»Ja, ja«, schimpfte sie sich kopfschüttelnd. »Jetzt bilde ich mir wieder was ein.«

Das Poltern ertönte erneut.

Lunas Herz setzte einen Schlag aus, um dann im nächsten Augenblick im doppelten Tempo weiterzuschlagen. Da war also doch etwas!

»Luna, bist du da drin?«, hörte sie jetzt eine Stimme vom Hintereingang. Sie war gedämpft, denn die Tür war natürlich verschlossen.

»Magni?«, stieß sie hervor und eilte durch den Flur. Sie schloss auf, und mit der Tür platschte ein Haufen Schnee herein. Magni stand bis zur Hüfte in einem weißen Meer.

»Hallo«, grüßte er schief grinsend, seine Nase war von der Kälte gerötet. Die Kapuze seines Overalls hatte er tief ins Gesicht gezogen. Obwohl er erst kurz hier stand, waren seine Schultern bereits mit Schnee bedeckt. »Gib mir mal die Schneeschaufel raus«, verlangte er freundlich. »Das wird jetzt noch heftiger. Du musst gucken, dass die Fenster frei bleiben und die Tür natürlich. Ich wollte mal eben nach dir sehen, ob alles okay ist.«

»O Gott«, war alles, was sie hervorbrachte. Noch heftiger?

Offenbar entsprach ihr Gesichtsausdruck ihrer Gefühlswelt, denn Magni konnte sich ein Grinsen nur mühsam verkneifen.

»Wie bist du hergekommen?«, fragte sie ihn.

Er ging nicht darauf ein. »Ich habe dir was zum Essen mitgebracht, mir war nicht klar, ob du auf das, was kommt, vorbereitet bist. Und Hjörtur hat gesagt, er hat dich schon eine Weile nicht beim Einkaufen gesehen, also ... hier bin ich. Tüten kommen gleich, wenn ich hier draußen alles so weit frei gemacht habe, dass es erst mal okay ist. Türen und Fenster, Luna«, erinnerte er noch einmal beharrlich. »Es ist wichtig, darauf zu achten. Es kann sein, dass es noch ein paar Tage dauert, bis der Spuk vorbei ist. Das ist ungewöhnlich für Ende März, aber was ist heutzutage schon noch normal«, meinte er, schnappte sich die Schaufel und legte los.

»Ich kann das doch übernehmen«, wandte sie halbherzig ein.

Er reagierte nicht und machte sich an die Arbeit. Luna fühlte sich überflüssig und ein bisschen komisch, sie war es nicht gewohnt, dass man sich um sie kümmerte. Gleichzeitig war sie froh, dass sie nicht mehr allein war. »Geh wieder rein, Luna«, rief er über die Schulter in ihre Richtung. Weil sie ihm nicht auch noch im Weg stehen wollte – außerdem war es kalt und ungemütlich, vor der offenen Tür zu stehen –, folgte sie seinem Rat und tapste unentschlossen in die Küche. Sie überlegte, was sie ihm anbieten könnte, und durchwühlte alle Schränke.

Es dauerte zwei Stunden, bis Magni das Haus als schneefrei genug erachtete. Dort, wo er angefangen hatte, lagen schon wieder zehn Zentimeter Neuschnee. Er war schweißgebadet, gleichzeitig fühlten sich seine Füße wie Eisklumpen an. Mittlerweile war es stockfinster draußen. Er kramte die Einkaufstüten aus dem Monstertruck, den er sich von einem Kumpel ausgeliehen hatte. So würde er auf jeden Fall noch mobil sein, auch wenn es schlimmer wurde. Allerdings rechnete man damit, dass die Straßen bald geschlossen werden würden. Spätestens sobald die erste Lawine irgendwo abging, das behielt man genau im Blick. Magni betrat das Haus, schlüpfte aus seinem Anzug und hängte ihn in der Dusche der Waschküche auf. Er war tropfnass. Magni wischte sich mit der Hand über die Stirn, dann brachte er alles, was er mitgebracht hatte, in die Küche. Luna stand dort und rieb sich über das Kinn. Vor ihr lagen eine angeschnittene Gurke und ein paar Scheiben Käse, die angelaufen und wellig waren.

»Äh, was ist das?«, wollte er wissen.

»Ich dachte, du hast vielleicht Hunger?«

Magni runzelte die Stirn, dann lachte er. »Willst du mich etwa vergiften?«

Sie kniff die Augen zusammen. »Nicht witzig. Warte, bis ich dir das nächste Mal was anbiete.« Sie gluckste.

»Schau, ich habe was mitgebracht.«

Irgendwie hatte er sie vermisst. Aber das behielt er für sich. Gleichzeitig hatte es ihn einige Mühe gekostet, sie in den letzten Tagen in Ruhe zu lassen. Er hatte viel zu oft an sie gedacht, und heute hatte er immerhin einen guten Grund gefunden, sich bei ihr sehen zu lassen. Er war froh, dass er gekommen war, denn sie hatte aufrichtig erleichtert gewirkt, und sie hatte Hilfe bitter nötig gehabt.

Ein bisschen gefiel ihm die Rolle, sich als Retter in der Not aufzuspielen. Er behielt also für sich, dass die Not nicht ganz so groß war. Ja, sicher, sie musste wirklich gucken, dass sie nicht komplett eingeschneit wurde, aber das hätte er auch telefonisch erklären können. Sie wäre sicherlich in der Lage gewesen, den Schnee selbst zu schippen. Dennoch fühlte er sich besser, nachdem er diese Aufgabe für Luna übernommen hatte. Da schlummerte doch mehr von einem Neandertaler in ihm, als er gedacht hatte.

Sie machte große Augen. »Wow, das sind eine Menge Lebensmittel. Wie lange meinst du, dass das noch so weitergeht?«

Er zuckte die Schultern. »Das ist nicht klar vorauszusagen.«

Luna gluckste. »Na immerhin. In Deutschland tun die Meteorologen immer so, als wüssten sie genau, was los ist. Und dann haben wir Regen statt Sonne. Ähm, kann ich dir was von deinen Einkäufen anbieten?«, erkundigte sie sich, dabei färbten sich ihre blassen Wangen rosa.

»Vielleicht ein Glas Wasser, ich habe schon gegessen, was ist mit dir?«

»Musst du nicht gleich wieder los?«

»Nur, wenn du möchtest, dass ich gehe.«

Für einen Moment sagte niemand was. Ihre Blicke trafen sich, und er verlor sich im warmen Karamellton ihrer Augen.

»Wenn es dir nichts ausmacht, wäre ich froh, wenn du noch ein bisschen bleiben könntest. Ich ... also, die letzten Tage waren ganz schön einsam hier. Aber ist es nicht zu spät?«

»Keine Sorge, ich spiele gern den Alleinunterhalter, wo ist das Mikro?«

Luna lachte, dann räumte sie alles in den Kühlschrank. »Die Hälfte dieser Produkte habe ich noch nie gesehen.«

»Dann wird es Zeit, dass du sie kennenlernst.« Er sagte es mit einem Schmunzeln.

Mit einem Glas Wasser und einer Tasse Tee gingen sie kurz darauf ins Wohnzimmer. Die Stimmung war ein wenig befangen, so, als ob auch Luna nicht genau wüsste, was sie mit ihm reden sollte. Magni ging es genauso. Er ließ sich auf die lange Seite des Ecksofas fallen, Luna nahm die kurze. Nur das Dudeln des Radios durchbrach die angespannte Stille. Das Licht war schon vorher gedimmt gewesen, auf dem Fensterbrett flackerten zwei Kerzen. Das war fast romantisch. Auf einmal wurde ihm Lunas Nähe sehr bewusst.

»Wie findest du Island?«, eröffnete Magni das Gespräch. Seine Stimme klang ein wenig belegt.

»Huh«, entgegnete sie mit einem ehrlichen Seufzen. »Also gerade macht es mir ein bisschen Angst.«

»Keine Sorge, Luna. So schlimm wie im letzten Winter wird es nicht werden. Damals war es richtig übel.« Wochenlang war man kaum rausgekommen. Die Kinder waren von den Rettungskräften zur Schule und in den Kindergarten gebracht worden. An manchen Tagen hatte man das Haus überhaupt nicht verlassen können. So viel Schnee hatte man selbst hier, in Nordisland, noch nie gesehen. Magni bekam eine Gänsehaut, es war wirklich schlimm gewesen. Aber das erzählte er lieber nicht, denn er spürte, dass Luna auch so schon mulmig zumute war. Sie kannte das alles nicht, natürlich nicht. In Deutschland herrschte ein völlig anderes Klima.

»Oh, ich erinnere mich, die Bilder gingen um die ganze Welt. Sogar ich habe das gesehen. Die armen Pferde! Die musste man ausgraben aus den Schneemassen.«

»Ja, aber manchmal kam man wirklich nicht aus dem Haus. Ich habe jeden Morgen Schnee von meinem Eingang geschippt und in die Badewanne gekippt, weil man nicht mehr wusste, wohin damit. Das war heftig, und es ging über Wochen so.« Jetzt hatte er es doch gesagt. Mist. Warum hatte er nicht die Klappe halten können?

Luna wurde blass. »Wochen?« Ihre Stimme klang schrill.

»Wie gesagt, es ist bald April, sicher wird es nur ein paar

Tage dauern«, versuchte er sie zu beruhigen, und es war nicht gelogen. Der Winter war bald vorbei. Er sah Luna an, dass sie die Aussicht auf ein paar weitere Tage schlimm genug fand.

Sie atmete hörbar aus. Ihre Schultern sanken ein Stück herab. »Wenigstens bin ich jetzt nicht mehr allein. Du hast nicht zufällig Lust, im Gästezimmer zu übernachten?«

Magni erstarrte. Er riss die Augen auf, dann schlug er sie nieder. Sie sollte nicht merken, wie sehr ihn ihr Angebot überraschte. Natürlich war das keine Einladung zum Sex, auch wenn er im ersten Moment genau daran gedacht hatte. Magni schaute auf, und er sah, wie sie sich mit einer fahrigen Geste durch die Haare fuhr.

»Sorry, ich wollte mich nicht aufdrängen oder irgendwie den falschen Eindruck entstehen lassen. Ich bin einfach nur so unsicher und, keine Ahnung ... Das mit dem vielen Schnee macht mich nervös.«

Er winkte ab, es tat ihm leid, dass sie seine Reaktion so falsch interpretiert hatte. Andererseits war er froh, dass sie nicht realisiert hatte, was er wirklich im Sinn gehabt hatte. »Ja, das sehe ich, also dass du dich unsicher fühlst bei dem Wetter, und das finde ich ganz natürlich, Luna. Du bist das nicht gewohnt. Wenn du möchtest, nehme ich sehr gern mit dem Gästezimmer vorlieb und bleibe. Das Haus ist ja groß genug.«

»Ja, zum Glück.«

Was sollte das nun wieder heißen? Magni ließ sich nichts anmerken, aber irgendwie gefiel ihm diese Antwort nicht.

Weil du ein Depp bist, sagte er sich.

Natürlich wollte Luna nicht, dass er sie anmachte und ins Bett zerrte. Das hatte sie auf der Fahrt in den Norden offen und sehr direkt erklärt. Er wusste, dass sie eine Frau mit Prinzipien war, und das war gut so. Magni hatte von sich gedacht, dass er auch welche hätte, aber in ihrer Gegenwart war es leicht, sie zu vergessen. Er überlegte, was er sagen sollte, aber ihm fiel partout nichts ein. Oder doch. Jetzt wäre eigentlich ein guter Zeitpunkt, um sie darüber aufzuklären, dass er der ominöse reiche Investor war, der das Bauprojekt ins Leben gerufen hatte.

»Hast du Karten oder so was da?«, fragte er stattdessen.

»Ich glaube schon, soll ich mal gucken?«

»Ja, gern.« Magni sah hinter ihr her, als sie den Raum verließ. Er rieb sich über das Gesicht. Es sah ihm nicht ähnlich, dass er nur das Eine im Kopf hatte. Normalerweise konnte er sich, was Frauen betraf, besser kontrollieren. Er suchte nach einer Erklärung, die einzig logische erschien ihm, dass ihn dieses Projekt mehr aufwühlte, als er gedacht hätte. Klar war es aufregend, so eine millionenschwere Investition. Vermutlich reagierte er deshalb ein bisschen heftiger auf Lunas Reize als sonst. Froh, eine Erklärung gefunden zu haben, lehnte er sich zurück und entspannte sich ein wenig. Es bestand keinerlei Gefahr, dass hier etwas passierte, was sie morgen bereuen würden. Denn Luna war die Vernünftige unter ihnen, das hatte sie schon mehrfach unter Beweis gestellt. Er hatte sie als eine Frau erlebt, die nachdachte, ehe sie sprach, die es nicht nötig hatte, sich selbst darzustellen. Sie strahlte eine gewisse Ruhe aus, die ihm sehr gefiel. Sie war anders als die meisten Frauen, vielleicht lag darin auch der Reiz. Dem er natürlich nicht nachgeben würde.

Luna kehrte mit einem Kartenspiel zurück. »Mau Mau?«, schlug sie vor.

»Kenne ich nicht. Olsen Olsen?«, fragte er.

»Erklärst du es mir?«

Sie stellten sehr schnell fest, dass sie sich nur wenig unterschieden. Eigentlich waren es Kartenspiele für Kinder, aber irgendwie machte es trotzdem Spaß. Nach einigen Runden gähnte Luna.

»Du bist müde«, stellte er leise fest und hob seinen Blick. »Du solltest schlafen gehen.«

Das Kerzenlicht spiegelte sich flackernd in ihren Augen wider. »Ja, es muss schon irre spät sein.«

»Hau dich doch aufs Ohr, Luna«, schlug er vor.

Sie stand auf und strich sich mit den Händen die Hose an den Oberschenkeln glatt. »Ich schaue erst mal, wo noch Bettwäsche für dich ist. Hast du Wünsche für ein Zimmer?« Sie grinste verlegen. »Ich meine, es gibt ja sehr viele hier.«

»Ist mir egal.« Deins, schoss ihm durch den Kopf. Ihr vielleicht auch, denn sie wirkte auf einmal nervös. Nein. Bestimmt nicht.

Er biss sich auf die Lippe und schimpfte sich einen Idioten. Zum Glück hatte sie keine Ahnung, was in ihm vorging. Luna lächelte schüchtern und ging an ihm vorbei. Weil er sich nicht bedienen lassen wollte – er konnte sein Bett selbst beziehen –, folgte er ihr. »Ist es dir hier recht?«, wollte sie wissen.

Es war das Schlafzimmer neben ihrem, er hatte vorhin einen Blick hineingeworfen. Lunas Bett war ordentlich gemacht gewesen, nichts lag herum. »Ja, gern.«

Insgeheim hoffte er, dass sie das Zimmer direkt neben ihrem gewählt hatte, weil sie sich dann beschützter fühlte. Magni presste die Lippen zusammen. Es war so was von albern, wie er sich aufführte. Luna brauchte keinen Beschützer. Dieses verdammte Testosteron!

Luna zog die Tagesdecke herunter. »Oh, sieh mal. Es ist schon bezogen, wie praktisch.«

Er wollte gerade etwas erwidern, als das Licht im ganzen Haus ausging.

Luna stieß einen entsetzten Schrei aus. Magni stöhnte. Auch das noch. »Stromausfall«, murmelte er genervt.

»Irgendwo muss der Sturm eine Leitung durchtrennt haben. Das kann jetzt eine ganze Weile dauern.«

»Äh, Weile? Was bedeutet das?«

»Bis das Wetter besser wird und man raus kann, um das Problem zu beheben.«

»Ich sehe gar nichts«, stellte Luna fest.

Es war dunkel, sehr dunkel. Seine Sinne schärften sich. Magni nahm Lunas einzigartigen Duft intensiver wahr. Sie roch unfassbar gut. Nach Sommerblüten und Pfirsich.

»Gib mir deine Hand«, bat er sie. »Im Wohnzimmer brennen noch die Kerzen, die holen wir uns.«

Ihre Finger fanden seine. Das Gefühl ihrer Haut auf seiner war berauschend. Magni musste sich beherrschen, um nicht scharf einzuatmen. Langsam führte er sie mit sich ins Wohnzimmer. Nach dem Moment in Dunkelheit kam ihm der Schein des flackernden Lichts jetzt viel heller vor als noch vor wenigen Minuten. Er ließ ihre Hand dennoch nicht los. Im Gegenteil. Luna rückte näher zu ihm. Ob beabsichtigt oder zufällig konnte er nicht sagen. Sie war ihm jedoch so nah, dass er die Hitze, die von ihrem Körper ausging, spüren konnte. Sein Herz schlug schneller, ein Prickeln wanderte durch seinen Körper. Niemand sagte ein Wort, aber die aufgeladene, knisternde Stimmung war deutlich präsent.

Magni war froh, dass es anscheinend nicht nur ihm so ging, sondern auch Luna. Dass dieses Interesse auf Gegenseitigkeit beruhte. Vielleicht war sie doch nicht so beherrscht, wie er gedacht hatte. Der Gedanke gefiel ihm. Sehr sogar. Er wollte von ihr kosten, von ihrem herrlichen Mund. Wollte sie in seinen Armen spüren. Erfahren, wie sich ihre Kurven an seine harten Muskeln schmiegten. Aber er rührte sich nicht, denn Magni wollte nicht diese Einvernehmlichkeit durch eine ungestüme Geste oder ein falsches Wort zerstören. Er schluckte hart, sein Atem kam schneller. Das Blut rauschte durch seine Adern.

Luna blickte zu ihm auf, aus ihren wunderschönen Augen, die jetzt beinahe schwarz wirkten. Ein sanfter Schimmer hatte sich auf ihre Haut gelegt, die andere Hälfte ihres Gesichts verschwamm in der Dunkelheit.

Sie trat näher, noch näher. Luna stellte sich auf die Zehenspitzen und legte ihm die andere Hand auf den Brustkorb. Sie musste seinen donnernden Herzschlag spüren, er rührte sich nicht. Wagte es nicht. Er hatte Angst davor, die Kontrolle zu verlieren. So merkwürdig hatte er sich noch nie gefühlt. Magni erbebte, als sie mit den Fingern über seinen Oberkörper strich und ihm schließlich die Hände in den Nacken legte und ihr Gesicht näher kam.

Vorbei. Mit seiner Beherrschung war es vorbei.

Magni stieß einen kehligen Laut aus und senkte seine Lippen auf ihre. Lunas Mund auf seinem zu spüren, löste ein Feuerwerk in seinen Nervenenden aus. Seine Hände wanderten an ihrer Wirbelsäule entlang, während Lunas Zunge mit seiner spielte. Es war ein betörender Kuss, einer, der ihn alles um sich herum vergessen ließ. Er spürte die rohe Leidenschaft, aber auch die Sinnlichkeit darin, die so viel mehr verhieß als nur ein kurzes Vergnügen. Als er ihre knackigen Pobacken umfasste und sie noch dichter an sich heranzog, seufzte Luna leise in seinen Mund.

Magni verlor vollends die Fassung. Er knurrte, hob sie in die Luft und legte ihre Schenkel um seine Hüften. Mit wenigen Schritten war er in der Küche, fegte mit einer Hand alles vom Tresen, was sich darauf befand, und setzte sie auf der Arbeitsfläche vor sich ab. Er hörte keine Sekunde auf, sie zu küssen, im Gegenteil. Er war wie im Rausch. Luna zerwühlte seine Haare, drängte sich gegen ihn und wilde Leidenschaft loderte zwischen ihnen, die so roh, so mächtig war, dass er völlig von Sinnen war. Er wollte mehr, so viel mehr. Lunas Hände glitten unter sein Shirt und strichen über die harten Muskeln seines Rückens.

Ein schrilles Bimmeln durchschnitt die Stille, in der nur ihr keuchender Atem zu hören war. Noch einmal. Ein Handy, vermutlich Lunas, da er seins auf lautlos gestellt hatte. Zu dumm, dass die Telefonmasten nicht auch vom Sturm gefällt worden waren.

Widerstrebend löste er sich von ihr, er konnte nicht sprechen, seine Lippen fühlten sich geschwollen an. Sein Puls raste noch immer. O Gott. Hatte die Erde eben gebebt? Vielleicht nicht, aber sein eigener Kosmos war erschüttert.

Luna fluchte unterdrückt, dann sprang sie vom Küchentresen und eilte an ihm vorbei ins Wohnzimmer. Das Schrillen erstarb. Entweder sie war zu spät gekommen, oder sie hatte den oder die Anruferin weggedrückt. Es musste etwas Wichtiges sein zu dieser späten Stunde. Er wagte es nicht, zu sprechen, konnte kaum denken. Seine Sinne waren noch immer benebelt. Die pochende Erektion in seiner Hose war der eindeutige Beweis dafür, was sein Körper wollte. Aber sein Verstand meldete sich zurück, und Lunas Schweigen aus dem anderen Zimmer machte ihm klar, dass es ihr ebenso ergehen musste.

»Alles in Ordnung?«, fragte er schließlich. Seine Stimme klang heiser.

Er hörte, wie sie zittrig ausatmete. »J-ja«, war alles, was sie erwiderte.

Magni rieb sich mit der Hand über die Stirn, mit der anderen stützte er sich am Küchentresen ab. Er hatte keine Ahnung, was er jetzt tun oder sagen sollte.

Einige sehr lange wortlose Sekunden verstrichen, vielleicht waren es auch Minuten. Er hatte keine Ahnung, aber es dauerte eine gefühlte Ewigkeit, bis er Lunas Schritte hörte. Sie ging zum Fenster, und er sah, dass sie die zwei Kerzen vom Sims nahm und zu ihm zurückkehrte. Sie stellte eine Kerze auf den Tresen und wich seinem Blick aus. »Ich, ähm, gute Nacht, Magni. Ich bin wirklich müde.« Dann huschte sie an ihm vorbei und schloss ihre Zimmertür mit einem lauten Krachen hinter sich. Die Botschaft war klar. Sie bereute den Kuss.

»Scheiße«, murmelte er so leise, dass nur er es hören konnte. Was hatte er sich bloß dabei gedacht?

Okay, ja, von Denken konnte man bei dem, was hier eben passiert war, nicht sprechen.

Lust. Leidenschaft. Verlangen. All das, aber sein Verstand war dabei nicht involviert gewesen. Da half nicht mal die Ausrede, dass sie den ersten Schritt gemacht hatte.

Das Schlimme war, dass er immer noch wie ein räudiger Hund an ihrer Tür klopfen wollte, um doch noch in Lunas Bett kriechen zu dürfen.

Was er natürlich nicht tat.

Magni ließ sich ein Glas Wasser ein und trank es in einem Zug leer, dann legte er sich ins Bett und pustete die Kerze aus. Aus dem Zimmer nebenan drang kein Geräusch. Er lauschte angespannt. Sein ganzer Körper pulsierte noch immer, voll von unerfülltem Verlangen.

10

Der Schneefall hatte irgendwann in der Nacht nachgelassen. Die Sonne schob sich an diesem Morgen endlich wieder durch die Wolken. Über dem Meer leuchtete der hellblaue Horizont. Magni war aufgestanden, als es hell geworden war, um den Schnee der letzten Nacht zu schippen. Luna hatte ihn gehört, denn sie hatte kein Auge zugetan. Sie stöhnte.

Gott, was war nur in sie gefahren? Sich ihm dermaßen an den Hals zu werfen? Hätte ihr Telefon nicht geklingelt, wäre wahrscheinlich sehr viel mehr passiert.

Luna fragte sich nicht, warum ihre Mutter angerufen hatte, sie machte das manchmal. Zeit war bei ihr nur ein relativer Begriff, wenn ihr danach war, klingelte sie durch. Entweder man hob ab oder eben nicht. Sie würde sie später zurückrufen.

Oder lieber nicht. Gerda Schröder hatte nämlich ein Talent dafür, Dinge aus Luna herauszukitzeln, über die sie nicht sprechen wollte. Und über den Kuss ihres Lebens wollte sie mit ihrer Mutter ganz sicher keine Unterhaltung führen.

Lunas Gesicht brannte bei der Erinnerung an die letzte Nacht.

Nicht nur das. Leider reagierte auch der Rest von ihrem Körper in eindeutiger Weise. In ihrem Unterleib sammelte sich Hitze, in ihrem Bauch kribbelte es. Sie drückte sich ein Kissen auf das Gesicht, dann warf sie es wieder aufs Bett und schüttelte die Decke auf, ehe sie sie ordentlich über der Matratze ausbreitete. Vielleicht konnte sie einfach so tun, als wäre nichts passiert. Manchmal war Ignoranz das beste Mittel. Oder etwa nicht?

Sollte sie ihn darauf ansprechen? So vielleicht: *Tut mir leid, Magni. Ich wollte dich nicht küssen. Hab nur ganz versehentlich meine Lippen auf deine gepresst.*

Wohl kaum.

Sie verzog ihr Gesicht und raufte sich die Haare.

Meine Güte, wieso hatte sie sich dazu hinreißen lassen? So was war ihr noch nie passiert. Luna atmete tief durch, dann dachte sie nach. Okay, sie hatte ihn geküsst, aber das war an sich ja kein Weltuntergang. Immerhin war er nicht ihr Boss oder so was. Im Grunde waren sie nicht mal Kollegen. Der Gedanke sorgte für ein wenig Entspannung. Sie entschied sich dafür, einfach so zu tun, als wäre nichts passiert. Wiederholen würde sie diese Nummer jedenfalls nicht.

Egal, wie göttlich er küssen konnte. Magni war garantiert ein genauso guter Liebhaber. Sie unterdrückte ein Seufzen. Sie war erwachsen, sie konnte Lust und Leidenschaft im Zaum halten. Zumindest nahm sie sich das von jetzt an vor.

Vielleicht war sie ihrer Mutter doch nicht so unähnlich in diesem Punkt. Ähnlicher jedenfalls, als sie gedacht hatte. Bislang hatte Luna ihre Mutter immer dafür verurteilt, dass sie sich ständig wegen ihrer Männergeschichten ins Chaos stürzte. Und jetzt fing Luna selbst damit an?

Nun, so schlimm war es nicht. Immerhin hatten sie keinen Sex gehabt. Ein Kuss war kein Kuss, oder wie hieß dieser doofe Spruch noch mal? Magni und sie waren erwachsene Leute. Wenn er darüber reden wollte, würde sie einfach erklären, dass es ein Fehler gewesen war und dass es nicht mehr vorkommen würde. Genau so. Das würde er akzeptieren, immerhin war er kein Arschloch und auch nicht schwer von Begriff. Letztlich konnte es ja sein, dass er nach ihrer Übernachtungseinladung gestern sogar damit gerechnet hatte, dass das passieren würde, obwohl sie eigentlich nicht glaubte, dass er einer von dieser Sorte war.

Wie auch immer. Luna straffte sich und huschte ins Bad, wo sie sich notdürftig frisch machte. Danach bereitete sie ein kleines Frühstück vor. Kaffee oder Tee konnten sie vergessen, da der Strom noch immer weg war. Vielleicht kam Magni nach dem Schneeschippen ja gar nicht mehr ins Haus und verschwand, um einer peinlichen Begegnung aus dem Weg zu gehen. Jetzt, im Hellen, hatte Luna gesehen, mit welcher Art von Gefährt er unterwegs war. Ein riesiger Truck mit unfassbar großen Reifen stand in der Mitte des Hofs. Dass er gleich einfach davonrasen würde, war also gar nicht so abwegig. Vielleicht hoffte sie das sogar ein bisschen, dann müsste sie ihm nicht gegenübertreten. So könnten sich die Gemüter oder Lunas Libido bis zur nächsten Begegnung abkühlen. So oder so ähnlich.

Sie konnte das Gefühlschaos in ihrem Inneren nicht einmal ansatzweise beschreiben oder sortieren. Mit fahrigen Bewegungen nahm sie zwei Teller aus dem Schrank, einer entglitt ihr und zerschellte auf dem Boden.

»Verdammt«, fluchte sie und biss die Zähne aufeinander. Sie holte ein Kehrblech und beseitigte die Scherben. Luna hatte gerade den Mülleimer wieder geschlossen, als die Haustür aufging und sie hörte, wie Magni seine Stiefel abtrat.

Lunas Herz setzte einen Schlag aus. Dann schlug es doppelt so schnell weiter. Ihre Hände wurden eiskalt, in ihrem Bauch rumorte es. Sie hörte das Rascheln von Stoff, dann kam er näher. Der Sauerstoff im Raum schien sich zu verflüchtigen.

»Guten Morgen«, grüßte er sie. Sein Gesicht war von der körperlichen Arbeit und der Kälte gerötet.

»Guten Morgen«, erwiderte sie.

»Siehst du, der Sturm ist überstanden.« Er schaffte es sogar, zu lächeln. Kam es ihr nur so vor, oder wirkte auch er ein wenig verunsichert?

Luna wusste nicht, ob sie sich darüber freuen sollte, dass der Schneesturm vorbei war. Insgeheim wünschte sie sich, dass Magni noch ein wenig bleiben würde. Das war jedoch ein sehr dummer, hormongesteuerter Teil von ihr, auf den sie keinesfalls noch einmal hören sollte oder würde. Es war besser, wenn er gleich ginge, definitiv. Nicht, dass sie sich ihm noch einmal an den Hals warf.

Luna straffte sich. »Hier, schau, ich habe was vorbereitet, jetzt, wo ich wieder Vorräte habe. Also, falls du was frühstücken möchtest.« Sie nahm zumindest an, dass er den Schneeanzug deswegen noch einmal ausgezogen hatte. Für eine kurze Verabschiedung hätte er ja sonst einfach an die Fensterscheibe klopfen können.

»Ja, sehr gern. Ich habe einen Bärenhunger.«

»Wir haben noch keinen Strom, also kann ich dir nur ein Glas Saft oder Wasser anbieten.«

»Das ist schon in Ordnung.«

Er setzte sich an den Tisch und sie nahm ihm gegenüber Platz. Luna war flau im Magen, trotzdem legte sie sich eine Scheibe Knäcke auf den Teller. Sie bestrich sie langsam mit

Butter und wagte es nicht, aufzusehen. Sie spürte seinen Blick auf sich. Er hatte noch nicht angefangen zu essen.

»Luna, ich muss, äh, möchte dir noch etwas sagen«, fing er an.

Sie schluckte, ihr Mund fühlte sich auf einmal staubtrocken an. Luna schaute auf. Magni wirkte ein wenig ... unsicher. Ja, das war das richtige Wort. Oder schuldbewusst. Beides vielleicht. Aber das musste er nicht, denn sie war ja verantwortlich dafür, dass sie gestern so übereinander hergefallen waren.

Himmel. Sie durfte nicht daran denken. Ihr Magen schlug Purzelbäume. Es fühlte sich an wie tausend Schmetterlinge im Bauch.

»Ja?«, krächzte sie.

»Ich, ähm, also, Luna. Ich werde, seit ich mich erinnern kann, Magni gerufen ...« Er zögerte.

»Ja, das weiß ich. Soll das ein Witz sein?« Sie furchte die Stirn. Der Mann hatte vielleicht einen seltsamen Humor.

»Mein vollständiger Name lautet jedoch Snælaugur Magnús Pálmarsson.«

Luna blinzelte. Sie blinzelte noch einmal. Dann hob sie beide Brauen, als sie begriff, was diese Worte bedeuteten. *Er war der Millionär? Der Investor?*

Nein. Sicher machte er einen Scherz.

Puh. Sie atmete erleichtert aus. Was für ein Witzbold. »Ha, ha, sehr witzig, Magni. Für einen Moment habe ich dir geglaubt.«

Sie lachte, aber als sie sah, dass sein Gesicht ernst blieb und er sogar blass wurde, verstummte sie. »D-du meinst das ernst, oder?«

Magni nickte langsam. »Ja, aber das ändert nichts zwischen uns, Luna«, erklärte er, aber sie hörte die Worte kaum. Wo eben noch Schmetterlinge in ihrem Bauch geflattert waren, breitete sich jetzt blanke Panik aus. Luna war fassungslos, dass sie ihren Boss geküsst hatte. Sie war gleichermaßen entsetzt, dass er sie angelogen hatte. Was sollte das? War das ein Test, den sie nicht bestanden hatte?

Hatte er einfach Lust gehabt, sie zu veralbern?

Am meisten ärgerte sie sich darüber, dass ihr Blick auch jetzt noch an seinen Lippen hing und sie sich danach sehnte, ihn noch einmal zu küssen. Und das, nachdem sie sich vorgenommen hatte, sich in Island auf keinen Fall auf eine Männergeschichte einzulassen.

Es verstrichen einige wortlose Sekunden. Oder Minuten, sie hatte keine Ahnung. Die Gedanken wirbelten in ihrem Kopf umher, ihr war schlecht.

Die anfängliche Panik wich einer unbändigen Wut, die sie nur mühsam beherrschen konnte. Sie knetete ihre Hände im Schoß, um ihn nicht mit ihren Fäusten zu bearbeiten. Luna war nicht gewalttätig und würde es nie sein, trotzdem wünsche sie sich, sie könnte den Emotionen, die in ihr tosten, freien Lauf lassen. Aber sie ließ nicht zu, dass sie sich noch einmal vor ihm lächerlich machte, sondern straffte ihren Rücken und schaute Magni direkt an. Dabei klopfte ihr Herz wild, aber nicht vor Verlangen, sondern vor Enttäuschung und Empörung.

»Ich fühle mich gerade sehr, sehr dämlich«, erklärte sie tonlos. »Nach Strich und Faden verarscht. Darf ich fragen, warum du mich angelogen hast?«

»Mir ist klar, wie du dir vorkommen musst. Und das tut mir leid, so hatte ich das nicht geplant. Während des Assessment-Centers hätte es dich nur irritiert und gestört, deswegen habe ich nicht herausposaunt, welche Funktion ich in diesem Projekt habe. Und danach, ich wollte es dir ja sagen, aber es war nie der rechte Zeitpunkt. Aber, Luna, Magni oder Snælaugur – ich bin ich, das will ich dir damit sagen. Es verändert nichts«, wiederholte er.

Aber das tat es doch. Es änderte alles.

Sie schwieg und biss sich auf die Lippe. Ihr war schwindelig vor Unbehagen, gleichzeitig war ihr übel. »Ich weiß nicht«, meinte sie schließlich, stand auf und ging zum Fenster. »Ich glaube, als wir während der Fahrt über den unaussprechlichen Namen geredet haben und über den Investor in dritter Person, da wäre ein guter Moment gewesen, mir zu erklären, dass du *Snilugur* bist, oder wie auch immer man deinen Namen ausspricht.«

Sie konnte ihn nicht ansehen, in ihren Augen brannten Tränen des Zorns, auch ein bisschen der Verzweiflung, denn sie hatte diesen Job unbedingt haben wollen. Aber jetzt? Sie wusste nicht, was sie tun sollte.

Luna hatte sich in ihrem Leben eines zum Grundsatz gemacht, und das wollte sie auch jetzt beherzigen: Werde niemals zur Spielfigur eines Mannes.

Gerade kam es ihr aber genau so vor. Magni hatte sie in voller Absicht getäuscht. Eigentlich gab es nur eine Möglichkeit, darauf zu reagieren. Aber sie scheute sich vor der Wahrheit, vor den Konsequenzen. Denn das hieße, dass sie den Job aufgeben müsste. Der Traum wäre ausgeträumt.

»Snælaugur«, half er ihr aus. »Man spricht es *Snailäugür* aus.«

Luna schloss die Lider, in ihrem Magen hatte sich ein dicker Knoten gebildet. Sie wollte ihn anschreien, aber er war ihr Chef. Alles hatte sich geändert.

Sie musste ruhig bleiben, egal ob in ihrem Inneren ein Sturm tobte, und abwägen, was sie als Nächstes tun sollte. Außerdem war es ihr gerade scheißegal, ob sie die Aussprache seines verdammten Namens irgendwann beherrschte. Auch das behielt sie für sich, denn es war klar, wenn sie jetzt den Mund öffnete, würde sie so laut kreischen, dass vermutlich Gläser zersprangen.

Luna schluckte und beherrschte sich, obwohl sie noch immer vor Wut zitterte.

»Luna«, sie hörte, dass er näher kam, dann aber stehen blieb. »Bitte verzeih mir. Ich wollte dich kennenlernen, ohne dass du Angst oder zu viel Respekt vor mir haben musstest, dass du unbefangen mit mir über alles reden konntest. Ich wollte dich kennenlernen, ohne diese Brille der Autorität mir gegenüber. Ich weiß jetzt, dass es falsch war, bitte verzeih mir.«

»Weißt du, das ist so leicht dahingesagt«, erwiderte sie erschöpft. Es war kaum mehr als ein Wispern. Mit einem Mal war der Ärger verflogen, sie fühlte nur noch Verzweiflung in sich. »Aber für mich ändert sich damit alles. Ich habe Prinzipien, und ohne dass ich es wusste, habe ich sie alle mit Füßen getreten. Ich bin wütend, ich bin traurig, und ich möchte, dass du jetzt gehst.«

Die Worte waren noch nicht verklungen, als ein Fahrzeug, das aussah wie eine Schneeraupe oder etwas Ähnliches, an der Hauptstraße abbog und zu ihrem Haus herauffuhr. Sie war irritiert und glaubte kaum, dass sich jemand verfahren hatte. Vielleicht hatte es was mit dem Stromausfall zu tun. Luna war sich gleichzeitig bewusst, dass Magni noch immer hinter ihr stand. Vielleicht gehörte das Ding auch zu seinem Fuhrpark. Sie unterdrückte jegliche Reaktion und blieb regungslos stehen.

»Ich verstehe, dass du wütend bist, aber bitte lass mich noch einmal betonen, dass ich dir nie etwas Schlechtes wollte, Luna. Ich habe nicht nachgedacht, oder eher gesagt, ich habe nur an die Vorteile gedacht, nicht an das, was es für dich bedeuten könnte.«

Sie hatte keine Geduld für seine Sprüche und wirbelte

herum. Luna funkelte ihn an. Sie wollte »Verschwinde« brüllen, tat es aber nicht. »Das kann alles sein, Magni. Trotzdem muss ich nachdenken. Allein«, brachte sie kühl hervor.

Er nickte und wirkte niedergeschlagen. Immerhin, das wirkte echt, nicht gespielt. Ein Teil von ihr wollte ihm glauben, seine Entschuldigung annehmen, ein anderer Teil von ihr sah das anders. Ganz anders. So oder so, niemand würde einfach vergessen können, was zwischen ihnen passiert war. Auch nicht die prickelnde Leidenschaft, die in einem solchen Angestelltenverhältnis noch weniger zu suchen hatte als ohnehin schon.

»Dann verschwinde ich jetzt besser. Und, Luna, bitte geh nicht! Bleib hier in Island«, sagte er noch, ehe er sich abwandte und verschwand.

Sie riss die Augen auf. Er wusste es. So gut kannte er sie also schon.

Luna kam nicht weiter zum Nachdenken, weil sie hörte, wie der Hintereingang aufgerissen wurde. »Na, hallo? Wen haben wir denn da?«, trällerte Gerdas Stimme. Sie musste Magni direkt in die Arme gelaufen sein.

Luna wurde schwindelig, sie musste sich am nächsten Stuhl festhalten, der in ihrer Reichweite stand. Das konnte nicht sein. Was machte ihre Mutter hier?

Luna fasste sich schnell und lief los. Sie sah, wie sich auf dem Gesicht ihrer Mutter ein breites Lächeln ausbreitete, während sie Magni ausgiebig musterte.

O nein. Sie bewertete die Anwesenheit des gut aussehenden Mannes völlig falsch. Na ja, nicht komplett. Luna fiel auf, dass ihre Mutter mal wieder absolut unpassend gekleidet war.

Sie trug kniehohe Wildlederstiefel mit hohen Absätzen und ein kurzes Jäckchen mit Fellkragen. Auf dem Kopf hatte sie immerhin eine Pudelmütze, unter der die Spitzen ihres kupferroten Haares hervorlugten. Luna verdrehte im Geiste die Augen. Diese Frau hatte ein unfassbares Timing.

Was das bedeutete, war klar. Jetzt konnte Luna nicht kündigen, oder ihre Mutter würde sie ihr Leben lang damit aufziehen, dass die *ach, so korrekte Tochter* mit ihrem Chef geknutscht hatte. Lieber schmiss Luna ihren Stolz über Bord, oder wie auch immer man das bezeichnen konnte, und tat in Zukunft Magni gegenüber so, als wäre das alles niemals passiert. Gleichzeitig fragte sie sich, wie sie einen Besuch ihrer chaotischen Mutter überstehen sollte. Sicher würde Gerda sofort etwas einfallen, um noch mehr durcheinanderzubringen.

Wie war sie überhaupt hergekommen? Letztlich war Luna nicht allzu überrascht, dass sie einen Weg nach Island und sogar durch den Schneesturm gefunden hatte. Diese Frau hatte unfassbare Talente und eine noch größere Überzeugungs- und Willenskraft. Vermutlich war der Fahrer dieser Schneeraupe ihrer Mutter schon mit Haut und Haaren verfallen. Sie hatte dieses gewisse Etwas, das alle Männer sofort in ihren Bann schlug. Luna schien in der Hinsicht mehr nach ihrem – unbekannten – Vater zu kommen. Wie auch immer. Sie räusperte sich.

»Mama?«, stieß Luna schließlich hervor, während sich Magni gerade mit ihr bekannt machte.

Auf Englisch stellte er sich vor. »Guten Tag, ich bin Magni, Luna und ich arbeiten zusammen.«

»Wie schön, dich kennenzulernen«, flötete Gerda Schröder auf Englisch mit starkem deutschem Akzent. »Ich bin Lunas Mutter, nenn mich bitte Gerda.«

Sie schenkte ihrer Tochter einen Blick, der alles sagte: *Schmeiß dich ran, Mädel, der Kerl ist heiß.*

Luna atmete leise ein und wieder aus. Magni wirkte überrascht.

Das war immer so, wenn Leute Luna und Gerda kennenlernten, denn Gerda war gerade mal zweiundvierzig. Luna kam sich vor wie eine Statistin. Statt ihrer Mutter um den Hals zu fallen, konnte sie sich nicht rühren und dem Schauspiel nur zusehen.

Ihre Mutter war sechzehn gewesen, als sie ungewollt schwanger geworden war. Der Vater hatte nichts von dem Kind wissen wollen, Gerdas Eltern auch nicht. Also hatte die junge Frau damals ihre Siebensachen gepackt und es auf eigene Faust durchgezogen. Schon allein deswegen hatten Gerda und Luna ein besonderes, sehr enges, Verhältnis – Männergeschichten hin oder her. Ihre Mutter war immer für Luna da gewesen und hatte sie mit Liebe überschüttet.

Trotzdem hätte ihre – unangemeldete! – Ankunft nicht unpassender sein können.

Oh! Jetzt begriff Luna. Deshalb der Anruf gestern Abend. »Mama!«, wiederholte sie. Magni trat zur Seite, und Gerda fiel ihrer Tochter um den Hals. »Hallo, Schätzchen.« Sie küsste sie mit einem geräuschvollen Schmatzer. Dann betrachtete sie sie ausgiebig. Ihre Miene wurde ein wenig sorgenvoll. »Du siehst müde aus.«

Luna wollte dieses Gespräch jetzt nicht führen. Auf keinen Fall.

Magni schleppte gerade einen schweren Koffer von draußen ins Haus. Luna sah aus dem Augenwinkel, wie er das Ding auf den Fliesen im Eingangsbereich abstellte. Oha. Der war prall gefüllt, und Luna war klar, was das bedeutete: Sie würde nicht nur für ein Wochenende bleiben.

Das konnte heiter werden.

Magni schäumte vor Wut. Als er vor wenigen Minuten nach Hause zurückgekehrt war, hatte er Post vom Bauamt im Briefkasten vorgefunden. Eigentlich hatte er damit gerechnet, dass ihm die Genehmigung für den Bau des Hotels zugeschickt worden wäre, stattdessen war das Gegenteil passiert: Sie untersagtem ihm, auf seinem eigenen Land zu bauen.

»Das kann doch alles gar nicht wahr sein!«, schimpfte er und knallte das Schreiben auf seinen Küchentisch. Er stützte sich mit beiden Händen darauf ab und schloss die Augen.

Das verdammte Bauamt streikte also, und er konnte nicht mal sofort nach Reykjavík fahren ... Nicht, solange Luna – zu Recht – sauer auf ihn war. Das musste er zuerst geradebiegen, sonst konnte er das mit dem Hotel sowieso fürs Erste vergessen. Immerhin war sie seine auserwählte Chef-Architektin und Bauingenieurin. Er stieß ein paar derbe und nicht jugendfreie Flüche aus und stapfte ziellos im Haus umher. Er hatte keine Ahnung, warum sich das Bauamt auf einmal querstellte. Als er vor einigen Wochen in Reykjavík gewesen war, um die groben Rahmendaten vorzustellen – was und wo gebaut werden sollte –, hieß es, das Ganze sei eine reine Formsache. Was war also in der Zwischenzeit passiert?

Er rieb sich die Nasenwurzel mit zwei Fingern, er hatte Kopfschmerzen. Immer wieder stellte er sich die gleiche Frage, ohne zu einem Ergebnis zu kommen.

Er sprang unter die Dusche, die hatte er nach der ganzen Schwitzerei dringend nötig, und stattete danach seiner Oma Dóra einen Besuch ab. Sie wohnte nur ein paar Straßen weiter in einem kleinen Einfamilienhaus, das sie mit ihrem Ehemann vor Ewigkeiten erbaut hatte. Magni klingelte und umarmte Oma Dóra, nachdem sie geöffnet hatte. Sie trug eine Schürze und ein verführerischer Duft von Butter, Kartoffeln und Kabeljau strömte mit ihr aus dem Haus. »Guten Tag, *elskan*.

Komm rein.« Magni mochte es, dass er Omas Schatz war, egal wie alt und groß er wurde.

»Hallo, Oma.« Er erwiderte die Umarmung und trat ein. Nachdem er Schuhe und Jacke ausgezogen hatte, folgte er dem leckeren Essensduft in die Küche. Oma stand an der Spüle und schälte Kartoffeln. Aus dem uralten Radio dudelten isländische Schlager aus den Siebzigern, das Fenster war gekippt und ließ die kleine Gardine flattern. Auf dem sechseckigen Esstisch lag eine selbst gehäkelte Decke, darauf befanden sich eine Menge Zeitungen und Magazine und eine Vase mit Plastikblumen. Echte waren in Island schweineteuer, in Grenivík gab es deshalb nicht mal ein Geschäft. »Isst du mit mir?«, wollte sie wissen.

»Sehr gern, kann ich was helfen?«

»Setz dich nur, was willst du trinken?«

Er ging zum Kühlschrank und öffnete mit Vorsicht. Oma war eine von den Leuten, die nie etwas wegschmeißen konnten, dementsprechend voll war er auch. Nicht alles, was er entdeckte, wirkte noch genießbar. Aber er hielt sich mit Kommentaren zurück, immerhin war die gute Frau damit über achtzig geworden, ihr Magen vertrug offenbar so einiges ... Er schloss die Tür wieder und entschied sich, bei Leitungswasser zu bleiben und kein Risiko mit dem Saft einzugehen. Gleichzeitig wusste er, dass er ein wenig übertrieb. Natürlich hatte Oma nicht nur verdorbenes Zeug in ihren Vorräten, aber weggeworfen wurde trotzdem so gut wie nichts.

Sein Blick fiel auf das alte Foto, das mit Magneten an der Kühlschranktür befestigt worden war. Der alte Kiosk war legendär im Dorf gewesen. Nach dem plötzlichen Tod des Großvaters hatte Magni seiner Großmutter zur Seite gestanden und im Verkauf mitgeholfen. Geld war damals knapp gewesen und der Betrieb nicht schuldenfrei. Sein Frændi Erlendur hatte

Geld wie Heu gehabt, aber sich geweigert zu helfen. Das war auch der Grund, warum Magni ihn geradezu hasste, vor allem, da er sich ihm heute so aufdrängte. Nicht jetzt, sagte er sich, denn seine Oma hatte dem Idioten längst verziehen. Sie war zwar traurig darüber gewesen, aber lebte stets nach dem Mantra, dass man niemanden zwingen könne und umgekehrt sein Leben nicht mit Groll verbringen durfte, sonst guckte man am Ende selbst wie jemand, der in eine Zitrone gebissen hatte.

Magni ließ das Wasser der Spüle eine Weile laufen, bis es ihm kalt genug war, und füllte dann zwei Gläser damit und deckte den Tisch. Obwohl Oma ihn gerne und mit Freuden bedienen würde, half er lieber ein bisschen mit.

Er war nicht überrascht, dass das Essen für mehr Besucher gereicht hätte, Oma kochte lieber mehr, falls jemand zufällig vorbeikam – was oft genug passierte bei der großen Familie.

»Was hast du heute noch vor?«, erkundigte er sich, als er sich gerade die dritte Portion auffüllte, was Oma mit einem zufriedenen Lächeln quittierte. Sie selbst hatte gerade erst mit dem Essen begonnen, weil sie damit beschäftigt gewesen war, ihn zu versorgen, obwohl er das gut selbst konnte. Aber es machte sie glücklich, also ließ er sie machen.

»Du weißt doch, heute ist Saumaklubbur«, erklärte sie. Obwohl es offiziell *Nähclub* hieß, hatte er noch nie gesehen, dass sie wirklich handarbeiteten. Die Damen trafen sich zum Plaudern, Futtern und Kartenspielen. Ein Fläschchen Wein oder Likör wurde dabei oft auch geköpft. »Wir treffen uns heute aber nicht bei mir, sonst hätte ich dich gar nicht reingelassen. Wir sind heute bei Ásthildur.«

»Oh, schön, grüß sie von mir.«

Oma versorgte ihn mit dem üblichen Dorfklatsch und den Neuigkeiten aus der weit verstreuten Familie. Nach dem Kaffee bat er sie, sitzen zu bleiben, und kümmerte sich um den

Abwasch. Oma besaß keine Spülmaschine, es dauerte also eine ganze Weile. Sie weigerte sich, so ein Ding anzuschaffen, das sei für sie völlig unnötig. Sie lehnte diese Technik schlichtweg ab. Gegen Computer und ihr Tablet hatte sie allerdings nichts. Magni hatte es aufgegeben, ihre Logik verstehen zu wollen, und machte sich an die Arbeit. Er seufzte leise, denn die Küche glich einem Schlachtfeld. Sie war eine großartige Köchin, aber ihr Sinn für Ordnung und Organisation im Haushalt war nicht sehr ... ausgeprägt.

»*Elskan*, sag mir mal, was heute mit dir los ist, du wirkst so angespannt«, hörte er sie hinter sich fragen. Sie naschte gerade von dem kleinen Stück Kuchen, das Magni zum Nachtisch abgelehnt hatte.

Er war nicht überrascht, dass sie die feinen Schwingungen wahrnahm, sie kannte ihn einfach zu gut. Er versuchte also erst gar nicht, sich herauszureden – die Sache mit Luna behielt er allerdings für sich. Sonst hörte Oma sofort die Hochzeitsglocken läuten. Sie stammte eben aus einer anderen Generation, und sie fand, dass er für sein »hohes Alter« von einunddreißig Jahren längst verheiratet sein müsste mit mindestens zwei oder drei Kindern. »Es gibt Stress mit dem Bauamt«, erklärte er daher nur.

»Wie meinst du das?«

»Ich warte seit einer Weile auf die vorläufige Baugenehmigung, was nach meinem Termin in Reykjavík vor ein paar Wochen nur noch eine Formsache sein sollte.«

»Ja, und?«

»Nun, heute hatte ich einen Brief in der Post, in dem mir erklärt wird, dass sie meinen Antrag ablehnen.« Er biss die Zähne zusammen, er regte sich auch jetzt noch bodenlos darüber auf.

»Nicht dein Ernst. Und jetzt? Was kann man machen?«

»Ich muss hinfahren und rausbekommen, was los ist. Was das Problem an der Sache ist, vielleicht habe ich was falsch ausgefüllt, was ich mir kaum vorstellen kann.«

Er schaute Oma an, die angestrengt nachdachte. Sie trommelte mit ihren Fingern auf die Tischplatte, das goldene Armband und ihr Ehering schimmerten im Sonnenlicht. »Ich würde sagen, du solltest dich vielleicht nicht fragen, was dagegenspricht, sondern wer.«

Magni hielt inne. Von dieser Warte hatte er es bislang noch nicht betrachtet.

»Du meinst ...?«

Oma nickte. »Du weißt doch, wie die im Süden sind. Da hat einer gelesen, was du hier vorhast, und denen passt das nicht in den Kram, die wollen doch die guten Sachen nur für Reykjavík.«

Obwohl Magni sich nicht vorstellen konnte, dass es in einer Behörde so zuging, und auch jetzt nicht daran glauben wollte, konnte er nicht abschütteln, dass an Omas Theorie womöglich was dran sein könnte. Er machte sich weiter über das schmutzige Geschirr her und überlegte, wann er nach Reykjavík fahren könnte. Im gleichen Gedankenzug dachte er an Luna, es nagte an ihm, dass das alles so schiefgelaufen war. Aber jetzt, wo sie Besuch bekommen hatte, wollte er ihr auch nicht sofort mit einer weiteren Entschuldigung auf den Wecker gehen. Er glaubte, dass sie etwas Zeit brauchte, um alles zu verdauen. Sie konnte doch nicht wirklich glauben, dass er sie absichtlich getäuscht hatte. Oder?

11

Luna staunte auch einen Tag nach der Ankunft ihrer Mutter noch darüber, wie sie überhaupt hierhergelangt war. Gerda hatte den Schneesturm ignoriert und war schließlich mitten im Nirgendwo gestrandet. Glücklicherweise hatten die Hilfskräfte ihr helfen können, sie hatte nach der Rettung in einem Hotel in Akureyri übernachtet. Natürlich hatte ihre Mutter einen Mann der Hilfskräfte so verzaubert, dass er darauf bestanden hatte, sie persönlich zu ihrer Tochter zu fahren. Luna rechnete jederzeit damit, dass sie sich zu einem Date verabredeten. Gleichzeitig bewunderte sie ihre Mutter ein bisschen dafür, dass sie überall mühelos Kontakte knüpfen konnte.

Jedenfalls hatte Gerda seit ihrer Ankunft nicht aufgehört, davon zu schwärmen, wie großartig isländische Männer wären. Schon war sie wieder dabei, einen Schwall voller Lobhudeleien über Luna auszuschütten, die gerade versuchte, einige Zeichnungen anzufertigen. Erfolglos natürlich, wie sollte man sich dabei auch konzentrieren? Das Haus war groß, aber nicht groß genug. Gerda Schröder stand derweil im Bad, um ihr Schönheitsprogramm durchzuziehen. Luna ließ den Bleistift sinken und tapste über den Flur zu ihr. Ihre Mutter stand vor dem Spiegel und zupfte sich einige Härchen aus dem Kinn. »Was machst du da?«, wollte Luna wissen.

Ihre Mutter schaute sie böse an. »Wonach sieht es aus?« Sie machte weiter, allerdings nicht am Kinn, sondern auf dem Kopf. »Mir wachsen Haare an Stellen, an denen ich keine möchte, und schlimmer: Die übrigen werden grau, Luna! Es ist bald vorbei mit meiner Blütezeit.«

Luna wollte kichern, aber sie hielt sich zurück. Wenn es eines gab, was ihre Mutter nicht vertragen konnte, dann die Tatsache, dass Schönheit vergänglich war und sie nicht auf ewig jung blieb. Zum Glück hatte Gerda bislang von Botox und Ähnlichem abgesehen, und ihr Körper brauchte sowieso keine Verbesserungen. Sie war gertenschlank und bestens trainiert. »Mama, du siehst großartig aus.«

Luna lehnte sich gegen den Türrahmen. Sie hatte sich noch nicht gewagt zu fragen, wie lange sie bleiben würde. Ihre Mutter lebte derzeit in Stuttgart und hatte, soweit Luna wusste, einen neuen Job bei einem Neurologen angenommen. Mit dem Gehalt einer Arzthelferin konnte man sich keine großen Sprünge leisten, aber Gerda war nach drei Scheidungen gut versorgt und müsste eigentlich nicht arbeiten – aber sie liebte den Kontakt mit Menschen. Mit Ärzten im Speziellen. Sie wählte ihre Arbeitgeber nach besonderen Kriterien aus. »Wie läufts eigentlich in der Praxis?«

Sie sah, dass ihre Mutter sich ein wenig verspannte, dann riss sie sich das nächste Haar aus. »Bestens. Ich habe Urlaub.«

»Aha. Wie ist er denn so? Der neue Boss?«

Sie ging nicht darauf ein, als sie die Pinzette zurück ins Etui schob. Das fand Luna irgendwie verdächtig, üblicherweise erzählte sie gerne und viel über mögliche bevorstehende Eroberungen – oder vielmehr, Gerda ließ sich gern verführen –, zumindest glaubten die Männer das. Luna kniff die Augen ein wenig zusammen, während ihre Mutter mit einem nicht vorhandenen Fussel auf ihrem Top beschäftigt war. »Du meintest doch, dass man hier irgendwo Yoga im Studio machen kann?«, wich sie ihrer Tochter aus.

Aha, da stimmte was nicht. Das würde auch erklären, dass Gerdas Handy häufig gebimmelt, sie aber nie abgehoben hatte. Luna nahm sich vor, den passenden Moment abzuwarten, um mehr darüber zu erfahren. Jetzt war Gerda gerade auf der Hut, das hatte also keinen Zweck.

»Nicht Studio, Mama. Im Gemeindehaus«, erwiderte Luna und machte sich eine geistige Notiz, dass sie ihre Mutter dringend über ihren neuen Job aushorchen musste. Irgendwas war anders als sonst, sie wusste nur noch nicht was.

»Ah, okay. Na schön, besser als nichts. Ich muss mal raus, sonst gehe ich ein. Wann ist die nächste Stunde?« Sie lächelte fröhlich und band sich die kupferroten Haare zu einem Zopf zusammen. Luna nahm ihr diese Leichtigkeit jedoch nicht ab. Später, sagte sie sich.

»Dir kann die Decke noch gar nicht auf den Kopf fallen, du bist erst seit gestern hier.«

»Das ist eine Ewigkeit, wenn man mit niemandem reden kann.« Gerda schenkte ihr ein Lächeln und kniff ihr in die Wange, als wäre sie immer noch ein Baby.

»Äh, hallo?« Luna wedelte mit den Händen. »Bin ich niemand? Du kannst mit mir reden.«

»Du weißt genau, was ich meine.« Gerda tänzelte an ihr vorbei. »Also, was ist? Kommst du mit zum Yoga? Das war doch heute, oder?«

»Ja, um fünf.« Luna hatte sowieso keine Wahl, sonst drehte ihre Mutter hier noch völlig am Rad.

»Wunderbar, dann ziehe ich mich schon mal um. Und denk dran, Lunachen. Ich bin Gerda, deine Schwester.« Sie zwinkerte.

Luna verdrehte die Augen. Gerda machte so einen Quatsch manchmal, zum Glück meinte sie es nicht ernst. »Grenivík ist sehr klein, du kannst sicher sein, dass längst alle wissen, dass du meine Mama bist.«

Sie gab ihrer Tochter einen spielerischen Klaps auf den Oberarm. »Deine heiße, junge Mama«, ergänzte sie fröhlich.

»Ja, genau.« Luna hatte gerade deshalb auch ein bisschen Angst vor besagter Yogastunde. Ihre Mutter würde unter Garantie etwas ausplaudern, was Luna lieber für sich behalten würde. Oder schlimmer, womöglich waren auch Männer da, die in Gerdas Beuteschema fielen.

Luna wusste, dass es ein bisschen fies von ihr war, aber sie hatte zu viel erlebt, um unvoreingenommen an die Sache heranzugehen. Wenn Gerda Testosteron witterte, war sie nicht mehr zu halten.

Luna grinste in sich hinein. Das war übertrieben, sehr sogar. Trotzdem hoffte sie auf eine reine Frauenrunde.

DAS WETTER WAR GROSSARTIG, wenn man zehn Grad Minus und Schnee mochte. Das perfekte Winterwunderland. Die Sonne schien vom Himmel, aber es war klirrend kalt. Luna lächelte, als ihre Mutter mit dem dünnen Jäckchen durch den Schnee zum Auto hüpfte. Aber immerhin, ihr Outfit war perfekt, wie aus dem Yoga-Katalog. Luna hatte nur eine ausgebeulte Jogginghose und ein genauso altes T-Shirt mit. Sie erklärte ihrer Mutter auf der Fahrt, was sie schon über die Gegend und die Umgebung gelernt hatte. Auch über das Projekt hatte Luna sie beim Abendessen gestern informiert. Gerda war stolz wie Bolle, das freute Luna und tröstete sie über alles andere hinweg.

Ihre Gedanken schweiften zu Magni, als sie gerade das Ortsschild von Grenivík passierten. Luna hatte sich nach dem ganzen Aufruhr tatsächlich ein wenig beruhigt, nichts wurde so heiß gegessen wie gekocht. Sie wusste, dass der Vergleich hinkte, aber dennoch. Es war nur ein Kuss gewesen. Sie würde deswegen nicht aufgeben, schließlich hatte er sich ja entschuldigt und es ernst gemeint, sie war davon überzeug, dass er mit der Magni-Snælaugur-Sache nichts Böses im Sinn gehabt hatte. Sie würde sich die Chance ihres Lebens deshalb nicht nehmen lassen, selbst wenn Magni vermutlich nicht so weit gedacht hatte. Also, Schwamm drüber, dachte sie und verbot sich, noch einmal an die sinnlichen Küsse zu denken. Leider war das schwieriger als gedacht, sie konnte sie einfach nicht vergessen. Und auch nicht die Gefühle, die sie in ihr hervorgerufen hatten. Die Sehnsüchte.

Aber sie musste!

Sie konnte professionell sein, und sie würde alles geben, um diesen Job zu behalten.

Aber erst mal stand Yoga auf dem Programm. Tatsächlich freute Luna sich jetzt, dass ihre Mutter sie aus dem Haus getrieben hatte. Luna parkte den Wagen an der Kirche, das Gemeindehaus lag direkt daneben. Es wirkte hell und einladend. »Dann wollen wir mal«, murmelte Luna. »Und, Mama, bitte mach keine Termine oder Dates oder was auch immer für uns aus, ja? Ich möchte erst mal ein wenig … zurückhaltender sein, ja? Ich bin neu hier, ich muss nicht auf allen Hochzeiten tanzen.«

»Sicher doch, Lunachen. Würde ich nie tun. Wir machen alles genau so, wie du es willst.«

Gemeinsam mit ihrer Mutter betraten sie das moderne, helle Gebäude. Der Flur war lichtdurchflutet, der Boden gefliest. Es gab mehrere Räume, bei einem stand die Tür offen, man hörte Stimmen.

»O Mist, ich weiß gar nicht, ob wir eine eigene Matte mitbringen müssen«, fiel Luna jetzt erst ein. Nicht, dass sie welche gehabt hätten.

Ihre Mutter winkte ab. »Wir gucken mal, das wird schon.«

Selbstbewusst wie immer schaute sie ihre Tochter an. »Gehst du voraus?«, schlug sie dennoch vor, und Luna war ihr dankbar.

»Ich schätze, wir müssen die Schuhe hier ausziehen«, schlussfolgerte Luna, als sie diverse Paare auf einem Schuhregal neben der Tür entdeckte. »Macht man in Island überall so.«

»Gute Idee, dann gibt es drinnen keine Sauerei mit dem ganzen Schnee unter den Sohlen.«

Im Raum entdeckte Luna Nína, die sich mit zwei Frauen unterhielt. Sie trug keine Sportkleidung, sondern eine Jeans und ein kariertes Hemd. Als sie Luna bemerkte, winkte sie fröhlich und kam forschen Schrittes auf sie zu. »Wie schön, freut mich, dich hier zu sehen, Luna«, wurde sie von der Pastorin herzlich begrüßt.

»Hallo, es ist schön, dich wiederzusehen. O Mist, da hab ich doch glatt deine Schüssel vergessen, ich gebe sie dir ein andermal zurück. Hier habe ich dafür meine Mutter mitgebracht.« Luna hatte gerade noch die Kurve gekriegt. Aus dem Augenwinkel hatte sie nämlich mitbekommen, dass besagte Mama schon ungeduldig auf ihren Einsatz wartete.

»Hallöchen«, trällerte Gerda auf Englisch. »Ich bin die Mama.«

»Herzlich willkommen. Ah, da kommt ja auch Berglind, meine Frau, sie leitet die Stunde.« Eine schlanke, blonde Frau mit ellenlangen Beinen schritt barfuß auf sie zu. Sie hatte eine mintfarbene Leggins zu einem cremefarbenen Tanktop an, ihre Haut war gebräunt, als ob sie gerade von den Malediven eingeflogen worden wäre. »Tag«, grüßte sie. »Ich bin Berglind, wie schön, dass ihr heute dabei seid.«

Nína erklärte ihr kurz etwas auf Isländisch, da ihre Namen fielen, vermutete Luna, dass sie sie informierte, wer sie waren. Berglind lächelte die ganze Zeit herzlich, dann nickte sie Luna und Gerda zu. »Schnappt euch gern zwei Matten dahinten vom Stapel, Yoga-Blöcke haben wir leider keine, dafür reichte das Budget noch nicht, aber ich kämpfe weiter dafür«, scherzte sie. »Wenn ihr etwas nicht versteht, dann meldet euch gern, ja? Es geht gleich los.« Sie faltete ihre Hände vor der Brust und verbeugte sich kurz, dann begrüßte sie auch die anderen im Raum.

Luna fühlte sich wohl, sie nahm einen dezenten Geruch von Zitrone wahr. Als sie sich näher umsah, entdeckte sie ein kleines Duftlämpchen am Fenster. Aus einer Box dudelte leise entspannende, instrumentale Musik. Zwar kein schickes Studio, aber heimelig und gemütlich. Was wollte man mehr?

Sie platzierten ihre Matten im Mittelfeld, außer ihnen waren noch vier weitere Frauen im Raum, als es losging. Luna kannte die meisten vom Sehen, aber sie hatte sich nicht jedem persönlich vorgestellt.

Immer mehr Leute trudelten nach und nach ein, bis am Ende der Raum mit schätzungsweise zwanzig Menschen gefüllt war. Offenbar nahm man hier Anfangszeiten auch nicht so ernst.

Luna fragte sich, warum sie das noch überraschte.

Die Stunde empfand sie als sehr angenehm, entspannend, aber nicht ohne sportlichen Anspruch. Sogar fünf Männer hatten sich eingefunden. In Deutschland war man bei den meisten Kursen dieser Art hauptsächlich mit Frauen in einem Raum. Berglind machte ihre Sache sehr gut. Sie bewunderte auch ihre Mutter, die nahezu jede Verrenkung perfekt ausführte. Sie war so geschmeidig wie eine junge Gazelle. Unglaublich. Luna hingegen – sie wollte sich nicht vergleichen, aber sie wusste, da war noch Luft nach oben. Die Tür öffnete sich und Soffia schlich herein. Sie entdeckte Luna und winkte ihr fröhlich zu.

Wow, dachte Luna. *Die Hälfte der Stunde ist schon um, und sie kommt jetzt erst.* Da war Magni also nicht der Einzige in der Familie als notorischer Zuspätkommer, überlegte sie grinsend.

Nach der Stunde gesellte sich Soffia zu ihr und ihrer Mutter. Luna stellte sie vor.

»Ihr müsst unbedingt zum Essen kommen, meine Eltern können es gar nicht abwarten, dich endlich kennenzulernen, Luna. Und dich natürlich auch, Gerda. Wie wäre es gleich mit Samstag?«

Luna wollte ablehnen, aber sie konnte ihren Mund gar nicht so schnell öffnen, wie Gerda antwortete.

»Das ist ja lieb, wir kommen sehr gern«, mischte sich die Mutter ein.

Luna war nicht überrascht, wie mühelos Gerda sie und ihre Bitte, die sie noch auf der Fahrt geäußert hatte, ignorierte, nicht für Luna zu sprechen und sich vor allem nicht einzumischen. Nun blieb ihr nichts anderes übrig, als zu lächeln. »Ja, gern.«

Luna nahm es hin, vermutlich hätte sie ohnehin nicht Nein sagen können. Trotzdem hatte sie Angst, vor allem, weil Magni dann auch dort sein würde. Und seine Eltern. Hilfe! Was, wenn sie sie nicht leiden konnten oder sie selbst nicht nett waren? Sie hatte längst verstanden, wie eng diese Familie miteinander war. Ihr wurde flau im Magen.

Soffia verabschiedete sich, und ehe Luna sichs versah, war Gerda mit einem der Männer in ein angeregtes Gespräch verwickelt, das sie mit Händen und Füßen führte, weil ihr Englisch ein bisschen eingerostet war.

Himmel, dachte Luna angesäuert. *Hoffentlich schleppt sie mir jetzt kein Date ins Haus.* Diese Frau im Zaum zu halten, war schlimmer, als einen Sack Flöhe zu hüten. Luna wandte sich ab, das wollte sie sich lieber nicht länger mitansehen und rollte die Matten zusammen, um sie zurückzulegen.

Auf der Rückfahrt konnte sie sich einen Kommentar dazu jedoch nicht verkneifen. »Mit wem hast du da gesprochen?«

»Was meinst du?«

»Der Mann«, half sie ihr auf die Sprünge.

»Oh, du meinst Ari.«

Luna rollte mit den Augen. »Ja, genau.«

»Er ist sehr nett.«

»Ja, Mama. Und vermutlich auch verheiratet. Bitte, kannst du das sein lassen?«

»Was denn? Ich bin nur freundlich.« Sie verschränkte die Arme vor ihrem Busen und schmollte.

Luna atmete durch, aber es musste sein. »Pass auf. Wir bewegen uns hier in einer Mikrogesellschaft. Mir ist klar, dass du gern flirtest, aber du musst aufpassen. Wenn die Frauen hier Angst haben, dass du ihnen die Männer ausspannst, werden sie dich hassen. Und mich auch, denn ich bin deine Tochter. Also, Mama, ich arbeite hier, ich möchte nicht gehasst werden.«

»Du dramatisierst das alles, Luna. Ich habe mich nur unterhalten.« Sie schürzte ihre Lippen.

»Mama, ich weiß, wie das bei dir läuft.«

»Ach ja? Wie denn?«

»Hast du seine Telefonnummer bekommen?«

»Luna!«

»Hast du oder hast du nicht.«

»Ja, habe ich, aber er ist Elektriker, so jemanden braucht man doch in seiner Kontaktliste.«

Luna schnaubte. »Siehst du, genau das meine ich. Gib mir die Nummer, damit ich sie wegschmeißen kann.«

»Wie bitte?«

»Gib sie her, ich zerreiße den Zettel oder esse ihn auf, um auf Nummer sicher zu gehen.« Es sollte ein Scherz sein, aber Gerda lachte nicht. Luna verzog ihr Gesicht.

Nach einigen Protesten stimmte Gerda schließlich zu und zerfetzte den Zettel selbst. »Okay, ich habe es verstanden. Aber sprechen darf ich noch mit Menschen, ja?«

»Sehr witzig, Mama. Du kannst dich gern unterhalten, aber Dates sind hier verboten, klar?«

»Und was ist mit dir? Darfst du dich verabreden? Dein Chef ist recht attraktiv. Was wollte er neulich eigentlich bei dir? Ich habe gesehen, dass das zweite Bett zerwühlt war in dem Zimmer, in dem du nicht schläfst.«

Ihre Mutter witterte etwas, obwohl Luna sich so große Mühe gegeben hatte, es zu verbergen. Verdammt. Luna hatte sich seit ihrer Ankunft vor diesem Gespräch gefürchtet, und sie wollte es auch jetzt nicht führen. »Falls du es mitbekommen hast, Mama, hier tobte ein Schneesturm.«

»O ja, da kann man es sich ja kuschelig machen.«

»Magni hat nach dem Rechten gesehen, wegen des Schnees und so weiter, und dann waren die Straßen gesperrt, hast du ja selbst erlebt.«

»Und, habt ihr ...?«

Luna schnaubte. »Genau, wir haben über das Projekt

gesprochen. Dann ist jeder im eigenen Zimmer verschwunden. Ende der Geschichte.«

Gerda legte sich eine Hand an die Stirn, als hätte sie diese Antwort schon erwartet. »Mein Gott«, seufzte sie theatralisch.

Luna knuffte ihr in den Arm. »Jede andere Mutter hätte sich über mein Verantwortungsbewusstsein gefreut.«

Gerda grinste. »Ich bin nicht wie jede andere Mutter.«

»O ja, und darüber bin ich ja auch froh. Eigentlich. Meistens. Mama, pass auf, sollen wir heute Abend essen gehen? Im Ort gibt es ein Restaurant, es soll sehr gut sein.«

»Klingt hervorragend, dann kann ich mich mal wieder schick machen.«

»Du brauchst hier garantiert kein kleines Schwarzes. Und bitte, kein Flirten.«

»Puh. Du bist echt eine Spaßbremse.«

Luna zuckte die Schultern, dann mussten sie beide lachen.

MAGNI SAß mit Gunnar im *Mathús*. Das einzige Restaurant des Ortes hatte noch vor gar nicht allzu langer Zeit neu eröffnet, nachdem die jetzigen Besitzer es komplett renoviert und neu ausgestattet hatten. Das Essen schmeckte köstlich, und die Atmosphäre war angenehm. Magni und Gunnar hatten einen Lammburger, die Spezialität des Hauses, gegessen. Das Fleisch kam aus eigener Produktion, die Zutaten alle aus der Nähe. Magni mochte diese Idee der Regionalität und Nachhaltigkeit. Aber bei diesem Essen ging es um etwas ganz anderes. Magni hatte Gunnar am Nachmittag angerufen, um über das Projekt zu plaudern. Was nur ein Vorwand gewesen war, denn er wusste, dass Luna häufig mit Gunnar sprach, schließlich arbeiteten sie zusammen. Soffia hatte er nicht gewagt, über Luna auszufragen, seine Schwester hätte sofort Lunte gerochen, und darauf konnte er gut und gern verzichten. Immerhin hatte sie ihn mehr als einmal gewarnt. Er hasste es, wenn seine große Schwester recht hatte.

Sie hatten eine ganze Weile über alles und nichts geklönt, bis Magni sich langsam ans Thema wagte. »Denkst du, Luna fühlt sich hier wohl? Ich meine, du hast ja öfter Kontakt zu ihr und kennst sie jetzt ein bisschen besser. Ich möchte mich vergewissern, dass alles passt. Zwischenmenschlich und so weiter.«

Tatsächlich hatte Magni den Eindruck, dass Gunnar nicht nur beruflich an ihr interessiert war, und der Gedanke behagte ihm ganz und gar nicht.

Gunnar stopfte sich eine Fritte in den Mund, ehe er antwortete. »Sie kommt zurecht, ist ja sehr fleißig. Isländisch ist nicht einfach, aber sie beißt sich da durch. Wie kommst du darauf?«

»Na, als Chef muss ich mich umhören, wie die Lage ist. Sie hat ja noch Probezeit und alles.« Den Spruch hätte er sich sparen können. Magni wurde warm, aber er ließ sich nichts anmerken. Das hoffte er jedenfalls.

Gunnar schaute ihn mit hochgezogener Braue an. »Gibts Probleme, oder wie?«

»Nein, wie kommst du denn darauf?« Magni verfluchte sich dafür, dass er so untalentiert in Bezug auf diese Art der Gesprächsführung war. Er war ein geradliniger Mensch, das kam ihm jetzt leider nicht zu Hilfe. Im Gegenteil.

Mist.

»Einfach so. Ich meine, weil du von Probezeit redest. Das macht man doch nur, wenn man jemanden rausschmeißen will, oder?«

Magni trank einen Schluck Wasser. »Im Gegenteil, Gunnar. Und jetzt sag mir mal, wann ich einen Entwurf kriege.« Besser, er drehte den Spieß um.

Gunnar hob die Hände. »Mein Lieber, also ich bin klar, mit dem Spa-Bereich jedenfalls. Habe ich alles schon mit Luna geklärt, sie meinte, dass sie an den Zeichnungen sitzt.«

»Schön, schön«, murmelte Magni.

»Ich kann ja nachher bei ihr vorbeifahren, ein Gläschen Wein mit ihr trinken, ihr auf den Zahn fühlen, wie es läuft. Sie ist schon eine kleine Geheimniskrämerin.«

»Nein«, wehrte Magni einen Tick zu hastig ab. »Ich meine, mach, was du für richtig hältst.«

Gott, er redete sich um Kopf und Kragen. Er schob seinen Teller von sich, obwohl er nicht alles aufgegessen hatte. Aber er hatte keinen Hunger mehr. Magni wollte gerade noch etwas hinzufügen, als zwei Frauen das Lokal betraten.

»Ach, sieh mal einer an, da kannst du sie gleich selbst fragen, Magni«, kommentierte Gunnar unnötigerweise. Augen hatte Magni schließlich selbst im Kopf.

Als Luna ihn entdeckte, zuckte sie zusammen, dann lächelte sie, aber es wirkte gezwungen.

»Wen hat sie denn da dabei?«, wollte Gunnar wissen. »Heißer Feger.«

»Es ist ihre Mutter«, erklärte Magni schroff.

»Nicht übel, nicht übel.«

Manchmal schämte Magni sich für einige Vertreter seines Geschlechts. Kein Wunder, dass Frauen oft so schlechte Meinungen über Männer hatten. Gunnar war der lebende Beweis, dass Machos noch immer existierten.

Gerda reagierte deutlich positiver auf seinen Anblick. Als sie ihn entdeckte, hob sie ihre Hand und winkte ihm fröhlich zu. Dann sagte sie etwas zu ihrer Tochter, deren Augen sich ein wenig verengten. Magni wertete das als Chance, er stand auf und ging auf die beiden zu und begrüßte sie höflich. »Guten

Abend, wollt ihr euch zu uns setzen? Wir haben schon gegessen, aber wenn euch das nicht stört?«

Luna öffnete ihren Mund, Gerda stupste ihre Tochter in die Seite. Unauffällig, aber Magni bekam es mit. Er verkniff sich ein Schmunzeln. »Gern«, erwiderte Luna, ihr Blick sagte jedoch etwas anderes.

Okay, sie hatte ihm also noch immer nicht verziehen. Damit konnte er leben, vielleicht hatte er ja nachher kurz die Gelegenheit, unter vier Augen mit ihr zu sprechen. »Wunderbar, dann bitte, kommt mit.« Er bedeutete mit einer Geste, dass sie zum Tisch vorausgehen sollten.

Die Eigentümerin räumte die Teller gerade ab und begrüßte die neuen Gäste freundlich. »Ich bringe euch gleich die Karte, setzt euch«, plauderte sie auf Englisch. Luna musste nirgends mehr vorgestellt werden, und soweit er es mitbekam, wurde sie überall gemocht. Sie war freundlich, ein wenig zurückhaltend vielleicht, aber das kam gut an. Das war wichtig, Magni war erleichtert darüber. Es war nicht selbstverständlich, dass Fremde sofort in einer so kleinen Gemeinschaft herzlich aufgenommen wurden.

Gunnar begrüßte Mutter und Tochter mit einem Küsschen hier und da. Mein Gott, der ging ja ganz schön ran. Magni beobachtete Lunas Reaktion sehr genau. Sie strahlte Gunnar an.

Magnis Magen zog sich krampfartig zusammen, er presste die Lippen aufeinander, ehe er fragte: »Was möchtet ihr trinken?« Zum Glück klang er ganz normal. Er wusste selbst nicht, was mit ihm los war. Und natürlich würde er die beiden einladen, wo sie schon zu seinem Tisch gekommen waren.

Magni bestellte eine Flasche französischen Weißwein und Luna und Gerda auch etwas zu essen. Es wurde über das Übliche geplaudert, das Wetter, wie ihnen Island gefiel, was

Gerda vorhatte. Luna war eher wortkarg, was vermutlich an Magni und ihrem Groll auf ihn lag. Er wollte das hier und jetzt aus der Welt schaffen. »Luna, können wir einen Moment allein sprechen?« Er stand auf und machte damit unmissverständlich klar, dass ein Nein von ihm nicht akzeptiert wurde. »Wir wollen deine Mutter ja nicht mit Details über die Arbeit langweilen.« Er lächelte Gerda an, sie nickte zufrieden. Wissend vielleicht, was ihn wiederum ein wenig irritierte.

»Ja, sicher«, gab Luna nicht mit dem gleichen Enthusiasmus zurück, den ihre Mutter verströmte.

»Bitte«, meinte er nachdrücklich. »Lass uns kurz an die Bar gehen.«

Wortlos folgte sie ihm. »Was möchtest du trinken?«, erkundigte er sich.

»Dauert es so lange?« Ihr Blick wirkte geradezu gehetzt.

Magni war versucht, ihr einen Schnaps zu bestellen, aber ließ es sein. Das war garantiert nicht die Lösung, und ihm war klar, dass ein Hochprozentiger seine Fehler auch nicht wiedergutmachte, das musste er schon selbst hinbekommen. »Luna, ich wollte noch einmal betonen, wie leid es mir tut, dass das so schiefgegangen ist.« Da, er hatte es gesagt. Mehr konnte er im Prinzip nicht tun, er hoffte jedoch, dass Luna ihm irgendwann glaubte.

»Kein Problem. Alles gut. Habe ich längst vergessen.«

Er lächelte traurig. Denn ihre sauertöpfische Miene passte nicht zu ihren Worten. »Du bist keine besonders gute Lügnerin.«

Sie befeuchtete sich ihre Lippen, und Magni hasste sich dafür, dass er in eindeutig sexueller Weise darauf reagierte. In seinen Lenden pochte es lustvoll. Er räusperte sich und guckte kurz weg. Dann sprach er weiter. »Ich bitte dich um Verzeihung, sooft du möchtest, Luna. Ich hoffe sehr, dass wir einen

Weg finden, damit umzugehen. Ich kann mein Fehlverhalten nicht rückgängig machen, aber ich kann dir versprechen, dass es nicht noch mal vorkommen wird.«

Er dachte an den Kuss, obwohl er den gerade nicht gemeint hatte. Magni unterdrückte den Impuls, sich über die Stirn zu fahren.

Sie saß mit kerzengeradem Rücken da, dann nickte sie. »Er ist in Ordnung, wirklich. Ich habe deine Argumentation noch einmal überdacht, und du hattest deine Gründe, ist okay. Ich weiß ja jetzt, wer du bist. Vergessen wir die Sache mit den Namen.«

Magni gefiel die Antwort nicht, weil er ihr noch immer kein Wort glaubte. Und was war mit dem Kuss? Ja, den sollten sie keinesfalls wiederholen. Und er hielt es für klüger, den jetzt nicht auch noch zur Sprache zu bringen. Es war gemein von ihm, aber er nutzte diese Gelegenheit, Luna herauszufordern. Immerhin würden sie beruflichen Umgang pflegen müssen, auch wenn er als Investor keine operative Tätigkeit im Team hatte. Aber wenn es um den Genehmigungsprozess ging, konnte er sich nicht heraushalten. Das wollte er auch nicht, dafür war ihm das Projekt zu wichtig. »Dann hast du ja sicher auch kein Problem damit, mich nach Reykjavík zu einem Termin beim Bauamt zu begleiten.« Er beobachtete ihre Reaktion gespannt.

Luna zögerte eine Sekunde zu lange. Dann lächelte sie. Es wirkte mechanisch und alles andere als offen und herzlich. »Selbstverständlich, Magni.«

Er wünschte sich die alte Luna zurück. Trotzdem wusste er, dass es seine Schuld war, dass sie ihm jetzt misstraute. Er würde ihr auf dieser kurzen Geschäftsreise klarmachen, dass sie auf einer geschäftlichen Basis miteinander umgehen konnten und mussten. Wenn sie dann merkte, dass er höflich und distanziert sein konnte und vor allem ehrlich zu ihr war, würde sie sich hoffentlich entspannen und ihm wieder vertrauen.

Ja, das war ein guter Plan. Er war zufrieden mit der Entwicklung des Gesprächs. Mehr hatte er nicht erwarten können, so, wie er sich danebenbenommen hatte.

»Wunderbar«, gab er mit einem Nicken zurück. »Dann hätten wir das ja geklärt, oh, sieh mal, euer Essen kommt.«

Luna wirkte erleichtert, und er fand, dass er sie genug getriezt hatte.

Während die Frauen ihr wohlverdientes Dinner genossen, plauderten sie über Land und Leute. Gerda sprach nicht besonders gut englisch, aber sie war definitiv die Kommunikativere von beiden. Er mochte sie und fand gleichzeitig, dass Mutter und Tochter auf den ersten Blick nicht viele Gemeinsamkeiten zu haben schienen. Wo Luna verschlossen und zurückhaltend war, schien Gerda es zu genießen, im Mittelpunkt des Gesprächs zu stehen, ohne dabei überdreht zu wirken.

Nach dem Essen beglich Magni die Rechnung und verabschiedete sich, während die drei noch etwas zu trinken bestellten. Die Nacht war kalt, aber sternenklar. Der Mond schien über dem dunklen Meer und spiegelte sich auf der ruhigen Oberfläche. Magni war zufrieden mit der Entwicklung des Abends und überlegte auf dem kurzen Nachhauseweg, wie er diese Reise nach Reykjavík zu einem Erfolg machen konnte. Dabei dachte er nur an Berufliches, oder zumindest nahm er sich das vor.

Magni stieg zu Hause gut gelaunt aus dem Wagen, als sein Handy bimmelte. Es war Erlendur.

Magni stöhnte. Er wusste aus Erfahrung, dass der Typ erst aufgab, wenn er mit ihm gesprochen hatte. Also konnte er das auch gleich hinter sich bringen.

Nach einer kurzen Begrüßung kam Erlendur sofort zum Punkt, was für ein Gespräch mit ihm eher ungewöhnlich war. »Ich habe gehört, du hast Probleme mit dem Bauamt?«

Magni verfluchte die Tatsache, dass der Kerl überall Kontakte hatte, und fragte nicht erst, woher oder von wem er davon erfahren hatte. »Kann sein. Warum?«

»Ich kann dir helfen.«

Ekelhaft. Schmierig. Erlendur war ein Mensch, der immer eine Gegenleistung erwartete und niemandem einfach so einen Gefallen tat. Und Magni wusste auch schon, was das Schwein wollte.

Eher fror die Hölle zu, als dass er seinem Frændi auch nur ein Fitzelchen Anteile an diesem Projekt abtrat. Es zeigte jedoch, wie genial seine Idee war, wenn Erlendur so verzweifelt um Mitwirkung bettelte.

»Ich denke, hier liegt lediglich ein Missverständnis vor, Erlendur, aber danke.«

Die plötzliche Hilfsbereitschaft seines Verwandten brachte Magni sogar auf den Gedanken, dass sein lieber Frændi höchstpersönlich dafür verantwortlich sein könnte, dass der Antrag überhaupt abgelehnt worden war. Womöglich hatte er es geplant, um sich dann als Retter aufzuspielen, damit Magni ihn aus purer Dankbarkeit miteinsteigen ließ.

Nur über seine Leiche.

12

Am Freitag der darauffolgenden Woche saß Luna mit den Kollegen im Besprechungsraum zusammen, um die Fortschritte durchzugehen. Dunkle Wolken wirbelten über den Himmel, es war trüb und windig. Von Frühling keine Spur.

Die letzten Tage waren anstrengend gewesen. Seit Luna wusste, dass sie bald mit Magni nach Reykjavík fahren würde – den genauen Termin kannte sie noch nicht –, konnte sie kaum still sitzen. Gleichzeitig stieg der Druck für einen Entwurf, das merkte sie auch hier in diesem Raum. Luna war nah dran, aber es war noch nicht perfekt. Irgendwo fehlte noch etwas, was entscheidend war. Deshalb hielt sie ihre Zeichnungen zurück. »Ich weiß, dass ihr alle auf die ersten Skizzen wartet, und ich hoffe, dass ich sie bald mitbringen kann.« Sie behielt für sich, dass die Anwesenheit ihrer Mutter auch nicht gerade dazu beitrug, dass sie sich rund um die Uhr mit der Idee beschäftigen konnte. Gerda im Zaum zu halten, war eine echte Aufgabe. Gleichzeitig fand Luna, dass ihre Mutter ein wenig bedrückt wirkte, aber sie rückte nicht mit der Sprache raus. Sie würde ihr nachher noch mal auf den Zahn fühlen.

Soffia notierte sich gerade etwas auf ihrem Block, dann blickte sie auf. »Brauchst du denn Hilfe bei etwas?«, erkundigte sie sich bei Luna. »Können wir dich irgendwo unterstützen?«

Luna befeuchtete sich die Lippen. Ja, vielleicht war das sogar eine gute Idee. Sie musste lernen, im Team zu arbeiten, anderen zu vertrauen. Das war ihre Schwäche, sie wusste es, denn sie hatte sich im Leben meist allein durchkämpfen müssen. Mit einer so jungen Mutter, die ihre eigenen Probleme hatte, war Luna schnell selbstständig geworden. Die Erfahrung saß tief, dass sie sich lieber um alles selbst kümmerte, ohne andere fragen zu müssen. Aber möglicherweise war es an der Zeit, daran etwas zu ändern. »Ja, vielleicht. Ich sollte mich mal mit Gunnar zusammensetzen, denn der Außenbereich muss alles abrunden. Wir können nicht, wie in Italien zum Beispiel, mit einer perfekten Terrasse punkten, ich glaube, wenn wir den Fokus auf die heißen Bäder legen, könnte das der Knackpunkt für ein geniales Gebäude werden.«

Die drei nahmen ihre Worte auf, Schweigen breitete sich im Raum aus. Sie konnte nicht bewerten, was hier gerade passierte. Luna wurde heiß und kalt gleichzeitig, ihre Hände waren klamm. Schließlich meldete sich Gunnar zu Wort, er lächelte, und Luna atmete aus. Sie hatte bis eben die Luft angehalten. »Richtig, Luna, gute Idee. Ich glaube auch, dass das der richtige Weg ist. Lass uns nachher zusammensitzen, hast du deine Skizzen mit?«

Sie schüttelte den Kopf. »Nein, leider nicht.«

»Ich kann gleich zu dir fahren, dann gucken wir sie uns dort an.«

»Ja, klar, oder ich komme zu dir«, bot sie ihm an. Ihr wäre es lieber, wenn sie ohne ihre Mutter am Projekt arbeiteten. Aus Gründen.

»Sehr gern.« Seine Augen leuchteten auf. »Dann komm doch nachher rum, ich bin zu Hause.«

Die Besprechung war damit beendet, sie verabredeten sich für den kommenden Montag, dann sollte Luna etwas präsentieren. Gunnar schrieb ihr seine Adresse auf einen Zettel und schob ihn ihr über den Tisch zu. »Ich freu mich auf später. Wir können dann auch gemütlich essen, dabei denkt es sich besser.«

Oh, oh. Ihre Alarmglocken schrillten. Er glaubte doch nicht, dass aus einem Arbeitsmeeting ein Date wurde? Nein, sie sah bestimmt Gespenster. Nicht alle Männer hatten nur das Eine im Sinn.

Soffia trat neben sie, und Luna schob die Überlegungen beiseite. »Wir freuen uns schon auf Samstag, wollt ihr gegen sechs kommen? Wir essen bei meinen Eltern.«

Luna blickte auf. »Ja, wir freuen uns auch sehr.« Das war gelogen. Sie hatte Angst und war nervös. Treffen mit ihrer Mutter waren immer wie eine Wundertüte, man wusste nie, wie das endete. »Äh, können wir etwas mitbringen?«

Soffia winkte ab. »Nur euch selbst und gute Laune.«

Luna grinste. »Das schaffen wir.«

Soffia erklärte ihr noch, wo die Eltern wohnten – eine Straße weiter den Hügel hinauf – dann verabschiedete sich Luna und fuhr nach Hause.

Als Luna die Küche auf dem Hof Grýtubakki betrat, hörte sie ihre Mutter leise fluchen. Sie horchte auf. »Was ist, Mama? Ich bin wieder da.«

Luna kam um die Ecke, Gerda saß auf ihrer Yogamatte, die sie kürzlich gekauft hatten, und starrte das Handy an, das neben ihr auf dem Boden lag. Sie wirkte ertappt.

»Äh nichts. Nur diese blöde Übung«, erklärte Gerda und wich ihrem Blick aus. Luna wurde misstrauisch, ihre Mutter reagierte anders als üblich. Da musste ein Mann dahinterstecken. Nur ein Gefühl, aber es waren immer die Kerle, die ihre Mutter aus dem Gleichgewicht brachten.

Wer war es diesmal? Hoffentlich niemand aus dem Dorf. In den letzten Tagen war ihre Mutter vermehrt allein durch die Gegend gezogen, Luna hatte sich nichts dabei gedacht, weil sie selbst so viel zu tun gehabt hatte. Im Gegenteil, sie war froh über ein wenig Ruhe gewesen. »Sag mal, Mama, warum bist du überhaupt nach Island gekommen?«

Ihre Mutter stieß einen spitzen Laut der Empörung aus. »Na, hör mal, ich bin deinetwegen hier. Was ist denn das für eine blöde Frage.«

Luna wusste, dass das nicht alles war. »Was ist mit deiner Arbeit? Du hast doch nicht unbegrenzt Urlaub.«

»Willst du mich loswerden?« Gerda stand auf und stemmte ihre Hände in die Hüften.

»Nein, aber ich will wissen, warum du so ... angespannt bist.«

»Das sagt ja gerade die Richtige. Ich habe Angst, dich zu berühren, weil du jederzeit platzen könntest wie ein Ballon.«

Luna verzog ihre Lippen. »Das ist nicht fair, Mama, und außerdem reden wir gerade über dich.«

Ihre Mutter rollte die Matte zusammen. »Da gibt es nichts zu sagen. Ich gehe jetzt duschen.«

Luna seufzte. So würde sie nicht weiterkommen, außerdem fehlte ihr die Zeit, weiter nachzuhaken, sie musste mit den Entwürfen weitermachen. »Mama, ich muss dann noch mal los, es geht um die Arbeit. Ich treffe mich gleich mit dem Bauingenieur.«

Gerda horchte auf und drehte sich noch einmal zu ihr um. »Du hast ein Date?«

»Mama«, stöhnte Luna. »Nein. Ich muss arbeiten.«

»Man kann doch das Nützliche mit dem Angenehmen verbinden? Ist es Gunnar, der ist doch attraktiv. Und Single.«

Ja, klar, das hatte Gerda direkt beim ersten Gespräch herausgefunden. Luna sparte sich weitere Kommentare und beugte sich über ihre Zeichnungen, die auf dem großen Esstisch ausgebreitet waren. Es sah gut aus, aber eben nicht gut genug.

Zwei Stunden später öffnete Gunnar seine Haustür. Er hatte sich umgezogen, trug jetzt eine dunkle Chino und ein blaues Hemd, dessen Ärmel bis zum Ellenbogen aufgekrempelt waren. Der Duft von Kräutern und frischem Brot lag in der Luft. »Luna, herzlich willkommen, tritt ein.« Er begrüßte sie mit Küsschen hier und da, sein Aftershave stieg ihr in die Nase. Es war angenehm, gleichzeitig hatte sie das Gefühl, sich in Acht nehmen zu müssen. Sie schüttelte den Gedanken ab, zog die Schuhe aus und hängte ihre Jacke auf einen Bügel. Er hielt so lange ihre Zeichnungsmappe fest.

Gunnar legte Wert auf ein stilvolles Ambiente. Luna hatte von seinem Zuhause nichts anderes erwartet. Es war klar strukturiert, helle Farben und natürliche Materialien griffen stimmig ineinander. Sie folgte ihm über den gebeizten Boden ins Wohnzimmer, das von einer Fensterfront mit hübscher Aussicht auf Kaldbakur und das Meer dominiert wurde. Ein riesiger Fernseher hing an der einen Wand, an der anderen befand sich ein Kamin, in dem blaue Flammen züngelten. Gas, schlussfolgerte sie. Es gab nur wenige Bilder, die waren aber sehr hübsch. Abstrakt und mit kühlen Farben. Vom Wohnzimmer gelangte man in eine offene Küche mit hellen Fronten und einer grauen Steinarbeitsplatte. Natürlich gab es einen Tresen mit Stühlen, das war in modernen Küchen heutzutage ja beinahe obligatorisch, wenn man genug Platz hatte und es sich leisten konnte. Neben dem Gasherd lag Gemüse auf einem Holzbrett, das halb geschnippelt auf die weitere Bearbeitung wartete. In einem Topf köchelte Tomatensoße, frisches Brot ruhte aufgeschnitten in einem Holzkorb auf dem Esstisch.

»Möchtest du ein Glas Wein?«, bot er an, während er mit dem Handy leise Musik anstellte, die daraufhin aus unsichtbaren Lautsprechern ertönte.

»Äh, gern. Aber nur eins. Ich muss noch fahren.«

Er ging nicht darauf ein, während er nach einer Flasche Wein aus dem Kühlschrank griff. »Ist ein Sauvignon blanc von der Loire in Ordnung?«

Luna hatte keine Ahnung, bislang hatte sie weder Zeit noch Geld für »guten« Wein gehabt. »Bestimmt«, erwiderte sie nur.

Gunnar reichte ihr ein Glas und stieß mit ihr an. »Auf einen schönen Abend«, sagte er und lächelte.

»Auf einen produktiven Abend«, gab sie zurück. Besser, sie erinnerte ihn daran, dass sie zum Arbeiten hier war.

»Natürlich, das auch. Daran habe ich keinen Zweifel.« Er zwinkerte ihr zu.

»Wo, äh, sind die Zeichnungen?« Sie hatte gar nicht mitbekommen, was er damit gemacht hatte.

»Die habe ich in mein Arbeitszimmer gelegt, ich würde sagen, wir essen erst einmal, ja?«

»Sicher. Eine gute Mahlzeit kann nie schaden.« Tatsächlich hatte sie einen Bärenhunger. Sie war mal wieder nicht dazu gekommen, zu essen. Neben ihrer Arbeit und dem Isländischunterricht war keine Zeit geblieben.

Gunnar dimmte die Lichter und zündete ein paar Kerzen

an. Dann schmiss er die Pasta ins dampfende Wasser und briet Garnelen in einer Pfanne. »Kann ich was tun?«, erkundigte sie sich.

»Ja, dich entspannen.«

Luna spürte, dass sie rot wurde. Okay, es war also offensichtlich, dass sie sich ein wenig fehl am Platz vorkam. Sie setzte sich auf einen der drei Barhocker und nippte an ihrem Wein. Gunnar arbeitete routiniert, sie mochte das.

»Ich frage dich jetzt nicht, wie dir Island gefällt«, scherzte er und wendete die Meeresfrüchte.

»Danke! Ich habe ehrlich keine Ahnung, wie oft mir diese Frage schon gestellt wurde.«

Er grinste. »Sag mir lieber, ob du bleiben wirst.«

Darauf war sie nicht vorbereitet. »Wie meinst du das?«

»Sitzt du auf heißen Kohlen und bist weg, wenn das Projekt abgeschlossen ist?«

Sie lachte nervös. »So weit sind wir ja wohl noch lange nicht.«

Er zuckte die Schultern und fischte eine Nudel zum Probieren aus dem Wasser. »Nein, das nicht.«

Aber? Sie kniff die Augen ein wenig zusammen. Letztlich verstand sie schon, worauf er hinauswollte. Trotzdem konnte sie das beim besten Willen nicht beantworten. Obwohl sie Island mit seinen liebenswerten Einwohnern mochte, gehörte wohl mehr dazu, um gleich an Auswandern zu denken. Sie entschied, die Frage nicht allzu ernst zu nehmen. Außerdem hatte sie sich zu Hause in Deutschland gerade ein schickes Haus gebaut, das sich zwar problemlos vermieten ließ, aber das würde sie bestimmt nicht gleich aufgeben. Dafür liebte sie dieses Stückchen Erde zu sehr, egal wie gut es ihr auf Island auch gefallen mochte. »Und du? Lebst du schon lange allein?«

O Gott. Warum tat sie das? Jetzt musste er ja denken, dass sie auch interessiert war.

Er goss die Nudeln in ein Sieb ab. »Schon eine Weile, ja. Wieso? Willst du einziehen?«

Luna verschluckte sich an ihrem Wein. Sie hustete und fing sich dann wieder. »Du Scherzkeks«, war alles, was sie hervorbrachte.

Gunnar war zum Glück mit der Fertigstellung seines Gerichts beschäftigt und hakte nicht nach. Er vermischte Soße, Nudeln und Garnelen in einer hübschen, riesigen Schüssel. Dann streute er gehackte Kräuter und frischen Parmesan darüber. »Gjörðu svo vel«, meinte er mit einem Lächeln.

»Heißt das so viel wie, setz dich bitte, es ist angerichtet?«, erkundigte sie sich.

»Genau. Sehr gut. Wie läufts eigentlich mit dem Unterricht?«

»Gut, denke ich. Aber davon, flüssig Isländisch sprechen zu können, bin ich weit entfernt.«

»Das kommt schon noch.« Er füllte erst Luna, dann sich vom lecker duftenden Gericht auf, zuletzt goss er Wein nach und fing an zu essen.

So was wie »guten Appetit« wünschte man sich hier wohl nicht, dachte Luna amüsiert. Sie würde ihre Lehrerin nächste Woche mal danach fragen. Und dann wurde ihr bewusst, was hier passierte. Oje. Sie saß an einem Freitagabend bei Kerzenschein mit einem attraktiven Mann zusammen. Und der strahlte sie auch noch an wie ein Honigkuchenpferd.

Da musste man ja einen falschen Eindruck bekommen. Wollte er wirklich mit ihr flirten?

Sie fürchtete ja. Weil sie nicht unhöflich sein wollte, lächelte sie ebenfalls. »Es schmeckt köstlich«, meinte sie verlegen.

Gunnar war ein angenehmer Gesprächspartner, der nicht nur viele Fragen stellte, sondern auch gern erzählte, ohne dabei überheblich oder aufdringlich zu werden.

Nach dem Essen drängte Luna darauf, mit den Entwürfen loszulegen. Sie hatte kaum Wein getrunken, um bei Verstand zu bleiben. Bis jetzt hatte sie den Eindruck gewonnen, dass Gunnar nicht traurig gewesen wäre, wenn sich der Abend in eine andere Richtung entwickelt hätte. Aber er war nicht dumm und kapierte, dass Luna wirklich wegen des Jobs hier war.

Sie besprachen seine Ideen für den Außenbereich. Die konnten sich sehen lassen. Außerdem, stellte sie glücklich fest, passten ihre eigenen wunderbar dazu.

Vielleicht hätte sie schon viel früher mit ihm kooperieren sollen. Egal, jetzt war sie ja da.

Sie kritzelten, philosophierten und überlegten bis spät in die Nacht. So kamen sie ein gutes Stück weit voran, bis Luna schließlich fast die Augen zufielen. »Soll ich dich nach Hause fahren?«, bot er an.

Sie lehnte höflich ab und schnappte sich ihre Unterlagen. »Nein, vielen Dank, das war ein sehr schöner Abend, wir haben Fortschritte gemacht.«

Gunnar legte ihr eine Hand auf den Oberarm und sah sie eindringlich an. »Ich arbeite gern mit dir, Luna.«

Sie schluckte. Hier lag eindeutig etwas Sexuelles in der Luft. Sie wollte weg, denn sie empfand nichts in dieser Richtung für ihn. Selbst wenn, wäre es keine gute Idee. »Danke, gute Nacht.«

»Gehst du mal mit mir aus?«

Diese Frage konnte man nicht missverstehen. »Jetzt gehe ich erst einmal ins Bett«, wich sie lächelnd aus und huschte hinaus in die Nacht. Ein Glück hatte sie schon Jacke und

Schuhe angehabt.

Er lehnte sich mit verschränkten Armen an den Türrahmen und guckte ihr hinterher. »Schöne Träume, Luna.«

»Dir auch«, rief sie noch über die Schulter, dann hastete sie zum Auto, nicht nur, weil es bitterkalt war.

MAGNI STAND SCHON den ganzen Tag neben sich. Das konnte nichts mit dem bevorstehenden Essen zu tun haben, auch nicht mit Lunas heutigem Besuch. Er saß mit einem Kaffee in der Küche seiner Eltern, wo seine Mutter mit Schürze am Herd stand und Hackbällchen formte. Er hatte ihr seine Hilfe angeboten, aber außer den Esstisch auszuziehen und zu decken, hatte er nichts tun dürfen. Dabei war er kein schlechter Koch, aber seine Mutter Kristbjörg überließ bei diesem Gericht nichts dem Zufall – oder ihm.

Eine Stunde später war das Haus voll, seine beiden Schwestern waren samt Ehemännern und insgesamt vier Kindern gekommen. Alle wollten Luna kennenlernen – und lecker essen. Die Hackbällchen der Mutter waren legendär.

Magni hielt sich beim Gespräch zurück, nachdem er Luna und Gerda mit allen bekannt gemacht hatte. Es wurde nicht wild durcheinandergeredet, denn seine Eltern sprachen nicht gern englisch, und da man nicht deutsch konnte, musste man damit vorliebnehmen, das hieß: höchste Konzentration. Da aber auch Oma hier war, wurde teils auch Isländisch gesprochen. Es war also ein ständiger Wechsel für alle.

Es wurde ein wenig ruhiger, als die Kinder zum Nachtisch Eis bekamen und einen Film ansehen durften, im Keller gab es einen Fernsehraum.

»Luna liebt Hackbällchen«, erklärte Magni jetzt. Er hatte

natürlich von den Ikea-Dingern erzählt. Sie sah ihn aus halb gesenkten Lidern an und hoffte vermutlich, dass er die schwedischen Fleischkügelchen nicht erwähnte. Er tat es nicht.

»Dann hoffe ich, dass ich deinen Geschmack getroffen habe«, meinte Kristbjörg mit einem offenen Lächeln.

Luna tupfte sich den Mund mit ihrer Serviette ab. »Sie sind köstlich und ab heute meine persönlichen Favoriten. Ich habe wirklich noch nie bessere gegessen.«

»Ich bin froh, dass du das sagst«, gab Kristbjörg mit einem Augenzwinkern zurück.

Magni füllte sich noch einmal auf. Ihre Version des Gerichts war mit Käse überbacken, dazu gab es Marmelade aus selbst gesammelten Blaubeeren und Kartoffeln. Und eine große Schüssel Salat, die noch gut gefüllt war. Sie meinte es immer gut mit der gesunden Ernährung, aber die Kinder und die Männer, bis auf Magni, verzichteten lieber auf das »Gras«, wie sie es nannten.

»Und wie gefällt dir Island?«, wollte Magnis Schwester Harpa von Gerda wissen. Sie lebte und arbeitete in Akureyri und würde nachher mit ihrer kleinen Familie wieder zurückfahren.

Gerda erzählte mit Händen und Füßen, schwärmte für die Natur, die Landschaft und die Leute, genau ihr Geschmack. Nur den Frühling, den würde sie vermissen.

Man stimmte mit ein, denn niemand am Tisch hatte noch Lust auf Wind und Kälte, das ging sogar den Isländern so. Aber wenn die Wettervoraussage stimmte, würde der Schnee bald Geschichte sein, es war südlicher Wind angekündigt und Sonne, dann ging das alles sehr schnell.

»Warum hast du noch keine Familie, Magni?«, fragte Gerda irgendwann, nachdem jemand am Tisch erklärt hatte, wie gern Isländer Kinder mochten und wie jung die Nation deshalb war.

Luna sah aus, als schämte sie sich in Grund und Boden. Als sie ihren Blick hob, traf sie seinem. Er konnte nicht anders, als sie anzusehen. »Weil mir bis jetzt noch nicht die Richtige begegnet ist.« Sein Herz fing an zu klopfen. In seinem Magen kribbelte es.

Dann räusperte er sich.

Was war nur in ihn gefahren?

Seine Mutter fing schließlich an, die Teller zusammenzuschieben, weil niemand mehr aß. »Wir haben ja noch einen Sohn, der ewiger Single ist, der ist aber gerade in Kanada«, erklärte sie mit einem Kopfschütteln. Zum Glück hatte seine Mutter nicht mitbekommen, dass es gewisse Schwingungen zwischen Luna und ihm gab. Oma hingegen schaute ihn mit einem amüsierten Funkeln in den Augen an. Und das, obwohl sie kaum Englisch verstand. Super.

Magni trank einen Schluck Cola. »Ewiger Single«, brummte er. Er hielt es für besser, das Thema zu wechseln. »Luna, ich habe gehört, du hast dich gestern wegen der Skizzen mit Gunnar getroffen?«

Sie riss die Augen auf. »Äh, ja, wir haben am Projekt gearbeitet und sind ein gutes Stück vorangekommen.«

Täuschte er sich, oder rutschte sie unbehaglich auf ihrem Stuhl hin und her? »Das ist schön.«

Luna stand auf und half mit dem Abräumen, ebenso wie die Schwestern. »Ich werde meine ersten Ideen, unsere gemeinsamen Ideen, bald vorstellen.«

Er folgte ihr in die Küche, wo sie wie durch ein Wunder allein waren, weil die anderen sich schon wieder ins Esszimmer verkrümelt hatten. »Kann ich sie sehen? Deine Zeichnungen?«

Da war es wieder, dieses verdammte Prickeln. Er trat einen Schritt zurück, leider half das auch nicht.

»Äh, ich weiß nicht, Magni. Es ist noch nicht perfekt.«

»Das ist mir klar.« Er fuhr sich durch die Haare und entschied sich, ihr reinen Wein einzuschenken. Zumindest ein Schlückchen. »Es gibt Probleme mit dem Bauamt, daher auch der Termin in Reykjavík. Es wäre toll, wenn wir die Entwürfe mitnehmen könnten.«

Sie schaute zu ihm auf. »Oh«, war alles, was sie hervorbrachte. »Probleme?«

»Es wird sich bestimmt klären, aber es wäre eben besser, wenn wir etwas vorzeigen könnten.«

»Verstehe. Wann, sagtest du, findet der Termin statt?«

Er hatte noch gar nichts gesagt, das wusste sie auch. »Nächsten Freitag.«

Er bemerkte, wie sie hart schluckte. Dann lächelte sie gezwungen. »Kein Druck, hm?« Dann atmete sie aus.

Magnis Schwestern kehrten mit mehr Geschirr und Schüsseln zurück. Er ging mit Luna aus der Küche. Er legte ihr eine Hand auf die Schulter; als er merkte, wie vertraulich diese Geste war, zog er sie zurück. »Ein Blick, Luna. Ich möchte nur ein Gefühl dafür bekommen, was du vorhast.«

»Gib mir noch ein paar Tage, okay?« Ihr Gesicht blieb unbewegt, aber er spürte, wie nervös sie war.

»In Ordnung. Und jetzt lass uns Nachtisch essen.«

Sie hielt sich den Bauch. »Nachtisch? Ich platze gleich.«

Er lachte. »Eis geht doch immer!«

L+UNAS M+UTTER HATTE die besondere Fähigkeit, jeden wichtigen Augenblick zu ruinieren. Wie talentiert sie dabei war, verblüffte Luna noch immer. Gerade eben hatte man über das bevorstehende Osterfest gesprochen, und Gerda hatte sich und Luna quasi selbst bei der Familie eingeladen. Die hatten natürlich höflich und offen reagiert, aber Luna wollte trotzdem im Erdboden versinken.

»Ja, äh«, stammelte Luna mit vermutlich knallroter Birne. »Vielen Dank für den wunderbaren Abend, wir müssen jetzt leider los.«

Es folgte eine herzliche Verabschiedungszeremonie, zuletzt stand Luna vor Magni, der sie zur Tür begleitet hatte. »Danke noch mal. Gute Nacht.«

Magni sah sie eindringlich an. So intensiv, dass ihre Knie weich wurden. »Ruf mich an, wenn du mir die Skizzen zeigen möchtest, ja? Ich bin wirklich gespannt.«

»Die Zeichnungen, natürlich.« Sie rang sich ein Lächeln ab, dann schlüpfte sie in ihre Jacke.

Gerda gab Magni ein Küsschen auf die Wange. Dann tätschelte sie breit grinsend seine Brust. »Gute Nacht, Chef.«

Luna rollte innerlich mit den Augen und fügte nichts mehr hinzu. Sie war froh, als sie in die kühle Nachtluft hinaustraten. Der Himmel war sternenklar, ihr Atem hinterließ kleine weiße Wölkchen in der Luft.

»Jesus, ist das eisig«, brummte ihre Mutter und stöckelte zum Wagen.

Luna warf Magni noch einen Blick zu und zuckte mit den Schultern. Sie hatte das Gefühl, dass er verstand, was sie meinte. Er grinste lässig und winkte ihnen noch einmal zu. »Kommt gut nach Hause.«

Dann verschwand er im Haus, und Luna folgte ihrer Mutter zum Auto.

Die ersten Minuten fuhren sie schweigend, aber Luna ahnte, dass gleich noch einige Kommentare folgen würden.

Es dauerte nicht lange, bis Gerda ihren Mund öffnete. »Wenn du nicht mal bald ein bisschen Spaß hast, vertust du die besten Jahre deiner Brüste. Dieser Magni ist doch ein Traumkerl, schnapp ihn dir! Er wirkt nett und interessiert.«

Luna atmete genervt aus. »Ja, knurrte sie. »Und er ist gleichzeitig mein Chef.« Das konnte nur schiefgehen.

»Daraus sind schon immer die besten Beziehungen entstanden, denk nur zum Beispiel an die Familie Quandt, er hat seine Sekretärin geheiratet, war es nicht bei Piech auch so?«

Luna verdrehte die Augen. »Das waren erstens andere Zeiten, und zweitens ist Magni kein Autobauer. Heutzutage tut man sich als Frau keinen Gefallen mehr, wenn man so unprofessionell ist und was mit seinem Chef anfängt.«

»So ein Unsinn! Wo die Liebe hinfällt ...« Gerda nickte bekräftigend.

»Liebe?!«, krächzte Luna. »So weit sind wir ja wohl noch lange nicht.«

»Ach nein? Wie weit seid ihr dann?«

Gott. Natürlich. Ihre Mutter hatte Lunte gerochen. Es war ja nur eine Frage der Zeit gewesen. Luna hatte im ganzen Leben noch nichts vor ihr verheimlichen können. Deshalb versuchte sie es üblicherweise auch gar nicht mehr. »Ach Mama«, war alles, was sie dazu sagen wollte. »Sieh mal, wo haben dich deine ganzen Liebeleien hingebracht? Ich möchte nicht heiraten, um mich dann wieder scheiden zu lassen.«

»Bei dir muss es ja nicht laufen wie bei mir. Und wer hat eigentlich von heiraten geredet? Ich sagte: Du sollst Spaß haben.«

Sie wussten beide, dass Luna nicht der Typ für Unverbindlichkeit war. »Ich möchte nicht verletzt werden und auch niemandem selbst wehtun.« So. Da hatte sie es ausgesprochen. Luna wusste, dass ihre Mutter gelitten hatte und nie wirklich darüber hinweggekommen war, dass ihr leiblicher Vater – so jung er auch gewesen sein mochte – sie im Stich gelassen hatte. Seitdem vertraute sie niemandem mehr vollständig.

»Was auch immer du tust, Schätzchen. Vergiss nie, dass du deine tiefsten Sehnsüchte für dich behältst. Lass nie deine Schutzwälle fallen, Lunachen, wenn du das tust, bist du am Arsch.«

Luna sparte sich eine Antwort darauf. Sie wusste genau, was ihre Mutter meinte.

»Was ist das eigentlich für ein ominöser Anrufer, bei dem du nie drangehst?«, fragte sie, als sie zu Hause waren und Luna noch einen Tee für sie kochte.

»Weiß nicht, was du meinst«, gab Gerda zurück und schaute ihr dabei nicht in die Augen.

»Komm, Mama, das kann nicht sein.« Sie glaubte ihr nicht. Ihre Mutter verschwieg ihr etwas, das war klar. Luna wusste, dass es falsch war, aber wenn das Handy das nächste Mal bimmelte, würde sie nachschauen, wer anrief.

13

Luna schaute zuerst auf ihren Kalender und dann aus dem Fenster. Das Gras war braun, nur noch wenige Schneereste hatten sich an schattigen Senken gehalten. Luna hatte sich vor ihrer Ankunft in Island wenig Gedanken darüber gemacht, wie das Wetter sein würde, oder der Frühling. Mittlerweile hatte sie jedoch gelernt, dass Isländer eigentlich nur von zwei Jahreszeiten sprachen – entweder Winter oder Sommer. Es gab zwar ein Wort für den Frühling, *Vor (gesprochen: wohr)*, aber das war wohl nur fürs Papier, denn der erste Sommertag war offiziell Feiertag und lag immer um den 21. April.

»Witzig«, murmelte sie und stand auf. Sie hatte vorhin sogar die ersten Gänse entdeckt, die aus dem Süden zurückgekehrt waren. Immerhin, dachte sie, die Vögel rechneten also nicht mit einem weiteren Schneesturm.

Ihre Mutter war mit dem Auto unterwegs, angeblich, um die Gegend zu erkunden. Luna hatte nicht nachgefragt, so konnte sie wenigstens in Ruhe arbeiten. Es störte sie nicht, dass

Sonntag war, und seit dem Meeting mit Gunnar hatte sich wirklich ein Knoten in ihrem Kopf gelöst. Es lief gut. Sie wollte gerade weitermachen, als ihr Handy bimmelte.

Es war Magni. Ihr Herz machte wie üblich, wenn sie an ihn dachte oder von ihm hörte, einen Satz. Luna räusperte sich, dann beantwortete sie. »Hallo?« Ihre Stimme klang atemlos. Verdammt.

»Hey, Luna, wie gehts?« Er wirkte fröhlich. Unbefangen.

Gut für ihn. Leider konnte sie das von sich nicht behaupten.

Luna verzog ihre Lippen. »Sehr gut, danke.«

»Kann ich kurz rüberkommen?«

Ihr wurde heiß, sie ahnte, worum es ihm ging. »Morgen werde ich im Meeting was präsentieren.«

»Ah, toll! Ich bin gleich da.«

Sie wollte etwas erwidern, aber er hatte schon aufgelegt. Scheiße. Das hatte er falsch verstanden, sie wollte dem Team ihre Ideen vorstellen und erst dann ihm. Mist.

Luna guckte hektisch an sich hinunter. Sie trug eine ausgeleierte Jogginghose und ein T-Shirt mit einem Fleck darauf. Luna hastete ins Bad und riss sich die Klamotten vom Leib, dann zog sie einen sauberen Pulli und eine Jeans über. Sie löste ihren Zopf und drehte sich die Haare zu einem Knoten zusammen. Schnell noch mal Zähne putzen, frischer Atem konnte nicht schaden. Nicht, dass sie vorhatte, ihn zu küssen, auf keinen Fall.

So und jetzt noch einen Hauch Parfum auflegen. Nur ganz dezent, er sollte ja nicht glauben, dass sie sich für ihn zurechtmachte.

Luna schnitt ihrem Spiegelbild eine Grimasse. »Wem willst du eigentlich was vorgaukeln?« Sie wollte lieber nicht darüber nachdenken. Konnte sie auch gar nicht, denn es klopfte bereits an der Hintertür.

Meine Güte, der war aber schnell. Sie lief los, dabei zupfte sie ihren Pulli zurecht. Mit klopfendem Herzen öffnete sie die Tür. Magni strahlte ihr entgegen, er trug nur einen Wollpulli zu einer Jeans. Tatsächlich, es war heute nicht so kalt draußen. Für ihn hatte der Frühling definitiv begonnen.

»Hi, Magni«, grüßte sie.

»Hallo, Luna«, erwiderte er.

Sie trat zurück und bat ihn herein. »Also, es sind nur die ersten Entwürfe, wenn sie dir nicht gefallen …«, fing sie an und ging mit ihm durch die Küche in den Wohnbereich.

»Ganz ruhig, Luna.« Er sprach mit ihr, als wäre sie eine nervöse Stute. Irgendwie süß.

Auch, wenn sie kein Pferd sein wollte. Natürlich nicht.

Sie schob die Hände in die Gesäßtaschen ihrer Jeans. »Soll ich was dazu erklären?«

Er beugte sich über den Tisch und hob eine Hand, als bräuchte er vollkommene Stille. Sie hielt die Klappe, aber ihr Herz donnerte so hart gegen ihre Rippen, dass sie glaubte, er müsste es hören.

Eine Weile sagte niemand etwas, er betrachtete jede Zeichnung, jeden Bleistiftstrich. Seine Miene verriet nicht, was in ihm vorging, seine Körperhaltung auch nicht. Lunas Spannung wuchs ins Unermessliche.

Irgendwann konnte sie es nicht mehr aushalten. »Und?«, fragte sie, es war nicht zu überhören, wie aufgeregt sie war.

Er ließ die Papiere sinken und drehte sich zu ihr. Dann verschränkte er die Arme vor seiner Brust. Luna war schwindelig, sie konnte kaum atmen. Wenn er ihre Ideen nicht leiden konnte, war es das für sie. Gleichzeitig hoffte sie sehr, dass sie ihm gefielen.

Seine Mundwinkel bogen sich leicht nach oben, sein Blick wurde weich. »Ich mag sie.«

Gott. Ob er den Stein plumpsen gehört hatte?

»D-du magst die Idee mit den individuell gestalteten Zimmern und dem Außenbereich«, stammelte sie.

Er trat einen Schritt auf sie zu, hielt dann inne und rührte sich nicht. »Ja, sehr sogar. Du hast wirklich eine fantastische Vision gezeichnet, Luna. Ich kann es nicht erwarten, das alles zu konkretisieren und ein Modell vor mir stehen zu haben. Genau so habe ich es mir gewünscht.«

Einen Moment glaubte sie umzukippen. Die Welt drehte sich immer schneller, aber sie fing sich wieder, während sie tief einatmete.

»Damit punkten wir ganz sicher beim Bauamt«, fügte er an.

»Meinst du?« Ihre Stimme klang hoffnungsvoll, genau so, wie sie sich fühlte.

»Ja, davon bin ich überzeugt.«

»Puh, ich bin erleichtert.« Sie wischte sich mit der Hand über die Stirn und lachte. »Manchmal sieht man ja den Wald vor lauter Bäumen nicht. Aber den Spruch kennt ihr bestimmt nicht. Bei euch gibts ja keinen Wald.«

Magni hob eine Augenbraue. »Was sagst du da?«

Luna verstand nicht, worauf er hinauswollte. »Äh, Wald und so?«

Er schüttelte vehement den Kopf. »Natürlich haben wir auch Wälder.«

Luna war sicher, dass er sie veralbern wollte. »Na, die musst du mir zeigen.«

Magni neigte seinen Kopf und krümmte den Zeigefinger. »Jap. Kann sofort losgehen. Komm mit.«

Er marschierte an ihr vorbei, und Luna begriff, dass er das vollkommen ernst meinte. Sie folgte ihm, warf sich ihren Anorak über und schlüpfte in die Schuhe. Er stapfte derweil bereits über den geschotterten Weg zu seinem Auto, das er neben dem alten Stall geparkt hatte. Sie konnte nicht verhindern, dass sich ein Lächeln in ihrem Gesicht ausbreitete. Luna war nicht nur erleichtert, sondern gleichzeitig auch sehr glücklich. Er mochte ihre Ideen. Wie wunderbar! Und gegen einen kleinen Spontantrip hatte sie auch nichts. Allerdings bezweifelte sie, dass es hier wirklich einen Wald gab. Wo bitte schön sollte das denn sein?

Zwanzig Minuten später bog Magni von der Hauptzufahrtsstraße nahe Akureyri rechts ab, es ging serpentinenmäßig nach oben. Die Sonne hatte sich einen Weg durch die Wolken gebahnt, hie und da blitzte auch blau am Horizont hervor. Hier am Hang standen in der Tat ein paar Bäume, sie entdeckte ein Hinweisschild, dass dieser Weg zu einem Campingplatz führte. Und noch ein weiteres mit Tannen darauf und dem Wort *Kjarnaskógur*, was auch immer das bedeuten mochte. Es knackte in ihren Ohren, dann waren sie auch schon da. Er parkte seinen Pick-up auf einem geschotterten Platz, hier oben lag noch ein wenig Schnee, vermutlich weil es recht schattig war. Außerdem hatten sich ein paar tiefe, dreckige Pfützen gebildet. »Los, steig aus«, forderte er sie mit einem Grinsen auf. Tatsächlich standen hier mehr Bäume, als sie bislang irgendwo auf Island gesehen hatte.

Luna folgte Magni über die Straße auf einen Spielplatz. Ein Kind schaukelte, der Papa gab dem Mädchen in Pink Anschwung. Luna hielt indes mit Magni schritt, es ging eine hölzerne, etwas glitschige Treppe nach oben zum hinteren Teil des Spielplatzes, wo sich ein riesengroßer Rutschturm befand und ... noch mehr Bäume. »So, Luna, willkommen im *Kjarnaskógur*.« Er wartete nicht auf ihre Antwort, sondern tapste einen kleinen Abhang hinab, sie hörte Wasser rauschen. Luna ging hinter ihm her. In diesem Teil des Wäldchens – ein echter Wald, wie man ihn aus Deutschland kannte, war das natürlich nicht – war es sehr schattig und kühl. Es lag noch überall Schneematsch zwischen den Nadelhölzern. Als Luna bei Magni eintraf, sah sie den reißenden Bach. Er war teilweise zugefroren. »Wow, das ist ja wie ein Märchenwald«, stieß sie hervor. Es gab eine gemauerte Brücke und weiter hinten noch zwei aus Holz. Während sie sich umschaute, marschierte Magni schon weiter. Sie nahm sich trotzdem Zeit, alles auf sich wirken zu lassen. Es fehlte nur noch ein Schloss. Sie entdeckte ein Schild und erfuhr so, dass der Wald hier künstlich angelegt worden war, um einen Ort der Erholung und Entspannung zu schaffen. Verrückt, dachte sie. Das war ihnen gelungen. Man fühlte sich nicht länger wie in Island, eher wie in den Alpen – wegen des Schnees zwischen den hohen Tannen und den niedlichen Bauwerken. Luna entdeckte ein Häschen, das in einem Loch verschwand. »Süß!«, gab sie verzückt von sich, dann tapste sie weiter. Zuerst über die gemauerte Brücke. Huch, das war ganz schön rutschig.

Wo Magni wohl steckte? Der Typ hatte wieder einen Affenzahn drauf, offenbar brauchte er dafür nicht mal ein Auto. Sie lächelte in sich hinein und ging weiter.

Plötzlich erschreckte sie jemand mit einem lauten »Buh!«.

Luna schrie auf und rutschte auf einer Eisplatte aus. Sie ruderte mit den Armen und versuchte ihr Gleichgewicht wiederzufinden, aber es gelang ihr nicht.

O verdammt, schoss es ihr durch den Kopf. *Das wird schmerzhaft enden.*

Und schon segelte sie von der Brücke.

Luna schloss die Augen und wappnete sich für den scharfen Schmerz des gleich folgenden Aufpralls und hoffte das Beste. Womit sie nicht gerechnet hatte, waren zwei starke Arme, die sie auffingen und sicher festhielten.

»Hallo? Wen haben wir denn da?«, vernahm sie seine dunkle Stimme dicht an ihrem Ohr.

Luna wusste gar nicht, wie ihr geschah. Sie klammerte sich an ihren Retter, der gleichzeitig auch der Verursacher war. »Magni! O Gott«, japste sie. »Du hast mich erschreckt!«

Magni wirkte amüsiert, seine Wangen waren gerötet. Er stand da wie eine Eiche, bombensicher und erdverbunden. Wie ein Fels in der Brandung. »Tut mir leid, ich dachte nicht, dass du gleich einen Abflug machst.«

»Ich hab die Eisplatte nicht gesehen, und dann war es zu spät.«

»Zum Glück ist ja noch mal alles gut gegangen.« Er rührte sich nicht, dabei hätte er sie längst loslassen können. Luna musste zugeben, dass es sich gut anfühlte, auf Händen getragen zu werden.

»Ritter in der Not, wo ist dein Schloss?«, scherzte sie.

»Das fehlt noch, ich weiß«, erwiderte er und ließ sie schließlich doch auf den Boden.

Lunas Beine fühlten sich nach dem Adrenalinstoß ein bisschen wackelig an. Sie guckte zu ihm auf, und was sie in seinen Augen las, ließ sie nach Luft schnappen.

Sein Blick war sehnsüchtig und glühend heiß. Ihre Haut begann zu prickeln, in ihrem Bauch stoben Schmetterlinge auf. Noch kein Mann hatte diese Wirkung, diese Faszination auf sie ausgeübt. Er musste sie nur ansehen, und sie ging in Flammen auf, und jetzt wusste sie auch, dass er ähnlich fühlte.

Aber es durfte nicht sein. Sie wusste, wo Feuer war, bestand immer auch das Risiko zu verbrennen, und dieser Auftrag war ihr zu wichtig. Viel zu wichtig.

Sie flehte um einen Funken Vernunft, schließlich wandte

sie sich ab. Sie schloss für einen Moment die Lider und atmete tief durch. Es gelang ihr, sich zu fassen. Mit einem professionellen Lächeln wandte sie sich wieder zu ihm. »Also das Bauamt«, wechselte sie abrupt und zusammenhanglos das Thema. »Du denkst, mit meinen Entwürfen könnte es klappen, dieses ... Problem zu lösen?«

Magni ließ sich, sollte er überrascht sein, nichts anmerken. Er marschierte los, und sie hielt dieses Mal mit ihm Schritt. Sie stapften noch ein wenig durch den künstlich angelegten Märchenwald. »Ich hoffe es«, meinte er irgendwann.

»Was ist überhaupt los?«, wollte sie von ihm wissen.

»Tja, das ist eine gute Frage. Es kam für mich überraschend, dass der Antrag abgelehnt wurde, nachdem ich zuvor die gegenteilige Information bekommen hatte. Es sollte alles längst genehmigt sein, so war mein letzter Stand. Und dann dauerte es auf einmal länger und dann die Ablehnung!«

»Das ist seltsam. Gab oder gibt es neue Erkenntnisse zu Grund und Boden? Oder was?«

»Nein, gar nichts. Das ist ja das Merkwürdige. Ich habe leider einen Verdacht, aus welcher Richtung es kommen könnte.«

»Und?« Sie wagte nicht mehr zu sagen, denn sie wollte ihn auch nicht bedrängen. Immerhin war sie nur ein Teil des Teams und nicht mehr.

»Ich muss dafür ein bisschen ausholen, Luna.«

»Kein Ding, ich habe Zeit.« Sie lächelte aufmunternd.

Magni wirkte dankbar. »Schön, wie wäre es mit einem Eis?«

»Eis?« Das kam ihr seltsam vor, immerhin stapften sie gerade durch den letzten Schnee.

»Du hast garantiert noch nie eins bei *Brynja* gegessen.«

»Nein, tatsächlich nicht.« Offenbar war *Brynja* ein Laden, den man kennen musste.

Einige Minuten später saß Luna auf dem Beifahrersitz und hatte einen roten Becher in der Hand, der prall mit Softeis und Schokoladenkügelchen gefüllt war. Das alles erinnerte sie an McFlurry, nur, dass ihr Eis viel größer war als das der Fast-Food-Kette – und leckerer. Magni hatte ein Eis in der Tüte, das wie ein weißes Türmchen ausschaute.

»Wer soll das denn bitte schön alles essen?«, stöhnte Luna.

»Du schaffst das schon.«

»Ich wollte ein kleines Eis!«

Magni zuckte die Schultern. »Also, mein Verdacht«, kehrte er zum Thema zurück. »Ich habe einen sehr lästigen Verwandten. Erlendur heißt er. Wir sind keine Freunde; um ehrlich zu sein, ich kann den Kerl nicht leiden.«

»Verwandtschaft kann man sich ja leider nicht aussuchen, nicht, dass ich da Erfahrung hätte ...«

Er machte eine kurze Pause, und Luna löffelte ihr Eis. Es schmeckte göttlich.

»Oder ich muss früher anfangen. Meine Großeltern hatten ein Geschäft, eine Art Würstchenbude, so ähnlich wie die in Reykjavík, du erinnerst dich?«

Luna nickte. »Ja, klar.«

»Als mein Opa starb, stellte sich heraus, dass er meiner Oma einen Haufen Schulden hinterlassen hatte. Aber sie hing am Geschäft, und wir wollten ihr das nicht nehmen, wo sie bereits ihren Mann verloren hatte. Erlendur hatte schon immer Kohle, für ihn wäre es ein Klacks gewesen, zu helfen. Aber er hat sich geweigert. Das war hart für meine Oma, aber sie hat es ihm nie übel genommen.«

»Im Gegensatz zu dir«, schlussfolgerte Luna.

»So ist es. Wir haben ihr also geholfen, ich habe in der Bude geackert, und meine Geschwister auch. Irgendwann lief es besser, die Krise war überstanden. Ich habe aber weiter die

Würstchen verkauft und die Kunden mit den damals ganz neuen Bitcoins bezahlen lassen. Zu der Zeit waren sie so gut wie nichts wert, aber das hat sich dann geändert. So bin ich auch zu meinem Vermögen gekommen.«

Luna blinzelte. »Ach du Schande, das ist ja krass.«

»Du weißt ja vielleicht, dass die ganzen Bitcoin-Server in Island sind, bei Keflavík. Sie brauchen mehr Strom als alle Isländer zusammen. Tja, ich habe ganz gut investiert, Luna. Und jetzt will mein Frændi sich an meinem Erfolg bereichern, darauf habe ich natürlich keine Lust. Er wanzt sich an mich heran, will unbedingt was mit mir auf die Beine stellen. Aber ich, ich könnte einfach nur kotzen, wenn ich dem Arsch begegne. Als wir ihn gebraucht haben, waren wir ihm egal. Nein, mit so jemandem kann und werde ich nicht arbeiten. Und jetzt hat er vielleicht jemanden im Bauamt davon überzeugt, dass er meinen Antrag ablehnen soll, bis er mit ins Projekt kann. Erlendur hat ein großes Netzwerk, es ist nicht total abwegig. Diese Vetternwirtschaft sollte es nicht geben, aber es gibt sie doch überall.«

Er ließ den Motor an und fuhr los. Sie plauderten noch ein wenig über Magnis Theorie, bis Luna eine Idee hatte. »Kannst du nicht so tun, als ob du ihn mit ins Boot nähmest, und dann, wenn du die Genehmigung hast, lässt du ihn fallen? Verdient hätte er es, und dazu hättest du ihn mit den eigenen Waffen geschlagen.«

»Ja, das sollte ich eigentlich tun, aber ich kann den Kerl so wenig leiden, dass ich nicht mal das über mich bringe.«

Luna verstand Magni und bewunderte ihn gleichzeitig für seine Geradlinigkeit. »Das ist eine gute Eigenschaft, also, dass du so aufrichtig bist.«

»Tja, anders wäre es definitiv einfacher. Aber nun müssen

wir das Bauamt davon überzeugen, dass die Idee so genial ist, dass man sie nicht ablehnen kann.«

»Puh, kein Druck, Magni, kein Druck.« Sie hob eine Hand mit dem Löffel.

Er lachte und trat aufs Gas. »Durch mehrfache Wiederholungen ändert sich auch nichts«, scherzte er. »Niemand hat gesagt, dass es leicht wird.«

»Nein, das war mir klar. Aber wir bekommen das hin.« Und daran zweifelte sie kein bisschen.

SEIT LUNA am Sonntag mit Magni unterwegs gewesen war und von seinem Cousin – oder wie auch immer man Erlendur nennen sollte – erfahren hatte, war sie noch motivierter. Sofern das überhaupt möglich war. Begeisterung für dieses Projekt hatte Luna zu keiner Sekunde gefehlt. Trotzdem wollte sie jetzt dringender als vorher, dass es ein Erfolg wurde.

Die Sitzung am Montag in Grenivík war super gelaufen, man hatte hier und da etwas gefeilt, Soffia hatte ihren Input zum Innendesign gegeben, und jetzt arbeiteten sie alle mit Hochdruck an den neuen Zeichnungen und auch schon an einem Modell. Das würde für die Sitzung am Freitag noch nicht fertiggestellt sein, aber sie konnte animierte Entwürfe in einer Präsentation zeigen. Sie hoffte es zumindest, denn die Zeit war knapp.

Luna arbeitete Tag und Nacht, es lief gut, aber sie war auch schrecklich nervös. Luna hatte alle Hände voll zu tun, nicht nur mit ihrer Arbeit, sondern ebenfalls damit, ihre Mutter zu überwachen. Die fühlte sich auf Island nämlich verflixt wohl. Gerda saß auf dem Sofa und tippte etwas auf ihrem Handy. So ging das schon eine ganze Weile.

»Mama, wem schreibst du?«

»Niemandem«, gab sie zurück.

Luna atmete langsam ein und wieder aus. »Wie läufts denn zu Hause?«

»Zu Hause?«

»Deutschland, da, wo du lebst«, half Luna ihr auf die Sprünge.

»Lunachen, ich bin im Urlaub, lass doch diese komischen Fragen.«

Gerda wich ihr stets aus, wenn Luna mehr von ihr erfahren wollte. Allerdings hatte sie in den letzten Tagen immer wieder herausgehört, dass tatsächlich ein Mann dahintersteckte, dass sie so kurzfristig nach Island »geflohen« war. Luna war nicht wirklich überrascht gewesen, aber ihre Mutter rückte nicht mit der Sprache heraus, um wen es sich handelte. Gleichzeitig fand Luna, dass Gerda anders als sonst damit umging. Normalerweise gelang es ihr mühelos, alte Liebeleien abzuhaken. Dieses Mal schien es anders, denn obwohl es gut möglich war, dass Gerda sich in Island »getröstet« hatte, glaubte Luna das irgendwie nicht.

Ihr Verhalten war anders als sonst. Ihre Mutter sprang vom Sofa auf und zerzauste sich die Haare. »Ich brauche frische Luft«, erklärte sie und war auch schon weg. Luna hörte nur noch, wie die Tür zuknallte. Sie sah ihre Mutter über den Zufahrtsweg davonstapfen. Das würde garantiert eine lange Wanderung werden, dachte Luna amüsiert.

Sie beugte sich wieder über ihre Zeichnungen, als ein schrilles Bimmeln erklang.

Luna schreckte hoch und fiel beinahe vom Stuhl. »Mein Gott«, japste sie und ging zum Sofa.

Oha! Ihre Mutter hatte ihr Telefon vergessen. Das war die Gelegenheit.

Luna schaute, wer anrief. Sie kannte die Nummer, es war die der Praxis, in der Gerda beschäftigt war. Ihre Mutter meldete sich sonst öfter mal von der Arbeit aus, daher kannte sie die Nummer.

Luna überlegte, ob sie rangehen sollte, ließ es aber sein. Trotzdem war es interessant. Sie überlegte, ob sie selbst dort anrufen sollte. Sie musste endlich mal herausfinden, was mit ihrer Mutter los war.

14

Luna war aufgeregt. Auf dem Bett lagen alle Klamotten ausgebreitet, die sie nach Island mitgenommen hatte. Ihre Mutter hielt ein Stück nach dem anderen hoch und schnalzte mit der Zunge. »Lunachen, von mir hast du diesen grauenvollen Geschmack nicht. Was sind das nur für hässliche Sachen.«

Luna verdrehte die Augen. »Nicht hilfreich, Mama. Nicht hilfreich.«

»Pass auf, du möchtest doch seriös wirken, dabei gehen Blumenkleidchen oder Jeans nun mal nicht.«

Luna verschränkte die Arme vor der Brust. »Immerhin habe ich genau so das Assessment-Center gewonnen.«

»Ja, Liebes, du hast hübsche Beine.«

Luna schnappte nach Luft. »Das ist nicht dein Ernst, meine Beine haben damit nichts zu tun.«

»Glaub mir, in Jeans wärst du nach Hause geschickt worden.«

In Lunas Magen hatte sich ein Knoten gebildet, ihre Mutter

konnte das nicht ernst meinen. Sie hatte überhaupt keine Ahnung. »Weißt du was, deine blöden Kommentare helfen mir nicht. Und zweitens hat man mich wegen meiner Leistung bewertet. Dass du so was auch nur ausssprichst oder denkst, schockiert mich. Das ist unfassbar, Mama.«

Für einen Moment überlegte sie, ob sie ihrer Mutter als Retourkutsche davon erzählen sollte, dass sie ihren Chef in Stuttgart angerufen hatte. Das Gespräch war sehr aufschlussreich gewesen. Aber Luna war zu wütend und damit sicher, dass ihre Mutter alles, was sie sagen würde, in den falschen Hals bekäme.

Gerda hielt gerade eine zerknitterte Bluse mit spitzen Fingern hoch. Dann ließ sie sie fallen und verschwand in ihrem eigenen Zimmer, um wenige Sekunden später mit einem dunkelblauen Etuikleid mit halblangen Ärmeln zurückzukommen. Sie hielt es Luna vor die Brust. »Das könnte passen, schlüpf mal rein.«

Obwohl Luna sauer war, musste sie sich eingestehen, dass ihre Mutter eine gute Wahl getroffen hatte. Es war nur fraglich, ob der Reißverschluss bei ihr zuging. Mit einem Seufzen zog sich Luna um. »Mama, könntest du mal?« Sie drehte ihr den Rücken hin.

»Halt die Luft an«, scherzte Gerda, und Luna verkniff sich einen Kommentar. »So, schau dich mal an«, forderte ihre Mutter, nachdem sie ihr Werk vollbracht hatte. »Dazu solltest du unbedingt Absätze tragen, du weißt schon, wegen deiner phänomenalen Beine.«

Luna sparte sich die Antwort, dass sie nicht auf den Laufsteg, sondern zu einem Meeting gehen würde, und drehte sich zum Spiegel. Sie war nicht sprachlos, denn so groß war die Veränderung nun auch wieder nicht, aber doch sehr angetan von ihrem Erscheinungsbild. Ja, das sah professionell und kompetent aus. Leider musste sie sich eingestehen, dass sie ihrer Mutter trotz der blöden Kommentare dankbar war.

Die klatschte begeistert in die Hände, dann tänzelte sie ins Bad und kehrte mit ihrem Make-up-Köfferchen zurück. Sie hielt ihrer Tochter drei verschiedene Lippenstifte vor die Nase, bis sie zufrieden war. »Mach mal den Mund leicht auf, so, ja.« Und schon wurde Luna angemalt. Rouge folgte und Wimperntusche. Luna sparte sich den Protest und wusste nicht so recht, wie sie auf die Veränderung reagieren sollte. Sie sah hübsch aus, nicht aufgedonnert, obwohl sie sich mit den knallroten Lippen fremd vorkam.

»Sehr gut, Luna. So könnte es gehen.« Als Gerda auch noch damit anfing, ihr durch die Haare zu wühlen, schob sie ihre Hand weg. »Es reicht, Mama.«

Gerda zuckte die Schultern. »Wie du meinst.«

»Danke, das Kleid ist sehr hübsch. Kann ich es mir ausleihen?«

Gerdas Irritation war verpufft, sie lächelte glücklich. »Lunachen, du hast es vielleicht nicht bemerkt, aber das Preisschild ist noch dran, es ist nagelneu, und ich habe es für dich gekauft. Ich habe wohl geahnt, dass du … was brauchen würdest.«

Obwohl Luna genervt war, dass ihre Mutter mal wieder recht hatte, war sie gleichzeitig auch dankbar. »Hast du noch mehr?«, erkundigte sie sich vorsichtshalber. So könnten sie einiges an Zeit sparen, denn Magni würde bald auf der Matte stehen. Er hatte ihr erklärt, dass sie mit dem Auto nach Reykjavík fahren würden, so seien sie flexibler.

Luna war nicht überrascht, als Gerda mit einem indigofarbenen Strickjäckchen, das perfekt zum Kleid passte, wedelte. Außerdem hatte sie noch ein weiteres für sie und zwei Strumpfhosen. »Deine hübschen Beine hast du wohl hoffentlich rasiert, ja?«, wollte sie jetzt von ihrer Tochter wissen, während sie die Preisschilder entfernte und verschwinden ließ.

Lunas Wangen brannten. Ja, hatte sie. Dabei hatte sie natürlich keine Sekunde an Magni gedacht. Überhaupt nicht.

Shit. Wem wollte sie was vormachen? Sich selbst jedenfalls nicht. Aber ihre Mutter musste davon nichts wissen. »Was denkst du denn? Natürlich!«

So, nimm dass, Mutter! Luna drehte ihr erneut den Rücken zu. »Mach bitte auf, damit ich es einpacken kann.«

Gerda kommentierte nichts. Als Luna vorsichtig aus dem Kleid gestiegen war, faltete sie es zusammen. Ihre Mutter stieß einen spitzen Schrei aus. Luna schaute sich um, und ihre Augen wurden riesengroß, als sie sah, dass Gerda mit zwei Unterhosen von ihr wedelte.

»Was ist das?«

»Mensch, Mama. Das ist Unterwäsche, stell dich doch nicht so an.« Luna schnaubte.

»Also, diese Schlüpfer sind ja schlimmer als die meiner Oma.«

»Tut mir leid, dass ich keine Reizwäsche mithabe.«

»Du besitzt ja nicht mal welche, kein Wunder, dass du ewiger Single bist.«

Jetzt reichte es. »Pass auf, Mama, nicht jede Frau möchte ständig wechselnde Bettgeschichten.« Sie riss ihr die Baumwollschlüppis aus der Hand. »Und jetzt hör auf, in meinem Kram zu wühlen. Bis jetzt hat sich noch keiner über meine Unterhosen beschwert.«

Wütend packte Luna ihren Koffer, warf als Letztes ihr Kosmetiktäschchen hinein und klappte das Ding energisch zu.

Sie war froh, dass ihre Mutter keinen weiteren Kommentar dazu äußerte. Stattdessen reichte Gerda ihr eine Papiertüte von

Victoria's Secret. »Nun nimm schon. Eine Mutter gibt die Hoffnung niemals auf.«

Luna schüttelte den Kopf und seufzte. »Wenn ich dich nicht so lieb hätte, würde ich kein Wort mehr mit dir sprechen. Ich schau mir das Zeug lieber nicht an, sonst überleg ich es mir anders.«

Gerda strahlte, öffnete den Koffer und legte die letzte Gabe obenauf und strich noch einmal, geradezu zärtlich, mit der Hand darüber, ehe sie ihn wieder zumachte.

Für die Reise schlüpfte Luna in ihre Lieblingsjeans und einen dicken Pullover. Sie bekam mit, dass Gerda sie skeptisch musterte. Luna schenkte ihr einen bösen Blick, der klarmachte, dass, wenn ihre Mutter noch einen Ton über ihre Garderobe oder ihr mangelndes Sexleben loswurde, jemand im Raum einen Kopf kürzer gemacht werden würde. Ihre Mutter schwieg, aber ein zufriedenes Grinsen lag auf ihren Lippen. »Dann bist du ja bereit für die Geschäftsreise.« Sie malte Gänsefüßchen in die Luft.

»Gott, Mama, du bist so schlimm.«

Gerda gab ihr ein Küsschen. »Tu nichts, was ich nicht auch tun würde.«

Luna wollte etwas erwidern, leider fiel ihr nichts ein. Denn natürlich dachte sie bei der Reise nicht nur an das wichtige Meeting. Sie freute sich auf die gemeinsame Zeit mit Magni. Das Schlimmste war, dass ihre Mutter das alles zu wissen schien und ihr noch gut zuredete, dass sie den vermutlich größten Fehler ihres Lebens beging.

Es war noch nie eine gute Idee gewesen, sich in den Chef zu verlieben.

Liebe? Liebe! Ich bin nicht verliebt.

Doch, das bin ich. Verdammt.

Die Erkenntnis war nicht überraschend, aber sie brachte

Luna aus dem Gleichgewicht. Weil sie spürte, dass ihre Mutter sie beobachtete, versuchte sie cool zu bleiben. Luna schob ihren Koffer in den Wohnbereich und checkte noch einmal, dass die Zeichnungen ebenfalls alle in der Mappe waren und dass sie Laptop samt Ladekabel im Rucksack hatte. Bei diesem Meeting durfte einfach nichts schiefgehen, alles hing davon ab. Nervös schaute Luna auf die Uhr. Schon nach drei. Hatte er nicht um halb hier sein wollen? Seltsam. Oder auch wieder nicht. Denn wann war er jemals zur verabredeten Zeit da gewesen? Noch nie.

Sie schmunzelte und bemerkte, dass ein Auto die Auffahrt hinaufrollte. Aber es war nicht Magni, der Fahrer fuhr viel zu langsam. Und dann begriff Luna, und ihre Lippen verzogen sich zu einem boshaften Lächeln. *Payback*, dachte sie und rief ihre Mutter.

»Mama, erwartest du Besuch?«, fragte Luna ganz unschuldig.

»Nei-hein«, säuselte die aus dem Bad, wo sie sich gerade die Augenbrauen mit einer Pinzette in Form brachte. Diese Tortur hatte Luna vorhin schon über sich ergehen lassen müssen.

»Mama, komm doch mal«, bat Luna sie und öffnete die Haustür. Gerdas Chef – und Liebhaber – stieg aus seinem Mietwagen. Er war schlank, Mitte vierzig und attraktiv. Luna hatte ihn nur einmal kurz auf einem Foto im Internet gesehen, da sie selbst nicht in Stuttgart, sondern im Norden lebte. Luna winkte ihm zu. Gerda trat neben sie, und Luna spürte, dass ihre Mutter leicht schwankte. Ansonsten zeigte sie keine Regung. Das musste man ihr lassen, sie konnte sich gut zusammenreißen. Luna war gespannt, was gleich passierte. In diesem Moment sah sie, dass Magni mit seinem Pick-up von der Hauptstraße abbog. Ein Jammer, da hätte er doch noch ein paar Minuten warten können.

»Luna, was hast du getan?«, flüsterte Gerda tonlos.

»Stell dich endlich deinen Gefühlen, Mama.« Damit schnappte sich Luna ihre Sachen, begrüßte den Neurologen Gerhard und brachte sich dann aus der Schusslinie. »Tu nichts, was ich nicht auch tun würde«, rief sie ihrer Mutter noch mit einem Augenzwinkern hinterher.

Rache war eben doch manchmal süß. Oder so ähnlich.

Letztlich hatte Luna es für ihre Mutter getan, nicht um sie zu ärgern, sondern um sie glücklich zu sehen. Sie hatte lange mit Gerhard telefoniert, und er hatte ihr mit seinem starken schwäbischen Akzent alles über seine Beziehung zu ihrer Mutter erzählt. Gerda und er waren schon eine Weile ein Paar, er liebte sie und wollte, dass sie bei ihm lebte. Aber das reichte ihm nicht, hatte er Luna gesagt, denn er hatte begriffen, dass Gerda eine harte Nuss war, jedenfalls was ihr Herz betraf. So hatten sie sich gestritten, und sie war schließlich nach Island geflohen, um ihm auszuweichen. Er wollte eine Familie mit ihr gründen, denn mit den zweiundvierzig Jahren wäre es dafür keinesfalls zu spät. Daraufhin hatte Gerda Reißaus genommen. Die Angst, wenn sie sich öffnete, doch wieder verlassen zu werden, saß einfach zu tief bei ihr. Luna wünschte Gerda, dass es den beiden gelang, zueinanderzufinden. Obwohl es sich seltsam anfühlte, zu hören, dass ihre Mutter eine »neue« Familie gründen wollte. Aber Gerhard hatte ihr erklärt, dass Luna bei ihnen immer willkommen war, und sie glaubte ihm. Gleichzeitig hatte sie nicht vor, wieder bei ihrer Mutter einzuziehen, die letzten Tage hier mit ihr waren schon anstrengend genug gewesen. Luna war erwachsen, für ein neues Familienmitglied könnte sie höchstens so etwas wie eine Tante werden. Ein bisschen verrückt wäre das alles schon, aber auch eine gute Idee. Was Gerda brauchte, war ein Anker, und dieser Gerhard schien geeignet dafür und willig, die Launen ihrer Mutter auszuhalten. Das war schon mal was.

~

MAGNI STAUNTE NICHT SCHLECHT, als er aus dem Wagen stieg und Luna mit ihrem Gepäck vor der Haustür entdeckte. Sie trug Lippenstift und wirkte frisch und ausgeruht. Gerda hingegen war blass. Ob das was mit dem Besucher zu tun hatte, der sie gerade umarmte?

Vermutlich. Magni grüßte und winkte, dann gab er Luna ein Küsschen auf die Wange. »Schön, dich zu sehen, Luna. Kann es losgehen? Komm, gib deine Sachen her«, bat er sie und nahm ihr Koffer, Zeichnungen und Rucksack ab, um alles sicher zu verstauen. »Du siehst gut aus«, meinte er, nachdem sie eingestiegen waren und sich von Gerda und ihrem Besucher verabschiedet hatten.

»Danke. Das war meine Mutter, sie hat mich gezwungen, Lippenstift zu tragen. Sie kann manchmal ... Na ja, vergessen wir das.« Luna winkte ab, sie wirkte verlegen. Er mochte es, wenn Frauen sich nicht verstellten, so wie sie. Bei Luna wusste man immer, woran man war.

»Ich mag deine Mama«, erklärte er gut gelaunt und fuhr los.

Die ersten Kilometer ließen sie schweigend hinter sich. Die Stimmung war angespannt. Magni hoffte sehr, dass der Termin mit dem Amt erfolgreich sein würde, gleichzeitig hatte er sich vorgenommen, eine gewisse Distanz zwischen sich und Luna zu wahren. Nicht einfach, auf so kleinem Raum, aber wenigstens konnte er beim Fahren nicht über sie herfallen.

Ja, so weit war es schon. Er konnte und wollte es nicht leugnen, Luna hatte es ihm angetan. Aber das hieß noch lange nicht, dass er seinem Verlangen nachgeben würde. Nicht noch mal. Und sie hatte dabei ja auch ein Wörtchen mitzureden. Nein, in dieser Phase war es eine schlechte Idee, Berufliches mit Privatem zu vermischen. Das konnte nur böse enden.

Das Blöde dabei war, dass er sich das so oft vorsagen konnte, wie er wollte. Das änderte nichts daran, dass er ständig an sie dachte. Sich an den Kuss erinnerte und an die Leidenschaft, die zwischen ihnen gelodert hatte, und dass er sich ausmalte, wie es wieder passierte. Und noch viel mehr.

Scheiße, sein Schwanz pochte erwartungsvoll. Das musste aufhören.

Er fing eine Unterhaltung an, aber sie war holprig und nach wenigen Sätzen geriet sie ins Stocken. Also setzten sie ihren Weg schweigend fort.

Erst nachdem sie den Öxnadalsheiði-Pass überquert hatten, schien sich die Stimmung ein wenig zu lockern. »Mann, sind hier viele Gänse«, stieß Luna hervor.

»Ja, es ist unglaublich. Kanada-Gänse, das sind die mit dem schwarzen Hals, und Graugänse, es gibt noch drei andere Arten, aber die sind nicht so häufig auf Island und deshalb auch geschützt.«

»Von diesen beiden müssen es aber Tausende sein«, staunte sie und schaute gebannt auf die Felder, an denen sie vorbeikamen. Unzählige Gänse lagerten auf den Wiesen entlang des Flusses, dem sie nun schon eine ganze Weile folgten.

»Auf jeden Fall, die Kanadagänse fliegen nach Grönland weiter, ich kapiere auch nicht, warum sie dann Kanadagänse heißen.« Er lachte. »Sie müssen sich hier aber erst mal ein wenig von der bis dahin sehr langen Flugreise erholen. Wusstest du eigentlich, dass Gänse, wie Schwäne, ein Leben lang zusammenbleiben?«

Er hatte keine Ahnung, wieso er das gerade jetzt erwähnte. Luna schaute ihn nicht an, aber sie wirkte auf einmal angespannt. Er hatte jedenfalls keinen Hintergedanken beim Erzählen gehabt, aber ... jetzt schon. Er war so ein Typ für immer, deshalb war er ja noch Single. Aber das würde er Luna garantiert nicht erzählen, sonst verstand sie das alles falsch. Magni räusperte sich. »Ähm. Also, einige bleiben seit Neustem das ganze Jahr auf Island, man beobachtet das nun vermehrt, dass immer mehr Gänse gar nicht über den Winter wegfliegen, was vermutlich mit dem gesteigerten Anbau von Getreide und der Klimaerwärmung zu tun hat. Und da vorn, sieh mal, da sind Schwäne.«

»Krass. Oh, ich sehe sie auch. Wie schön!«

»Schwäne können ganz schön giftig werden, da darf man nicht zu dicht rangehen«, plapperte er in lockerem Ton weiter, um seine eigene Nervosität zu überspielen.

»Wir sind hier drin ja zum Glück sicher.«

Damit war das Eis gebrochen, Luna schien es zu genießen, dass er ihr von Flora und Fauna Islands erzählte. Magni war kein Experte, aber er hatte sich schon immer für die Natur interessiert. Als sie gegen sieben in Reykjavík eintrafen, fuhr er direkt zum Grand Hotel. Er hatte überlegt, sie schick auszuführen, aber er wollte nicht, dass der falsche Eindruck entstand. Oder der richtige. Verdammt.

Magni schob ihren und seinen Koffer, Luna trug die Zeichnungen und ihren Rucksack selbst. Er checkte sie beide ein und reichte ihr die Zimmerkarte. Selbstverständlich hatten sie getrennte Zimmer, er hätte vielleicht sogar auf unterschiedliche Stockwerke bestehen sollen ... Was er nicht getan hatte. Nun, er würde wohl nicht kopflos mitten in der Nacht bei ihr klopfen. Der Gedanke erheiterte ihn ein wenig, natürlich hatte er sich besser im Griff und würde sich benehmen. Zudem wollte er unbedingt vermeiden, dass Luna sich in irgendeiner Form von ihm belästigt fühlte. Immerhin hatte er sie auf etwas unorthodoxe Weise zu dieser Reise »überredet«. »Sollen wir gleich noch einen Happen essen? Das Restaurant im Hotel kennst du ja«, schlug er vor.

Luna schaute zu ihm auf. Sie wirkte zufrieden, nicht, als ob sie sich unwohl fühlte in seiner Gegenwart. »Klar, warum nicht. Aber wenn du anderweitige Verpflichtungen hast, bestelle ich mir einfach was beim Room Service.«

Oh, das war natürlich auch eine Möglichkeit. Er fühlte sich wie ein Idiot, aber er durfte es jetzt nicht versauen. Er musste Abstand zu ihr halten, und das hieß, ihr aus dem Weg zu gehen, soweit das möglich war. Aber sie hängen zu lassen, sodass sie allein auf dem Zimmer essen müsste? Nein. Das ginge zu weit.

»Pass auf, bring doch deine Sachen aufs Zimmer, dann treffen wir uns gleich hier unten, okay?«

Sie nickte. »In Ordnung.« Ihr leises Lächeln sandte direkte Impulse in seinen Unterleib. »Kommst du nicht mit, was ist mit deinem Gepäck?«

»Äh, geh schon mal vor, ich muss noch kurz was erledigen.« Das war natürlich gelogen, aber er würde garantiert nicht mit ihr in einen Aufzug steigen. Er hatte auch schon so genügend schmutzige Fantasien im Kopf, in denen er und Luna die Hauptrolle spielten. Magni fühlte sich dem Zuviel an Testosteron in seinem Körper ausgeliefert und ärgerte sich. Er hatte keine Ahnung, was er dagegen tun konnte, dass er scharf auf sie war. Seine rechte Hand war jedenfalls nicht die Lösung – das hatte er bereits versucht. Mehrmals. Es half nichts. Er wollte Luna noch immer.

Magni folgte ihr mit seinem Blick, nach ein paar Schritten drehte sie sich noch einmal um und kehrte zu ihm zurück. »Pass auf, ich bin doch ziemlich müde«, fing sie an, und ihre Wangen wurden dabei von einer verräterischen Röte überzogen. »Ich werde mir lieber was aufs Zimmer kommen lassen und die Unterlagen noch einmal ganz ausführlich durchgehen, ja? Ich bin nervös wegen morgen und brauche ein bisschen Ruhe. Zu viel Trubel wäre jetzt nicht gut.«

Magni war einerseits erleichtert, aber das war nicht seine erste Reaktion. Vor allem war er enttäuscht, denn natürlich hatte er sich auf ein Abendessen mit ihr gefreut. Trotzdem nickte er. »Das verstehe ich, Luna. Wenn was ist, melde dich bei mir.«

Sie nickte höflich. Professionell. Gut, sie war klug und ahnte vermutlich, was in ihm vorging. Trotzdem hinterließ diese Wendung ein dumpfes Gefühl in seiner Magengrube. »Dann sehen wir uns morgen. Gute Nacht«, wünschte sie ihm und wandte sich ab. Magni drehte sich weg, denn ein Impuls in ihm forderte, dass er hinter ihr herging, um sie vom Gegenteil zu überzeugen. Aber er wusste, dass das keine gute Idee war. Deshalb ließ er es sein.

Magni ließ seinen Koffer an der Rezeption einschließen, dann machte er einen langen Spaziergang an der Küstenpromenade Reykjavíks. Es wehte ein frischer Westwind, aber die Sonne schien und milderte die Kälte ein wenig ab. Unzählige Fahrradfahrer und Jogger kamen an ihm vorbei. Es war erstaunlich, welche Wandlung dieser Weg in den letzten Jahren durchlaufen hatte. Früher war hier, außer den Touristen, kaum jemand unterwegs gewesen. Vielleicht hatte es etwas mit dem neuen Opernhaus, Harpa, zu tun und den vielen neuen Wohnungen im Hafenbereich. Die Hauptstadt Islands hatte sich ziemlich verändert, nicht unbedingt zum Positiven, fand Magni. Die Innenstadt erstrahlte in einem neuen Glanz, aber versprühte keinen isländischen Charme mehr. Leider. Aber die Leute in Reykjavík schienen das anders zu sehen. Magni war eben ein Landei, und er war es gern. Der Gedanke ließ ihn schmunzeln.

Er lief und lief und lief und hoffte so, Luna aus seinen Gedanken zu vertreiben. Irgendwann erreichte er *Grotta*, eine Landnase in Seltjarnarnes, an der sich ein alter Leuchtturm in einem Naturschutzgebiet befand. Nur deshalb hatte man vermutlich nicht auch hier Wolkenkratzer errichtet. Gott sei Dank, er liebte dieses Fleckchen Erde. Abendröte überzog den klaren Aprilhimmel, die Sonne spiegelte sich im Wasser wider. Es war wunderschön, ein Jammer, dass Luna das nicht sehen konnte. Vielleicht ein andermal, wenn er seine Hormone wieder im Griff hatte, dachte er und ignorierte die vielen Pärchen, die sich hier versammelt hatten, um den Ausblick und die traute Zweisamkeit zu genießen. Es war der inoffizielle Treffpunkt für Verliebte. Warum zur Hölle war er überhaupt hergekommen?

15

Magni saß mit Luna im Besprechungsraum des Bauamts in Reykjavík. Außer ihnen waren noch zwei zuständige Beamte anwesend, Brynhildur, eine rundliche Frau mittleren Alters, und Jói, ein junger Mann mit schwarz umrandeter Brille und zurückgegelten, rötlichen Haaren. Die Begrüßung war freundlich ausgefallen, aber nicht übermäßig herzlich. Etwas anderes hatte Magni nicht erwartet, schließlich hatten sie es mit einer Behörde zu tun und nicht mit Freunden. Er konnte nicht sagen, ob sie heute erreichen würden, was sie vorhatten. Eigentlich ging er sogar davon aus, sollte Erlendur wirklich hinter dieser Verzögerung stecken, dass sie ein weiteres »Nein« kassieren würden. Aber Magni war kein Mann, der so leicht aufgab. Luna hatte er davon jedenfalls nichts erzählt, um sie nicht zu irritieren.

Jeder von ihnen hatte eine Tasse mit Kaffee vor sich stehen, sie plauderten eine Weile auf Isländisch, Luna schwieg, was nicht überraschend war. Er ging davon aus, dass sie nicht viel verstand. Noch nicht. Es war auch irrelevant, denn es ging gar nicht ums eigentliche Thema. So lief das in Island meistens ab, man unterhielt sich eine Weile über das Wetter, die wirtschaftliche Lage oder was gerade sonst die Welt bewegte, ehe man erst viel später aufs eigentliche Thema der Besprechung kam. Er hatte Luna dieses Prozedere beim Frühstück erklärt, damit sie sich jetzt nicht wundern musste. Ausländer, vor allem Deutsche, kamen beim Geschäftlichen grundsätzlich direkt zum Punkt, das grenzte für isländisches Verständnis schon an grobe Unhöflichkeit.

Man erwartete in Island, dass man sich nach dem Befinden der anderen erkundigte und ein wenig unverfänglich plauderte, ehe man zum drögen Geschäftlichen kam. Magni glaubte, dass Deutsche nicht gern über ihr Privatleben oder gar Gefühle redeten, schon gar nicht mit Leuten, die man nur beruflich kannte. In Island lief das anders, man schaffte erst einmal eine gemeinsame Ebene, auf der man sich begegnen konnte. Obwohl der Sinn und Zweck des Meetings natürlich auch der war, dass man am Ende zu einem Ergebnis kam, wurde der Weg dorthin nicht mit bloßem Business-Gequassel geebnet.

Nach einer Weile und einer zweiten Tasse Kaffee kam man auch in diesem eher spartanisch eingerichteten Raum, der dafür einen schönen Blick auf die Reykjanes-Bucht hatte, zum Thema. Magni erklärte auf Isländisch. »Ich werde meine Kollegin Luna jetzt bitten, euch das Projekt vorzustellen, wie wir es bisher konzeptioniert haben. Hier und da können noch kleine Änderungen vorgenommen werden, aber wir wollen euch einen Eindruck verschaffen, wie wichtig uns der ökologische Aspekt bei diesem Bauvorhaben ist. Dieses Hotel wird sich in die Umgebung einfügen, sie sogar bereichern. Aber bitte, die

Details überlasse ich Luna.« Er nickte ihr freundlich zu und schenkte ihr ein hoffentlich aufmunterndes Lächeln und wechselte ins Englische. »Luna, würdest du bitte mit deiner Präsentation loslegen?«

Magni hatte am Morgen beinahe der Schlag getroffen, als sie sich auf den Weg zur Behörde gemacht hatten. Na ja, so ungefähr. Beim Frühstück hatte sie noch Jeans und Pullover getragen, doch danach war sie im Kleid und mit hochgesteckten Haaren wieder vom Zimmer heruntergekommen. Dazu trug sie erneut diesen fabelhaften Lippenstift. Luna sah unfassbar gut aus, nicht nur das, sie wirkte wie die Kompetenz in Person. Was sie auch war natürlich, aber trotzdem. Sie kam ihm irgendwie reifer, selbstsicherer vor. Als wäre sie mit den anderen Klamotten in eine andere Persönlichkeit geschlüpft. Er hatte Luna bislang oftmals als ein wenig zurückhaltend empfunden, schüchtern sogar. Nicht heute. Obwohl sie, aufgrund der Sprachbarriere, bislang wenig zum aktiven Gespräch hatte beitragen können, hatte sie zu keiner Zeit außen vor gewirkt. Sie hatte gelächelt, sich nicht in sich zurückgezogen, ohne dabei an Autorität einzubüßen. Obwohl Magni bis dahin keine Sekunde gezweifelt hatte, dass Luna die Richtige für dieses Projekt war, war er jetzt noch überzeugter davon, dass es perfekt werden würde.

Sie stand auf und strich sich unauffällig das Kleid glatt, dann ging sie zu ihrem Laptop, den sie bereits mit dem Beamer verbunden hatte, und erweckte den Bildschirm mit der Maus zum Leben. Sie gab eine Tastenkombination ein, sodass jetzt die vorbereitete Präsentation an die Wand projiziert wurde.

Magnis Hände waren feucht, es ging um viel. Luna wirkte souverän, man sah ihr nicht an, dass sie mindestens so nervös sein musste wie er.

»Vielen Dank, dass ich euch unser Konzept vorstellen darf«,

begann sie auf Englisch. Die Mitarbeiter des Bauamts ließen keine Regung ihrer Mienen zu. Luna fuhr fort. Sie erklärte zunächst die ökologischen Gesichtspunkte, nämlich, dass das Hotel so erbaut werden würde, dass es nicht nur klimaneutral war, sondern die Natur schützte. Sie zeigte eine Animation, bei der man sah, dass das Hotel von hinten nicht einmal als ein Gebäude zu erkennen sein würde, da das Dach schräg bis zum Boden reichte und mit Gras bepflanzt werden würde. Der Eingang befand sich seitlich, wie das kleine Filmchen verdeutlichte. Luna erklärte zunächst die grobe Konzeption, um dann ins Detail zu gehen. Nachdem sie erläutert hatte, aus welchen Materialien man den Bau plante, kam sie zum Innenbereich. »Jedes Zimmer ist nahezu identisch ausgestattet, mit einer Front, die nur aus Fenstern besteht. Statt auf eine Terrasse kommt man direkt zu den heißen Außenbecken, die mit Thermalwasser gefüllt sind. Hier habe ich einmal das Modell eines Zimmers, es ist, als wäre man zu Hause. Ihr seht ein Bücherregal, ein oder zwei Lesesessel oder ein kleines Sofa. Es gibt energiesparende Tageslichtlampen mit Dimmer für die dunkle Jahreszeit. Alles ist mit schwarzem Naturstein verarbeitet, der an die isländische Landschaft erinnern soll. Auch die Wände sind dunkel gehalten, wir haben Naturfarben bei Stoffen und Auslegeware gewählt, selbstverständlich alles hochwertige, biologisch wertvolle Materialien, die nachwachsen und somit nachhaltig sind. Die Schränke sind allesamt grifflos und fügen sich nahtlos ins harmonische Bild ein. Alles im Hotel ist auf die Fenster ausgerichtet, die Lobby liegt über den Zimmern. Durch das schräge Dach haben wir noch einen wundervollen Designaspekt geschaffen. Alles im Hotel ist lärmisoliert, sodass man das Gefühl hat, allein zu sein, obwohl man es nicht ist. Gleichzeitig bleibt die umliegende Natur so, wie sie ist: unbehelligt. Unser Konzept basiert darauf, diese Welt ein Stück besser zu machen, die Schönheit und Reinheit Islands zu bewahren und den Gästen unseres Hotels noch bewusster zu machen.

Deshalb auch die dunklen Farben, die an die natürlichen Steinformationen Islands und die Vulkane und Berge erinnern. Jedes Zimmer hat einen eigenen kleinen Kamin. Es gibt Nischen und gemütliche Ecken. Die Fenster in den Zimmern sind so konstruiert, dass man sie per Knopfdruck in verschiedenen Helligkeitsstufen abdunkeln oder undurchsichtig machen kann.«

Luna versprühte so viel Enthusiasmus und Leidenschaft für die Idee, dass Magni ganz warm ums Herz wurde. Sie ging sogar noch auf die Details des Energieverbrauchs und die Einsparungen ein, im Vergleich zu anderen Bauwerken, die älter waren. Magni sah keinen Grund, warum man ihnen dieses Vorhaben nicht genehmigen sollte, zumal der Grund, auf dem gebaut werden sollte, nicht in einem ausgewiesenen Naturschutzgebiet lag. Nachdem sie ihre Präsentation abgeschlossen hatte, schaute sie erwartungsvoll in die Runde. Magni wollte applaudieren und ihr sagen, wie großartig sie das gerockt hatte, aber da die Reaktion der Mitarbeiter der Behörde nicht ähnlich begeistert ausfiel, hielt er die Klappe. Brynhildur schaute Luna an, Jói ebenso. »Danke dir, Luna«, sagte sie. »Das war sehr aufschlussreich.« Sie machte sich eine Notiz in ihrem Büchlein, dann klappte sie es zu.

Magni war nicht dumm, ihm war klar, was das bedeutete. Die Besprechung war beendet, sie würden hier und jetzt keine Antwort erhalten, oder gar eine gültige Genehmigung. Ernüchterung machte sich in ihm breit.

Er dachte an Erlendur und fragte sich, ob er die beiden bestochen hatte. Sie waren zwar beim Staat angestellt, der Job war sicher, aber das hieß noch lange nicht, dass sie nicht bestechlich waren. In Island gab es kein Beamtentum wie in

Deutschland, die beiden konnten jederzeit entlassen werden, wenn sie ihren Job nicht gut machten. Würden sie ein solches Risiko für eine illegale Finanzspritze eingehen? Er war sich nicht sicher, ganz und gar nicht.

Magni versuchte seinen Ärger zu verbergen, als er sprach. »Vielen Dank für eure Aufmerksamkeit. Habt ihr noch Fragen?«

Jói und Brynhildur schauten sich an. »Nein«, erklärte Jói dann auf Isländisch. »Ich denke, es ist uns sehr ausführlich dargestellt worden, was ihr vorhabt. Können wir eine Kopie der Entwürfe bekommen?«

Magni überlegte. Er war skeptisch und vor allem misstrauisch. Es war sein Baugrund, die Idee seines Teams – er wollte zu diesem Zeitpunkt kein Risiko eingehen, dass das Konzept gestohlen und anderswo gebaut würde. Vielleicht sah er auch nur Gespenster, aber ... »Wir senden euch eine Version per E-Mail«, log er. Dann stand er auf und verabschiedete sich, Luna folgte seinem Beispiel.

Einige Minuten später verließen sie gemeinsam das Gebäude. Leichter Nieselregen hatte eingesetzt, der Himmel war von dunklen Wolken überzogen, ein schneidender Wind zerzauste sein Haar. Luna trug keine Jacke, nur ein Strickjäckchen. Er sah, wie sie fröstelte. Der erste Impuls war, ihr sein Cordsacko anzubieten, aber dann entschied er, dass das zu viel des Guten wäre. Sie könnte es missverstehen. »Komm, lass uns gehen«, beeilte er sich zu sagen und nahm ihr die Zeichnungen ab. »Der Pick-up steht gleich da drüben.«

Als sie ins Auto eingestiegen waren, wandte sich Luna an ihn. »Und jetzt?«

»Jetzt warten wir.«

»Erklär mir, was ist da drinnen passiert? Ich verstehe das nicht.«

Magni wünschte, dass er es selbst kapierte. »Ich bin mir

nicht sicher«, antwortete er daher wahrheitsgemäß. »Irgendwas stimmt nicht. Andererseits, sie können ja nicht erst ablehnen und dann sofort zusagen. Ich werde mich auf jeden Fall an einen Anwalt wenden und mich beraten lassen.« Er zückte sein Telefon und tätigte einen Anruf. Sein Kumpel hatte Zeit, er konnte gleich vorbeikommen. Es war gut, solche Freunde zu haben. Kári kam, wie er, aus Grenivík, sie waren zusammen zur Schule gegangen. Ihm konnte man vertrauen, außerdem war er ein Top-Anwalt. Auf der Fahrt zu dessen Büro erklärte er Luna, was sie jetzt vorhatten. »Soll ich dich zum Hotel bringen? Es könnte lange dauern.«

»Nein, ich komme mit«, beschloss sie, und allein dafür hätte er sie am liebsten geküsst.

Stattdessen trat er aufs Gaspedal und umklammerte sein Lenkrad fester.

MAGNI FÜHLTE sich ein wenig besser. Es war spät, als sie Káris Büro verließen, sie waren verschiedene Optionen durchgegangen. Wieder und immer wieder. Es war möglich, gegen das Bauamt zu klagen, die Chancen standen nicht schlecht, denn das Konzept war nicht nur gut, es war fantastisch. Magni fühlte sich in seinem Tun bestätigt und auch ermutigt. Obwohl der Tag nicht als voller Erfolg zu verbuchen war, bestand kein Grund, jetzt den Mut zu verlieren. »Lass uns essen gehen«, schlug er deshalb vor und parkte den Wagen in der Nähe des *Laugavegur*, der früheren Haupteinkaufsstraße, die sich in den letzten Jahren zur Touristenmeile entwickelt hatte. Auf dem *Laugavegur*, oder in der Nähe, befanden sich zudem die meisten Bars und Restaurants der Hauptstadt. »Außerdem hast du noch gar nichts von Reykjavík gesehen«, fügte er an.

Luna wirkte überrascht. »Wir bleiben eine weitere Nacht?«

»Hast du damit ein Problem? Die Zimmer muss ich ohnehin die zweite Nacht bezahlen, da wir ja nicht ausgecheckt hatten, das ist auch völlig in Ordnung. Ich möchte jetzt nicht noch fünf Stunden fahren.« Hoffentlich verstand Luna das nicht falsch. Er atmete erleichtert aus, als er bemerkte, wie sie lächelte.

»Sehr gut, ich habe nichts dagegen.«

»Hier, nimm meine Jacke«, bot er jetzt doch an, als sie ausgestiegen waren. Obwohl er das vorhin anders gesehen hatte, fand er jetzt, dass es albern wäre, sie frieren zu lassen, um irgendeinen Schein zu wahren. Sie hatte ihre Schultern hochgezogen und sich die Arme um den Leib geschlungen. Dass sie nicht zitterte, war alles.

»Aber was ist mit dir? Ist dir nicht kalt?«, wandte sie ein.

Magni grinste. »Ich bin Isländer, schon vergessen? Mir kann das Wetter nichts anhaben.«

»Na gut.« Luna ließ sich von ihm hineinhelfen, und sie entspannte sich sofort. »Ah, das ist besser.«

»Hast du auf etwas Bestimmtes Lust?«, fragte er.

»Äh, nein, ich esse alles, fast alles.« Luna ging lächelnd neben ihm her.

»In Ordnung, dann habe ich etwas, was du unbedingt probieren musst.«

Fünf Minuten später kamen sie zum Restaurant Caruso, das zwar exotisch klang, aber genau das Gegenteil davon war. Er ließ Luna den Vortritt in eines der ältesten Häuser Reykjavíks. Die Bretter, mit denen die Außenwände verkleidet waren, waren in einem dunklen Farbton gestrichen. Er musste sich bücken, als er durch die niedrige Tür trat. »Wir sind hier im historischen Stadtkern, oder zumindest dicht dran.«

»Hier ist ja unfassbar viel Holz verarbeitet, gab es hier

früher mehr Bäume?«, wollte Luna von Magni wissen, während die Dame am Empfang nach einem freien Tisch für sie suchte.

»Nein, alles importiert, aus Dänemark. Island war mal ein Teil davon, zumindest auf dem Papier.«

»Ach ja, stimmt. Ich habe mal darüber gelesen. Bis wann denn?«

»Neunzehnhundertvierundvierzig haben wir unsere Unabhängigkeit erklärt, ein großer Moment. Seitdem ist der 17. Juni auch ein Feiertag.«

»Wie aufregend.« Ihre Augen leuchteten. Er mochte es, wie sie sich für Dinge begeistern konnte. »In den meisten Ländern gab es vierundvierzig ja nichts zu feiern.«

»Island hat vom Weltkrieg profitiert, die Soldaten haben Geld ins Land gebracht. Island war eine der ärmsten Nationen weltweit, bis dahin. Zuerst haben die Engländer das Land besetzt – und geschützt –, die wurden dann von den Amerikanern abgelöst, die sind sogar erst vor einigen Jahren von ihrer Militärbasis in Keflavík verschwunden.«

»Was? Erst vor ein paar Jahren?«

»Ja, Island liegt gut im Nordatlantik, das hatte alles strategische Gründe.«

Die Mitarbeiterin des Restaurants hatte etwas gefunden und wies ihnen den Weg über eine schmale Treppe nach oben. Das Haus hatte mehrere kleine Räume, in denen die Gäste speisen konnten. Sie wurden in eine ruhige Ecke begleitet, Magni musste den Kopf einziehen, ehe er sich einen Stuhl unter den Hintern schob und sich darauf fallen ließ. Es roch nach Butter, Kräutern und Gebratenem. Sein Magen knurrte leise.

»Tut mir leid, ich bin ein lausiger Gentleman«, wandte er sich an Luna, die sich erst jetzt setzte.

»Hä?« Sie guckte irritiert. »Was meinst du?«

»Na, ich hätte dir helfen sollen.«

Luna lachte. »Ich bin alt genug, um mir selbst einen Stuhl unter den Po zu schieben.«

»Ja, das schon, aber ... Ach, vergiss es. Wie wäre es mit einem Glas Wein?« Die Kellnerin war auf dem Weg zu ihnen und brachte die Speisekarte.

»Gibt es was zu feiern?«, stellte sie eine Gegenfrage.

»Natürlich, deine Präsentation war großartig.«

Luna wirkte geschmeichelt, offenbar freute sie sich über sein Kompliment, eine zarte Röte überzog ihre Wangen. »Na dann, gerne.«

Magni bestellte gleich eine Flasche, Wasser bekam man auf Island immer ungefragt und kostenlos auf den Tisch. Er hatte in Berlin mal erlebt, dass er für ein Glas Leitungswasser fünfzig Cent hatte bezahlen müssen, und sich bis heute nicht von diesem Schock erholt. Luna lachte herzhaft, als er ihr diese kleine Anekdote erzählte, dann schlug sie die Karte, noch immer grinsend, auf. »Du hattest vorhin erwähnt, dass ich was Besonderes probieren muss?«

Magni nickte und goss ihnen Wasser ein. »Ja, die Hummerpizza, die ist göttlich.«

Luna machte kurzen Prozess und legte die Speisekarte beiseite. »Gut, die probiere ich.«

»Isländische Hummer sind kleiner als die aus Kanada zum Beispiel. Ihr Fleisch ist auch nicht so fest, sondern ganz zart, es schmeckt beinahe schon süß. Ich bin mir sicher, du wirst es lieben.«

»Oh, daran hege ich keine Zweifel.«

Er liebte es, wie unkompliziert es mit ihr war. Das änderte sich auch während des restlichen Abends nicht. Er achtete darauf, nicht zu viel Wein zu trinken, er musste schließlich fahren – und wollte seinen Verstand beisammenhalten, nicht, dass er doch noch Dummheiten machte. Wie etwa, Luna gegen eine Aufzugswand zu drücken und sie besinnungslos zu küssen. Ihr in seinem Zimmer die Kleider vom Leib zu reißen, um jeden Zentimeter ihrer Haut zu erkunden.

Nein. Das durfte auf keinen Fall passieren.

Nach dem Dessert, er hatte für sie beide heiße Schokoladentörtchen mit Vanilleeis bestellt, beglich er die Rechnung, und sie schlenderten zum Auto zurück. Die Stimmung war gelöst, Luna hatte einen kleinen Schwips. Sie war noch bezaubernder als ohnehin schon. Normalerweise trug sie einen unsichtbaren Schutzschild um sich herum aufgebaut und reagierte auf jede persönliche Frage zunächst mit Misstrauen, das war jetzt anders, sie wirkte gelassener. Zufrieden. Er mochte das und hoffte, dass sie ihm irgendwann wieder so vertraute, dass sie keinen Schwips mehr brauchte, um sich in seiner Gegenwart entspannen zu können. Gleichzeitig fragte er sich, was sie geprägt hatte. Frauen verhielten sich selten ohne Grund so vorsichtig.

Auf der Rückfahrt drehte er noch eine kleine Runde durch Reykjavík und zeigte ihr ein paar Sehenswürdigkeiten, die man als Tourist abgehakt haben musste, dann fuhr er zum Hotel zurück. Sie gingen gemächlich zum Aufzug, er trug Rucksack und Zeichnungsmappe für sie – auch, um seine Hände nicht auf ihre Hüften wandern zu lassen. Natürlich würde er sie niemals einfach so begrapschen, aber wer wusste schon, was sonst in so einem Aufzug passieren konnte ...

Himmel. Jetzt hatte er schon wieder *diese* Bilder im Kopf.

Er schluckte schwer und ließ ihr den Vortritt.

Knisternde Spannung breitete sich zwischen ihnen aus, als sich die Türen geschlossen hatten. Er atmete schneller und sah Luna nicht an. Sie sprach ebenfalls kein Wort, er wagte nicht, aufzusehen. Ob es ihr genauso ging? Magni fühlte sich dämlich, leider konnte er nichts gegen dieses Verlangen tun, das sich in ihm aufgestaut hatte. Er atmete erleichtert aus, als die Türen mit einem leisen Zischen auseinanderglitten. Dummerweise hatte er noch ihren Rucksack und die Zeichnungen, also begleitete er sie zu ihrem Zimmer.

Es war dunkel geworden, die gemütliche Beleuchtung verbreitete eine heimelige Atmosphäre. Ein Presslufthammer wäre ihm lieber gewesen, so war es nur noch schwieriger, neben Luna herzugehen, ohne sie in seine Arme zu ziehen. Ihr Duft hing ihm nach der kurzen Fahrt im Aufzug noch immer in der Nase.

Als sie ihr Zimmer erreichten, öffnete sie mit ihrer Karte, steckte sie drinnen in den vorgesehenen Schlitz, und das Licht ging an.

Sie wandte sich zu ihm um. Er erwartete ein »Gute Nacht«, stattdessen loderte ihm Verlangen aus ihrem Blick entgegen. Ihre Lippen waren geöffnet, sie befeuchtete sie gerade mit ihrer Zunge.

Herr im Himmel!

Lust schoss durch seine Adern. Er sah, wie sich ihre Brust schneller hob und senkte, ihre Pupillen waren geweitet, die Augen dunkel vor Begehren.

Magni holte Luft und hielt den Atem an.

Ich kann Lust und Sehnsucht trennen und weiter professionell sein, sagte er sich immer wieder wie ein stummes Mantra vor.

Einen Scheiß konnte er.

Er atmete keuchend aus und sah mit seinen zusammengezogenen Brauen geradezu rasend aus. Sein verzerrtes Spiegelbild in der Scheibe ihres Zimmers holte ihn auf den Boden zurück.

Er durfte das nicht tun, egal, ob sie es auch wollte. Es ging nicht. Zu viel stand auf dem Spiel.

»Gute Nacht, Luna.« Er drückte ihr Rucksack und Mappe beinahe schon grob in die Hände, dann verschwand er mit langen Schritten über den Flur zu seinem eigenen Zimmer.

Himmel, das wäre beinahe völlig aus dem Ruder gelaufen. Schon wieder.

∽

Luna hatte wenig geschlafen. Dafür hatte sie heute Kopfschmerzen. Nicht, weil sie zu viel Wein getrunken hatte. Das war nur ein kleiner Schwips gewesen, der sie jedoch beinahe ihre Integrität gekostet hätte.

Luna war am Abend mal wieder sehr kurz davor gewesen, sich Magni an den Hals zu werfen. Bei der Erinnerung daran schoss ihr das Blut in die Wangen. Und in den Unterleib.

Diese Hitze war unerträglich und vor allem unerwünscht. Sie wollte sich in seiner Gegenwart nicht so fühlen. Und irgendwie doch.

Luna stöhnte und klappte ihr Köfferchen zu. Dann ging sie mit ihrem Krempel nach unten und setzte sich eine Sonnenbrille auf. Auf das Frühstück hatte sie verzichtet. Aus Gründen. Aber ewig konnte sie Magni nicht aus dem Weg gehen, immerhin stand ihnen eine lange Fahrt bevor. Fünf Stunden, vor denen sie sich gleichermaßen fürchtete, wie sie sich darauf freute.

Sie entdeckte ihn, nachdem sie ihre Karte bei der Rezeption abgegeben hatte. Magni saß in einem der gemütlichen Loungesessel und scrollte durch etwas auf seinem Handy. Er wirkte lässig wie immer. Und teuflisch attraktiv. Luna war klar, dass das nicht der einzige Grund war, warum sie sich so zu ihm hingezogen fühlte. Magni hatte dieses gewisse Etwas, das sie noch bei keinem anderen Mann gespürt hatte. Sie hatte keine

Ahnung, welch beschissene Prüfung des Universums das für sie darstellen sollte. Aber heute, mit klarem Kopf, nahm sie die Herausforderung an. Sie würde sich nicht alles wegen einer Männergeschichte versauen. Und dafür brauchte sie einen Plan. Einen, der ihr einen gewissen Schutz davor bot, dass sie nicht doch noch – in einem schwachen Moment, von dem sie in letzter Zeit immer häufiger welche hatte – einen folgenschweren Fehler beging. Luna biss auf die Innenseite ihrer Wange, als das Bimmeln ihres Handys sie aus ihren Gedanken riss. Sie schaute aufs Display und las Gunnars Namen.

Aha. Manchmal baute das Universum nicht nur Scheiß, sondern gab auch hilfreiche Tipps.

Luna schnaubte. Vielleicht wurde sie auch einfach verrückt.

Sie sprach kurz mit Gunnar, der sich erkundigte, wie das Meeting gelaufen war. Dafür hätte er auch Magni anrufen können, Luna war also klar, dass er noch immer an ihr interessiert war. Sie hatte zwar nicht vor, etwas mit Gunnar anzufangen, aber sagte dennoch zu einer Verabredung zu – davon würde sie auch Magni erzählen.

Damit musste sich das Thema erledigt haben. Kein Mann wollte an zweiter Stelle stehen, und jemand wie Magni erst recht nicht. Obwohl es sich wie ein Sieg anfühlen sollte, spürte sie etwas anderes in ihrer Magengrube, was sie lieber nicht näher analysieren wollte.

»Guten Morgen«, grüßte sie ihn kurz darauf, als sie an seinen Stuhl herantrat.

Er blickte auf. Sein Mund formte ein freundliches Lächeln. »Hey, Luna, hast du gut geschlafen? Ich habe dich beim Frühstück vermisst.«

»Sehr gut, danke. So gut, dass ich es nicht geschafft habe. Außerdem war ich noch satt von der Pizza.« Gleich drei Lügen auf einmal. Mann, was war nur aus ihr und ihrem

Grundsatz, immer bei der Wahrheit zu bleiben, geworden. Luna verdrängte die Überlegungen. »Von mir aus kann es gleich losgehen«, meinte sie – hoffentlich – fröhlich, obwohl ihr Körper nach Koffein lechzte. »Ich habe heute noch etwas vor.«

»Ach ja? Wie schön, komm.« Er stand auf.

Nun frag mich schon, bat sie ihn stumm.

»Ist was?« Er musterte sie mit gefurchter Stirn.

O Gott. Sie fühlte sich so schäbig. Ihr wurde heiß und kalt, schlecht war ihr sowieso. Sie schluckte, dann spuckte sie es aus. »Du hast doch nichts dagegen, wenn ich mich mit Gunnar treffe?«

Magni lachte. »Wieso sollte ich was dagegen haben, ihr seid schließlich beide wichtige Bestandteile des Projekts.« Er hielt inne, ein Ruck ging durch seinen Körper, und er versteifte sich. »Oh, ach so, *das* meinst du. Ihr seht euch privat?«

Luna stand kurz davor, sich zu übergeben. »Ähm. Noch nicht. Ich wollte das mit dir vorher klären, immerhin – na ja, du bist der Boss.«

Sie schloss für eine Sekunde die Lider und verkniff sie sich ein gequältes Stöhnen. Am liebsten würde sie hier auf der Stelle tot umfallen, es war so was von peinlich. Unangenehm hoch dreizehntausend.

»Warum sollte ich was dagegen haben, Luna? Was du in deiner Freizeit tust, geht mich ja wirklich nichts an.«

Täuschte sie sich, oder war sein Tonfall ein wenig frostiger geworden.

Nun, wenn dem so war, hatte sie ihr Ziel erreicht.

Warum fühlte sie sich dann nur so miserabel?

Magni stapfte los, und Luna folgte ihm mit ein paar Metern Abstand. Sie musste erst einmal verdauen, was sie da eben von sich gegeben hatte. Leider hatte sie das Erwünschte nicht erreicht, sie fühlte sich nicht erleichtert, sondern einsamer als je zuvor.

Die Fahrt nach Grenivík hatte sich geradezu endlos gezogen. Das Gespräch war nur schleppend in Gang gekommen. Luna hatte versucht, über die Benzinsache der ersten gemeinsamen Fahrt zu scherzen, aber das war völlig in die Hose gegangen. Irgendwann hatte Luna sich schlafend gestellt und war, durch das Geschaukel auf den isländischen Straßen, tatsächlich eingenickt. Sie atmete erleichtert aus, als sie endlich in Grenivík bei ihrem Bauernhof aus seinem Wagen stieg. Mamas Besucher war noch da, es standen beide Autos, Lunas und Gerhards Mietwagen, auf dem Hof. Gut, hoffentlich lief es bei den beiden besser als bei ihr.

Magni reichte ihr Koffer, Zeichnungen und Rucksack aus der Ladefläche und blieb dann regungslos neben seinem Pick-up stehen.

Luna trat von einem Fuß auf den anderen und wünschte, er würde sie nicht so ansehen. So kühl. So enttäuscht.

Ja, das war der passende Ausdruck. In seinen wunderbaren Augen lag nicht mehr dieser besondere Glanz, wenn sich ihre Blicke trafen.

Luna hatte es so gewollt. So war es richtig. Trotzdem fühlte sie sich elend.

Er war ihr Chef. Er sollte sie distanziert behandeln, deshalb hatte sie das alles doch nur eingefädelt. Blöd nur, dass ihr Herz etwas ganz anderes wollte.

Nun, das dumme Ding würde schon noch kapieren, dass ihr Kopf hier das Sagen hatte. Luna räusperte sich. »Vielen Dank fürs Bringen, Magni.«

»Kein Ding, machs gut, Luna.« Er hob zwei Finger zum

Gruß an die Stirn, dann wandte er sich ab und stieg wieder ein, ließ den Motor an und fuhr mit aufspritzendem Kies vom Hof.

Sie seufzte leise, ihre Schultern hingen herab. »Alles ist gut, wie es ist«, murmelte sie, dann raffte sie ihre Sachen zusammen und ging ins Haus. »Hallo! Ich bin wieder da.«

Sie schob ihren Koffer in die Küche, stellte den Rucksack ab und legte die Zeichnungsmappe auf den Tisch. »Mama?«, rief sie in die Stille.

Dann hörte sie leises Murmeln, Rascheln und kurz darauf kam ihre Mutter im Bademantel in die Küche. Ihre Haare waren zerzaust, ihre Lippen geschwollen, die Wangen gerötet.

O. Mein. Gott.

Luna wurde heiß. Wie unangenehm. Sie hatte die beiden *dabei* gestört.

Na ja, wenigstens eine in der Familie, die ein Liebesleben hat, dachte Luna sarkastisch.

Gerda gab ihr ein Küsschen und hielt sie an den Schultern fest. »Du siehst ja schrecklich aus.«

»Danke, Mama, das ist genau das, was ich hören wollte«, erwiderte sie bitter.

Ihre Mutter zog sie in ihre Arme und strich ihr, wie einem Baby, über den Rücken. »Liebes, was ist los? Ist es nicht gut gelaufen? Das tut mir leid.«

Luna schloss die Augen und genoss diesen Moment der Nähe und des Trosts. Manchmal brauchte auch sie ihre Mama noch. Luna spürte Tränen in sich aufsteigen, dabei gab es doch gar keinen Grund zu heulen.

Tja, dieses blöde Herz schien mehr zu melden zu haben, als Luna lieb war. Sie holte tief Luft. »Ich weiß nicht. Es ist kompliziert.«

»Das ist es immer, Schätzchen.«

Gerda trat zurück, dabei hielt sie Luna noch immer liebevoll an den Armen fest. »Komm, ich mach uns erst mal einen Kakao. Setz dich und erzähl.«

Luna war zu erschöpft, um zu protestieren. Außerdem war eine heiße Schokolade wirklich etwas, was ihr guttun würde. Während ihre Mutter sich am Herd betätigte und Luna in der Zwischenzeit ein paar Kekse knabberte, erzählte sie, was auf dem Bauamt passiert war und dass sie leider keinen Schritt weitergekommen waren.

»Wie sind die Klamotten angekommen?«, erkundigte sich Gerda, stellte Luna eine Tasse vor die Nase und setzte sich ihr gegenüber.

Das Kleid war völlig in Ordnung gewesen, daher überging Luna die Frage und kam auf etwas ganz anderes zu sprechen. »Mama! Du hast mir Kondome in die Victoria's-Secret-Tüte gepackt. Musste das sein?«

Gerda grinste. »Lieber sicher als sorry, Lunachen, das weißt du doch.«

Luna schnitt eine Grimasse. Wenn sie ahnen würde, wie dicht Luna dran gewesen war, diese verdammten Kondome wirklich zu benutzen. Das würde ihrer Mutter gefallen. »Ja, Mama, ich kann lesen. Danke für die Nachricht«, brummte sie ironisch. Genau den Satz »Lieber sicher als sorry« hatte ihre Mutter nämlich ihrem Tütchen mit weißer Spitzenwäsche und Kondomen beigelegt. Sogar einen Smiley hatte sie darauf gemalt. So was konnte nur ihre Mutter bringen.

Luna wollte gerade noch etwas ergänzen, als Gerhard sich zu ihnen gesellte. Er hatte sich, im Gegensatz zu ihrer Mutter, vollständig angezogen. Ein Glück. Gerhard umarmte Luna kurz. »Schön, dich wiederzusehen. Soll ich euch einen Moment alleine lassen?« Er schwäbelte leicht. Gerhard war attraktiv und schien wirklich nett zu sein. Er war anders als die anderen Männer, die Gerda sonst angeschleppt hatte. Luna hoffte, dass sie endlich ihr Glück gefunden hatte. Es schien so. Beide wirkten vertraut, auch ohne miteinander sprechen zu müssen. Gerade tauschten sie einen Blick aus, den Luna nicht deuten konnte.

»Äh, nein, setz dich doch«, antwortete Luna.

»Luna, Liebes, ich muss gleich packen, wir wollen Island noch ein wenig erkunden, ehe wir nächste Woche zurück nach Deutschland fliegen«, erklärte Gerda mit einem schüchternen Lächeln, das sie selten zeigte.

»Du willst abreisen?«, stieß Luna entsetzt hervor.

»Ich bleibe, wenn du mich brauchst. Soll ich?«, wollte Gerda wissen, und Luna wusste, dass das nicht nur so dahingesagt war. Ein Teil von ihr wollte, dass ihre Mama blieb, um ihr beizustehen. Sie fühlte sich verletzlicher, einsamer als sonst. Aber der andere Teil wollte, dass sie ging. Das hier war Lunas Chance, ihr Leben endlich so zu führen, wie sie es immer gewollt hatte. Als erfolgreiche Architektin und Bauingenieurin. Sie konnte sich nicht hinter ihrer Mama verstecken.

»Nein, Mama, fahrt ruhig. Das klingt nach einem tollen Plan.« Sie rang sich ein Lächeln ab.

Gerda griff Gerhards Hand und drückte sie. »Gerhard und ich haben viel zu bereden«, sagte sie zu Luna und sah ihren Freund an. »Aber wir sind auf einem guten Weg.«

»Das freut mich für euch. Heiratet ihr?«, erkundigte sich Luna. So lief das nämlich üblicherweise. Nicht umsonst hatte Gerda bereits drei Scheidungen hinter sich.

Gerda schüttelte den Kopf. »Nein. Noch nicht. Wir ... versuchen es erst mal ohne Trauschein. Das ist sowieso keine Versicherung, das habe ich gelernt.«

Luna war überrascht, sonst stürzte sich Gerda gerne Hals über Kopf in den vermeintlich sicheren Hafen. Vielleicht war es dieses Mal wirklich anders. Luna fragte nicht, wie es mit der

Familienplanung ausschaute, das ging sie nichts an, gleichzeitig würde sie es ihrer Mutter gönnen. Sie hatte die Chance, noch einmal von vorn anzufangen, und Luna wünschte ihr, dass sich ihre Träume erfüllten, von denen sie bis vor Kurzem vielleicht noch gar nicht gewusst hatte, dass sie in ihr schlummerten.

Gerhard schenkte ihr einen liebevollen Blick, seine Augen strahlten. »Vielleicht besuchst du uns ja mal in Stuttgart?«

»Erst mal komme ich hier wohl nicht weg«, gab Luna mit einem Lächeln zurück. »Wollt ihr sofort los?«

»Ja, im Prinzip schon«, erklärte ihre Mutter. »Es sei denn, du brauchst mich.«

»Nein, Mama. Genießt ihr mal ein paar schöne Tage, Island hat eine Menge zu bieten.«

Gerda stand auf und umarmte ihre Tochter lange. Dann strich sie ihrem Freund liebevoll über die Wange. »Lass uns doch noch gemeinsam essen«, schlug sie vor. »Gerhard ist ein guter Koch. Du kannst mir ja beim Packen helfen, Luna?«

»Klar, das mache ich.« Luna ahnte, dass ihre Mutter ihr noch ein paar »wertvolle Tipps« mit auf den Weg geben wollte. Sie gingen gemeinsam ins Schlafzimmer. Gerhard hatte das Bett gemacht, Luna verkniff sich ein Grinsen. Gerda warf ihren Koffer auf die Matratze, seiner war schon zugeklappt und stand neben der Tür. Es tat ihrer Mutter sicher gut, einen so organisierten Mann in ihr Lebenschaos zu bringen, und anscheinend lief das mit den beiden ja ganz problemlos.

»So, Luna, nun schieß mal los«, fing ihre Mutter an, während sie eine Bluse faltete.

»Was denn? Ich habe dir doch gerade alles erzählt.«

»Ha! Wenn du so drauf bist, wurmt es dich ja sogar noch mehr.«

Luna hasste es, wie gut ihre Mutter sie kannte. Und gleichzeitig war sie auch froh darüber. Das hieß jedoch lange nicht, dass Luna auch darüber sprechen wollte. »Ich habe eine Verabredung. Mit Gunnar.«

»Mit Gunnar?«, erwiderte Gerda irritiert.

»Wieso überrascht dich das? Er ist nett, hast du doch selbst gesagt.«

»Ja, trotzdem hatte ich das Gefühl, dass du mehr an Magni hängst.«

Luna schnaubte. »Ich hänge an gar niemandem.«

Gerdas Blick sagte, dass sie ihrer Tochter kein Wort glaubte. »Sicher, Lunachen.«

»Mensch, Mama.«

»Ich will doch nur, dass du glücklich bist.«

»Um glücklich zu sein, brauche ich keinen Mann.«

Gerda legte die Bluse in den Koffer, dann kam eine Hose dran. »Da gebe ich dir recht, Liebes. Du bist stark, du bist unabhängig, das sollst du auch sein. Trotzdem ist es keine Schande, Gefühle zuzulassen, weißt du?« Sie hielt inne und schaute zu Luna auf. Ihr Blick war weich, besorgt geradezu. »Mach nicht die gleichen Fehler wie ich.«

»Nein, keine Sorge. Ich vertraue nicht dem falschen Mann.«

»Das weiß ich. Aber pass auch auf, dass du dich nicht immer in dein Schneckenhaus zurückziehst.«

»Was ist aus dem Grundsatz geworden, dass ich meine Mauern nicht fallen lassen soll, damit ich nicht verarscht werde?«

»Wenn der Richtige kommt, wirst du wissen, wann du dich öffnen musst.«

»Ja? Wie stelle ich das denn fest?« Luna hatte keine Ahnung, woher auch?

Gerda lächelte. »Das lernt man nicht an der Uni, du musst es fühlen.« Sie legte Luna eine Hand auf die Brust. »Hier drin, Liebes.«

Luna schluckte. »Was, wenn ich mir nicht sicher bin?«

»Du bist jung, du hast alle Zeit der Welt. Ein Mann, der nicht auf dich wartet, ist es auf jeden Fall schon mal nicht wert.« Gerda umarmte Luna lange und fest. »Du gehst deinen Weg, davon bin ich überzeugt.«

16

*L*una war sich ganz und gar nicht sicher, ob sie das Richtige tat. Sie hatte sich mit Gunnar im *Mathús* in Grenivík verabredet, sie saßen gerade beim Nachtisch. Es gab Skyrtorte mit Beeren.

Es war einfach, sich mit ihm zu unterhalten, weil ihr dämliches Herz in seiner Nähe keine Kapriolen schlug und ihr Magen sich nicht anfühlte, als hätte sie ein Fass Brause genascht. Gleichzeitig merkte sie, dass Gunnar mehr von ihr wollte und ständig versuchte, sie beiläufig zu berühren. Nicht aufdringlich, aber dennoch wurde deutlich, dass er Interesse an ihr als Frau hatte.

Luna kam sich schäbig vor, ja, das war es, was sie bedrückte und ihr den Abend versaute. Sie hatte nie eine von den Frauen sein wollen, die Männer für etwas benutzten, und sei es nur dafür, einen anderen loszuwerden.

Das zumindest hatte sie geschafft. Luna hatte seit der Rückkehr aus Reykjavík nichts von Magni gehört oder gesehen.

Warum auch? Das Meeting war erledigt, sie hatten nichts miteinander zu tun. Trotzdem hatte sie ihm eine Nachricht geschrieben und gefragt, ob es Neuigkeiten vom Bauamt gab. Was natürlich nur ein Vorwand gewesen war, und er hatte nicht geantwortet.

Luna fuhr einen Kondenswassertropfen an ihrem Wasserglas mit der Fingerspitze nach. Sie wusste, dass ihr Verhalten erbärmlich war, und es sah ihr ganz und gar nicht ähnlich. Sie mochte sich selbst nicht mehr leiden. Vor dem Fenster fuhr ein weißer Pick-up vorbei und riss Luna aus ihren trüben Gedanken, sie wandte sich um, aber konnte nicht erkennen, ob es Magni war.

Nein, war er sicher nicht. Warum sollte er auch hier herumfahren? Sie fing an, verrückt zu werden.

Luna trank einen Schluck Wasser, dann schob sie ihren Teller von sich. »Puh, ich kann nicht mehr.« Sie lachte. Es klang zu hoch und künstlich. Sie hatte den Nachtisch kaum angerührt.

»Sollen wir noch ein Glas Wein trinken? Ich habe einen guten Weißen bei mir kaltgestellt«, schlug Gunnar vor und lehnte sich zurück. Er sah gut aus, die Ärmel seines Hemdes hatte er bis zu den Ellenbogen hochgekrempelt. Seine Unterarme waren gebräunt und sehnig, seine Schultern breit. Er hatte ebenmäßige Gesichtszüge und eine gerade Nase. Aber Aussehen war eben nicht alles, und ihr Leben war auch so schon kompliziert genug. Sie durfte auf keinen Fall mit zu ihm gehen. Alarmglocken schrillten in ihrem Kopf.

Sie überlegte, wie sie sich herausreden konnte, ohne Gunnar vor den Kopf zu stoßen.

Leider fiel ihr nichts ein. »Hör zu, Gunnar, ich bin wirklich müde, es tut mir leid.«

»Das muss es nicht.« Sein Gesicht sagte was anderes. Er

hatte vermutlich damit gerechnet, dass der nächste Schritt schneller folgen würde.

»Doch, das tut es.« Sie nahm seine Hand und sah ihm fest in die Augen. »Ich mag dich, Gunnar. Aber ... es geht mir zu schnell.«

»Ist in Ordnung, Luna. Natürlich ist es das.« Er lächelte, und es wirkte echt. Sein kurzer Ärger schien verflogen.

Luna stand auf und zückte ihre Kreditkarte. »Lass mich dich einladen, du hast ja neulich schon für mich gekocht.«

Gunnar sprang auf. »Auf gar keinen Fall!« Er rannte förmlich zur Kasse, in Island bezahlte man selten direkt am Tisch. Luna schüttelte den Kopf. Diese Männer! Sie konnte ihre Rechnungen und ihr Essen selbst bezahlen, aber darum prügeln würde sie sich auch nicht.

Normalerweise würde sie anbieten, das nächste Mal das Essen zu übernehmen, obwohl sie eine lausige Köchin war und nur zwei Gerichte halbwegs essbar zubereiten konnte. Aber in diesem Fall verzichtete sie darauf, um es nicht noch komplizierter zu machen. Sie verabschiedete sich mit einer kurzen, freundschaftlichen Umarmung und ging dann, ohne noch einmal zurückzublicken, zu ihrem Auto. Sie spürte, dass Gunnar nicht zufrieden war, aber er war zu höflich, um sich zu beschweren.

Es dämmerte, aber war noch nicht ganz dunkel. Der Horizont erstrahlte in einem so intensiven Blau, dass es ihr den Atem verschlug. Das Meer wogte sanft in einem steten Rhythmus, eine leichte Brise zupfte an ihrem Haar. Es roch nach frischem Gras und Seeluft. Die Umrisse der Berge verschwammen in der Dämmerung. Es sah märchenhaft aus. Ihr Herz weitete sich ein wenig, und der Stress fiel von ihren Schultern ab. Luna atmete tief ein und straffte sich. Morgen war ein neuer Tag, und in einer Woche hatte sich bestimmt alles beruhigt. Sie hatte das Richtige getan, und ab sofort würde sie sich weder mit Gunnar noch mit sonst einem Kerl privat treffen. Diese Entscheidung stimmte sie zufriedener, sie fuhr in gemächlichem Tempo zurück nach Grenivík. Sie stellte den Wagen wie immer bei der Hintertür ab und marschierte ins Haus. Sie schloss ab, so mutig war sie noch nicht, dass sie über Nacht die Türen offen ließ, wie andere hier. Luna merkte, dass sich ihre Mundwinkel ein wenig nach oben bogen, als sie in die Küche ging und sich einen Lavendeltee zubereitete. Sie hatte festgestellt, dass sie der Duft und Geschmack beruhigten. Anfangs ein wenig gewöhnungsbedürftig, aber irgendwie auch lecker.

MAGNI WAR RASEND. Vor Wut. Vor Fassungslosigkeit. Und vor Eifersucht. Vor allem das.

Er war so weit gegangen, dass er sogar am *Mathús* vorbeigefahren war, weil er gehört hatte, dass Gunnar dort einen Tisch reserviert hatte.

»Scheiße«, knurrte er und schlug mit der Hand aufs Lenkrad. Er fuhr noch immer wie ein Idiot durch die Gegend, weil er es zu Hause nicht aushielt. Er konnte einfach nicht aufhören, daran zu denken, dass Luna vielleicht in dieser Sekunde ihre Lippen auf Gunnars presste. Statt auf seine, wo sie hingehörten.

Magni wusste, dass sie jedes Recht der Welt hatte, einen anderen zu begehren. Aber er kam damit nicht klar. Weniger als das. Er brachte ihn förmlich um den Verstand.

So hatte er sich bislang nie gefühlt. Noch nie. Im ganzen Leben nicht.

Er hasste es, so hilflos und ausgeliefert zu sein.

Magni wusste nicht, was er tun sollte. Schließlich ertappte

er sich dabei, dass er an dem Hof, auf dem Luna lebte, vorbeifuhr. Es brannte Licht. Er verrenkte sich den Hals und schaute nach einem zweiten Wagen.

Ob sie mit ihm im Bett war?

Oder war sie allein? Dass ihre Mutter abgereist war, hatte er aus dem Dorf gehört. Neuigkeiten sprachen sich schnell herum.

Magni wendete an der nächsten Einfahrt. Er hielt es nicht mehr aus.

»Fahr nicht hin. Fahr nicht hin«, murmelte er und bog doch zum Hof Grýtubakki ab.

Er fluchte inbrünstig und aus vollem Herzen. Um umzudrehen, war es zu spät. Wenn sie aus dem Fenster schaute, würde sie ihn erkennen und sehen, dass er auf »Kontrollrunde« war. Eine andere Erklärung gab es nicht, Luna würde wissen, was los war. Er überlegte sich eine Ausrede. Neuigkeiten vom Bauamt? Aber welche?

Scheiße, verdammt. Es würde in jedem Fall peinlich werden. Aber im Grunde scherte ihn das weniger als der Gedanke, dass Luna mit Gunnar … Das musste er verhindern.

Er stellte seinen Wagen ab, atmete kurz durch und marschierte dann zur Hintertür und klopfte. Schreckliche Bilder tauchten in seinem Kopf auf, Luna nackt, wie sie einen anderen küsste. Er schloss die Augen und schüttelte sich leicht, als ob das was nützen würde. Er konnte nicht klar denken, alles in ihm war verkrampft. Es dauerte nur wenige Sekunden, bis die Tür geöffnet wurde. Luna stand mit großen Augen vor ihm, in der Hand hielt sie eine Tasse dampfenden Tee.

»Magni?«, stieß sie hervor. Offenbar hatte sie nicht erwartet, dass er es war.

O Gott. Sie war so schön.

Er wollte sie küssen.

Er wollte sie in seine Arme ziehen.

An ihrem Haar schnuppern, seine Nase darin vergraben.

Sie festhalten. Sie lieben.

Er schluckte, weil die Empfindungen ihn zu übermannen drohten. »Hallo, Luna.« Seine Stimme klang rau.

Für einen Augenblick schauten sie sich wortlos an. Ein unsichtbares Band zerrte an ihm, ihr schien es ähnlich zu gehen. So nah und doch längst nicht genug.

Magni hatte nicht vergessen, warum das hier keine gute Idee war. Aber er war unfassbar erleichtert, dass Gunnar nicht anwesend zu sein schien. Dass Magni sich diese Spannung, dieses Knistern zwischen ihnen nicht eingebildet hatte, denn es war sofort wieder da. Er sah es in ihren Augen. Sein Verlangen spiegelte sich darin. Seine eigene Sehnsucht, die auch ihre war. Magnis Puls raste, in seinem Magen kribbelte es. Der Knoten hatte sich gelöst, stattdessen pulsierte prickelnde Lust durch seine Adern. Er atmete schneller, während er versuchte, das letzte bisschen Verstand in seinem Hirn zu aktivieren. Sie schwieg, auch er fand nicht die passenden Worte für das, was hier zwischen ihnen vor sich ging.

»Du solltest mir sagen, dass ich gehen soll«, knurrte er und trat näher.

Es trennte sie nur noch ein Schritt. Ein winziger Schritt. Er roch Lavendel und ihren einzigartigen Duft.

»Ja, das sollte ich«, hauchte sie. Sie biss sich auf die Unterlippe, und Magni unterdrückte ein Stöhnen.

Gott, wie sinnlich konnte so etwas Simples eigentlich sein?

Die Luft zwischen ihnen vibrierte. Sein Herz klopfte so wild, dass ihm ganz schwindelig wurde. In seinem Bauch tanzte eine Armada von Schmetterlingen.

Er wartete auf eine Reaktion, einen Hinweis, eine Geste von

ihr. Ein Nein, vielleicht. Dann würde er es schaffen zu gehen. Dennoch hoffte er auf etwas anderes. Etwas ganz anderes.

Ja, das sollte ich, hatte sie gesagt. Aber was hieß das? Er blieb regungslos stehen und wartete.

Magni sah endlich, wie sich ihre Mundwinkel ganz leicht nach oben bogen. Luna schlug ihm nicht die Tür vor der Nase zu, ihre Blicke waren noch immer ineinander verhakt. Stattdessen trat sie zur Seite. Kein weiteres Wort, nur das. Eine stumme Einladung, die er nicht falsch interpretieren konnte. *Komm herein.*

Eine Welle der Erleichterung erfasste ihn, beinahe gleichzeitig realisierte er, was das bedeutete. Wenn er diese Schwelle übertrat, gab es kein Zurück mehr. In vielerlei Hinsicht. Luna war klug, sie wusste das auch.

Auf einmal ergab alles einen Sinn. Alles.

Magni schloss die Tür leise hinter sich und wandte sich erst dann wieder zu ihr um. Luna schaute ihn aus großen, schillernden Augen an. Er nahm ihr die Tasse ab, ganz sanft, vorsichtig und stellte sie auf das Fensterbrett. Die kurze Berührung ihrer Haut hatte genügt, um auch den letzten klaren Gedanken in seinem Hirn auszulöschen.

»Du weißt, warum ich hier bin?«, fragte er rau und kam näher.

Sie lehnte sich gegen die Wand, als ob sie Angst hätte, dass ihre Knie unter ihr nachgaben. Sie schaute zu ihm aus halb gesenkten Lidern auf. »Sag du es mir«, wisperte sie.

Feuer loderte zwischen ihnen, dabei berührten sie sich noch nicht einmal. Magni legte seine Hände neben ihrem Gesicht an die kühle Wand. Seine Lippen waren ihren so nah, dass er ihren heißen Atem spürte. Er erschauderte vor Lust. »Ich bin hier, weil ich es nicht mehr ohne dich aushalte, Luna. Ich denke an dich. Tag und Nacht. Wenn ich aufwache, gilt mein erster Gedanke dir, wenn ich einschlafe, dann mit deinem Bild vor meinen Augen. Ich habe es versucht, nicht wie ein Besessener hinter dir her zu sein. Ich habe es wirklich versucht, aber ich komme einfach nicht dagegen an.«

»Wogegen?« Ihre Stimme war kaum zu hören, nur noch ein bebendes Flüstern. Sie atmete schnell. Genauso wie er.

»Ich will dich. Ich will dich spüren, Luna. Dir nahe sein. So nahe wie noch niemandem zuvor. Aber die Frage ist, willst du das auch?« Er musste es wissen. Musste es hören.

Er dachte nicht mehr an Gunnar, der spielte keine Rolle. Magni kapierte endlich, was Luna damit bezweckt hatte. Sie traute sich und ihren Gefühlen nicht. Sie hatte Angst, verletzt zu werden. Diese Angst würde er ihr nehmen. Nach und nach.

Er wartete auf ihre Antwort. »Sag es, Luna. Ich kann sonst nicht bleiben.«

O Mann. Was machte er hier eigentlich?

Nein, es war richtig. Er würde den gleichen Fehler nicht noch einmal begehen. Er erinnerte sich an ihr Entsetzen nach dem ersten Kuss, die Schuldgefühle in ihren Augen.

Das hier war richtig. Ehrlich. Aber Luna musste sich das auch eingestehen, sonst hatten sie keine Chance.

»Ich will dich auch, Magni.«

Er traute seinen Ohren nicht. Obwohl er darauf gewartet hatte, klang es unwirklich. Großartig. Magni schluckte und lehnte seine Stirn gegen ihre, atmete geräuschvoll aus. Er zitterte, dann umfasste er ihr Gesicht mit seinen Händen und lächelte. »Du bist wunderbar.«

Und jetzt, fand er, hatten sie genug geredet. Er verschloss ihren Mund mit seinem und küsste sie.

Der Bann war gebrochen, mit seiner Zurückhaltung war es vorbei. Luna zerrte an seinem Hemd. Zähne schlugen aufeinander, während sie im Flur übereinander herfielen. »O Gott«, japste er. Seine Hände glitten unter ihr Shirt und strichen über ihren flachen Bauch. Dann küsste er sie erneut. Ihre Zungen tanzten miteinander, während sie sich Schritt für Schritt zu einem der Schlafzimmer bewegten. Ihm war egal welches. Er brauchte nicht mal ein Bett. Alles, was zählte, war Luna, ihre Nähe, ihre Leidenschaft, ihre zarten kleinen Seufzer, wenn er die richtige Stelle an ihrem Hals liebkoste.

Sie stießen gegen die Matratze und verloren das Gleichgewicht. In einer innigen Umarmung stürzten sie in die Kissen und lachten. Ihre Blicke begegneten sich, Magni strich mit seinen Fingerspitzen über ihre Wangen. Ihre Haut war so zart und seidig, dass ihm ein ehrfürchtiges Seufzen über die Lippen floss. »Ist alles in Ordnung?«, wollte er wissen. Seine Stimme klang heiser.

Sie nickte. »Sehr in Ordnung.«

»Du weißt, dass ich nicht nur deswegen hier bin?« Er schaute aufs Bett und wieder in ihre Augen.

Luna lächelte, dann kletterte sie auf ihn und setzte sich auf seine Hüften. Sie musste den deutlichen Beweis seiner Erregung spüren. Luna fing an sein Hemd aufzuknöpfen. »Ja, das weiß ich, Magni. Soll ich aufhören?«

O Gott. Diese kleine Verführerin. Er sog scharf die Luft ein, als ihre Hände über seinen Bauch zu seinem Brustkorb glitten und ihm den Stoff von den Schultern schoben.

Magni grinste anzüglich. »Wenn du mich so fragst ... Nein!«

Luna schien zufrieden, sie zog sich ihren Pulli über den Kopf und warf ihn achtlos beiseite. Sie trug einfache Unterwäsche, genau so, wie er es sich immer vorgestellt hatte. Sie brauchte nichts anderes, denn sie war reizvoll genug, sogar in einen Leinensack gekleidet wäre Luna die einzige Frau auf Erden, die er wollte.

Lust schoss durch seine Lenden, als sie sich auf ihm

bewegte. Himmel, zwischen ihnen war noch viel zu viel Stoff. Magni liebkoste ihre Haut, während sie ihr Gesicht zu seinem beugte und ihn leidenschaftlich küsste. Seine Finger fanden den Verschluss ihres BHs, er löste ihn und befreite ihre festen, kleinen Brüste. Als er über die rosigen Spitzen strich, stöhnte Luna in seinen Mund.

Sie zu hören, erregte ihn noch mehr. Zu lange hatte sich alles in ihm aufgestaut, es war zu viel und doch nicht genug. Er würde sich sehr zusammenreißen müssen, dass das hier nicht viel zu früh endete. Der Gedanke löste sich in Rauch auf, als Luna anfing, die Knöpfe seiner Jeans zu öffnen. Er hob seine Hüften, um es ihr leichter zu machen. Sie streifte seine Boxer gleich mit ab. »So haben wir nicht gewettet«, knurrte er und beförderte sie mit einer kraftvollen Bewegung auf den Rücken.

Luna lachte und beobachtete ihn. Er streichelte ihren Hals, ihre Schlüsselbeine und ihre Brüste. Sie atmete schneller, die rosigen Spitzen waren aufgerichtet. Dann erreichte er ihren flachen Bauch und stellte das Gleichgewicht zwischen ihnen wieder her. Er zerrte an ihrer Jeans und ihrem Höschen. Geduld war jedenfalls keine Stärke, mit der er sich brüsten konnte. Luna stützte sich auf die Ellenbogen und richtete sich leicht auf, er liebte es, zu sehen, wie wohl sie sich in ihrem Körper fühlte. Noch nie hatte er eine Frau begehrenswerter gefunden als sie. Luna hatte sanfte Kurven, perfekte kleine Brüste und eine schmale Taille. Er liebte weibliche Formen, vor allem ihre. Luna zog ihn zu sich herab, sie küssten sich erneut. Endlos lange und immer drängender. Ihre Hüften rieben sich an seiner Erektion. Magni stöhnte. Eine ungeahnte Hitze loderte immer heißer zwischen ihnen. Magni bedeckte ihren Hals mit Küssen, kostete von jedem Zentimeter ihrer Haut. Sie schmeckte wundervoll.

Luna ließ ihren Kopf nach hinten fallen und holte

keuchend Luft, als er eine ihrer Brustwarzen in den Mund nahm und daran saugte. Er ließ sich ausgiebig Zeit, bis er sich auch um die andere kümmerte. Lunas Nägel gruben sich in seinen Rücken, er genoss den süßen Schmerz. »Bitte ...«, wisperte sie. »Mehr ...«

Oh, das konnte sie haben. Und wie. Er setzte die Erkundungsreise mit seinen Lippen fort, glitt tiefer zu ihrem Bauchnabel und tiefer zum Zentrum ihrer Lust. Er spreizte ihre Schenkel mit seinen Händen und hielt ihren festen Hintern umfangen, während er seinen Mund auf ihre intimste Stelle presste und von ihr kostete. Er war im Himmel.

Lunas Hüften hoben sich ihm entgegen, immer schneller, immer forscher. Ihre lustvollen kleinen Seufzer trieben ihn ins Paradies. Er spürte, dass sie kurz davor war, und hielt es kaum noch aus.

Sie zerwühlte sein Haar und schrie lustvoll auf, während sie sich unter ihm versteifte. Luna stieß unzusammenhängende Worte aus, die er nicht verstand. Er hatte nie Schöneres gehört. Irgendwann ebbten die Wellen der Lust ab und Lunas Atem beruhigte sich allmählich.

Magni bahnte sich einen Weg aus tausend Küssen und legte sich neben ihr aufs Kissen. Er streichelte ihre Wange und betrachtete sie. Ihre Haut hatte eine rosige Färbung angenommen, ihre Lippen waren geschwollen. Ihr Haar zerzaust. Lunas Brüste hoben und senkten sich noch immer schnell. Sie drehte sich auf die Seite und legte ihre Hand auf seine Hüfte. Er war froh, dass er selbst einen Augenblick hatte, um sich zu beruhigen. Sie lächelte träge, ihre Augen glänzten. Als er spürte, wie sie ihn liebkoste und umfasste, schloss er die Augen und biss sich auf die Unterlippe.

»Luna«, warnte er sie. Das hier könnte schneller vorbei sein, als ihnen lieb war.

»Ja?«, fragte sie unschuldig.

O sie wusste genau, was sie da tat. Magnis Hüften zuckten, er genoss die Empfindungen, die sie in ihm hervorrief. Nur einen Moment, sagte er sich.

Das süße Ziehen in seinen Lenden wich sehr schnell einem heißen Brennen. Sein Körper schrie nach Erfüllung, aber er wollte mehr als das. »Warte«, forderte er sie mit zitternder Stimme auf und schob ihre Hand weg. »Was ist?« Luna hob eine Braue.

»Nicht so«, bat er sie.

Sie begriff sofort, ihre Augen weiteten sich und wurden dunkel vor Lust. »Wie dann?«, kokettierte sie mit klimpernden Wimpern. Sie setzte sich auf, und ihr Haar fiel über die zarten Schultern bis zum Ansatz ihrer Brüste. Er hatte eine Menge Ideen, und er würde jede davon in die Realität umsetzen, aber zuerst ... sollte sie das Tempo bestimmen. So hatte er eine klitzekleine Chance, nicht als schlechtester Liebhaber der Welt in die Geschichte einzugehen. Und dann dachte er an ein anderes Problem: Verhütung.

»Warte.« Sie schien seine Gedanken zu lesen, kletterte aus dem Bett und holte eine Tüte aus dem Schrank. Victoria's Secret stand darauf. Er bewunderte ihre Kehrseite, die kleinen Grübchen über dem Hintern, die runden Apfelbäckchen. Magni grinste.

Sie drehte sich zu ihm und wedelte mit einer Packung Kondome. »Meine Mutter wäre stolz auf mich«, brummte sie.

»Das musst du mir erklären.«

»Sie hat es kommen sehen und welche für mich besorgt«, erwiderte Luna. »Sie sagt, lieber sicher als sorry.«

Er schmunzelte. Magni mochte Gerda, sie war definitiv anders als andere Mütter. Es lag vermutlich auch daran, dass sie und Luna vom Alter nicht so irrsinnig weit auseinanderlagen. »Ich werde mich bei ihr bedanken«, murmelte er und krümmte den Zeigefinger. Er wollte definitiv nicht weiter über Gerda sprechen. »Aber nicht jetzt, *Ástin min*, meine Liebe.«

Luna wirkte überrascht, aber nur einen Moment, dann tapste sie zu ihm und kletterte aufs Bett, um ihn zu küssen. Er vergrub seine Hände in ihren Haaren und vergaß alles um sie herum. Es gab nur noch sie beide. Irgendwann streifte er ein Kondom über, und Luna setzte sich rittlings auf ihn. Es war das Sinnlichste, was er jemals erlebt hatte. Sie ließ ihn in sich gleiten und bewegte ihre Hüften. Magni hielt sie fest und versuchte ruhig zu atmen, hoffte, dass sie gnädig mit ihm sein würde. Mit seiner Beherrschung war es nicht mehr weit her. Er war ihr ausgeliefert und liebte jede Sekunde daran. Magni schloss die Augen, der Anblick war zu überwältigend, und gab sich vollständig der leidenschaftlichen Lust hin, die zwischen ihnen loderte.

Jeder Atemzug, jede Berührung, jeder Herzschlag trieb ihn höher und weiter. Luna schien es ebenso zu ergehen. Ihre Bewegungen wurden schneller, eindringlicher, bis Magni sich nicht mehr zurückhalten konnte, egal wie sehr er sich wünschte, diesen Moment noch länger auszukosten. Es war zu spät. Und so gut. So großartig. Ein grollender Laut schlich sich aus seiner Kehle. Seine Hüften zuckten unkontrolliert, und er spürte, dass er es nicht mehr hinauszögern konnte. Sie beugte ihr Gesicht zu seinem und verschloss seinen Mund mit einem langen Kuss. Ihre Zunge imitierte die Bewegungen ihres Beckens, das war alles, was noch gefehlt hatte. Magni erzitterte, hielt sich an Luna fest, flüsterte ihren Namen, während die Kraft dieses Höhepunkts die Realität auslöschte. Er spürte, wie auch sie erschauderte. Sie kam mit ihm, und das Wissen darüber machte ihn glücklich. Luna brach schwer atmend auf ihm zusammen. Ihre Körper waren schweißbedeckt, er hatte sich niemals besser gefühlt als in diesem Augenblick. Ihm fehlten die Worte, vielleicht musste man auch nicht immer etwas sagen. Er schloss die Lider und hielt sie fest, so fest, weil er sie nie wieder gehen lassen würde.

LUNA LAG mit dem Kopf in Magnis Armbeuge gebettet und strich mit ihren Fingerspitzen zärtlich über seinen festen Bauch. Es war dunkel geworden, sie hatten zwei flackernde Kerzen auf dem Fensterbrett stehen. Sie konnte noch gar nicht fassen, was hier passiert war. Sie war glücklich, aber auch aufgewühlt. »Woran denkst du?«, fragte er leise und küsste sie auf den Scheitel.

»Einfach daran, wie verrückt das alles ist.«

Sein Daumen streichelte über ihre Haut. »Was meinst du?«

»Na du und ich ... hier im Bett.«

»Bereust du es?«

»Was?! Nein! Natürlich nicht.«

Er zog sie etwas fester an sich heran. Luna mochte seine bestimmte Art und etwas Warmes breitete sich in ihrem Bauch aus, das zur Abwechslung einmal nichts mit Lust zu tun hatte. »Gut«, antwortete er. »Ich nämlich auch nicht. Jetzt kann ich dir ja endlich verraten, dass ich vom ersten Moment an von dir fasziniert war. Du hast mich verzaubert, Luna. Und ich lasse dich nicht mehr los.«

Luna schloss die Augen und lächelte. Es war schön, dieses Geständnis aus seinem Mund zu hören. Gleichzeitig fehlten ihr die passenden Worte. Alles, was ihr in den Sinn kam, würde belanglos klingen und nicht einmal ansatzweise so wundervoll wie das, was er zu ihr gesagt hatte. »Ich mag es, wenn du mich festhältst«, gab sie schließlich zurück. Weil es stimmte und sie trotzdem nicht das Gefühl hatte, zu viel von sich preiszugeben.

Eine Weile sagte niemand etwas, es war ein angenehmes Schweigen. Sie spürte seine gleichmäßigen Atemzüge und dachte, Magni sei eingeschlafen, bis er leise fragte: »Glaubst du, wir bekommen bald eine Antwort vom Bauamt?«

Luna setzte sich auf und drehte sich zu ihm. »Magni. Ich glaube, wir müssen da ein paar Regeln aufstellen.«

»Regeln?« Er verzog seine Lippen. »Was soll das werden, ein versautes Spielchen?« Er wackelte anzüglich mit den Augenbrauen.

Sie gab ihm einen spielerischen Klaps. »Das hättest du wohl gern! Nein. Hör zu.« Sie räusperte sich. »Es ist mir unangenehm, dass du mein Chef bist. Das war auch der Grund, warum ich ... na, du weißt schon.«

Magnis Lächeln wurde etwas weniger strahlend. »Ja, das habe ich in der Tat gemerkt, Luna. Aber was soll ich machen? Es ist nun mal so, dass uns dieses Projekt zusammengeführt hat. Und nur fürs Protokoll: Ich habe nicht vor, dich auszunutzen, oder was auch immer du für Bedenken hast. Was stört dich denn daran, dass ich der Bauherr bin?«

Sie rieb sich die Stirn. »Ist das nicht offensichtlich? Erstens, was denken die Leute – sie werden sagen, ich habe mich dir an den Hals geworfen und gehe wegen des Geldes mit dir ins Bett.«

Magni schnaubte, sie legte ihm einen Finger an die Lippen. »Lass mich zuerst alles sagen, bitte. Und zweitens, was ist, wenn es mit uns nicht klappt? Was dann? Dann sitze ich in der Tinte – oder auf der Straße, um es mal konkret zu formulieren. Das fühlt sich nicht gut an, Magni. Du bist mein Boss, du hast eine gewisse Machtposition mir gegenüber. Ich mag diese Art von Gefälle nicht.«

Er setzte sich auf und sah ihr tief in die Augen. Sie konnte nicht erkennen, was in ihm vorging. Er atmete leise aus, ehe er antwortete. »Ich verstehe deine Sorge, Luna, und ich hoffe, dass sich deine Angst legen wird. Ich kann dir versprechen, dass niemand hier denken wird, dass du dich wegen des Geldes an mich herangemacht hast. Das ist absurd. Denn *ich* habe mich an dich herangemacht.« Er versuchte zu lächeln und piekte sie liebevoll in die Seite. Luna spürte einen Stich in der Magengrube. Sie wollte ihm glauben, es gab keinen Grund, es nicht zu tun. Aber sie war machtlos gegen dieses merkwürdige Gefühl in ihrem Bauch. »Und zu zweitens«, fuhr er fort. »Wir sind doch gerade hier zusammen, und es ist wundervoll, für mich jedenfalls. Ich habe nicht die Absicht, dich jemals wieder gehen zu lassen, Luna. Im Gegenteil. Zwischen uns herrscht kein Machtgefälle – das musst du doch merken?«

Wo eben noch ein flaues Grummeln gewesen war, flatterten jetzt wieder die Schmetterlinge. Luna fiel eine Last von den Schultern, als sie begriff, was er ihr damit sagen wollte. Sie kannte das nicht von Männern, dass sie so offen und klar über das, was in ihrem Gefühlsleben vor sich ging, redeten. Vielleicht waren Isländer anders. Sie war froh darüber. Mehr als das. Luna war glücklich. »Kannst du das mit dem Gegenteil noch ein bisschen genauer erklären?«, wisperte sie und nahm seine Finger und verschränkte sie mit ihren.

»Luna Skröder...«, sagte er und sie grinste. Isländer konnten ihren Nachnamen einfach nicht richtig aussprechen. Sie korrigierte ihn nicht, weil sie umgekehrt auch nicht alles richtig machte und seinen Namen niemals richtig aussprechen könnte. Luna sah ihm tief in die Augen, die so dunkel im Kerzenlicht schimmerten. »... ich habe mich in dich verliebt, und das ist etwas, was mir so noch nie passiert ist. Ich meine es ernst mit dir. Und du?«, flüsterte er rau.

Er hatte sich verliebt.

O Gott.

Wie berauschend.

Gleichzeitig auch beängstigend. Was, wenn diese Verliebtheit doch nicht hielt? Sie hasste diese Zweifel, aber sie war machtlos dagegen.

Nein, sagte sie sich. Nicht denken. Nur einmal nicht.

Luna rückte ein Stück näher zu ihm. »Das ist wunderbar, denn mir geht es genauso.« Und dann verschloss sie seinen Mund mit ihrem. Dieses Mal liebten sie sich langsam und zärtlich, kosteten jeden Atemzug, jeden Kuss und jede Berührung aus, denn sie hatten alle Zeit der Welt.

17

Das Leben war großartig. Luna stand anderthalb Wochen später summend in der Küche und bereitete Rührei in einer Pfanne zu. Das Radio dudelte im Hintergrund. Sie trug eins von Magnis T-Shirts.

Magni kam, nur mit einem Handtuch umwickelt, aus dem Bad. Auf seinem Oberkörper glänzten einige Wassertropfen, sein Haar war noch nass.

Er drückte ihr einen Kuss in den Nacken und schaute in die Pfanne. »M-mh«, machte er.

Luna schloss die Augen und lehnte den Kopf zurück. Es war unglaublich, wie schnell sie sich an seine Gegenwart gewöhnt hatte. Nicht nur das, es war verrückt, wie schnell er zu einem wichtigen Teil in ihrem Leben geworden war, den sie nicht mehr missen wollte. Dabei war es nicht lange her, seit er zum ersten Mal bei ihr übernachtet hatte. Luna wollte keine Angst haben, aber manchmal war es schwer zu glauben, dass dieses Glück wirklich anhalten würde.

Sie sagte sich immer wieder, dass sie es verdient hatte und dass alles gut war, wie es war. Aber dennoch – ihre Vergangenheit oder die ihrer Mutter hatte Spuren hinterlassen. So einfach konnte sie die Bedenken, verlassen zu werden, nicht abschütteln.

»Hunger?«, wollte sie wissen.

Seine Hände wanderten unter Lunas Shirt und liebkosten ihren Bauch. »O ja.«

Sie wusste, dass er nicht das Rührei meinte, das in der Pfanne brutzelte. Das Bimmeln ihres Handys ließ sie zusammenfahren. »Gott«, japste sie erschrocken und wand sich aus seinen Armen. »Tut mir leid«, rief sie ihm zu, schnappte sich das Telefon und ging aus der Küche, um mit ihrer Mutter zu sprechen.

Die wollte nur hören, wie es ihr ging, sie waren gut zu Hause in Stuttgart angekommen. Luna fasste sich kurz, vor allem erzählte sie nichts von der Beziehung zu Magni. Es war noch zu frisch, außerdem wollte sie kein »Ich hab es dir doch gleich gesagt« hören. Luna warf das Telefon aufs Bett und kehrte zu Magni zurück, der die Position am Herd für sie übernommen hatte. Sie schlang ihre Arme um seine Hüften und schmiegte ihre Wange an seinen Rücken. Er roch so gut, so vertraut. Seine Wärme lullte sie ein. »Willst du mir keine Grüße ausrichten?«, fragte er gut gelaunt.

»Äh, was?«

»Na, das war doch deine Mutter, oder? Dein deutsches Handy?«

Luna ließ ihn los. Sie war ein wenig irritiert. »Stimmt, das war meine Mutter. Aber ... sie wollte mir nur kurz sagen, dass sie gut angekommen sind.«

Magni neigte seinen Kopf und betrachtete sie stumm. »Ach

so. Na dann. Du hast ihr nichts von uns erzählt?«, schlussfolgerte er.

Luna spürte, dass sie rot wurde. »Noch nicht. Und du? Hast du es deiner Familie erzählt?«

Er legte den Kochlöffel weg und zupfte an ihrem T-Shirt, dass sie zu ihm kommen sollte. »Ich dachte, das übernehmen wir am Wochenende, sie ahnen es natürlich – schließlich bin ich immer bei dir. Aber Ostern ist doch eine gute Gelegenheit, um es offiziell zu machen. Ich bin mir sicher, dass alle sich sehr freuen – und um ehrlich zu sein: Meine Schwester hat es sowieso schon länger vermutet – von der ersten Sekunde an, um genau zu sein.«

»Echt?« Oje. Luna war nicht klar gewesen, dass es für alle so offensichtlich gewesen war, dass es zwischen ihr und Magni knisterte.

»Was ist?« Er schob ihr eine Strähne aus der Stirn. »Stört dich etwas? Sag mir, was dich bedrückt, Luna.«

Sie wich seinem Blick aus und murmelte: »Es ist nur ...«

Er hob ihr Kinn mit seinem Finger an. »Es ist nur ... was?«

Sie schluckte. »Ich bin einfach unsicher, okay? Es ist eine Sache, für dich zu arbeiten, aber eine andere, auch deine offizielle Geliebte zu sein.«

»Du bist nicht meine *Geliebte*, Luna. Du bist viel mehr als das, und das weißt du auch. Ich habe mich in dich verliebt und du dich in mich. Wir sind ein Paar. Oder hat sich daran etwas geändert? Von deiner Seite?«

Sie blinzelte. »Nein, natürlich nicht.«

Er lächelte schief und drückte ihr einen kurzen Kuss auf die Lippen. »Gut, dann ist doch alles klar. Wir können mit deiner Mutter facetimen, und ich frage sie einfach selbst, ob sie mich als Schwiegersohn leiden mag, was meinst du?«

Luna schnappte nach Luft. »Schwiegersohn? Meine Herrn, du legst ja ein Tempo vor. Das ist jetzt wohl kein Antrag?«

»Ha!« Magni gab ihr einen weiteren schmatzenden Kuss auf die Lippen. »Nein, glaub mir, der Antrag wird anders ausfallen. Nicht nur mit einem Handtuch bekleidet jedenfalls.«

Luna grinste und zupfte daran, bis er völlig nackt vor ihr stand. Sie ging nicht darauf ein, dass es für ihn anscheinend klar war, dass sie irgendwann heiraten würden. Manchmal war Luna ein wenig von seiner Offenheit und vor allem von seiner vollkommenen Überzeugung, dass mit ihnen alles gut gehen würde, überrumpelt. Sie wollte auch optimistisch sein, es gab keinen einzigen Grund, es nicht zu sein, und doch – sie brauchte einfach ein wenig länger als er. Es waren nicht einmal ganze zwei Wochen vergangen, seit sie zum ersten Mal miteinander geschlafen hatten. Ja, sie war bis über beide Ohren verliebt, aber sie scheute sich dennoch davor, die Worte laut auszusprechen: *Ich habe mich in dich verliebt. Ich liebe dich.* Es war etwas anderes, sie nur zu beantworten.

Hör auf, mahnte sie sich und stellte sich auf die Zehenspitzen, um ihn zu küssen. Das war eine Sprache, die sie beherrschte. Und Magni schien nichts dagegen zu haben, dass sie ihre Verliebtheit körperlich ausdrückte.

Das Rührei wurde schließlich kalt, aber das störte niemanden …

SPÄTER IN DIESER Woche strahlte die Sonne vom Himmel, es war ein wundervoller Frühlingstag. Das Gras erstrahlte in einem satten Grün, die ersten Gänseblümchen waren zu sehen. Magni saß mit heruntergelassenem Fenster in seinem Pick-up und wartete auf Luna, sie war im Meeting mit seiner Schwester und den anderen beiden. Leider ging es gerade nicht vorwärts, sie hatten alles geplant, die Bauunternehmen waren informiert, und die Bestellungen waren im Prinzip vorbereitet. Es fehlte nur eines: die Genehmigung, dass sie loslegen konnten. Die stand leider noch aus, das Bauamt rührte sich auch auf Nachfragen nicht. Deshalb hatten sie vor, selbst einmal in Reykjavík auf der Matte zu stehen, um sich in Erinnerung zu bringen.

Endlich, die Tür ging auf. Magni entdeckte Luna, die mit Gunnar aus dem Gebäude trat. Er war nicht mehr eifersüchtig. Nachdem er kapiert hatte, was Luna dazu bewogen hatte, mit Gunnar auszugehen, hatte er das Thema nicht erneut angesprochen. Sie hatte ihm oft genug erklärt, dass sie ein Problem damit hatte, dass Magni der Boss war – er verstand das, aber ändern konnte er es nicht. Mit der Zeit würde sie sich damit abfinden, davon war er überzeugt. Ihr Date mit Gunnar war nur ein – zum Glück – missglückter Versuch gewesen, sich Magni aus dem Kopf zu schlagen. Er grinste zufrieden, denn das war ihr nicht gelungen. Er war unglaublich froh darüber. Magni streckte die Hand aus dem geöffneten Fenster und winkte ihr zu. Sie lächelte, als sie ihn entdeckte. Gunnars Reaktion sah ganz anders aus. Der reimte sich offenbar das Richtige zusammen, und seine Miene verfinsterte sich abrupt.

»Zu schnell, hm?«, hörte er Gunnar zischen. »Dass ich nicht lache. Du hast mich richtig verarscht.«

Damit ließ er Luna stehen und stapfte davon. Ihr Lächeln erstarb, und sie wurde blass.

Magni biss die Zähne aufeinander und schlug gegen das Lenkrad. Scheiße, jetzt wurden ihre Zweifel wieder belebt. Er war so froh gewesen, dass sie sich langsam an den Gedanken gewöhnt hatte, dass es okay war, Partnerin *und* Angestellte zu sein. Mist.

Luna kam zum Pick-up. Ihre Bewegungen wirkten kraftlos, als sie sich auf den Beifahrersitz hievte. »Hey«, machte sie.

»Hey, *Ástin mín*.« Er gab ihr einen Kuss. »Alles okay?«

»Klar«, erwiderte sie.

Magni hasste es, wenn sie das tat. Er atmete leise aus und nahm sich zurück, weil er ja nachvollziehen konnte, warum sie so reagierte. Geduld war gefragt. Er nahm ihre Finger in seine und strich mit dem Daumen über ihren Handrücken. »Bitte mach dir nichts draus, es ist nur Gunnars Ego, das hier verletzt ist. Glaub mir, nächste Woche hat er vergessen, dass du ihm einen Korb gegeben hast, und bittet eine andere zum Rendezvous.«

Sie ging nicht weiter darauf ein, sondern nickte nur. »Können wir bitte losfahren?«

»Natürlich«, antwortete er und ließ den Motor an, um nach Reykjavík zu fahren. Magni gab Luna eine kleine Pause und schwieg, damit sie ihren Gedanken nachhängen konnte. Er wusste, dass er ihr, sooft er wollte, sagen konnte, dass ihre Beziehung echt war und dass es keine Rolle spielte, was andere dachten. Aber Lunas Bedenken waren offensichtlich, und das wurmte ihn, obwohl er verstand, wieso. Sie hatte ihm vor einigen Tagen erklärt, warum sie oft so zurückhaltend reagierte. Es war nachvollziehbar nach allem, was sie im Leben erfahren hatte. Magni war in einer intakten Familie aufgewachsen. Klar gab es da auch manchmal Streitigkeiten, aber die Ehe seiner Eltern war immer vorbildlich gewesen. Nicht, weil sie es so aussehen ließen, sondern weil sie sich liebten. Deshalb war er sich mit Luna auch so sicher, er hatte auf die Richtige gewartet und sie jetzt gefunden. Nur Luna war noch nicht davon überzeugt, dass er es ernst meinte. Aber das würde sie.

Magni lächelte und tätschelte ihren Oberschenkel. »Wie

wäre es mit einem Eis? Das ist das beste Mittel gegen schlechte Laune.«

»Ich bin doch nicht schlecht gelaunt«, widersprach sie mit einem Schnauben.

»Na dann, umso besser.« Er fuhr bei nächster Gelegenheit an einer Tankstelle rechts ran, füllte sogar Diesel auf und kaufte ihnen dann ein riesengroßes Eis. Sie aßen es in der Sonne und beobachteten einige Gänse, die im Gras umherwatschelten. Es wehte ein frischer Wind, aber durch das schöne Wetter konnte man es gut aushalten. Der Himmel strahlte in einem wundervollen Azurblau. Als Luna aufgegessen hatte, kletterte sie auf seinen Schoß und legte die Arme um Magnis Nacken. »Danke«, flüsterte sie und küsste ihn tief und innig, dass ihm unfassbar heiß wurde.

»O Gott«, japste er. »Wenn du nicht willst, dass ich an Ort und Stelle über dich herfalle, musst du damit aufhören. Sofort.« Es bestand sicher kein Zweifel an seiner Aussage, denn seine Erektion musste sie spüren.

Sie grinste. »Na, dann würde ich sagen, lass uns mal schnell weiterfahren.«

»Du scheinst ja Spaß dran zu haben, mich zu foltern?«

»Später, ja!« Sie stand auf und tänzelte zum Wagen.

Er schaute ihr kopfschüttelnd, aber lächelnd, hinterher. Gut, dass es ihr besser ging.

LUNA KONNTE NICHT SCHLAFEN. Magni schlummerte friedlich neben ihr. Es lag nicht am Hotelzimmer, dass sie hellwach und unruhig war – sie teilten sich eines, alles andere wäre lächerlich – sondern daran, dass sie sich Gedanken machte. Mal wieder. Sie konnte dieses Karussell nicht abstellen, obwohl sie es sich wünschte.

Morgen hatten sie einen Termin bei der Baubehörde, und sie wusste nicht, ob man dort etwas würde bewirken können. Aber da war noch mehr, was sie bedrückte. Gunnars harsche Worte hatten sie getroffen. Obwohl er jedes Recht hatte, sauer auf sie zu sein, fühlte sie sich elend und schuldig. Billig irgendwie.

Sie wusste, dass sie sich unmöglich benommen hatte, aber es war nicht mehr rückgängig zu machen. Luna zweifelte nicht daran, dass er sich nach einer Weile wieder einkriegen würde, aber dennoch – dieses dumpfe Pochen in ihrer Magengrube blieb. Sie hatte Unruhe ins Team gebracht, das war nicht gut, und es warf kein gutes Licht auf sie. Vielleicht lag es auch zu einem Teil daran, dass Soffia vor der Sitzung etwas gesagt hatte, was Luna zusätzlich irritierte. Zunächst hatte sie dem keine Bedeutung beigemessen, aber je öfter sie daran zurückdachte, desto seltsamer kam es ihr vor. Sie hatte mit Soffia bei einem Kaffee gesessen, weil die anderen sich mal wieder verspätet hatten. Soffia hatte gescherzt, dass es witzig war, dass Luna jetzt mit ihrem Bruder zusammen war und dass sie ja von Anfang an zu ihm gesagt hätte, dass er das Assessment-Center nach der ersten Begegnung hätte absagen können, weil er sowieso nur Augen für Luna gehabt hatte.

Soffia hatte bestimmt nur nett und witzig sein wollen, aber Luna hatte den Eindruck, dass es auch ein Pfeil in Richtung ihrer Kompetenz gewesen sein könnte. Bedeutete Soffias »Scherz«, dass ihre Mutter doch recht damit hatte, dass sie nur wegen ihrer langen Beine gewonnen hatte?

Luna starrte an die Decke.

Sie wollte das nicht glauben.

Sie wusste, dass sie gut in ihrem Job war.

Aber was, wenn doch ihre Weiblichkeit und damit Magnis Interesse an ihr den Ausschlag gegeben hatten?

So hatte sie nicht gewinnen wollen. So wollte Luna nicht »befördert« werden.

Andererseits, sie machte eine gute Arbeit, oder etwa nicht? Sie war kompetent, aber unerfahren. Sie war keine weltbereiste Architektin mit großartigen Referenzen. Sie hasste diese Zweifel an sich.

»Luna, was ist los?«, murmelte Magni verschlafen, ein Arm lag quer über ihr, er lag auf dem Bauch, das Gesicht war ihr zugewandt.

»Schlaf weiter, ich denke nach.«

»Ja, das merke ich! Du bist so unruhig. Was bedrückt dich, *Ástin min*?«

»Es ist alles gut«, log sie.

Magni brummte im Halbschlaf. »Ich liebe dich ...«

Dann war er wieder in den Schlaf hinübergeglitten.

Seine Worte berührten ihr Herz. Sie zweifelte nicht an seinen Gefühlen. Für ihn war es einfach, sie beneidete ihn ein wenig darum, dass er das alles voneinander trennen konnte. Dass es ihn nicht belastete.

Sie wollte es auch: mit ihm glücklich sein. So sehr sogar, dass sie bereit war, die Möglichkeit zu verdrängen, dass sie das Assessment-Center nicht wegen ihrer Leistung gewonnen hatte, sondern deshalb, weil Magni etwas in ihr gesehen hatte, Potenzial vielleicht. Er hatte in ihr etwas entdeckt, was ihn auch ohne die entsprechenden Referenzen überzeugt hatte, dass sie die Richtige war. Schließlich, das musste sie sich eingestehen, hatte sie selbst nicht geglaubt, dass sie gegen die starke Konkurrenz eine Chance hätte. Und letztendlich hatte ja nicht er persönlich entschieden, dass sie gewann, sondern das Team, dem sie sich in den verschiedenen Prüfungen vorgestellt hatte. Der Gedanke beruhigte sie schließlich ein wenig.

Sie würde in Zukunft weiter hart daran arbeiten, um alle, die vielleicht nicht von Luna begeistert waren, davon zu überzeugen, dass sie es wert war. Sie würden sehen, dass sie die Beste für dieses Projekt war. Sie spürte, dass sie sich endlich entspannte. Luna gähnte und war zufrieden mit ihrem Plan. Endlich konnte auch sie einschlafen.

18

Magni war stinksauer, als er vor Erlendurs Haus in Reykjavík parkte. Luna saß neben ihm. Der Termin war eine einzige Pleite gewesen. Man hatte sie in der Behörde zwar angehört, aber dann knapp mitgeteilt, dass man derzeit keine Genehmigung erteilen würde. Wann man mit einer Änderung rechnen könnte, erzählte man ihnen auch nicht. Sie hatten nicht einmal eine Perspektive.

Es gab keine logische und begründbare Erklärung für diese Verweigerung, außer sein Frændi hatte tatsächlich die Finger im Spiel.

Um das herauszufinden, war er zu ihm gefahren. Magni hatte genug von seinen Sperenzchen. Er legte Luna eine Hand auf den Oberschenkel. »Könntest du kurz warten? Es wird nicht lange dauern. Es ist besser, wenn ich dieses Gespräch alleine führe. Ich schätze, dass es ziemlich laut werden könnte.«

»Klar, du kannst dir auch Zeit lassen. Das weißt du. Mach dir um mich bitte keine Sorgen, ja?«

Er drückte ihre Hand. »Danke, *Ástin mín*, du bist wunderbar. Er gab ihr einen Kuss, dann marschierte er zur Haustür und klingelte Sturm. Wenn der Kerl zu Hause war, hatte er es nicht eilig. Es dauerte eine halbe Ewigkeit, bis schließlich doch noch geöffnet wurde. Erlendur schien nicht überrascht, dass Magni vor seiner Tür stand.»Hallo, schön, dich zu sehen.«

Magnis Magen krampfte sich zusammen, seine Kehle war eng. »Ich wünschte, ich könnte das Gleiche sagen«, knurrte er.

Erlendur hob eine Braue, dann lächelte er. Es war ein fieses, überhebliches Lächeln, das Magni ihm am liebsten mit der Faust aus dem Gesicht wischen würde. »Na, na, da hat aber jemand schlechte Laune«, trällerte Erlendur und zeigte seine geraden Beißerchen.

»Du weißt wieso«, gab Magni zurück und straffte sich. Er reckte ihm sein Kinn entgegen.

»Nein, wieso? Komm doch rein.« Erlendur trat zurück, höflich wie immer, schmierig wie eh und je. Er tat ganz unbehelligt, wenn er dahintersteckte, so schien ihn jedenfalls kein schlechtes Gewissen zu plagen. Magni überraschte das nicht.

»Das wird nicht nötig sein. Steckst du hinter den Problemen mit dem Bauamt?«, kam er gleich zur Sache, er hatte keine Lust, mehr Zeit als nötig hier zu verschwenden.

»Probleme? Welche Probleme?« Erlendur furchte seine Stirn.

Magni lachte freudlos. »Tu doch nicht so, du weißt genau, was los ist, und hast mich ja neulich sogar angerufen deswegen. Ich warne dich einmal, Erlendur. Hör damit auf. Ich werde dich nie und nimmer an meinem Geschäft beteiligen. Ich teile nur mit einem Menschen, nämlich mit meiner Frau.«

Ui. Da hatte er sich selbst überrascht – und verplappert. Magni ließ sich nichts anmerken. Ja, er war sich sicher mit

Luna, aber davon hatte er seinem verdammten Frændi nichts erzählen wollen. Tatsächlich hatte er aber seit ein paar Tagen darüber nachgedacht, sie am Projekt zu beteiligen, damit sie ihm endlich glaubte und vertraute und diese Gespräche über Machtgefälle und all das aufhörten. Aber das war etwas zwischen ihr und ihm – und ging Erlendur nichts an.

»Meinst du etwa die kleine Deutsche?« Erlendur lachte abfällig. Was er von Luna – die er gar nicht kannte – hielt, war deutlich. Erlendur war ein ekelhafter Macho, mit ihm konnte garantiert niemand auf Augenhöhe arbeiten. Magni verstand, dass Luna anscheinend schon einige »Erlendurs« in ihrem Leben getroffen hatte und daher so vorsichtig und misstrauisch war.

Magni hob sein Kinn und presste die Kiefer aufeinander. Er wollte ihm etwas entgegenschleudern, aber ihm fiel nichts ein. Scheiße.

Erlendur klopfte ihm auf die Schulter. »Muss Liebe schön sein«, höhnte das Arschloch jetzt.

Magni wollte ihm eine reinhauen, nur mit äußerster Willenskraft konnte er sich zurückhalten. »Misch dich nicht weiter in meine Angelegenheiten ein.« Er schüttelte die Hand seines Gegenübers ab.

»Sonst was?« Erlendur lächelte noch immer. Es war ein boshaftes, hinterhältiges Grinsen.

»Das wirst du dann schon erfahren.« Magni trat einen Schritt zurück. »Ich erwarte, dass sich die Probleme mit der Baubehörde lösen, du hast deine Finger im Spiel, das weiß ich ganz sicher.«

Verdammt. Er war nicht gut in solchen Dingen. Die Leute in Filmen hatten bessere Sprüche drauf. Aber hier lag auch schon das Problem, Magni war kein Spieler und auch niemand, der es gewohnt war, anderen zu drohen. Trotzdem hatte er die Nase voll von Erlendurs Spielchen. »Ich sag dir nur eines«, fügte Magni an. »Wenn du weiterhin Teil dieser Familie sein willst, dann reißt du dich zusammen und erklärst deinen Marionetten im Bauamt, dass sie mir die Genehmigung erteilen. Es war alles glasklar, bis du bei mir aufgetaucht bist. Komisch, oder? So benimmt man sich nicht, Erlendur. Ich scheiß auf dein Geld, ich scheiß auf dich! Du hast Oma nie geholfen, du wirst mir nie helfen, und du wirst daher auch niemals mein Geschäftspartner werden. Besser, du kapierst das endlich und räumst das Feld, ehe mein Anwalt dich und deine Machenschaften auseinandernimmt.«

Sein Frændi blieb unbeeindruckt. Er zuckte nicht einmal mit der Wimper.

Man musste Erlendur lassen, dass er ein guter Pokerspieler war. Einen Moment dachte Magni, dass er ihn vielleicht falsch verdächtigt hatte. Aber dann lachte Erlendur wieder, und es war klar, dass er sich Magni überlegen fühlte und nur deshalb keinen Grund zur Besorgnis sah.

»Du bist immer noch der alte Weltverbesserer, Magni. Viel Glück mit deinen Bemühungen. Aber im Business kommt man mit so einer Naivität nicht weiter.«

»Das werden wir ja sehen.« Damit ließ Magni ihn stehen und kehrte zu Luna zurück. Ohne etwas zu erklären, gab er Gas und brauste davon. Erst nach einigen Minuten war er in der Lage zu sprechen. Gott. Er war so wütend. So, so wütend.

»Kári wird ihn fertigmachen«, knurrte Magni zwischen zusammengebissenen Zähnen und erklärte ihr den Verlauf des Gesprächs und seine Einschätzung dazu.

»Erst mal muss dein Freund etwas finden, was er gegen Erlendur vorbringen kann«, wandte Luna ein.

»Das wird er. Ganz bestimmt.«

»Was macht dich so sicher?«

»Man riecht zehn Meter gegen den Wind, dass der Kerl Dreck am Stecken hat. Ich hasse ihn. So, wie er reagiert hat, ist klar, dass er dahintersteckt. Jetzt müssen wir es nur noch beweisen.«

AN OSTERN WOLLTE Magni nicht übers Geschäft sprechen, vor allem, weil es nicht Neues zu berichten gab. Kári hatte zwei Privatermittler, die sehr gut in ihrem Fach waren, auf Erlendur und die zwei Mitarbeiter der Baubehörde angesetzt. Mit ein bisschen Glück würden sie vielleicht an E-Mails oder Bankinformationen kommen. Die Hoffnung gab Magni nicht auf, noch nicht. »Wie wäre es denn, wenn du deine Oma mal ansprichst?«, meinte Luna, die gerade im Badezimmer stand und sich die Haare hochsteckte.

»Wieso weißt du nur immer, woran ich denke?«, fragte er und trat hinter sie. Er legte seine Hände auf ihren flachen Bauch und umarmte sie innig. Ihr blumiger Duft stieg ihm in die Nase und er bedeckte ihren Nacken mit heißen Küssen.

»Du musst aufhören, sonst kommen wir zu spät«, murmelte sie und stieß ein leises Seufzen aus.

»Zeit ist relativ«, brummte Magni.

Luna lachte und schob ihn liebevoll von sich. »Ja, das habe ich schon häufig bemerkt. Aber ich bin so unfassbar nervös und würde gern vor dem Dessert da sein. Meinst du, sie mögen mich?«

Sie war süß, wenn sie so rot wurde wie jetzt. Er nahm ihre Hand und drehte sie zu sich um. »Natürlich mögen sie dich, sie freuen sich sehr, dass du mitkommst. Und so eine große Überraschung war es tatsächlich nicht.«

Seine Lieben hatten sehr feine Antennen und natürlich schon bemerkt, dass da was im Busch war. Lediglich Soffia hatte nicht mit großer Begeisterung reagiert, weil sie sich um das Projekt sorgte. Sie hatte nichts gegen Luna, aber sie hatte Magni gewarnt, dass er es nicht verbocken sollte. Er hatte seiner Schwester daraufhin einen Kuss auf die Wange gedrückt und mitgeteilt, dass sie sich keine Gedanken machen müsste, denn mit ihm und Luna, das war etwas Besonderes. Daraufhin hatte sich auch Soffia entspannt. Er hatte Verständnis für ihre Bedenken, aber sie waren unnötig gewesen.

»Ich bin trotzdem schrecklich aufgeregt«, erklärte Luna jetzt.

Magni strich ihr ein Haar aus der Stirn, das sich aus der Frisur gelöst hatte. »*Ástin min*, es wird schön.«

»Gibt es Traditionen? Ich habe nirgendwo Ostereier im Garten hängen gesehen.«

»Im Garten? Wieso im Garten? Jeder bekommt ein *Páskaegg*, die sind aus Schokolade und mit Süßigkeiten gefüllt, die Eier zerbricht man dann und findet einen Spruch darin, den muss jeder vorlesen.«

»Ehrlich? So wie bei einem Glückskeks?«

Magni grinste. »Genau, das ist das Prinzip. Ansonsten? Traditionen?« Er rieb sich über das Kinn. »Hm, also es gibt Lamm zum Essen, was anderes fällt mir jetzt nicht ein. Wir machen oft Ausflüge, aber weil das Wetter so mies ist, haben wir das mal ausgelassen.«

»Okay, dann muss ich nicht mehr wissen?«

»*Ástin min*, du gehst nicht zu einer Prüfung, sondern zum Essen.«

Sie lächelte schief. »Ich weiß.«

. . .

Eine halbe Stunde später hatte er Luna ein Glas Sekt in die Hand gedrückt, vielleicht beruhigte das ihre Nerven ein wenig. Magni fand es hinreißend, dass sie sich Gedanken darum machte, wie sie bei seiner Familie ankam. Es sprach einfach für sie, weil sie ein herzensguter Mensch war. Seine Oma Dóra traf ein und begrüßte alle. Sie redete Isländisch mit Luna, die sogar schon ein paar Sätze erwidern konnte. Magnis Herz quoll über vor Liebe für diese wunderbare Frau. Er grinste Oma zu. »Was möchtest du trinken?«

»Ach, was Gutes«, erwiderte sie und gab ihrem Enkel einen Kuss. Dann wandte sie sich an Luna. Es ist toll, wie gut du schon Isländisch sprichst.«

Luna errötete und nippte an ihrem Glas. »Takk.« *Danke.*

Seine Mutter werkelte mit seinen Schwestern in der Küche, er wollte sie nicht stören. Die Lammkeule wurde draußen von seinem Vater beaufsichtigt, der hatte ein Loch in den Boden gegraben und garte die Keule seit Stunden darin. Die Kinder seiner Schwestern tobten im Garten, es hatte endlich aufgehört zu regnen.

Magni nahm eine Limonade aus dem Kühlschrank und goss Oma etwas in ein Sektglas, dann kehrte er zurück und reichte es ihr. »Magni, stimmt es, dass du Streit mit Erlendur hast?«

Oje. Das hatte er kommen sehen. Natürlich bekam Oma wie immer alles mit. »So ist es. Er ist ein Idiot.« Und das war milde ausgedrückt.

Oma schaute nicht gerade begeistert. »Noch die alte Sache?«

»Schön wärs«, stieß er hervor. »Aber belaste dich nicht damit.«

»Doch, erzähl es mir. Könnt ihr euch nicht vertragen?«

Magni unterdrückte ein Seufzen. »Ich fürchte, daraus wird

nichts. Erlendur hat es irgendwie geschafft, dass die Leute vom Bauamt meinen Antrag für das Hotel abgelehnt haben.«

So. Jetzt war es raus. Magni war klar, dass er keine Beweise vorlegen konnte, und es bestand immerhin noch die winzige Möglichkeit, dass Erlendur wirklich nichts damit zu tun hatte. Aber Magni würde nicht auf seine Unschuld wetten. Garantiert nicht.

Oma guckte finster, dann nickte sie ganz langsam. »Aha«, war alles, was sie dazu sagte.

Mehr nicht?

Er war überrascht. Es kam selten bis nie vor, dass sie mit ihrer Meinung hinter dem Berg hielt. Magni überlegte, ob er nachhaken sollte, aber er wusste nicht, wie.

Oma ging zu Luna und drückte sie, dann fing sie an, mit ihr weiter auf Isländisch zu plaudern. Er sah Luna an, dass sie nicht alles verstand, aber sie lächelte tapfer. Oma wollte sowieso nur wissen, wie es ihr in Island gefiel und ob Magni auch gut zu ihr war.

Das war so typisch Oma, dass er lächeln musste. Magni legte Luna einen Arm um die Schultern. »Ich bin gut zu ihr, Oma. Sehr gut sogar.« Zu Luna sagte er auf Englisch: »Oma meint, dass du mit mir einen ganz guten Fang gemacht hast.«

Luna lachte und drückte Omas Hand. »Ja, Magni ist wunderbar.«

Obwohl es keine große Geste war, spürte er, dass Luna es aus ganzem Herzen ernst meinte, und das freute ihn. Es freute ihn sehr. Himmel, diese Gefühle ließen seine Knie ganz weich werden. Er hatte diese Liebeslieder, die so oft im Radio kamen, nie verstanden. Bis er Luna getroffen hatte. Er sah tatsächlich alles durch die vielbesagte rosarote Brille und konnte sich beim besten Willen nicht vorstellen, wie er es bisher ohne sie ausgehalten hatte. Nun, jetzt war sie in sein Leben getreten, und er würde sie auch nicht wieder gehen lassen.

Sein Vater kam gerade mit der dampfenden Lammkeule, die in Alufolie verpackt war, ins Haus. Er hatte zwei dicke Grillhandschuhe an und wirkte angestrengt. »Achtung, aus dem Weg«, rief er und eilte in die Küche.

»Große Operation«, kommentierte Magni amüsiert. »Aber du wirst sehen, Luna, es lohnt sich. Das Lamm ist butterzart.«

Ihre Augen strahlten. »Da bin ich mir sicher.«

Beim Essen ging es wild durcheinander, wie immer in seiner großen Familie. Magni versuchte, Luna ins Gespräch zu integrieren, was nicht ganz einfach war. Aber sie wirkte entspannt und gut gelaunt. Es schien ihr nichts auszumachen, dass sie nicht alles verstand, wofür er dankbar war. Er drückte ihren Oberschenkel unter dem Tisch und lächelte ihr zu. Sie erwiderte es.

Die Kinder waren schon fertig mit dem Essen und wollten aufstehen. »Können wir noch ein Eis?«, fragte seine Nichte Kata. Die anderen stimmten jubelnd mit ein und zupften an Opas Hemd.

Magnis Vater Pálmi stand auf. »Na gut, kommt mit, ihr hungrige Meute.« Er stapfte mit den vieren in den Keller, wo die große Gefriertruhe stand.

»Und, wann kommt bei euch Nachwuchs?«, wandte Oma sich an Luna, auf Isländisch natürlich, sodass sie es nicht verstehen konnte.

Magni verschluckte sich an seinem Wasser. Er hustete kurz. »Oma, so schnell sicher nicht.«

Seine Mutter sagte lächelnd zu Luna auf Englisch. »Ihr habt ja noch Zeit, wobei ich mich immer über Enkel freue.«

Luna machte große Augen. »Oh, äh«, stammelte sie. »Was?«

»Meine Oma hätte gern mehr Urenkel«, klärte Magni sie auf.

Luna errötete bis unter die Haarwurzeln. Sie war eindeutig sprachlos, und er konnte es ihr nicht verübeln. »Erst mal bauen wir jetzt ein Hotel.« Er versuchte das Gespräch auf ein anderes Thema zu lenken und warf seinen Schwestern einen flehenden Blick zu. Er wollte Luna nicht mehr Druck machen, wobei er feststellte, dass der Gedanke, eine Familie mit ihr zu gründen, ihn nicht verschreckte. Im Gegenteil. Seine Mundwinkel bogen sich nach oben, während Soffia anfing, über den isländischen Beitrag zum Eurovision Song Contest zu reden.

»Das ist in Island eine ganz große Sache«, erklärte er Luna. »Es gibt dann eine Riesenparty, und alle gucken mit.«

»Wirklich? Deutschland wird ja immer Letzter, ich schau das seit ein paar Jahren gar nicht mehr an. Das ist zu peinlich für uns.«

»O Luna! Du musst mit uns feiern, du wirst sehen, es wird ganz toll«, beschwor Magnis andere Schwester Harpa sie.

Luna wirkte nicht überzeugt, aber sie nickte dennoch tapfer. »Klar bin ich dabei, das lässt man sich ja nicht entgehen.«

Nach dem Essen wurden die riesigen Schokoladenostereier geköpft, und die Kinder stopften so viel Schokolade in sich hinein, dass die Eltern schließlich einschritten und sie nach draußen zum Spielen schickten – ohne Süßkram.

Nach dem Kaffee half Luna beim Abräumen, sie trug ein paar Teller in die Küche. Als sie zurückkehrte, nahm Magni sie in den Arm. »Sag mal, *Ástin min*, hast du schon deiner Mutter frohe Ostern gewünscht?«

Sie schaute irritiert. »Äh, nein?«

»Feiert ihr nicht in Deutschland?«

»Wir, äh, sind nicht so gläubig. Also nein, Ostern ist gar

nicht so eine große Sache, aber ich könnte sie wirklich mal anrufen. Gute Idee.«

Magni spürte, dass Luna etwas zurückhielt. Sie wollte sich weiter um das Abräumen kümmern, aber er hielt sie auf. »Luna, hast du deiner Mutter immer noch nichts von uns erzählt?«

»Noch nicht.« Sie wurde rot und schlug schuldbewusst die Augen nieder.

Magni wusste nicht, was er davon halten sollte. »Bin ich dir etwa peinlich?« Er lachte und wartete, dass Luna mit einstimmte. Aber sie lachte nicht, sondern wand sich aus seiner Umarmung. Sein Grinsen erstarb. Denn ihre Reaktion bedeutete, dass sie nicht an die Beziehung glaubte. Noch immer nicht.

Diese Erkenntnis verpasste seiner guten Stimmung einen Dämpfer. Er hielt sie nicht auf, als sie weiter abräumte. Er selbst schob ein paar leere Schüsseln ineinander und trug sie in die Küche.

Damit hatte Magni nicht gerechnet. Wo bitte schön lag Lunas Problem? Und hier konnte sie ihm nicht wieder mit dem Argument Boss und Mitarbeiterin kommen. Ihre Mutter hatte doch nichts gegen eine Beziehung? Das glaubte er nicht, eher, dass Luna es ihr nicht erzählen wollte, weshalb auch immer. Er wusste nicht, wie er damit umgehen sollte. Auch nachdem sie sich bei seiner Familie verabschiedet hatten, war er noch damit beschäftigt. Sie fuhren schweigend zum Hof Grýtubakki, das hieß, Luna plauderte, aber er hörte nicht wirklich zu.

»Magni?«, riss sie ihn aus seinen trüben Gedanken, als er gerade die Parkbremse betätigte.

»Ja, was ist«, brummte er.

»Ja, das wollte ich dich gerade fragen. Was ist los? Du bist so komisch.«

Er lachte humorlos. »*Ich*? Ich bin komisch.«

Lunas Blick wurde ernst. »Du bist sauer auf mich.«

»Ich bin nicht sauer, Luna. Aber ich frage mich schon, wie lange es dauern soll, bis du mir vertraust und mir glaubst, dass ich es ernst meine mit uns. Habe ich dir je einen Anlass gegeben, dass du es nicht könntest?«

»Ich vertraue dir«, widersprach sie ihm vehement.

Er schüttelte den Kopf und schaute sie nicht an. Es tat weh, er wunderte sich selbst, wie schlecht er sich fühlte. »Ich dachte nie, dass ich so ein schlechter Kerl wäre, dass man ihn seiner Mutter nicht vorstellen könnte.« Noch immer schaute er sie nicht an, er wollte nicht, dass sie sah, wie tief getroffen er war.

Luna legte ihm eine Hand auf den Oberarm. »Du verstehst das völlig falsch, Magni. Wenn du willst, rufen wir meine Mama jetzt gleich an.«

»Wenn *ich* will?«, schnarrte er und riss den Kopf herum. »Ich glaube, hier liegt das Problem, Luna. Und auch meine Frage: Warum willst *du* es nicht?« Er hob eine Hand. Wut schnürte ihm die Kehle zusammen. »Ich muss nachdenken, Luna.«

Sie wurde weiß wie eine Wand. Er sah, dass sie Panik bekam, und er wollte nicht, dass sie sich schlecht fühlte, aber er brauchte Abstand. Zeit für sich, um wieder herunterzukommen. »Bitte, Magni!«

»Bitte, was?«

»Ich habe es nicht aus böser Absicht verschwiegen oder so was, das musst du mir glauben, es hat sich einfach noch nicht ergeben.«

Er wollte ihr glauben, er fühlte, dass es nicht daran lag, dass sie seine Liebe nicht erwiderte. Trotzdem war er verletzt. Kein schönes Gefühl, mit dem er erst einmal klarkommen musste. »Das weiß ich, Luna«, gab er etwas milder zurück. »Ich brauche trotzdem Zeit zum Nachdenken. Und du vielleicht auch. Vielleicht musst du dich ernsthaft einmal fragen, warum du deiner Mutter nichts von uns erzählen möchtest. Das ist doch der Punkt. Ich zwinge dich zu nichts, Luna. Bestimmt nicht. Trotzdem muss ich sagen, dass ich es mir anders vorstelle mit uns. Mir ist Familie wichtig, und dass du unsere Beziehung nicht als wertvoll genug erachtest, deiner Mama davon zu erzählen, das irritiert mich. Es ist mein Problem, nicht deins. Mir ist es nicht egal, aber ich werde dich nicht dazu drängen.«

»S-soll ich gehen?«, stammelte sie.

»Ich bringe dich zum Haus«, bot er an.

»Nein. Das brauchst du nicht.« Er sah, wie sich ihr Gesicht verschloss, als ob jemand einen Vorhang fallen ließe. Luna küsste ihn nicht, sie stieg einfach aus und schaute ihn aus traurigen Augen an. »Dann. Tschüss, Magni.«

»Ich rufe dich an.«

»Sicher.« Ohne ein weiteres Wort ging sie zum Haus, schloss auf und knallte die Tür hinter sich zu.

Magni schloss die Augen und ließ seine Stirn gegen das Lenkrad sinken. Obwohl er sauer war, tat es ihm leid, dass Luna sich nun auch schlecht fühlte. So hatte dieser Ostersonntag nicht enden sollen. Verdammt. Er schaute zum Haus und überlegte. Es wäre einfach, zu ihr zu gehen und sich zu entschuldigen. In diesem Fall fehlte ihm jedoch der nötige Antrieb. Er wusste, dass Luna ihre Gründe hatte, und er hatte seine. Deshalb startete er den Motor und rauschte davon.

~

LUNA HOCKTE hinter der Eingangstür und vergrub ihr Gesicht zwischen ihren Knien. Sie weinte nicht, aber hinter ihrer Stirn meldete sich ein dumpfes Pochen. Sie hasste es, sich zu streiten.

Sie sehnte sich bereits nach Magni, obwohl er gerade erst vom Hof gerast war. Sie wusste, dass er ein Recht hatte, sauer auf sie zu sein. Luna war klar, dass sie ein Problem mit ihrer Vergangenheit hatte. Es kam ihr so vor, als sei sie die Einzige, die darin festhing. Sogar ihre Mutter hatte es geschafft, sich zu lösen und neu anzufangen. Warum also konnte sie es nicht?

Sie tat so, als sei sie eine erwachsene Frau, aber tief in ihrem Inneren war sie noch immer das kleine Mädchen, das mit der Erkenntnis groß geworden war, dass attraktive Männer nur zu einem gebrochenen Herzen führten. Aber Magni war keiner von diesen Typen. Sie wusste es. Was also hielt sie davon ab? Es war ihr unbegreiflich.

Selbst die Sprüche ihrer Mutter würde sie aushalten. Was war schon dabei? Sie konnte ihr sagen, dass sie mit Magni zusammen war. Gerda würde kurz witzeln, dass sie es immer gewusst hätte, und dann glücklich sein, dass ihre Tochter jemanden gefunden hatte.

Wo also lag ihr Problem? In Magnis Gegenwart fühlte Luna sich lebendiger als je zuvor.

Aber auch verletzlicher. Vielleicht war das der Punkt. Sie fürchtete sich davor, was passierte, wenn es doch schiefging. Bei der Vorstellung wurde ihr schlecht.

Luna stöhnte und massierte sich die Schläfen. Wenn sie hier sitzen blieb, standen die Chancen nicht schlecht, dass sie bald erfahren würde, wie es war, verlassen zu werden. Magni hatte sich bis jetzt als äußerst geduldig erwiesen, aber irgendwann war auch das vorbei. Das hatte sie eben gesehen. Sie konnte es ihm nicht verübeln. Luna musste endlich über die Schatten ihrer Vergangenheit springen, um nach vorn zu sehen.

Ihr Magen schlug Purzelbäume. Sie tigerte durch das Haus und überlegte, was sie sagen sollte. Sie fand einfach nicht die richtigen Worte.

»Okay«, stieß sie irgendwann hervor, ging ins Bad und wusch sich das Gesicht mit eiskaltem Wasser. Jetzt oder nie. Luna schaute nicht in den Spiegel, ehe sie das Haus verließ und zu Magni fuhr. Es fühlte sich seltsam an, in ihrem Magen kribbelte es. Ihr Herz pochte wild.

Das Garagentor war geschlossen, sein Pick-up stand zwar in der Auffahrt, aber trotzdem wusste sie nicht, ob er zu Hause war. Luna klingelte. Sie hatte zwar einen Schlüssel von ihm bekommen, aber sie fand es unangebracht, einfach so bei ihm reinzuschneien.

Magni öffnete die Tür nach einem kleinen Augenblick, er trug noch die gleichen Sachen wie vorhin. Er lehnte sich gegen den Türrahmen und verschränkte die Arme vor seiner Brust. Er wartete ab.

Ja, gut. Damit hatte sie vielleicht gerechnet. Er fiel nicht vor Dankbarkeit auf die Knie, dass sie hergekommen war. Natürlich nicht. Jetzt war es an ihr, sich zu entschuldigen und ihm zu erklären, warum sie manchmal so schräg reagierte.

»Hallo, Magni«, fing sie an. Ihre Stimme zitterte.

»Luna«, erwiderte er. Und seine samtige Stimme löste eine Gänsehaut bei ihr aus. Sie hörte ihm an, dass er noch immer wütend auf sie war.

Luna schluckte und wusste nicht, wohin mit sich und ihren Händen. Also verschränkte sie die Finger wie zum Gebet ineinander. »Ich bin gekommen, um mich zu entschuldigen.«

»Wofür?« Aha, er wollte es also ganz genau hören. Das war in Ordnung, sie akzeptierte das.

»Magni«, stieß sie hervor und atmete tief ein, dabei schaute sie ihm direkt in die Augen. »Mir fällt das hier nicht leicht, ich meine, über Gefühle zu sprechen.«

Sein Blick wurde weicher. »Ich weiß.« Er trat zur Seite.

Sie nahm seine stumme Einladung an und tapste an ihm

vorbei ins Haus. Sie wagte erst auszuatmen, als er die Tür hinter ihr ins Schloss warf.

Ihr Herz machte einen Satz, ihr Puls schnellte erneut in die Höhe, während sie mit ihm ins Wohnzimmer ging. Sie setzte sich nicht, sondern blieb mit dem Rücken zum Fenster stehen. Er hielt eine Art Sicherheitsabstand, so kam es ihr zumindest vor, und setzte sich aufs Sofa. »Also, es tut mir leid«, fing sie noch einmal von vorn an.

Er schwieg und starrte sie erwartungsvoll, aber nicht mehr ganz so wütend an wie zuvor.

»Ich hatte nie vor, dich meiner Mutter zu verschweigen, und du bist mir auch nicht peinlich. Im Gegenteil, ich kann mein Glück gar nicht fassen, und das ist vielleicht der springende Punkt. Ich habe nicht mit dir gerechnet. Ich habe nicht gedacht, dass mir hier in Island die Liebe begegnen würde. Und schon gar nicht habe ich daran geglaubt, wie intensiv das alles schon nach so kurzer Zeit sein könnte. Ich fürchte mich, Magni.« Sie schluckte und spürte Tränen in sich aufsteigen. »Ich habe so eine unfassbare Angst, dass ich morgen aufwache, und alles war nur ein Traum, dabei wünsche ich mir nichts sehnlicher, als dass es mit uns klappt.« Sie holte tief Luft, ihre Knie schlotterten. Sie fasste sich. »Ich liebe dich, Magni.«

Da. Sie hatte es gesagt. Die drei Worte, die ihr schon so lange durch den Kopf, durchs Herz schwirrten.

Sein Mund klappte auf, damit hatte er offenbar selbst nicht gerechnet. Er streckte seine Hand nach ihr aus. »Luna ...«, flüsterte er.

Sie warf sich in seine Arme und bettete ihren Kopf an seinem Hals. »Kannst du mir vergeben?«, flüsterte sie.

»Aber natürlich, *Ástin min*. Ich war wütend und sauer, ich habe in dem Moment einfach überreagiert. Es tut mir auch leid, Luna. Ich liebe dich.«

Sie hob ihren Kopf. »Wirklich?« Ihr Herz klopfte wie verrückt.

Er strich ihr zärtlich über die Wange. »Ja, natürlich. Ich liebe dich sehr.«

Und dann küsste er sie und zeigte, was er meinte. Gleich zweimal.

19

Die Eurovision Party fand einige Wochen später im Gemeindehaus in Grenivík statt. Es war ein wundervoller Abend Ende Mai. Das Gras erstrahlte in einem satten Grün, der Himmel leuchtete blau und wolkenlos. Eine weitere Architekturzeitschrift hatte einen Artikel über Lunas Haus in Deutschland veröffentlicht, woraufhin sie unzählige Angebote, es zu verkaufen, erhalten hatte, sie hatte sich aber dafür entschieden, es zu behalten, und jetzt längerfristig vermietet. Sie war glücklich, Luna war im Architektinnenhimmel angekommen, sie war stolz auf sich und ihre Arbeit und hatte endlich alle Zweifel abgelegt. Luna verpackte gerade selbst gebackene Pasteten, als Magni in die Küche seines Hauses trat. Sein Gesicht glich einem Gewitter. »Was ist los?«, wollte sie von ihm wissen.

»Ich habe gerade mit Kári gesprochen. Seine Ermittler können nichts finden, nichts. Die haben saubere Arbeit geleistet, wenn Erlendur geschmiert hat, dann, ohne Spuren zu hinterlassen.«

Luna stieß die Luft aus. »Das ist doch nicht zu fassen.«

Sie wünschte, es wäre anders. Es belastete Magni sehr, und Luna natürlich auch, dass sie noch immer auf die Genehmigung der Baubehörde warteten. »Ich habe meine ganze Hoffnung auf die Privatermittler und Káris Klageschrift gesetzt, aber es ist wie verhext.«

Luna wusste das.

Sie legte die Pasteten beiseite und umarmte ihn lange und strich ihm über den Rücken. Obwohl es mit dem Projekt nicht voranging, gab es dennoch auch Grund zur Freude. Zwischen ihnen hatten sich die Wogen nach dem ersten Streit geglättet. Zum Glück. Sie hatte gleich tags darauf bei ihrer Mutter angerufen und von Magni erzählt. Gerda hatte sich gefreut, aber sie hatte ihr auch gesagt, dass sie auf sich aufpassen sollte.

»Kann ich was tun?«, wollte Luna von Magni wissen. Sie fühlte sich hilflos und teilte seine Wut. Seine Vision, die sie mit ihrem Entwurf zum Ausdruck gebracht hatte, war genial, und es gab keinen aufrichtigen Grund, warum man den Bau verweigern durfte. Aber sie wollte kein Öl ins Feuer gießen, denn an diesem Abend würden sie garantiert nichts mehr ändern können.

»Du tust schon so viel«, erwiderte er heiser. Magni nahm ihr Gesicht zwischen seine Hände und rieb seine Nase an ihrer. »Du bist das Beste, was mir je passiert ist.«

»Du auch.«

»*Ástin mín*«, murmelte er und küsste sie leidenschaftlich.

Ihre Knie wurden noch immer weich, wenn er das tat. Hitze sammelte sich in ihrem Unterleib. Magni ließ seine Finger unter den Saum ihrer Bluse gleiten, und Luna erschauderte unter seinen Berührungen. »Magni, Magni, was soll ich nur mit dir machen?«, wisperte sie.

»Oh, mir fällt da eine Menge ein.«

Sie legte den Kopf in den Nacken und lachte. »Mir auch, aber dann können wir diese Party vergessen. Du wolltest doch, dass wir hingehen?«

Er knabberte an ihrem Ohrläppchen. »Wollte ich das?«

Ihr Magen fuhr Achterbahn. Sie seufzte leise. »M-mh«, machte sie.

Er ließ sie los und seufzte theatralisch. »Ja, du hast ja recht.« Er grinste breit und zerzauste sich die Haare, dann rückte er sich die Hose zurecht. »Es wird gleich wieder gehen, ich denke einfach an meine Steuererklärung.«

Luna hielt sich eine Hand vor den Mund und kicherte. »Ja, mach nur. Ich packe in der Zeit die Pasteten weiter ein, dann können wir los.«

Er gab ihr einen Klaps auf den Hintern. »Ich muss hier raus, sonst überlege ich es mir noch anders.« Mit einem Augenzwinkern machte er einen Bogen um sie. »Ich warte draußen im Auto, okay?«

»Geh ruhig vor, ich bin gleich so weit.«

Zwei Stunden später war die Party im Gemeindehaus in vollem Gange. Jeder hatte etwas mitgebracht, es gab Essen und Getränke in Hülle und Fülle. Alles war zu einem Buffet arrangiert. Die Pastorin Nína und ihre Frau Berglind hatten sich richtig in Schale geworfen. Sie wandelten in glitzernden Abba-Kostümen durch das Gemeindehaus und plauderten mit allen. Die einzelnen Beiträge wurden auf einer großen Leinwand gezeigt, die Stimmung war bombastisch. Gerade trat Lunas Nachbarin Dísa an sie heran. »Schön, dass du auch hier bist«, sagte sie.

Luna lächelte. »Ja, ich freue mich auch. Die Party ist toll.«

»Du hast dich gut eingelebt, ja?«

»O ja, sehr gut«, erwiderte Luna glücklich. Sie entdeckte Magni, er stand gerade am offenen Fenster und plauderte mit

Gunnar. Glücklicherweise hatte der sich wieder eingekriegt, nachdem Luna sich kürzlich bei ihm entschuldigt hatte. So einen Fehler würde sie im Leben kein zweites Mal begehen – musste sie zum Glück auch nicht, denn zwischen ihr und Magni war alles in Ordnung. Sie machte auch mit ihrem Isländisch riesige Fortschritte, die harte Arbeit der letzten Monate begann sich auszuzahlen. Einzelne Gespräche, wenn nicht zu viele durcheinander plapperten, konnte sie meist gut mitverfolgen. Bald würde sie in der Lage sein, sich selbst zu unterhalten. Sie freute sich wahnsinnig darauf, denn einfach war die Sprache weiß Gott nicht. Aber sie liebte den melodischen Klang.

»Das ist toll! Ich habe gleich gewusst, dass du dich hier wohlfühlen würdest«, erklärte Dísa zufrieden und tätschelte Lunas Oberarm. »So, ich besorge mir mal ein Getränk, man sieht sich später noch.«

»Ja, klar! Mache ich auch gleich.« Aber zuerst musste sie auf die Toilette. Luna bahnte sich einen Weg durch die vielen Leute und ging aufs Klo. Hier drin war es erstaunlich ruhig. Sie war tatsächlich allein. Luna nahm sich einen Moment der Ruhe und verrichtete ihr Geschäft. Kurz nachdem sie gespült hatte, hörte sie, wie die Tür aufging, zwei plaudernde Frauen traten ein.

Eine Stimme erkannte sie: Soffia. Luna wollte gerade die Tür öffnen, als sie hörte, wie Soffia etwas sagte: »Ja, Magni ist schwer verliebt. Von der ersten Sekunde an hatte er nur Luna im Kopf.«

Luna freute sich. Aber jetzt konnte sie nicht einfach rauskommen, Soffia wäre es sicher unangenehm, wenn sie plötzlich auftauchte, während sie über sie redete.

»... er hat die anderen Teilnehmer gar nicht mehr beachtet. Ich habe ihn gewarnt, aber er wollte nur Luna. Scheiß auf die

Psychologen und Testergebnisse«, machte Soffia ihren Bruder lachend nach. Es klang nicht höhnisch oder boshaft, im Gegenteil.

Trotzdem hatte es auf Luna den Effekt einer Eisdusche.

Also hatte sie wirklich nur »gewonnen«, weil er scharf auf sie gewesen war. Sie schlug sich eine Hand vor den Mund und erstickte damit den Schrei, der sich aus ihrer Kehle lösen wollte.

Die andere Frau, die Luna nicht kannte, gackerte, dann sagte sie. »Aber sie ist doch gut?«

Luna hielt den Atem an, ihr Herzschlag dröhnte in ihren Ohren.

»Luna ist eine ausgezeichnete Architektin und Bauingenieurin – aber das wussten wir vorher ja noch nicht. Zum Glück ist sie sogar genial!« Soffia lachte. »So, und jetzt muss ich mal.«

Luna schloss die Augen. Ihre Wangen brannten. Sie versteckte sich in der Kabine, bis die beiden weg waren. Dann trat sie ans Waschbecken und schaute sich selbst in die Augen.

Also hatte Gerda recht damit gehabt, dass er sie nur wegen ihrer hübschen Beine ausgewählt hatte. Ihre schlimmsten Befürchtungen bestätigten sich.

Wie sollte sie damit umgehen? Luna hatte keine Ahnung. Sie schwankte und musste sich am Porzellan festklammern.

Luna hatte mitbekommen, dass sie mit ihrer Arbeit zufrieden waren – aber das hätte auch anders ausgehen können. Sie hatte nie eine von den Frauen sein wollen, die in erster Linie wegen etwas andrem als ihrer Leistung zu ihrem Glück gekommen waren. Und nun?

»Scheiße«, murmelte sie niedergeschlagen.

Magni hatte sein Gespräch mit Gunnar beendet, der war weitergezogen, um sich etwas zu Essen vom Buffet zu nehmen. Magni schaute aus dem geöffneten Fenster, er genoss die kühle Abendluft. Er entdeckte Oma und Erlendur einige Meter vom Haus entfernt, die auf der Straße diskutierten. Dass der Idiot unbedingt hatte herkommen müssen. Magnis Brust krampfte sich zusammen. Aber was Magni dann sah, überraschte ihn. Oma schimpfte seinen Frændi aus, Erlendur ließ die Schultern daraufhin wie ein Konfirmandenjunge, der seinen Anzug zerrissen hatte, hängen.

Gut so, sollte sie dem Arsch mal richtig die Leviten lesen. Magni bezweifelte jedoch, dass das etwas bringen würde, aber verdient hatte er es. Das, und viel mehr.

Magni wandte sich ab und suchte den Raum nach Luna ab. Eben hatte er sie noch gesehen, sie hatte sich mit Dísa unterhalten und war dann kurz rausgelaufen. Hoffentlich war alles okay.

Ah, da war sie ja wieder. Luna trat gerade mit einer Limonadendose um die Ecke. Sie war blass, ihre Augen wirkten riesengroß in ihrem hübschen Gesicht.

Magni durchmaß den Raum mit langen Schritten, um nach ihr zu sehen. »Luna, ist alles in Ordnung? War Erlendur fies zu dir?« Etwas anderes konnte er sich nicht vorstellen. Vielleicht war sie ihm begegnet, und er hatte sie beleidigt oder belästigt? Oma machte ihn vermutlich gerade deshalb zur Schnecke. Zuzutrauen wäre es dem Schwein jedenfalls.

»Erlendur?«, erwiderte sie blinzelnd. »Nein, den habe ich noch gar nicht gesehen.«

»Hm«, machte Magni und drückte sie kurz. Vielleicht wollte Luna nichts davon erzählen, damit er sich nicht aufregte. »Geht es dir gut?«, wollte er wissen, denn das war das, was in erster Linie zählte.

Sie schaute zu ihm auf und befeuchtete sich die Lippen. Ihr Blick wirkte gehetzt. »Natürlich.« Sie rang sich ein Lächeln ab, aber es erreichte ihre Augen nicht.

Etwas stimmte nicht. Ganz und gar nicht. Aber hier war nicht der richtige Ort, es war laut, voll, und alle waren in Feierlaune. Nun, nicht mehr alle. Er wollte am liebsten sofort nach Hause. Aber das würde merkwürdig aussehen, und vielleicht war es wirklich nichts Schlimmes. »Möchtest du gehen?«

Luna schüttelte den Kopf. »Nein, wir haben uns doch so auf diese Eurovision-Show gefreut. Wir sind auch noch nicht lange da, und Islands Song ist bisher gar nicht gezeigt worden ...«

»Okay«, meinte er ruhig. »Sollen wir uns einfach den nächsten Beitrag ansehen?« Er legte ihr einen Arm um die Schultern.

»Klar, sehr gern.«

Luna gab sich Mühe, das musste er ihr lassen. Sie lächelte, unterhielt sich mit anderen und zeigte Begeisterung für die Party, aber er spürte, dass sie das alles nur spielte. Sie verhielt sich unnatürlich, anders als noch vor wenigen Stunden, und er fragte sich warum. Gleichzeitig ärgerte er sich, dass sie ihm nicht sagen wollte, was sie bedrückte.

NACHDEM DIE SIEGER gekürt waren und die Feier sich langsam auflöste, latschten sie gemeinsam zu ihm nach Hause.

Er goss Luna ein Glas Wasser ein und stellte sich zu ihr in die Küche. »So, Luna, sag mir mal, welche Laus dir über die Leber gelaufen ist«, bat er sie sanft und gab ihr einen Kuss auf die Stirn.

Sie wandte sich ab. »Laus? Welche Laus? Mir ist gar nichts über die Leber gelaufen.«

Gott. Magni atmete geräuschvoll aus. Er konnte es nicht

leiden, wenn sie das tat. Es war typisch, wenn sie über etwas nicht sprechen wollte, dann wich sie ihm aus und konnte ihm nicht in die Augen schauen. Aber immerhin wusste er, woran er war. Er hatte also recht gehabt, etwas stimmte nicht, und er würde herausfinden, was es war. Magni hatte immer noch Erlendur im Verdacht.

Wut schäumte in ihm, er regte sich tierisch auf. »Luna, du kannst mir erzählen, was Erlendur gesagt oder getan hat. Ich werde ihn schon nicht gleich umbringen, aber ich möchte es einfach wissen.«

Sie furchte die Stirn. »Ich habe dir doch gesagt, dass ich nicht mit ihm gesprochen habe.«

Magni verlor die Geduld. »Mein Gott, was ist denn mit dir passiert? Du musst mir vertrauen, Luna. Ich will keine Geheimnisse, ich hasse Geheimnisse. Also, was ist los?« Er spürte seinen rasenden Puls am Hals. Obwohl er gedacht hatte, dass sie inzwischen weiter wären, sah er, wie Luna alle Schotten dichtmachte.

Verdammt.

Sie trat zurück und stellte ihr Glas auf die Arbeitsfläche. »Du willst die Wahrheit?«, fragte sie kühl, und ihre Augen funkelten dabei hart und unversöhnlich. Wie ein Tier, das vor seinem letzten Kampf stand und genau wusste, dass es verlor.

Magni erstarrte, und sein Herz setzte einen Schlag aus. Es musste schlimm sein, und er konnte sich beim besten Willen nicht vorstellen, was sie so aufgebracht hatte. »Ja, ich will immer die Wahrheit, Luna.«

Sie lachte freudlos. »Tja, komisch, dass du so ein Verfechter davon bist, wo du dich doch nur in seltenen Fällen selbst daran hältst.«

»Wovon, zur Hölle, redest du eigentlich?« Er verstand es nicht. So viel hatte sie doch gar nicht getrunken? Trotzdem stand hier nicht die Luna vor ihm, die er kennen und lieben gelernt hatte. Sie war wie ausgewechselt.

»Wovon ich rede? Gott, du tust auch noch so unschuldig! Ich weiß es, Magni.«

Er verstand nur Bahnhof. »Was weißt du? Jetzt hör auf mit den Rätseln, verdammt!«, blaffte er und wedelte hilflos mit seinen Händen.

»Ja, ich komme einfach direkt zum Punkt. Ich kündige!«

Er blinzelte. Nein, das hatte sie nicht gesagt. Er öffnete seinen Mund und schloss ihn dann wieder.

Sie wollte *kündigen*? Wieso? Das ergab alles keinen Sinn.

»Was?« Magni kapierte noch immer nichts. Absolut nichts. Er trat zu ihr und wollte sie festhalten, aber sie wich zurück.

»Lass das!«, zischte sie und schaute ihn angewidert an.

Etwas in Magni zerbrach in diesem Moment. Mit Abscheu hatte sie ihn noch nie betrachtet. »Mensch, Luna. Bitte, du musst mir erklären, was los ist.«

»Du solltest nach Hollywood gehen.« Luna lachte sarkastisch, dann schüttelte sie den Kopf.

Er hob beide Augenbrauen und schwieg.

Magni verstand einfach nicht, worauf sie hinauswollte, und verlor die Geduld.

Luna holte tief Luft und reckte ihr Kinn nach vorn. »Ich habe vorhin mitbekommen, was ich schon die ganze Zeit vermutet habe. Es ist traurig, dass ich das Assessment-Center nur gewonnen habe, weil du scharf auf mich warst. Alles Lüge. Alles nicht echt. So viel zur Wahrheit!«, schrie sie, ihre Stimme bebte vor Erregung.

Der Groschen fiel, er kapierte endlich, warum sie so aufgebracht war. Magni ließ die Schultern hängen und fuhr sich durch die Haare. Trotzdem entsprach das nicht den Tatsachen, und das regte ihn maßlos auf. Er hatte gedacht, dass sie weiter wären. Dass sie nach Monaten wieder mit diesem Quatsch anfing, konnte er kaum glauben. Hatte sie ihm die ganze Zeit also nur etwas vorgespielt? »Das stimmt so nicht, Luna.«

»Tja, das habe ich aber anders gehört.« Sie verschränkte die Arme vor der Brust. Unversöhnlich und abweisend.

Magni holte tief Luft. Er hob den Zeigefinger. »Ich habe am Anfang einen Fehler gemacht. Einen. Und ich habe versucht, dir zu erklären, wieso. Aber letztlich glaube ich, du willst mir gar nicht vertrauen, Luna.«

»Wir brauchen diese Namenssache nicht wieder aufwärmen«, erwiderte sie. »Aber letztendlich passt das zusammen. Du suchst mich aus, machst dich an mich ran und das Projekt – na ja, du hattest ja immer noch Gunnar in der Hinterhand, der hätte vermutlich auch alles ohne mich planen können.«

Luna redete sich geradezu in Rage. Magni hörte fassungslos zu. Das hatte sie sich ja schön zurechtgelegt.

In seinem Kopf drehte sich alles, bis er endlich begriff, dass Luna in all den Wochen nur darauf gewartet hatte, dass etwas passierte, um ihn verlassen zu können. Sie hatte ihm nie richtig vertraut.

Das war die Erkenntnis, die sein Herz in tausend Stücke riss. »Ich kann mich nur wiederholen, Luna. Es ist nicht so, wie du dir das ausmalst.« Er wusste, dass es sinnlos war. Sie glaubte ihm nicht und würde es auch nie tun.

»Dann hast also nicht du entschieden, dass ich das Assessment-Center gewinnen soll?«

Ihm platzte der Kragen. »Doch, das habe ich. Denn, wie du schon so oft betont hast, bin ich nun mal der Boss. Nachdem ich mir alle Kandidaten angesehen habe, nachdem ich mir alle Bewertungen verinnerlicht hatte, habe ich *dich* ausgewählt. Du bist die Kandidatin, die ich für mein Projekt wollte, weil ich deine Herangehensweise und Qualifikation als passend bewertet habe. Dafür werde ich mich nicht rechtfertigen, denn das ist nun mal mein gutes Recht. *Lunabuildsherownhome* hat mich überzeugt. Du hast mich überzeugt. Was ist so schlecht daran?«

»Alles!«, brüllte sie. »Alles, was du wolltest, ist, mich vögeln.«

Magni hatte genug gehört, trotzdem versuchte er noch einmal die Wogen zu glätten. Sie konnte nicht ihre Beziehung wegen einer dummen Idee hinwerfen? »Das meinst du nicht so, Luna. Hörst du nicht selbst, wie albern das klingt? Ich erteile doch nicht jemandem ein Millionenprojekt, von dem ich nicht glaube, dass er oder sie fähig dazu ist.«

Er merkte, dass er Luna nicht mehr mit Worten erreichte, sie hatte sich längst ihre Meinung gebildet. Sie *wollte* ihm nicht glauben. Eine tonnenschwere Last drückte auf seine Brust, er bekam nur noch mühsam Luft.

»Was soll ich denn sonst denken? Ich kann nicht länger für dich arbeiten. Es geht nicht. Ich habe es versucht, aber es geht einfach gegen jeden meiner Grundsätze.«

Er spürte es, er wusste es. Ihre Entscheidung war gefallen. Es tat weh, aber der alte Spruch fiel ihm ein: Reisende soll man nicht aufhalten. »Und jetzt?«, fragte er leise, obwohl er sich gut ausmalen konnte, was folgen würde.

»Es ist sicher das Beste, wenn wir den Vertrag auflösen. Ich bin noch in der Probezeit. Um meinen Rückflug kümmere ich mich selbst.«

Magni war fassungslos. Sprachlos. Sie meinte das wirklich ernst. »Du willst also alles hinschmeißen? Und mich verlassen? Weil du dir einbildest, dass ich es nur sexuell auf dich abgesehen hätte?«

Luna schaute ihn an. Tränen schimmerten in ihren Augen,

sie blinzelte sie wütend weg. »So ist es, und ich bilde es mir nicht ein, du hast es eben ja selbst zugegeben.«

Das stimmte so natürlich nicht, aber er wusste, dass es keinen Sinn hatte, mit ihr darüber zu reden. Sie hatte ihre Entscheidung getroffen, und nichts, was er sagen oder tun würde, könnte Luna davon abhalten.

Endlich begriff Magni, was sie all die Wochen belastet und davon abgehalten hatte, sich mit ganzem Herzen auf ihn einzulassen: ihr Misstrauen jedem und allen gegenüber. Ja, sie hatten Sex gehabt, viel und oft und überall. Aber jedes Mal, wenn das Gespräch auf eine tiefere Ebene zugesteuert war, hatte Luna dichtgemacht. Diese Barriere hatte er niemals durchdringen können. Und jetzt war die Mauer um sie herum höher als je zuvor. Er hatte verloren, daran gab es nichts zu rütteln.

Magni wurde wütend. Er war verletzt, dass sie ihm das alles unterstellte. Das hatte er nicht verdient. »Das ist deine Sache«, gab er mit fester Stimme zurück. Er trat zurück und schob seine Hände in die Hosentaschen.

»Dann hältst du mich nicht auf?«

Magni machte große Augen. »Wer bin ich denn, dass ich das versuche? Du hast deine Entscheidung längst getroffen! Wenn du gehen willst, bitte, die Tür ist nicht verschlossen. Du bist ein freier Mensch. Ich habe dir alles gegeben, alles angeboten, aber wenn du mich und meine Liebe nicht möchtest, dann ist es wirklich besser, du gehst. Es scheint ja eh, als ob dieses Hotel niemals gebaut werden würde. Du suchst so dringend nach einem Grund, dass du nicht in einer Beziehung mit mir sein musst, dass dir anscheinend jeder recht ist. Du vergisst dabei das, was wirklich zählt. Gefühle. Liebe. Vertrauen.« Damit verließ er die Küche, ging ins Schlafzimmer und schlug die Tür hinter sich zu. Er stellte sich ans Fenster und schaute hinaus. Er sah nichts, nur Tränen, die seinen Blick verschleierten.

Magni lauschte, aber es blieb still im Haus. Er wusste nicht, was er tun sollte. Es war mehr als ein simpler Streit, das war ihm klar. Luna meinte es ernst. Er genauso.

Auf dieser Basis konnten sie keine Beziehung führen, weder geschäftlich noch privat. Sie vertraute ihm nicht, wollte ihm nicht vertrauen. Und er fühlte sich zu Unrecht beschuldigt und verurteilt.

Magni wollte sich nicht ein Leben lang die immer gleichen Vorwürfe anhören. Er hatte einen Scheißfehler gemacht, er war nicht bereit, sich immer wieder vorwerfen zu lassen, was für ein schlechter Kerl er war. Manchmal bedeutete Liebe auch Schmerz. Der Punkt war der, Luna liebte ihn nicht, sonst würde sie nicht so reagieren.

Es tat weh, es tat schrecklich weh. Er konnte sich nicht rühren, sogar das Atmen fiel ihm schwer. Irgendwann hörte er, wie die Tür ins Schloss fiel und sie mit ihrem Wagen davonrauschte. Das war es dann also. Er hatte nicht vor, ihr eine Träne nachzuweinen. Anscheinend war die Liebe doch einseitig gewesen, wenn sie so schnell umschalten konnte und bereit war, alles aufzugeben.

Magni fragte sich, wer hatte hier eigentlich wen ausgenutzt? Er kam sich dämlich vor, weil er ihr vertraut hatte. Dass er ihr sein Herz geschenkt hatte. Diesen Fehler würde er kein zweites Mal begehen. Wie auch – es lag in Scherben vor ihm.

20

Die letzten Tage waren der reinste Horror gewesen. Luna konnte nicht schlafen, sie konnte nicht essen, aber sie bereute ihre Entscheidung nicht. Letztlich hatte ihre Mutter immer recht gehabt, man durfte sich nicht hinter die Fassade blicken lassen.

Wenn Magni etwas an ihr gelegen hätte, hätte er sie aufgehalten. Stattdessen war er ihr zuvor nur mit derselben alten Leier gekommen, die sie nicht glauben konnte.

So wusste sie wenigstens, dass es nichts gab, was sie bereuen musste.

Es klopfte an der Tür. Kurz dachte sie an ihn.

Wie immer. Leider ließ sich ihr Herz nicht so schnell davon überzeugen, dass es besser war zu gehen. Aber es war Soffia, sie würde sie zum Flughafen nach Akureyri fahren. Von dort aus ging es nach Keflavík, wo sie eine Nacht im Hotel schlafen würde, ehe sie morgen früh zurück nach Hamburg flog. Luna schnappte sich ihren Koffer und Rucksack. Das isländische

Handy hatte sie zu dem Ordner mit den Entwürfen gelegt. Alles sah genauso aus wie an dem Abend, an dem sie im März angekommen war.

Luna schluckte und ignorierte das Brennen hinter ihren Lidern. »Ich komme sofort«, rief sie schon einmal und strich mit ihren Fingerspitzen über eine Stuhllehne. Ein letzter Blick aus dem Fenster. Sie würde all das hier schrecklich vermissen. Das Wetter war schlecht, ein Sturm war gemeldet. Die Vorboten zeigten sich in Form eines eiskalten, böigen Windes und dunklen Wolken am Horizont. Das Meer war aufgewühlt und toste unerbittlich gegen die Küste.

Luna hatte Island und seine liebenswerten Einwohner in ihr Herz geschlossen. Aber sie konnte nicht bleiben, denn der Schmerz über Magnis Verlust überschattete alles. Sie war nicht stark genug, das auszuhalten. Vielleicht war sie am Ende doch nicht so anders als ihre Mutter, endlich verstand Luna, warum sie so oft umgezogen waren.

Sie straffte sich und ging mit ihrem Gepäck hinaus. Sie umarmte Soffia kurz. »Danke, dass du mich bringst.«

Soffia sah traurig aus. »Bist du sicher, dass du das willst?«

Luna hievte ihre Sachen in den Kofferraum und schlug die Klappe zu. »Ich kann nicht bleiben.«

Soffia legte ihr eine Hand auf den Oberarm. »Ich weiß, dass du glaubst, Magni wäre nur hinter deinem Rock her gewesen, aber das stimmt nicht.«

Hatte er ihr von dem Gespräch erzählt? Luna schluckte, während Soffia fortfuhr. »Magni hat seine Entscheidung aus dem Bauch heraus gefällt, nachdem er alle Berichte der Psychologen und der Tests gelesen hatte, Luna. Magni ist ein guter Mann. Dass er sich in dich verliebt hat, hat nichts damit zu tun, dass du für das Projekt gewählt wurdest.«

Luna wollte es glauben, aber es sprach so viel dagegen. Zu viel. »Wenn er mich nicht gesehen hätte, hätte ich niemals am Ende auf dem vermeintlichen Podest gestanden.«

Soffia nickte langsam. »Das mag sein, aber du siehst es trotzdem falsch. Was ist schlecht daran, dass er deine Persönlichkeit mochte? Es war Magni selbst, der dich überhaupt erst unter vielen für das Assessment-Center ausgewählt hatte, sogar gegen die Widerstände von anderen. Alles nur, weil dein Haus ihn so beeindruckt hatte, die Art, wie es sich so perfekt in die Umgebung eingepasst hat.«

Luna hörte gar nicht mehr richtig zu, sie konnte die lahmen Versuche Soffias, sie zu beruhigen, nicht mehr ertragen. Es war seltsam, dass Soffia es nicht erkannte. Sie war selbst eine Frau. »Es spielt doch keine Rolle mehr, Soffia. Die Genehmigung vom Bauamt steht aus, es ist sowieso vorbei.«

»Willst du wirklich alles wegwerfen, weil dein Stolz dir irgendwas einflüstert?« Soffia schüttelte den Kopf. Sie wirkte enttäuscht.

Luna straffte sich. »Pass auf. Es ist jetzt eine Woche her, dass ich gegangen bin. Wenn Magni wirklich so viel an mir liegen würde, wäre er noch mal aufgetaucht und hätte mit mir gesprochen.«

»Du hast ihm sehr wehgetan, Luna. Er ist ein guter Kerl.«

»Ja, das ist er. Deshalb ist er ohne mich auch besser dran. Ich bin einfach zu verkorkst.«

Soffia atmete aus. »Es ist schade, dass du das so siehst, denn ihm gehts wirklich dreckig.«

Luna hielt den Griff der Autotür in der Hand. Ihr Herz zog sich sehnsuchtsvoll zusammen. »Das tut mir leid.«

Soffia stieg ein. »Ja, mir auch.«

Die Fahrt nach Akureyri würde ungefähr zwanzig Minuten

dauern. Luna war damit beschäftigt, nicht in Tränen auszubrechen. Da war etwas in ihr, das bleiben wollte. Der andere Teil wollte dringend weg. Vermutlich war sie einfach ein Fall für die Couch.

Soffia sprach das Thema Magni nicht noch einmal an, sie plauderte über Belangloses. Luna war dankbar dafür. In Akureyri am Flughafen stieg sie mit aus und umarmte Luna ein letztes Mal. Jetzt löste sich doch eine verräterische Träne aus ihrem Augenwinkel.

»Danke für alles, Soffia.«

»Wir haben zu danken. Soll ich ... Magni etwas ausrichten?«

Luna überlegte. Sie liebte ihn, daran war nicht zu rütteln. Aber manchmal war Liebe einfach nicht genug, wenn das Vertrauen fehlte.

Letztlich war Luna klar geworden, dass das Problem in ihr selbst lag und nicht bei ihm. Sie war nicht in der Lage, ihm das zu geben, was er verdiente. Ohne sie war er besser dran. »Sag ihm, dass es mir leidtut. Ich weiß, dass er ein guter Kerl ist und ...«, ein Schluchzer mischte sich zwischen ihre Worte. »... dass ich ...«

»Dass du ...?«, wollte Soffia wissen.

Luna wischte sich über die Augen. »Ach, nichts. Ich muss los. Danke noch mal. Für alles.«

Sie schnappte sich ihre Sachen und rannte förmlich ins kleine Flughafengebäude. Beinahe hätte sie gesagt ... *dass ich ihn liebe.*

Luna schaute sich nicht noch einmal um, sie schloss die Augen, als das Flugzeug in Akureyri abhob und sie in den Süden Islands brachte. Sie verbrachte eine schlaflose Nacht im Flughafenhotel in Keflavík. Sie wollte sich nicht nach Magni sehnen, aber sie tat es doch. Tausendmal fragte sie sich, ob es nicht einen Weg hätte geben können, bei dem sie sich nicht als Verliererin gefühlt hätte. Als eine Frau, die es nicht verdient hatte, geliebt zu werden und erfolgreich zu sein.

Lunas Telefon bimmelte früh am nächsten Morgen. *Magni*, schoss es ihr durch den Kopf.

Aber er war es nicht.

Natürlich nicht.

Bald würde er froh sein, dass sie weg war. Sie hasste sich selbst.

»Mama«, grüßte sie, und ihre kurze Hoffnung war zerplatzt.

Luna war überrascht, dass sie sie noch immer nicht ganz aufgegeben hatte. Das war das Dumme mit diesen Gefühlen, sie ließen sich einfach nicht steuern, egal wie sehr sie sich bemühte.

»Luna, Liebes, ich wollte fragen, ob du wirklich nach Deutschland fliegst?«

»Ja, ich bin gerade auf dem Weg zum Einchecken.«

»Hast du dir das gut überlegt?«

»Ja, warum fragst du mich das?«

»Ich hatte das Gefühl, dass dir dieser Magni was bedeutet.«

»Ja, und?«

»Willst du ihn wirklich verlassen?«

Nein, wollte sie nicht. Aber nach einer Woche Schweigen war ihr klar geworden, dass es keine Rolle mehr spielte, was sie wollte. Magni würde sie nicht zurücknehmen, nachdem sie ihn so behandelt hatte. Luna hatte es versaut. »Es ist kompliziert, Mama.«

»Das muss es nicht sein. Wenn du ihn liebst, dann solltest du ihm das sagen. Verpass nicht die große Liebe, weil du auf irgendwelche Grundsätze pochst, die am Ende keine Rolle mehr spielen.«

Luna war überrascht, diese Worte zu hören, und doch

irgendwie nicht. Gerda hatte sich verändert, ihr neuer Freund schien ihr wirklich gutzutun.

Luna verabschiedete sich von Gerda und checkte am Schalter der Icelandair ein. Auf dem Weg zur Sicherheitskontrolle hielt sie inne und kramte ihr Handy noch einmal hervor. Sie starrte aufs Display und dachte über die Worte ihrer Mutter nach.

Ihr Herz klopfte schneller, ihre Hände wurden feucht.

Vielleicht hatte sie recht.

Luna wählte eine Nummer.

Magnis Nummer.

Ihr Magen schlug Kapriolen, während sie auf das Freizeichen wartete.

Nach einigen atemlosen Sekunden meldete sich die Mailbox.

»Hallo, hier ist Magni, ich bin gerade nicht zu erreichen, aber du kannst mir eine Nachricht hinterlassen, ich melde mich dann später bei dir... PIEP...«

Luna legte auf. Ihre Schultern sackten nach vorn.

»Das wars«, flüsterte sie niedergeschlagen.

Dass er sein Telefon abgeschaltet hatte, konnte nur bedeuten, dass er mit niemandem sprechen wollte.

Vor allem nicht mit ihr.

Jemand rempelte sie an der Schulter an. Luna schreckte zusammen.

»Mensch, geh weiter, du stehst voll im Weg«, schimpfte der junge Mann und eilte weiter.

»J-ja«, stammelte sie und trottete hinterher. Eine halbe Stunde später stieg sie ins Flugzeug ein. Sie hatte einen Fensterplatz. Regentropfen prasselten gegen die Scheiben, das Wetter war grauenhaft. Der Himmel war dunkel und bedrohlich. Wenigstens schien nicht die Sonne, dachte sie kraftlos, lehnte sich im Sitz zurück und schloss die Augen. Es dauerte eine Weile, bis alle an Bord waren. Irgendwann ruckelte das Flugzeug, die Türen wurden geschlossen, und es ging los. Luna wollte nichts fühlen, sie wollte einfach, dass es vorbei war. Und dann regte sich ein Impuls in ihr.

Luna sprang vom Sitz auf. »Lasst mich aufstehen«, kreischte sie. Ihre Nachbarn ließen sie mit einem Kopfschütteln vorbei. Eine Stewardess kam auf sie zu. »Du musst dich setzen, wir fliegen gleich«, versuchte die Dame sie zu beruhigen.

»Nein, du verstehst nicht ... ich muss raus hier.«

»Es ist okay, wenn du Angst hast ...«

»Nein! Ich will raus aus dem Flugzeug, ich muss jemandem sagen, dass ich ihn liebe.«

»Das tut mir leid, dafür ist es jetzt zu spät.«

Luna schrie auf und heulte, dabei war es ihr egal, was die anderen von ihr dachten. Sie musste Magni sagen, wie dumm sie gewesen war. Vielleicht, ganz sicher sogar, änderte das nichts, aber ... sie konnte so nicht gehen. »Bitte! Ich muss wirklich aus diesem Flugzeug aussteigen!«, flehte sie, aber die Stewardess blieb streng und unerbittlich.

MAGNI WAR VÖLLIG AUFGELÖST. Er würde es nicht schaffen.

Er musste es schaffen.

Am Vorabend hatte er Post aus dem Briefkasten geholt, und darin war tatsächlich die Zusage vom Bauamt gewesen. In diesem Schreiben entschuldigten sie sich für die Verzögerungen. Daraufhin war er zu Oma gelaufen und hatte gefragt, ob sie was damit zu tun hätte. Sie hatte natürlich verneint, aber ihr Grinsen hatte ihm alles verraten. Also hatte doch Erlendur dahintergesteckt, und Omas Standpauke hatte ihn zur Vernunft gebracht. Leider hatte Magni sich nicht darüber freuen können. Nicht im Geringsten, denn ohne Luna bereitete ihm gar nichts mehr Freude.

Auf dem Nachhauseweg war er auch noch Soffia begegnet, die gerade vom Sport gekommen war.

»Hey, Magni«, hatte sie gerufen und ihn zu sich gewunken.

»Ja, was ist?«, antwortete er.

»Ich habe Luna zum Flughafen gebracht.«

Er schwieg.

»Sie war sehr traurig.«

Ja, das war er. Aber auch wütend, dass sie alles hinschmiss. Er war fertig damit, ihr ständig hinterherzulaufen.

»Sie hat geweint.«

Er wollte nicht, dass es sein Herz berührte, aber das tat es doch. »Sie wird sich erholen.«

»Und du?«

Da war er sich nicht sicher. Er zuckte die Schultern und schwieg.

»Du solltest ihr sagen, was sie dir bedeutet.«

»Ich? Sie hat mich verlassen, schon vergessen?«

Soffia zwickte ihn in die Wange. »Du weißt doch, wir Frauen sind kompliziert. Luna liebt dich, daran besteht kein Zweifel. Ihr solltet alles andere vergessen und euch darauf konzentrieren.«

Er schnalzte mit der Zunge. »Sie ist es, die nicht damit leben kann, dass ich der Mann mit dem Geld bin, dass ich sie ausgewählt habe bei diesem verdammten Assessment-Center. Nicht ich, Soffia.«

»Ja, das weiß ich, und es tut mir leid, dass es so blöd gelaufen ist im Gemeindehaus. Ich wollte nie einen Keil zwischen euch treiben.«

»Das ist mir klar. Luna ist die mit dem Problem. Nicht ich.«

»Es gehören immer zwei dazu, wenn man sich streitet.«

»Was auch immer.« Er schnaubte.

»Ich sag dir mal was, Magni.«

Er verdrehte die Augen. Jetzt kam wieder so ein wunderbarer Tipp von seiner großen Schwester. »Was?« Er klang nicht gerade begeistert.

»Du solltest zu ihr fahren und ihr sagen, wie sehr du sie liebst. Hol dir dein Mädchen zurück!«

Magni merkte, wie sich etwas in ihm löste. Im Grunde hatte seine Schwester recht, deswegen ging es ihm so schlecht. Er wollte nicht, dass sie ging. Er vermisste sie. »Was, wenn sie Nein sagt.«

»Du Dummerchen. Das wird sie nicht. Ich habe sie gestern gesehen, sie konnte sich kaum auf den Beinen halten, so schlecht ging es ihr. Wenn du ihr egal wärst, hätte sie nicht wie der wandelnde Tod gewirkt. Na, los, worauf wartest du?«

Daraufhin war Magni rastlos umhergelaufen. Schließlich hatte er sich in seinen Pick-up gesetzt und war losgerast. Er war die Nacht durchgefahren, das Wetter war beschissen gewesen, so schlecht, dass er hatte langsamer fahren müssen. Und jetzt war es kurz nach sieben morgens. Der Flug würde gleich abheben, und er war immer noch auf der Straße nach Keflavík.

Magni stieß ein paar derbe Flüche aus und fuhr schneller. Als er den Flughafen endlich erreicht hatte, stellte er den Pick-up direkt vor der Tür ab und rannte ins Gebäude zu einem der Schalter. »Bitte, ich muss jemanden sprechen, dringend. Sie sitzt im Flug nach Hamburg.«

Die Frau hinter dem Tresen guckte auf den Bildschirm, dann wieder zu ihm. »Das Gate ist geschlossen, die Maschine geht gleich in die Luft. Tut mir leid.«

Magni schloss die Augen und schlug sich mit der Hand

gegen die Stirn. Wenn er nur etwas früher losgefahren wäre, verdammt! »Bitte«, flehte er. »Ich muss mit ihr reden!«

»Und jetzt sagst du mir gleich, dass es um Leben und Tod geht?«, scherzte die Frau und grinste ihrer Kollegin zu. Die beiden tauschten einen Blick aus.

Magni wusste, wie das hier aussah. »Nein, es geht nicht um Leben und Tod, aber es geht um meine große Liebe, verstehst du? Ich muss dieser Frau sagen, wie sehr ich sie liebe. Wenn sie jetzt abreist, sehe ich sie vielleicht nie wieder!«

Die beiden Frauen guckten sich noch einmal an, die andere nickte ihrer Kollegin aufmunternd zu. Die gab sich einen Ruck und griff nach einem Funkgerät. »Okay, Kleiner, aber nur, weil ich heute gute Laune habe. Nach Hamburg, sagst du?«

Magni wurde schwindelig, er konnte es kaum glauben. Sie würde ihm helfen? »J-ja«, gab er zurück. »Hamburg. Sie heißt Luna.«

»Na gut, ich sehe, was ich tun kann.« Sie drückte einen Knopf am Gerät. »Hört mal alle zu, Leute, wir haben hier einen Notfall. Einen Liebesnotfall!« Sie zwinkerte Magni zu und grinste. »Die Maschine nach Hamburg darf auf keinen Fall in die Luft, hört ihr? Die Maschine nach Hamburg darf nicht abheben! Lasst euch da oben im Tower was einfallen.« Dann wandte sie sich an ihn. »Komm mit. Mir nach!« Sie lief los und er hinterher, dann wandte sie sich noch einmal zu Magni um. »Du hast doch keine Bombe oder so was dabei?«

Er schüttelte den Kopf. »Nein, nur ein Herz, das kurz davor ist zu explodieren!«

Die Frau lachte und rannte weiter, was in ihren Heels und dem engen Rock gar nicht so einfach war. Sie nahmen die Rolltreppe und hasteten, ohne kontrolliert zu werden, durch den Security-Bereich. »Ist gut, macht Platz, es ist ein Notfall! Aus dem Weg!«, schrie die Frau, und zwischendurch gab sie weiter

Anweisungen in ihrem Funkgerät. Magni kam sich vor wie in einem Traum, er hoffte, dass er nicht gleich erwachte, und Luna war weg!

Er erhaschte einen Blick auf die Uhr und die Anzeigentafel. Es war fünf nach halb acht, hinter dem Flug nach Hamburg stand: *departed*. Abgeflogen.

Nein! Das durfte einfach nicht wahr sein!

21

»Du musst dich wieder hinsetzen!«, forderte die Stewardess Luna zum wiederholten Male auf.

Luna atmete tief durch, dann gab sie sich geschlagen. »Ja, okay, tut mir leid. Tut mir leid!« Sie hob beide Hände und schniefte. Jetzt registrierte sie die Blicke der Mitreisenden. Sie hielten sie alle für verrückt.

Ja, das war treffend analysiert. Luna schaute zu Boden und ließ sich auf ihren Sitz zurückfallen. Sie schnallte sich an und presste ihre Stirn gegen die Scheibe. Es regnete noch immer wie verrückt. Das Flugzeug rollte wieder an, jetzt ging es also zur Abflugbahn.

So hatte sie sich das alles nicht vorgestellt. So ein Mist. Sie sah das Flughafengebäude zu ihrer Linken. Einige Mitarbeiter standen im Regen, sie trugen gelbe Warnwesten und dicke Mützen. Wenn sie nicht so traurig gewesen wäre, hätte sie sich darüber amüsiert, schließlich war es gerade Anfang Juni.

Sie sah, wie ein kleines Auto der Flughafengesellschaft an ihnen vorbeiraste und sich vor dem Flugzeug querstellte. Ein

Mann in ebenso einer Warnweste sprang heraus. Kurz dachte Luna, dass es Magni sein könnte. Er hatte dieselbe Größe, dieselbe Körperhaltung. Aber er war es nicht. Sie sah Magni derzeit einfach überall, weil sie ihn so vermisste.

Luna seufzte leise.

»Hallo, hier spricht euer Kapitän. Tut mir leid, dass sich das alles ein wenig verzögert, aber heute ist wohl ein verrückter Tag.«

Luna verdrehte die Augen. Na super.

Sie schaute weiter nach draußen. Jetzt hielt der Mann ein Schild hoch. Sie versuchte zu lesen, was darauf stand. Gleichzeitig erklang die Stimme aus dem Cockpit erneut.

»Ich habe die Meldung aus dem Tower bekommen, dass es sich hier um einen Notfall handelt. Einen Liebesnotfall.« Er lachte kurz, alle anderen auch.

Luna nicht. Auf dem Schild stand: *LUNA, ÉG ELSKA THIG*

Luna, ich liebe dich.

Mit einem Ruck setzte sie sich auf.

Nein.

Das konnte nicht sein.

Der Mann da draußen war tatsächlich Magni?

Er winkte, obwohl er sie durch das kleine Fenster nicht sehen konnte, da war sie sicher. Sie klopfte gegen die Scheibe und schrie. »Ich bin hier! Ich bin hier!« Jetzt winkte sie, aber er schien sie noch immer nicht zu sehen.

Dafür hielt er ein zweites Schild hoch. »*FYRIRGEFDU! ÉG ER HÁLFVITI*«

Entschuldigung, ich bin ein Idiot.

Nein, das war er ganz und gar nicht. Sie musste lächeln und weinen gleichzeitig.

»Haben wir hier eine Luna an Bord?«, wollte der Kapitän jetzt wissen. »Wenn du aussteigen möchtest, melde dich bitte bei einem unserer Flugbegleiter, wir lassen dann eine Rolltreppe bringen.«

Luna konnte es nicht fassen. »Lasst mich durch«, bat sie ihre Sitznachbarn, die nur noch seufzten und kopfschüttelnd Platz machten. Sie waren bestimmt alle froh, sie loszuwerden, aber das war Luna egal.

»Ich will hier raus!«, schrie sie den Damen vom Bordpersonal zu. Luna sparte sich ein: »Ich habe es euch ja gleich gesagt«, denn die Leute hier konnten ja nichts dafür, dass ihr Leben so kompliziert war.

Jetzt war alles andere unwichtig. Magni war gekommen. Er liebte sie.

Und er war ganz sicher kein Idiot!

Sie grinste und schnappte sich ihren Rucksack. »Tut mir leid, dass ihr jetzt zu spät nach Hamburg kommt«, rief sie den Mitreisenden zu.

»Viel Glück«, wünschte ihr jemand auf dem Weg nach vorn.

»Ja, ja, die Liebe«, scherzte ein anderer.

Luna schwebte auf Wolken. Sie fürchtete sich, dass es doch nur ein Traum wäre, dass sie gleich aufwachte und wieder traurig und einsam auf ihrem Flugzeugsitz hing.

Eine Stewardess öffnete die Tür, und eiskalter Wind fegte in die Maschine. Luna schnappte nach Luft. Hui! Das war ja ein Wetter. Ihr war es egal.

Dicke Regentropfen durchnässten sie augenblicklich, es störte sie nicht. Sie rannte die Treppen, so schnell es bei den glitschigen Stufen möglich war, herunter. Als sie den Boden erreichte, war Magni bei ihr. Er war genauso nass wie sie. Sein Haar klebte an seiner Stirn, seine Augen leuchteten. Er wirkte müde, war unrasiert, aber seine Mundwinkel waren nach oben gebogen.

Er hielt ihr Gesicht mit beiden Händen umfasst, Luna

schaute zu ihm auf und klammerte sich am Saum seiner Weste fest. »Du bist es wirklich«, murmelte sie hingebungsvoll. »Ich habe versucht, dich anzurufen ...«

»Hast du?«

»Aber ich habe nur die Mailbox erreicht ...«

»Mein Akku ... ich hatte kein Ladekabel mit. Ich bin die ganze Nacht durchgefahren.«

»O Magni«, stieß sie hervor und fing an zu schluchzen. »Es tut mir so leid. Ich liebe dich! Und fürs Protokoll: Du bist kein Idiot! Ich bin hier die Idiotin.«

Er grinste schief. »Können wir uns darauf einigen, dass wir beide Idioten waren und jetzt nur noch Liebende?«

Sie war glücklich. Ihr Herz drohte aus ihrer Brust zu springen. »Ja! Einfach nur ja!«

»He! Ihr da, es ist ja schön, dass ihr euch gefunden habt, aber macht mal Platz, die Maschine würde gerne heute noch abheben und nicht erst, wenn ihr euer erstes Baby tauft«, brummte ein Flughafenmitarbeiter mit Warnweste.

Luna und Magni schauten sich an, dann fingen sie an zu lachen. »Mein Koffer ...«

»Vergiss den Koffer, das lösen wir später ...«, erwiderte er und nahm ihre Hand in seine.

Sie liebte das Gefühl seiner Stärke, seine Wärme. Energie durchflutete ihren Körper. »Lass uns abhauen!«, rief sie ihm zu und warf ihren Kopf in den Nacken. Sie liebte den eiskalten Regen, den bitterkalten Wind und alles andere an Island. Vor allem liebte sie Magni. »Den Satz wollte ich schon immer mal sagen«, gackerte sie, als sie gemeinsam vom Rollfeld rannten.

Am Flughafengebäude stand eine blonde Mitarbeiterin, die Magni zuzwinkerte. Er blieb bei ihr stehen. »Danke! Ich weiß nicht, was ich ohne dich gemacht hätte.«

»Ist schon in Ordnung, Kleiner. Eine gute Tat, du weißt

schon ... Und nun macht euch vom Acker, ehe ich doch meinen Job verliere.« Sie lachte und winkte sie vorbei.

»Danke!«, rief Luna ihr zu. Dann eilten sie aus dem Flughafengebäude und sahen gerade noch, wie Magnis Pick-up von einem Abschleppunternehmen weggebracht wurde.

»Nein!«, stieß sie hervor.

Magni zuckte die Schultern und hob Luna in die Luft und drehte sich mit ihr im Kreis. »Du bist alles, was zählt, es ist nur ein Auto!«

Luna war so unfassbar glücklich, dass sie nur noch eines konnte: Sie presste ihre Lippen auf seine und ließ ihn spüren, wie sehr sie ihn in den letzten Tagen vermisst hatte. »Wie kommen wir jetzt nach Hause?«, wisperte sie irgendwann.

»Zuerst werde ich dich trockenlegen, wie wäre es mit einer schönen Hotelsuite in Reykjavík, bis ich mein Auto von der Polizei freigekauft habe? Ich habe da schon eine Idee, sie hat einen hübschen Blick über die Reykjanes Bucht, was meinst du? Und ein großartiges Spa ...«

Luna legte ihm einen Finger an die Lippen. »Mir ist gleich, wo wir hingehen, Hauptsache, du bist bei mir.«

»Ich bin so glücklich, dass du das sagst, dass du bei mir bist.«

»Und ich erst!«

»Dann ist es entschieden, ab mit uns nach Reykjavík.« Er schob sie zum Taxistand und in das erste freie Auto. Magni ließ ihre Hand die ganze Fahrt über nicht los.

Eine Stunde später traten sie in ihr Hotelzimmer. Magni streifte ihr die nassen Sachen ab und unter tausend Küssen bahnten sie sich ihren Weg ins Badezimmer. »Eine heiße Dusche ist das, was wir jetzt brauchen, nicht?«

Sie konnte nur zustimmend seufzen, denn sein Mund und seine Hände raubten ihr den Verstand. Sie drehte das Wasser auf und riss ihm die Kleider vom Leib. »Ich schätze, es wird eine Weile dauern, bis sie wieder trocken sind.«

Er lachte. »Glaub mir, in den nächsten Tagen wirst du keine Klamotten benötigen.«

»Ist das ein Versprechen?« Sie schaute ihn unter halb gesenkten Lidern an.

»Und wie!«

Luna grinste und ließ sich von ihm hochheben, er umfasste ihren Hintern und trug sie in die Dusche. »Ich verspreche dir, dass ich dir jeden Tag zeigen und beweisen werde, wie sehr ich dich liebe. Bis wir alt und grau sind und du es nicht mehr hören kannst.«

»Du kannst dir nicht vorstellen, wie sehr ich mich nach dir gesehnt habe.«

»So ungefähr«, flüsterte er und küsste ihren Hals. »Und so auch«, er ließ seine Lippen über ihre Schlüsselbeine gleiten, »und auch auf diese Weise.« Sein Mund verschloss ihren hart und fordernd. Das heiße Wasser rieselte über ihre ineinander verschlungenen Körper. Der Badezimmerspiegel beschlug, während nur noch ihr keuchender Atem zu hören war.

Sehr viel später lagen sie im riesengroßen Bett. Magni streichelte ihre Wange, Luna hatte die Augen geschlossen. »Ich kann noch gar nicht fassen, dass ich wirklich hier bin, mit dir«, flüsterte sie.

»Ich küsse dich einfach so oft, bis du es glaubst«, gab er träge zurück. Luna ließ ihre Finger über seinen Bauch gleiten, grinste. Sie wusste, wie müde er sein musste, nachdem er die ganze Nacht durchgefahren war. »Du bist das Beste, was mir je passiert ist, das ist mir klar geworden. Ich wollte auch raus aus diesem Flugzeug, aber ich war anscheinend nicht so überzeugend wie du.«

»Wolltest du?«

»Ja, das wollte ich. Ich hatte endlich kapiert, dass du in allem recht hattest und dass ich dumm gewesen bin.«

»Sag das nicht, *Ástin min*. Du bist nicht dumm. Du bist die schönste, klügste und wunderbarste Frau, die ich kenne. Und weißt du, was das Beste ist?«

»Nein?« Ihr Herz quoll über vor Glück.

»Dass du mein bist.« Er zog sie noch enger an seinen Körper. »Wenn ich für immer sage, dann meine ich für immer, Luna.«

»Für immer«, wisperte sie mit Tränen in den Augen. »Das klingt schön.«

»Ich bin froh, dass du das ebenfalls so siehst.« Er klang amüsiert, aber auch unfassbar müde. Sie schwieg einen Augenblick. »Du hast mal zu mir gesagt, dass du von der ersten Sekunde an wusstest, dass ich es bin, soll ich dir was sagen?«

»M-mh«, brummte er.

»Mein Herz wusste es auch. Es warst immer nur du!«

Sie drehte sich zu ihm auf den Bauch und wollte ihn küssen, aber er war eingeschlafen. Luna lächelte und küsste ihn trotzdem. Noch im Schlaf zog er sie unbewusst enger an seinen Körper. Sie bettete ihre Wange auf seiner Brust und lauschte seinem gleichmäßigen Herzschlag. Nicht erst seit diesem Tag schlugen sie im gleichen Takt, aber erst heute war ihr wirklich klar geworden, dass alles andere unwichtig war. »Wir sind alles, was zählt. Es wird nicht jeden Tag die Sonne scheinen, aber es sind die Tage des Regens, die unsere Geschichte einzigartig sein lassen. Bei gutem Wetter kann jeder glücklich sein.«

»Das hast du schön gesagt«, brummte er.

»Du schläfst ja gar nicht?«

»Doch. Ich träume meinen Lieblingstraum.« Er grinste mit geschlossenen Augen.

»Schön, gewöhn dich dran«, flüsterte sie an seinem Ohr. »Wir müssen keinen Moment festhalten und fürchten, denn ich habe keine Angst mehr, Magni. Ich habe endlich verstanden, dass du mein Zuhause bist, egal wohin wir gehen. Und ich bin deine Stärke, wenn du einmal schwach sein solltest. Ich werde nicht noch einmal über meine Fehler fallen, und wenn doch, dann weiß ich, dass du da sein wirst, um mir wieder aufzuhelfen.«

Er setzte sich auf und zog sie in seine Arme, er schaute ihr tief in die Augen. Es gab keine Worte für die Liebe, die sich in seinem Blick spiegelte, also hielt sie die Klappe, und er küsste sie auf diese ganz besondere Weise, die die Schmetterlinge in ihrem Bauch zum Tanzen brachte.

EPILOG

Ein Jahr später

Die Mitternachtssonne schien über dem Eyjafjord und tauchte alles in ein wundervolles rötliches Licht. Magni stand mit Luna auf der Terrasse des neuen Hotels. Heute hatten sie die Eröffnung gefeiert, ein großartiger Tag lag hinter ihnen. Magni trug einen dunkelblauen Anzug mit einem weißen Hemd, sie hatte ein Kleid und High Heels an. Ungewohnte Outfits, aber dem Anlass angemessen. Das Hotel war großartig geworden, ein voller Erfolg. Erlendur war nicht eingeladen, sogar Oma war damit einverstanden gewesen, immerhin hätte er fast verhindert, dass dieser Traum wahr geworden war. Luna lehnte ihren Kopf gegen Magnis Schulter und wusste nicht, wie sie ihr Glück, ihre Liebe für ihn in Worte fassen sollte. Gleichzeitig war sie so erschöpft, dass sie sich kaum auf den Beinen halten konnte. In den letzten Wochen hatten sie alle noch einmal so richtig Gas gegeben.

»Bist du müde?«, fragte Magni.

Luna lächelte. Magni kannte sie so gut, manchmal hatte sie

das Gefühl, dass er sie besser kannte als sie sich selbst. »Ein bisschen.«

»Das kann ich mir vorstellen, es war aufregend heute.«

»Und wie!«

»Deine Rede war wunderbar, du hast kaum einen Akzent.«

Luna freute sich sehr über sein Lob, obwohl sie wusste, dass ihr Isländisch natürlich lange nicht perfekt war. Aber das war der isländische Optimismus, den sie lieben gelernt hatte. Und letztlich hatte sie auch jeder verstanden. »Danke, du bist großartig.« Sie stellte sich auf die Zehenspitzen und küsste ihn.

Einen Moment später löste er sich von ihr. »Luna, ich möchte dir etwas zeigen.«

»Was denn?«

Er grinste. »Sei nicht so neugierig, noch nicht. Komm mit.« Er nahm ihre Finger in seine, führte sie zum Auto und fuhr los, dann bremste er abrupt. »Was ist?«, stieß sie hervor.

Er zog ein schwarzes Band aus der Anzugjacke.

»Äh, was soll das werden? Versaute Spielchen im Auto?«

Magni gluckste. »Ja, gute Idee. Machen wir später, jetzt will ich dir erst etwas zeigen.«

»Und dafür möchtest du meine Augen verbinden? Klingt nicht logisch.«

»Warte es ab!«

Luna ließ es geschehen, dann fuhren sie wieder los. Es dauerte nicht lange, sie hatte keine Ahnung, was er vorhatte. Vielleicht wartete zu Hause ein Geschenk auf sie. Luna war, nachdem Magni sie in Keflavík aus dem Flugzeug geholt hatte, nicht mehr auf Grýtubakki zurückgekehrt, sondern gleich bei ihm eingezogen. Ihr Haus in Deutschland hatte sie mittlerweile fest vermietet. Luna hatte diese Entscheidung keine Sekunde bereut, im Gegenteil. Sie liebte es, bei Magni zu sein. Sie stritten sich nicht über Zahnpastatuben, bei ihnen wurde es nur zu anderen Gelegenheiten laut. Luna errötete beim Gedanken daran. Über ein lahmes Sexleben konnte sie sich auch ein Jahr nach ihrer offiziellen Wiederversöhnung nicht beschweren.

Plötzlich hielt er an. »Warte!«, befahl er ihr freundlich.

Luna lächelte. Sie hörte, wie er die Beifahrertür öffnete, er griff nach ihren Händen. »Komm mit, ich halte dich und passe auf dich auf«, raunte er an ihrem Ohr.

Luna wurde von ihm geführt, sie spürte Gras und Steine unter den dünnen Sohlen ihrer High Heels. Es wehte eine kühle Brise. Sie roch Meersalz und den nahenden Sommer.

»So, gleich gehts los«, verkündete Magni und nahm ihr die Augenbinde ab.

Luna blinzelte und schaute sich um. Sie kannte das Fleckchen. Sie picknickten oft hier, das Land lag ein Stück außerhalb von Grenivík am Hang, über dem eigentlichen Dorf. Vor ihnen lag eine karierte Decke. In einem Sektkühler wartete eine Flasche Dom Perignon auf Eis. Es gab Häppchen dazu. »Wow, das sieht ja toll aus«, stieß sie hervor und klatschte in die Hände. Sie wollte sich setzen, aber er hielt sie an den Händen fest. »Warte, noch nicht.«

»Äh ...« Sie hob eine Braue und sah, wie Magni etwas aus der Jacke holte. Es war in glitzerndes Papier umhüllt.

»Schau mal.« Damit drückte er es ihr in die Hand.

»Ein Glückskeks?« Luna lachte. Für einen Moment hatte sie gedacht, er wollte ihr einen Antrag machen.

»Genau, aber Ostern ist vorbei.«

Luna schenkte ihm einen amüsierten, aber auch fragenden Blick, dann knackte sie den Glückskeks und las, was auf dem Zettel stand.

Kannst du es noch einmal tun?

Und dann der Hashtag.

#lunabuildsafamilyhome
Luna baut ein Familienzuhause.

O Gott. »Was ist das?« Sie blickte zu ihm auf und die Liebe, die aus seinen Augen strahlte, raubte ihr den Atem.

»Das Land gehört uns, und ich habe mich gefragt, ob du für uns ein Zuhause bauen willst? Eines, in dem viel Platz ist für Kinder. Viele Kinder. Ein Heim, das wir so gestalten, dass wir uns darin gemeinsam wohlfühlen. Eines, das wir Stein für Stein gemeinsam errichten. Aber da du die Expertin bist ...«

Jetzt fiel er auf ein Knie und hielt ihre Hand noch immer in seiner. Luna holte zitternd Luft, ihr Magen schlug Purzelbäume, ihr Herz klopfte wild.

»Luna Skröder ...« Sie schmunzelte, als sie ihren Nachnamen aus seinem Mund hörte. »... ich liebe dich über alles und mit jedem Tag mehr. Willst du meine Frau werden, willst du mich zum Mann nehmen? Mein Herz gehört dir bereits, nimmst du jetzt meine Hand?«

Er stand auf und zauberte einen dezenten Ring mit einem kleinen Brillanten hervor, der im Abendlicht funkelte. Lunas Kehle wurde trocken. Ihr war schwindelig vor Glück.

»Ja!«, schrie sie. »Tausendmal ja!« Und dann fiel sie ihm so stürmisch um den Hals, dass sie beide lachend im Gras landeten. Sie bedeckte sein Gesicht mit tausend Küssen, bis sie atemlos waren.

»Warte«, keuchte Magni glücklich und steckte ihr den Ring an den Finger. »Jetzt kannst du mich weiter küssen«, frohlockte er mit anzüglichem Grinsen.

Luna schüttelte ungläubig den Kopf. »Du bist unglaublich!«

»Nein, du bist unglaublich.«

»Lass uns doch darauf einigen: Nur gemeinsam sind wir perfekt.«

»Das klingt gut.« Er ließ eine Hand in ihren Nacken gleiten. »Und was sagst du zu meiner Idee?«

Sie schmunzelte. »Ich kann dir verraten, dass ich die Gedanken auch schon mal gehegt habe – tatsächlich gibt es da ein paar Zeichnungen in meinem Arbeitszimmer ...«

Er riss die Augen ungläubig auf. »Wirklich?«

»Ja! Soll ich sie dir zeigen?«

»Später, *Ástin min*, erst einmal will ich dich küssen und Champagner mit dir trinken ...«

Er holte die Flasche aus dem Kühler, ließ den Korken knallen und füllte zwei Gläser. Dann stieß er mit ihr an. »Ich liebe dich.«

»Ich liebe dich mehr!«, erwiderte sie und drückte einen Kuss auf seine Lippen.

»Was zu beweisen wäre ...«, scherzte er.

»Oh ... das werde ich, warte ...!« Luna kletterte auf seinen Schoß und lächelte ihm ins Gesicht. »Jeden Tag, für den Rest unseres Lebens.«

Dieses Versprechen besiegelte sie mit einem zärtlichen Kuss, dem noch viele weitere folgten.

ZUM SCHLUSS...

Kostenloses E-Book im Newsletter

Vielen Dank, dass du mein Buch gekauft und gelesen hast. Wenn es dir gefallen hat, freue ich mich über Feedback, sei es als Rezension oder als Beitrag in den sozialen Medien.

Wenn du keine Neuerscheinung mehr verpassen und ein kostenloses E-Book von mir lesen möchtest, melde dich gleich zu meinem Newsletter an.

Du findest mich bei Instagram, Facebook oder auf meiner Website.

Alles Liebe,
    deine Karin

ÜBER DEN AUTOR

Karin Lindberg war zehn Jahre in den Chefetagen internationaler Konzerne tätig, doch sobald ihr erster Roman veröffentlicht war, reichte sie ihre Kündigung ein, um jede freie Minute zu schreiben. Sie erschafft mit Begeisterung starke Heldinnen und attraktive Helden, legt ihnen Steine in den Weg und lässt sie am Ende doch ihr Happy End erleben. Ihre Fans begeistert sie mit Geschichten voller Humor, aber vor allem mit ihrem Gespür für große emotionale Momente. Karin ist eine der erfolgreichsten Autorinnen Deutschlands, regelmäßig landen ihre Titel weit oben in den Bestsellerlisten. Die Autorin lebt mit ihrer Familie vor den Toren Hamburgs. Inzwischen hat sie mehr als dreißig Romane veröffentlicht, die weit über eine Million Mal verkauft wurden.

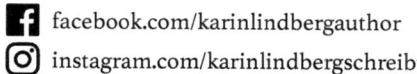

facebook.com/karinlindbergauthor
instagram.com/karinlindbergschreibt